KB045582

신명의 꽃으로
돌아오소서

이배용 외 71인 지음

21세기북스

발간사

이어령 선생님 추모 문집에 올리는 글

이배용

우리의 한 시대를 깨우는 지성이셨으며 한국 문학 예술의 혼불을 지구촌 하늘 높이 밝혀오셨던 이어령 선생님을 여읜 지 어언 한 해를 맞게 되었습니다. 선생께서 우리에게 주신 크신 가르침과 사랑은 자리를 비우신 뒤에 더욱 높이 우러르게 되었으며 선생이 남기신 《이어령의 마지막 수업》은 이제부터 우리가 책을 펴 들고 한 글자씩 머리와 가슴속에 새겨야 할 새 교과서입니다.

선생님의 한 생애는 바로 우리나라 문화가 근대에서 현대로 탈바꿈하여 오늘 'K-컬처'가 인류에게 새 로망이 된 노정에 상응합니다. 선생의 모국어는 분단, 전쟁의 상처를 낫게 하는 약속이었으며 선생의 붓은 아날로그에서 디지털로, 다시 AI로 한 걸음 앞서가는 창조의 새벽을 열었습니다. 《우상의 파괴》로 낡은 인습의 기성문단은 껍데기를 깨고 새로운 패러다임의 깃발을 올렸으며 창작의 자유가 위협을 받을 때는 스스로 바람막이가 되어주기도 했습니다. 평론, 소설, 시, 희곡, 에세이의 각 장르를 넘나드는 치열한 작가 정신은 현대 한국 작가들에게 신선한 자극이 되었습니다.

선생님의 거인으로서의 족적은 문학, 예술에 그치지 않았습니다. 선생은《축소지향의 일본인》을 통하여 루스 베네딕트를 능가하는, 일본 문화에 대한 날카로운 분석으로 전 일본 열도를 경탄케 하였으며 이후 '한·중·일 비교문화연구소'를 설립하여 미래의 동북아 문화 공동체를 정초하였습니다. 선생의 주도하에 이루어진 한·중·일 공유 문화 탐색, 한·중·일 공용 한자 808자 제정 등의 프로젝트는 이를 위한 기념비적인 작업이었습니다. 한국학에서 동아시아 비교 문화로 선생님의 학문은 동과 서에 대한 통섭으로 나아가 금후의 디지털 문명을 예견한 '디지로그' 시대를 선언하였고, 자크 아탈리에 앞서 미래의 생태적 공동체를 위한 '생명 자본주의'를 주창하여 누구도 도달한 적 없는, 세계 문화에 대한 선견을 제시하였습니다.

작가로, 교육자로, 언론인으로, 문화 비평가로, 문화부 장관으로, 선생의 눈빛과 생각이 닿은 곳이면 어김없이 창조와 변화의 산과 강을 만날 수 있었습니다. 서울 올림픽에서 굴렁쇠를 굴리던 소년이 어엿한 어른이 되었지마는 한국인은 물론 세계인의 눈 속에는 분단의 벽을 넘어 자유와 평화, 사랑과 화해의 한마당의 시간이 자리 잡고 있을 것입니다.

또한, 저 자신 개인으로서 선생님에 대한 소중한 기억 중의 하나는 2006년 이화여대 13대 총장에 취임하면서 미래를 향한 지성의 광장으로 '이화 학술원'을 세우고 선생님을 제일 먼저 석좌교수로 모셨을 때 너무나 기뻐하시며 이화가 더욱 학문의 중심을 이룰 수 있게 되었다고 격려해주셨던 일을 잊을 수 없습니다. 학생들이 이 시대 최고의 석학이신 선생님의 주옥같은 강의를 듣는 영광을 얻게 된 것은 더 말할 나위도 없습니다.

그 후에도 크고 작은 일로 선생님을 뵙고 가르침을 받으며 인연을 계속 지켜오면서 국가 브랜드 위원장 시절부터 시작해 한국의 서원 아홉 곳을 9년 동안 총괄하여 유네스코 세계유산으로 등재되

었을 때 따뜻한 격려와 칭찬의 말씀은 그 후에도 지속적으로 전통 문화를 세계화시키는 데 큰 용기가 되었습니다. 그때 우리나라의 현대 문화와 더불어 법고창신의 정신으로 전통문화에 대한 중요성을 강조하시는 진정성을 읽을 수 있었습니다.

선생님이 떠나신 뒤에도 우리나라의 다음 세대 학생들이 이어령 선생님께서 남기신 책, 어록 들에서 많은 영감을 얻어 새 시대 맑은 지성으로 자라나기를 소망합니다. 냉철하고 예리한 통찰력 속에도 항상 잔잔히 배어있는 역지사지 배려하시는 모습과 따뜻한 인간애가 마음속에 자리 잡고 있음에 선생님 주변에 그토록 많은 사람이 모이게 하는 큰 힘이 아닌가 생각합니다. 이 책에 담긴 많은 분의 회고록 속에도 늘 어려울 때 손잡아주셨던 이야기들이 우리 가슴에 구절구절 녹아들어 있습니다.

소중한 인연으로 감동의 글을 써주신 한 분 한 분께 감사의 인사를 드립니다. 편찬에 도움을 주신 사모님 강인숙 영인문학관 관장님께 존경과 감사의 말씀을 올립니다. 21세기북스 출판사 김영곤 사장님을 비롯한 편집인 여러분의 노고에 감사드립니다.

2023년 2월

이화여자대학교 13대 총장

국가교육위원회 위원장

이어령 선생님 추모문집 간행위원장

차 례

발간사

4 이배용 / 이어령 선생님 추모 문집에 올리는 글

12 강은교 / 낙타

14 고건 / 서울시 문화 행정의 동반자

27 고병우 / 이어령과 '97 동계 유니버시아드

33 고은 / 형의 뒤에서

36 국수호 / 아! 향가

40 권영민 / 이어령 선생의 비평과 《저항의 문학》

48 김남조 / 이어령 선생께

50 김대진 / 예술계의 선구자, 이어령 선생님을 기리며

54 김덕수 / 신명의 꽃으로 돌아오소서

58 김민희 / 《이어령, 80년 생각》의 시작과 끝

64 김병종 / 밤중에 온 하얀 꽃

68 김성곤 / 이어령 선생님과 나

75 김승희 / 마르지 않는 인스피레이션과 열정의 눈부신 세계

82 김옥순 / 이상 연구가 이어령

99 김용원 / 일본에서의 세례식

104 김원 / 세상에 알려지지 않은 두 가지 일

109 김종규 / 문화 앞에서는 그 어떤 것도 내려놓았던 선생을 기억합니다

113 김주연 / 이어령, 진정한 크리에이터

119 김지수 / 시간의 과녁을 뚫고 이어령의 언어가 날아간다
125 김채원 / 이어령 선생님을 그리며
129 김태완 / 선생이 남기고 가신 파뿌리 하나
135 김현자 / 말과 글의 상상계
143 김홍신 / 우리 시대의 조명탄
150 김화영 / 언어라는 방역 마스크
154 문국현 / '한·중·일 문화 코드 읽기, 비교문화상징사전 〈세한삼우와 사군자〉 탄생'
161 문정희 / 이어령 선생님의 장례식은 없다
166 문창극 / 지성과 영성 그리고 창조와 사랑
174 박광무 / 나의 문화 정책관 형성과 인생의 멘토이신 이어령 장관님
184 박범신 / 선생이 가르쳐준 세 가지 실체적 문명
188 방민호 / 아버지, 그리고 이어령 선생
195 부구욱 / 만남은 짧았으나 그 의미는 창대한 인연
198 서승옥 / 인연, 축복받은 만남
206 신달자 / 선생님 선생님 이어령 선생님
209 신현웅 / 이어령의 눈물 한 방울 한강 되어 흐른다
214 안숙선 / 내 삶의 이야기보따리, 이어령 선생님
217 양주혜 / 문화열차와 홍삼사탕

221 오명 / 외로웠으나 행복했으리라
228 오정현 / 이어령 박사님과 이민아 목사님을 그리워하며
235 오탁번 / 홀로 존재하는 문장부호 '!'
244 유인촌 / 어떻게 지내고 계세요?
246 유현종 / 다시 만나 보고픈 천재
257 윤태웅 / 할아버지 이어령의 편지
261 윤후명 / 그러나, 그러나, 선생님은 가시다
263 이근배 / 선뜻 내게 주신 《어느 일몰의 시각엔가》
270 이명숙 / 그리운 시간들
282 이세기 / 선생님! 고맙습니다, 그 은혜 잊지 않겠습니다
287 이영혜 / 크리에이터들의 크리에이터 이어령 선생님과
292 이우환 / 굴렁쇠 일화 두 편
298 이인화 / 이어령 선생의 마지막 연구
303 이종상 / 나의 큰 스승 , 내 작품 첫 수장가
312 이청승 / '이어령'이 없는 빈자리
320 이태동 / 침묵으로 하신 말씀들
325 이홍구 / 이어령 선생을 추모하며
329 임옥상 / "어서 와요!"

334 장사익 / 정월 대보름날이 오면
338 정재서 / 그리운 이어령 선생님
342 최윤 / 3분의 이별 영상
346 표재순 / 천년의 문
364 한말숙 / 쓰고 쓰고, 말하고 또 말하고
367 한수산 / 그는 계절이었다
380 한정희 / 시시포스의 반복
385 현승훈 / 그립고 또 그립습니다
394 호영송 / 이어령과 《창조의 아이콘, 이어령 평전》
400 홍기삼 / 하회에서 받은 편지
406 홍석현 / 이어령 선생님과 보낸 시간들
410 홍신자 / 팔십이 넘으면 모두 용서가 된다는 말
415 황주리 / 시인, 이어령 선생님을 추억하며
421 황희 / 세 번의 만남
433 가미가이토 겐이치 / 이어령 선생님을 추모하며
438 오구라 기조 / 이어령 선생님의 말씀
442 하마다 요 / 모든 살아있는 것에 대한 이어령의 연서

낙타

이어령 선생 일 주기를 추모하며

강은교 | 시인

그이는 말씀했네
낙타 같은 언어를 갖고 싶다고
그래서 지평을 보고 싶다고

그이는 말씀했네
낙타 같은 속눈썹을 갖고 싶다고
그래서 모래 속에서 모래의 집을 들여다보고 싶다고

그이는 말씀했네
낙타 같은 육봉을 갖고 싶다고
그래서 생각의 눈부신 물에 온몸을 담그고 싶다고

그래서

존재는 무
무는 존재

지층이 되고 싶다고

서울시 문화 행정의 동반자

고건 | 전 국무총리

쌈지공원

이어령 문화부 장관과 서울특별시장인 내가 공인으로서 처음 만나게 된 지점은 쌈지공원이었다.

첫 만남에 대한 그의 글을 그대로 옮긴다.

"나는 공직 생활을 잘 모른다. 평생을 사사롭게 글만 써온 사람이다. 이렇게 '관'이나 '공' 자 붙은 세계에 무지했던 내가 문화부 장관직을 맡아 일을 할 때 제일 먼저 충돌할 뻔한 곳이 바로 서울특별시의 고건 시장이요, 그 관료들이었다. 왜냐하면 TV 방송의 취임 인터뷰에서 서울특별시의 고유 업무 영역에 대해 함부로 문화 정책을 운운한 것이다.

그리고 실제로 시에서 버려둔 자투리땅을 찾아 그곳에 쌈지마당(공원)의 문화 공간을 세우는 안도 발표했다. 서울시의 녹지과에서 할 일을 엉뚱한 문화부가 나서 감 놔라 콩 놔라 참견을 한 것이다. 아니다. 참견이 아니라 아예 남의 밭에 들어가 수박을 따 오려 한 거나 다름없다.

쌈지마당이 하나 완공되는 날 나는 염치도 없이 고건 시장에게 전화를 걸었다. 백억 공사의 행사장에도 참석하기 어려운 바쁜 서울특별시 시장에게 일억 공사도 안 되는 쌈지마당의 준공식에 나와달라는 부탁이었다.

지금도 나는 그날을 잊을 수 없다. 무허가 판잣집들이 즐비한 달동네 지역, 문자 그대로 쌈지만 한 마당 준공식에 서울시장이 나와 테이프를 끊은 것이다. 눈치 없는 아마추어 글쟁이 문화부 장관과 함께…. 아니나 다를까 예상대로 동네 사람들에게 둘러싸여 민원 사항을 듣느라 자리를 뜨지 못했다. "먼저 가세요." 군중에 에워싸인 채 손으로만 서로 인사하고 떠날 때 놀이터가 생겼다고 신나 하는 달동네 아이들, 그 상기한 얼굴 너머로 고건 시장의 얼굴이 떠오른다.

그 뒤부터 자진해서 고건 시장의 '가게무샤'(뒤에서 그의 일을 대신하는 대역)

가 된 것이다. 신설 문화부와 서울시는 동행자가 되어 동행자로서 손을 잡고 갔다. 고질적인 공무원들의 텃밭 싸움의 벽이 허물어진 것이다."

그는 '가게무샤'라는 표현을 썼지만 나는 항상 서울 문화 시정의 동반자요, 시장의 멘토로 생각했다. 민선 시장으로 다시 그 자리에 돌아왔을 때 동행자 관계는 더욱 날개를 달았다. 도시계획이나 건설 사업에 문화의 옷을 입히려는 나는 그에게 개발위원장의 자리를 맡기게 된다. 그중에서도 남산 복원과 쓰레기 더미로 변한 난지도 개발 사업 마스터플랜의 중요 정책을 부시장단과 함께 주도하는 일이다.

이에 대한 이어령 선생의 글을 그대로 옮긴다.

"왜 나는 중이염을 앓는 귀를 틀어막으면서까지 헬리콥터에 동승하여 찬 강바람을 맞아야 했는가. 왜 월드컵 경기장의 발주자 설명회에 나가 격에 어울리지도 않는 프레젠테이션을 해야만 했는가. 물론 공해의 상징인 난지도를 하늘 공원으로 만들어 자연생태계를 복원하는 에코 시티, 산업 시대의 폐기장을 정보 시대의 꿈을 창조하는 '디지털 미디어 시티' 모두가 내 마음을 두근거리게 하는 일들이었다."

쓰레기 산의 천지개벽

서울시는 버려졌던 난지도 쓰레기 산과 주변 105만 평을 환경, 생명, 평화의 생태 주제 공원으로 소생시켜 개원했다.

우리는 이 생태 공원을 '월드컵 공원'으로 이름 지었다. 이 월드컵 공원은 모두 105만 평으로 미국 뉴욕의 센트럴 파크보다 넓다. 남산공원보다도 크고 한강 상류의 올림픽 공원의 두 배가 넘는다.

이 공원은 다섯 개의 테마 공원으로 구성된다. '평화의 공원', '난지천 공원', '하늘 공원', '노을 공원', '난지한강 공원'이다. 각기 저마다의 특징을 가지고 있다.

특히 평화의 공원은 13만 5천 평으로 월드컵 경기장의 앞마당이다. 여기에는 너른 잔디밭, 붓꽃과 창포가 피는 연못과 실개천이 있다. 광활한 수변광장, 은행나무가 줄지은 산책로, 문화 이벤트가 펼쳐지는 어울마당이 있다. 월드컵 때 이 공원은 다채로운 문화 장터가 된다.

그리고 하늘 공원은 월드컵 경기장 쪽에 가까운 쓰레기 산 5만 8천 평에 조성된 초지 공원이다. 고원지대를 연상케 한다고 해서 하늘 공원이다. 여기에는 건조하고 척박한 땅에서도 잘 자라는 억새, 해바라기, 메밀과 엉겅퀴, 제비꽃, 씀바귀 같은 초화류를 심었다. 제비나비, 호랑나비 등 3만 마리도 풀어놓았다. 들꽃의 수분을 도와주기 위해서다. 30미터 높이의 풍력발전기도 다섯 기를 설치해 여기에서 나오는 전력으로 공원의 가로등을 밝힌다.

그 건너편에 노을 공원이 있다. 이곳에서 보는 낙조는 정말 일품이다. 서해 쪽으로 지는 해는 망망한 한강 하류를 붉게 물들인다.

회색빛 개발 연대를 넘어 이제 생명, 환경, 평화의 시대를 힘차게 열고 있는 우리의 상징이다.

미래의 관문 디지털 미디어 시티

서울시는 공원 개장 사흘 뒤, 서울과 한국의 미래를 앞당겨줄 기술혁신과 문화 산업의 전진기지, 디지털 미디어 시티DMC의 본격 출범을 국내외에 공표했다. 상암동 일원에 서울의 미래를 열어갈 환경 도시, 정보 도시를 만들겠다는 것이었다.

DMC는 세계 최고의 미디어 콘텐츠의 개발, 생산, 유통 기지이자 이 분야 세계 최고의 연구·개발 집적지를 지향한다. 이곳에서는 영화, 애니메이션, 음악, 온라인 콘텐츠 등 모든 개념이 창출되고 상품화될 수 있다. DMC는 창조의 원동력이자 혁신의 모태이며 나아가서는 서울과 세계를 연결하는 국제 비즈니스의 전진기지가 될 것이다.

DMC는 다른 IT 단지들과 달리, 첨단 기술과 문화 산업의 융합을 추구한다. DMC는 산업단지가 아니라 '미래형 신도심'이다.

DMC는 국내보다 국제적으로 더 유명하다. DMC 계획에 참여한 MIT 교수진들 덕에 DMC는 문화·산업·도시개발을 아우르는 신개념의 신도시, New Century City의 개념을 열어간 선구적인 사례로서 주목을 받고 있다. 스페인에서 남미에 이르는 세계의 도시들에서 DMC를 벤치마킹하고 있다. 몇 년 전에는 유사한 사업을 구상하고 있는 영국 국회의 문화정보위원회 국회의원 전원이 DMC를 방문해 나와 강홍빈 교수가 이들을 맞이하기도 했다.

지금 보아도 DMC는 분명 시대를 앞서가는 사업이다. DMC는 탈개발 시대 도시개발의 새로운 패러다임을 보여준다. 관 주도가 아니라 철저하게 민관 협동의 개발 방식이라는 점이 그렇고, 일관되게 문화와 경제, IT의 가상세계와 아날로그 도시환경, 창조와 소비, 혁신과 일상생활을 융합하고자 하는 비전과 개발 내용이 그렇다.

상암 월드컵 경기장

상암 월드컵 경기장은 대한민국이 4강의 꿈을 이루어낸 곳이다.

2002년 5월 31일 밤, 서울 상암동에 모여든 6만여 관중과, 모니터를 통해 이를 지켜본 전 세계의 텔레비전 시청자들은 세 번 놀랐다. 우아한 한국의 전통과 현란한 IT 기술이 어우러진 개막식의 장관에 놀랐고, 세계 최강으로 알려진 프랑스 팀을 월드컵에 처녀 출전한 세네갈이 이기는 것을 보고 놀랐다. 그리고 밤하늘에 '거대한 빛의 바다'로 떠오른 '꿈의 구장', 서울 월드컵 경기장의 환상적인 아름다움에 놀랐다.

이날, 외신 기자들은 앞다투어 서울 월드컵 경기장의 아름다움과 기능성을 본국으로 타전했다. '전통과 하이테크의 만남'이 빚어낸 '분명히 세계에서 가장 아름다운 축구 구장의 하나', '가까운 자리에서는 선수의 숨소리를 듣고, 뒷자리에서도 선수의 소리치는 말을 들을 수 있는' 경기장, '경기를 완벽하게 관람할 수 있는 적당한 규모'이며, 328개의 스피커를 통해 '음악 연주장의 분위기를 연출하는 유일무이한 음향 장치', '독일의 완벽주의자들도 우월성을 인정해야 할' 경기장…. 세계 미디어로부터 찬사가 이어졌다.

정말, 서울 월드컵 경기장은 우리의 건축과 기술이 만들어낸 자랑스러운 걸작품이다. 날렵한 방패연 모양의 반투명 지붕이 황포

돛대처럼 우뚝 솟은 16개의 마스트mast를 따라 소망을 하늘로 띄워 보내고, 그 아래 팔각형 소반 모양의 우아한 하이테크 스탠드가 6만여 관중을 한 그릇에 담는다. 밤의 경기장은 더욱 장관이다. 푸르고 밝은 색들이 환상적으로 어우러져 땅 위에 조용히 앉으려는 우주선 같다.

이 경기장이야말로 우리의 미학과 기술이 어우러진 최고의 작품일 뿐 아니라 굽히지 않는 의지와 수많은 땀방울이 모여 이룬 성과다.

《뉴욕 타임스》에 한국과 일본이 월드컵 경기장의 사후 활용 문제로 골머리를 앓게 될 것이라는 기사가 실렸었다. 다른 경기장은 모르겠으나, 서울 월드컵 경기장에 대해서는 전혀 사정을 모르는 이야기다.

한마디로 서울 월드컵 경기장은 월드컵이 끝나면 텅텅 비게 될 유휴 시설이 아니라, 오히려 더 다양하게 활용될 서울 서북 지역의 중심 커뮤니티 시설이 될 것이다. 더욱이 월드컵 경기장은 매년 유지·관리에 서울시 예산을 투입해야 할 시설이 아니라 상당한 수입을 서울시에 가져다줄 수익 시설로 계획되어 있다.

경기장 자체는 물론 축구 전용 경기장이지만, 축구 경기 이외에도 대중음악회, 패션쇼 등 다양한 대중 행사를 할 수 있도록 가변 무대와 음향, 조명 장치가 마련되어 있다.

총 건설비는 1,733억 원으로 낙찰되었다. 당초 책정한 예산보다 237억 원 낮은 금액이었다. 남은 돈으로 세계 최고 높이인 202미터의 월드컵 분수대와 주차장을 건설했다.

무엇보다도 월드컵 경기장은 월드컵 이후 서울 서북 지역의 커뮤니티 시설로 자리 잡게 될 것이다. 경기장을 둘러싼 데크 밑에는 전용면적 기준으로 1만 5천 평에 달하는 넓은 공간이 있다. 이 공간에 넓게는 마포·은평·서대문 등의 서울 서북 지역, 좁게는 경기장 인근에 건설되고 있는 거주 인구 20만 명의 아파트 단지와 주간인구 5만 명에 이르게 될 디지털 미디어 시티를 지원하는 상업, 여가 문화 기능이 들어가게 된다.

대형 쇼핑센터·다양한 전문점·전문 식당가·은행 등의 상업 시설은 물론, 수영장·헬스장 등을 포함하는 스포츠 센터, 10개의 상영관과 게임 센터가 들어선 복합영상관, 그리고 전용 식당과 폐백실을 갖춘 2개의 예식장까지 들어오게 된다. 경기장에 바로 붙은 넓은 주차장과 두 개의 지하철역은 이 커뮤니티 센터의 접근성을 한층 더 높여줄 것이다.

경기장 스탠드 아래 만든 시설도 제 역할을 톡톡히 해냈다. 지난 2011년에는 경기장의 연간 유지·관리 비용 85억 원을 훨씬 넘는 170억 원의 수입을 올렸다.

서울 월드컵 경기장은 쓰레기로 뒤덮였던 상암동 일대에 화려하게 피어난 한 떨기 꽃이다. 이 경기장과 인근에 조성된 월드컵 공원, 그리고 그 옆에 조성되고 있는 디지털 미디어 시티는 새로운 밀레니엄의 벽두에 세계에 내보이는 우리의 자랑스러운 자화상이자 미래 세대에게 남겨줄 큰 선물이다.

남산 제모습 찾기

남산은 우리 서울의 상징이다. 또한, 애국가 2절에 표현되어 있는 "남산 위에 저 소나무 철갑을 두른 듯…"처럼 우리 민족의 기상을 대변하면서 영광과 오욕의 역사를 민족과 함께해왔다. 우리 민족과 서울의 상징인 남산은 일제의 고의적인 훼손과 도시의 급속한 성장 과정에서 무질서하게 개발되고 자연경관이 잠식되어왔다.

남산의 훼손은 더는 방치해서는 안 되는 한계에 달했다. 그래서 지난 1989년 임명직 시장으로 일할 때 '남산 제모습 찾기' 사업을 추진했다. 우선, '남산 제모습 찾기 100인 시민위원회'를 구성했다. 먼저, 남산에 지어진 잠식 시설물을 이전하여 남산의 자연경관을 살려나가기로 했다. 1989년 필동에 있는 수도방위사령부가 주둔하고 있던 땅에 남산한옥마을을 조성하였고, 또한 옛날에 외인아파트와 외인주택이 들어서 있던 곳에는 남산야외식물원과 야생화공원을 조성했다. 시민들도 남산 제모습 찾기에 적극 동참하였다. 그 결과, 남산에 가재와 다람쥐가 살아 돌아오고 자연 생태계가 점차 살아났다.

남산 제모습 찾기의 화룡점정은 '안기부(중앙정보부)의 이전'이었다. 안기부가 있던 자리를 어떻게 시민들에게 돌려줄 것인가? 시장인 나는 시민의 안전을 지키는 '종합방재센터' 창설에 힘썼고, 이어령 선생은 '서울 문학의 집'을 추진하였다. 협력적 분업이 이루어진 것이다.

문학의 집

남산 북쪽 산자락에 있던 옛날 안기부장 공관을 '서울 문학의 집'으로 새롭게 꾸며서 2001년 10월, 시민의 날을 맞아 시민의 품에 돌려드렸다. 옛날 굳게 닫혀 있었던 권력의 집을 열려 있는 시민의 집으로 탈바꿈시킨 것이다. 이 집은 우선 문학인들의 사랑방이다. 이 집 '사랑방'에서 문학인들은 자유롭고 편안하게 얘기를 나눈다. 공기 좋은 곳에서 창작 의욕을 살린다. 시민들은 이곳에서 좋아하는 작가를 직접 만나 볼 수도 있고, 시 낭송회와 여러 가지 문화 이벤트를 감상할 수도 있다.

지난해 '문학의 집 20주년'에 이어령 선생은 와병 중이라 직접 참석하는 대신 다음과 같은 글을 보내왔다.

"남산 자락 밑에는 눈에 보이지 않는 스무 개의 기둥으로 지은 집이 있다. 벽돌과 유리창으로 된 집이 아니다. 시간의 기둥과 언어의 계단 그리고 입김 같은 바람이 드나드는 문이 있다. 사람들은 그것을 '문학의 집'이라고 부르지만, 사실은 누구도 그 집을 본 사람은 없다.

그것은 우리들의 마음, 시인들의 목소리와 소설가의 발자국 속에 새겨져 있기 때문이다. 몇 번의 시 낭독회가 열렸는지 몇 차례의 전시회와 강연 그리고 기념행사의 모임이 있었는지 그 숫자를 묻는 사람들은 어리석다. 마치 고향 집처럼 그곳에 가든 가지 않든 아무 때고 눈을 감으면 보이는 집. 글을 쓰는 사람이면, 글을 벗하는 사람이면 스무 개의 시간의 기둥, 스무 개의 공간의 계단으로 된 집에서 늘 지낼 수가 있다.

글 쓰는 사람들이 앉았다 떠난 자리에는 이끼처럼 푸른 글들이 남는다.

아주 먼 날 그 뒤에도 해마다 나이테처럼, 지금 스무 개의 글 기둥이 마흔 개가 되고 또 쉰 개가 되고 지금 스무 개의 글 계단이 쉰 개가 되고 백 개가 되어도 남산 자락, 입김 같은 바람과 별들이 드나들던 그 집은 처음의 그 때처럼 그리움으로 거기 있을 것이다.

글과 그리움은 다 같이 '긁다'에서 나온 말이라고 하지 않던가. 손톱으로 긁은 내 사랑과 열정과 사무침의 기억들이 파란 이끼처럼 돋아날 것이니. 나는 지금 그곳에 가지 못하지만 20년 전 처음 기둥의 주춧돌을 세우던 날, 축하의 술잔에 고였던 향기를 맡을 수 있다. 거기 모이는 사람들의 얼굴에 주름이 얼마나 더 늘고 기미가 얼마나 더 많아졌는지 몰라도 어린 아이같이 웃던 그 웃음소릴 들을 수 있다. 낯설건 낯이 익건 그 집에서 그 날 만났던 사람들은 모두가 너무 큰 날개 때문에 이 땅 위에서는 서툴게 걸을 수밖에 없는 앨버트로스였던 것을 기억한다.

나는 지금 그곳에 가지 못하지만 20년 전 첫 기둥을 세웠던 그 자리에서 마침내 하늘을 향해 날아오르는 앨버트로스의 눈부신 비상을 본다. 저리도 서툴게 살았던 나의 오누이들이 형제들이 보아라 지금 스무 개의 시간의 기둥 위에서 그리움의 깃털을 편다. 중력에서 벗어난 자유로운 선회. 글의 승리가 넓고 무한한 창공에 있었음을 이제 알리라.

남산 자락 밑에는 눈에 보이지 않는 스무 개의 기둥으로 된 집이 있다고 하더라. 벽돌과 유리창으로 된 집이 아니라고 하더라. 시간의 기둥과 언어의 계단 그리고 입김 같은 바람이 드나드는 문이 있다고 하더라.

사람들은 그것을 '문학의 집'이라고 부르지만 사실은 누구도 그 집을 본 사람은 없다고들 하더라. 다만 문학을 아끼고 사랑하는 사람, 문학의 힘을 기리고 두려워할 줄 아는 사람, 따로따로와 서로서로를 함께 사는 이상한 사람들만이 그 집을 볼 수 있다고 하더라."

서울종합방재센터

퇴계로에서 남산 제1터널로 나가다 보면 오른쪽에 남산 제모습 찾기 사업으로 되찾은 안기부 벙커 건물 입구가 보인다. 한때 두려움의 대상이던 이곳에 서울시민의 안전을 지키는 사령탑, 서울종합방재센터가 2002년 3월 문을 열었다.

종합방재센터는 이름대로 소방, 재난, 재해, 민방위 등 서울시의 모든 위기관리 기능이 한자리에 모여 통합적으로 돌발 상황에 대처하는 지휘 통제부이며, 24시간 잠들지 않고 불의의 재난, 재해로부터 시민의 생명과 재산을 지키는 안전 파수꾼이다.

위기대처 조직이 분산되어 생기는 문제를 해소하기 위해 나는 우선 소방, 민방위, 방재기획 기능을 한데 묶어 소방방재본부로 통합했다. 그리고 한 걸음 더 나아가서 소방방재본부가 실제 통합적으로 위기관리를 할 수 있도록 첨단 정보통신 시스템으로 지원되는 종합방재센터를 만들었다. 우리나라 처음의 일이다.

남산 종합방재센터의 중추 시설은 종합상황실이다. 정구장 두어 개는 들어감 직한 종합상황실의 한쪽 벽은 전체가 영상 모니터로 덮여 있다. 157개의 감시 카메라로 들어온 서울시 취약 지역의 모습을 실시간으로 보여준다. 원격조정 장치를 통해 특정 지역을 클로즈업해서 볼 수도 있다. 그 앞에는 접수 지령대와 관제대 33대가 정연하게 배치되어 있는데, 지령대와 관제대마다 특별하게 설계된 방재 시스템이 탑재된 컴퓨터를 응시하며 안전 파수꾼들이 24시간 서울의 구석구석을 지킨다.

119 신고가 들어오면 신고자의 전화번호와 주소가 자동적으로 접수 지령대 모니터에 표출되고, 그 위치가 1,000분의 1 지도에 나타난다. 신고된 재난의 유형과 규모에 따라 자동적으로 출동대가 편성되고 출동 지령이 전달된다. 출동 중인 차량의 위치는 실시간으로 방재센터의 모니터에 표시된다.

이때, 지휘부는 현장의 교통 상태, 소화전의 위치, 건물 평면도, 가스관, 통신관 등 지하 매설물의 위치, 인근 병원 상황 등 현장 출동대가 필요로 하는 정보를 데이터베이스에서 뽑아 현장 출동 차량에 데이터를 전송한다.

응급 상황에서는 버튼 하나로 지역 주민에게 비상 발령을 발동할 수도 있다. 15개 유관 기관에 대한 상황 통보도 자동적으로 이루어진다.

서울 종합방재센터는 선진 방재 행정의 모델 케이스로 알려지고 있다. 2002년 5월 말에 열린 메트로폴리스 총회를 계기로 서울을 방문한 여러 나라의 시장들도 이 안전사령탑을 시찰하고 갔다.

서울종합방재센터가 창설된 지 20년이 지났다. 그런데 이게 웬 일인가. 방재센터 반대편 남산 남쪽 기슭에서 이태원 참사가 일어났다. 방재센터가 제대로 작동되었더라면 양상은 전혀 달라졌을 것이다. 왜 작동이 안 되었을까. 안타까운 마음뿐이다.

이어령과 '97 동계 유니버시아드

고병우 | '97 동계 유니버시아드 조직위원장

1994년 4월, 갑자기 1997년 1월 7일 동계 유니버시아드를 한국에서 유치하기로 IOC의 결정이 났다. 나는 1993년 건설부 장관직을 사직했다. 정부는 1994년부터 고급 인력의 활용 방안으로 전직 장관들을 수도권 이외의 지역에 있는 지방대학에 객원교수로 등용하여 정부가 보수를 지급하는 제도를 만들었다.

정부에서 나에게도 희망 대학을 묻기에 고향인 군산대학에 가겠다고 했더니 바로 국립 군산대학교 총장에게 이를 통보했고, 군산대학에서는 대환영하는 분위기였다. 나는 1994년 1학기부터 강의를 하겠다고 신청했다. 첫해는 경제 특강을 하고 다음 해부터 정규과목을 맡기로 하고 강의를 시작했다. 강의 시작 1개월도 안 되었는데 청와대에서 연락을 해왔다. 대한민국이 1997년 동계 유니버시아드 대회를 유치했는데 이 대회의 조직위원장을 맡아달라는 요청이었다. 나는 스포츠에는 소질도 없고 관심도 없는 사람이라고 완강히 거절했다. 그런데도 청와대에서는 2, 3일 후 다시 연락하여 군산대학 강의는 안 해도 좋으니 유니버시아드 조직위원장은 꼭 맡아달라며 강요를 해왔다. 당시에는 공무원 출신에게 국가의 녹을 받으면서 무조건 거절하는 것이 허용되지 않았다.

나는 하는 수 없이 무주·전주 동계 유니버시아드 조직위원회 사무실인 대한체육회 회관으로 찾아갔다. 사무실에는 문체부에서 파견한 공무원, 대한체육회에서 파견한 체육 전문 인력, 그리고 개최지인 전라북도에서 파견한 공무원 10여 명이 한 사람의 사무총장을 모시고 근무 중이었다.

스포츠도 모르고 행사도 모르는 나는 암담하기만 했다. 더욱이 동계 스포츠는 비인기 종목이어서 스케이트 타는 빙상연맹이 하나 있을 뿐이고, 스키는 소수의 선수들만 있을 뿐 조직도 없었다. 다행히 1988년 하계 올림픽을 한 경험이 있어서 총무처 장관을 찾아가 올림픽에 경험을 가진 유능한 직원들을 파견받기로 하고 문화체육부의 고위 공무원을 사무총장으로 추천받아 필요 인력을 확보하도록 했다. 정부 각 부처로부터 2, 3명씩 차출하고 주최 지역인 전라북도 공무원들도 동원했다.

김영삼 대통령이 자기 임기 중에는 국제대회가 따로 없고 무주·전주 동계 유니버시아드가 유일하니 필요한 것은 무엇이든지 요구하라며 관계 부처 장관들에 협조 지시를 강력히 해주었다. 다행히 내가 재무부에 근무할 때 같이 일했던 88 올림픽에 경험이 있는 유종상兪宗相 과장을 만나 도와줄 것을 요청했더니 거절하지 못하고 협력할 것을 수락해 처음부터 기획실장을 맡기고 직급과 관계없이 모든 것을 자문해달라고 해서 큰 도움을 받게 되었다.

행정 조직이 어느 정도 갖추어지니 이제 중앙 부처 공무원들을 현지인 전주로 이주케 하고 선수촌 아파트에 입주시켜 근무에 불편을 해소하고, 개최지인 전라북도의 기획실장을 카운터 파트너로 모든 일을 진행하기로 하였다. 대회에 가장 중요한 시설로 전주의 스케이트장 건설과 무주의 스키장 건설에 집중했다. 그러나 경기장은 각 경기 단체 책임자들의 요청에 따라 지원하면 되겠는데 스포츠 경기보다 더 중요한 것이 행사를 어떻게 준비해서 대회 분위기를 띄우고 경기를 효과적으로 지원할까를 생각하니 막막해졌다. 행사를 어떻게 할까, 88 올림픽 때 행사처럼 멋있게 했으면 좋겠는데 하다가 88 올림픽 행사 총괄 지휘자인 이어령 장관을 떠올렸다. 무작정 이어령 장관을 찾아가 대한민국에서 동계 국제 스포츠를 하는데 아무 경험도 없을 뿐만 아니라 그에 맞는 행사를 생각하다가 난감하여 찾아왔다고 했더니 무덤덤한 표정이었다.

이 대회가 너무 어렵고 성공 가능성이 없어 보여 나는 조직위원장을 무보수로 맡고 있다고 했더니, 그 말을 들은 이 장관은 눈에 빛이 나더니 조직위원장이 무보수로 한다면 나도 무보수로 해야지 하며 무보수 행사 총지휘자를 자임하게 됐다. 당시 한국예술종합학교 총장 이강숙李康淑 씨에게는 '97 동계 무주·전주 동계 유니버시아드' 대회가를 작곡해준 작곡료로 몇백만 원을 주었는데 그 대회가를 작사한 이어령 장관에게는 작사료뿐 아니라 대회 진행의 시나리오를 처음부터 끝까지 작성하고, 그에 필요한 무용 등 많은 부수 행사와, 대한민국 각계 전문 인사들을 총동원하는 역할을 담당하는 등 밤낮을 가리지 않고 애써준 데에 대가를 지불한다면 수천만 원, 아니 수억 원을 치렀어도 모자랐을 일을 단 1원도 지급하지 않았다.

나는 피로하면 선수촌 아파트에 마련된 조직위원장실에 가서 쉬다 오고는 했는데 이 장관은 사무실에서 늦은 밤까지 구상하고 매일매일 진행될 행사의 내용과 동원할 전문가들을 찾느라 골몰하였다. 세계의 젊은이들이 대한민국의 가장 오지라 할 수 있는 무주 구천동에 몰려드는 장면을 상상하며. 심지어 성화대를 높이 만들어야 하는데 대회장(스키 점프장) 건너편은 깎아지른 높은 산이라 세울 곳이 마땅찮았고 세웠다 한들 누가 그 높은 산을 성화를 들고 뛰어 올라갈 수 있을 텐가. 그런데 나와 같이 앉아 고민하던 이 장관이 환호하며 회심의 미소를 짓기에 아! 해결됐나 보다 하고 물으니 성화대를 높이 세우고 성화대까지 담장을 쌓으라는 것이다. 그야 어렵지 않은 작업이라고 쉽게 대답했더니 성화를 담장 아래에서 점화해서 그 불길이 성화대까지 타고 올라가 성화대에 자동으로 점화시키자는 아이디어였다. 얼마나 멋진가!

성화가 담장을 타고 올라갈 때부터 관중들은 환호하기 시작했고, 자동으로 성화대에 점화되는 것을 보고 김영삼 대통령 내외분을 포함한 국제올림픽위원회장 사마란치, 국제U대회 위원장 네비올로를 비롯한 내외 귀빈들이 누가 구령을 부른 것도 아닌데 일제히 일어나 모두 기립박수를 했다. 성화가 점화되자 스키 점프대 양쪽으로 한복을 입은 스키어들이 선녀가 하늘에서 강하하는 것처럼 무용과 율동을 하며 내려온다. 아래에서 기다리던 일단의 무희들이 화려한 무용을 하면서 대회가가 울려 퍼진다.

이 무용이 끝나자 나와 네비올로 세계유니버시아드위원장이 마이크 앞에 나가서 대회 개회사를 낭독했다. 대회의 주빈인 김영삼 대통령이 일어나 "지금부터 97 무주·전주 동계 유니버시아드 세계대회를 시작합니다." 하고 개회 선언을 했다. 이어 화려한 무희들이 스키 점프대에 꽉 들어차 하늘의 선녀들이 군무를 펼치는 화려한 모습으로 대회 개회식을 마쳤다. 만장한 국제 스포츠 대표들은 한결같이 어느 동계 올림픽에서도 볼 수 없었던 훌륭한 개회식이라며 극찬을 하였다.

이후 14일간 스키는 종목별로 무주에서, 스케이트는 전주에 새로 지은 스케이트장에서 각종 경기가 개최되었다. 종목별 시상식에도 빛나는 행사가 있었다. 이어령 장관은 이 시상대 행사까지 각각 특징 있게 화려한 행사를 연출하도록 했다. 모든 대회가 끝나고 폐막식은 1차로 무주 스키장에서 하고, 최종 폐막식은 전주에서 본대회를 진행하기 위해 전주에 처음으로 새로 건립한 5성급 호텔에서 국내외 귀빈들을 모시고 화려하게 열렸다. 그러나 도민 대표가 감사하다며 감사패를 줄 때 나는 당연히 대회조직위원장으로서 받았으나 이 대회를 이렇게 빛나게 만들어준 주인공 이어령 장관은 폐막식에 참석조차 하지 않았다. 당시 도지사는 대회를 유치할 때의 지사가 아니라 그 뒤에 선출된 야당 출신 지사가 대회를 여당에서 유치했다고 하는 생각으로 모든 것을 축소하고 형식적인 행사로 만들어버렸기 때문이다.

이어령 장관은 이렇게 대한민국에서 최초로 개최한 세계적 동계 스포츠 제전을 빛낸 분이었음에도 마지막 폐회식에서 감사패 하나 드리지 못했던 아쉬움이 지금도 가슴이 아프다.

형의 뒤에서

고은 | 시인

끝에서 끝없다는 소리도 생겼는가.

끝을 앞두고 형은 넋 놓아버릴 수 없었다.

어언 90년 가까이 한 번도 게을러 본 적 없는 숨찬 기쁨으로 새벽같이 말하고 아침같이 썼다.

언젠가 나는 이런 형을 잠잘 때도 그의 혀는 잠들 줄 모른다고 말한 적이 있다. 그렇게나 형의 불타는 감성과 벼린 의식은 세상의 희로애락을 뒤집고 뒤엎어야 했다.

그런 삶의 비탈로 형과 우리가 사는 땅의 삼시三時, 과거 현재 미래에 눈떠야 했고 불 밝혀야 했다.

그러는 동안 말과 글이 닳고 늙어야 하기를, 형은 거슬러 소년의 순수로 이어왔다. 그리하여 세상은 무엇보다 형의 신록으로 흠뻑

젖었다. 차마 어느 셰에라자드가 밤이나 낮이나 그토록 그칠 줄 모르는 청산유수였으랴.

그러다가 몇 해를 두고 호젓이 병고를 만나 몸의 그림자가 눕는 세월도 더하여 삶이 아픔이라는 것을 몸소 감당해온 것이다.

이 지경이면 누구나 백지이건 자판이건 남남일 터인데도 형은 형 자신만이 아니라 두고 갈 시대를 처연히 챙겼다.

하고 많은 이야기 없이 노래 없이는 형이 아니었다. 옛 초가지붕 위로 저녁 냉갈 오르는 향토의 화석을 살려내고 내일의 문명을 전망하여 일깨우기를 단념할 줄 몰랐다.

다 죽어가는 동안에도 그것에 맞서 한 자 한 자의 찰나들을 북극 극광의 의지로 넘어섰다.

누구는 삶에서 죽음을 만났지만 형은 죽음에서 삶을 만났던 것이다. 혼자 하늘 우러르며 혼자 울며 그랬던 것이다.

1933년의 간난艱難 속에서 형도 형의 부인도 그리고 나도 태어났다. 부질없는 동갑내기로 이따금 만나면 자화상을 반겨오다가 이제 형을 멀리 보내면서 형은 삶으로도 죽음으로도 앞장섰다.

죽음은 가을이 되고 나뭇잎이 다 떨어진 나뭇가지 위에서 노랗게 익어간다. 말랑말랑해진 죽음에는 단맛이 들고….

세상에, 죽음이 가을이라니! 죽음의 단맛이라니!

이 나라와 이 세상에 형이 안 계셨더라면 어쩔 뻔했을까, 그래서 형은 여기 왔고 여기서 한 생애로 몇 생애를 쌓아놓았다.

형은 형의 사후에도 생전 그대로 여기저기 시같이 밤중같이 살아 있다.

형이여 어디 가서 읽지 않았던 책 읽고 있는지 모르는 형이여 그토록 다하고도 모자란 형이여,

그리움에는 슬픔도 들어있어서 형의 뒤가 슬프지 않을 수 없다.

아! 향가

국수호 | 무용가

이어령 선생님은 언제나 반가워하셨다.

집에 계실지도 모르고 문을 두드려 들어가면 반갑게 맞아주시던 그 모습이 눈에 훤하다.

88 올림픽 개막식 준비 때 공식적으로 처음 뵈었다. 87년 가을 초였다. 내가 약관 37세 때였다. 2,600명이 출연하는 올림픽 개막식의 마지막 작품 〈화합〉을 안무 맡았을 때 뵈었다.

그때 선험적 영감을 느끼게 해주셨다. 그리고 그 느낌대로 잠실 운동장에 펼쳐 보였다.

그 후 선생님은 내 두 손을 잡으며, 국 교수! 참 내 국 교수! 그렇게 선생님과는 33년간의 사제 동행이 되었다.

장관 시절, 〈소리여! 천년의 소리여!〉 때 여창 가곡 〈이수대엽〉을 느린 소리로 연주한 시연회 후 이 프로그램을 보면 눈이 감길 수 있으니 춤을 뒤에 깔아 눈을 뜨고 보고 듣게 할 수 없느냐며 내게 오늘 하루 저녁에 만들어보라고 하셨다.

나는 하룻밤 사이에 예악의 이미지로 춤을 안무해서 다음 날 2차 시연에 보여드렸고, 이후 LA·뉴욕 카네기홀 공연에서의 찬사는 장관님 몫이 되었다. 그런 춤과 음악의 사이를 오갈 줄 아셨던 현인이셨다.

그 후 유럽 순회공연 때의 〈소리여, 천년의 소리여!〉는 관객과 언론에서 우리 공연 문화의 세계성에서 최고점으로 평가되었다.

1998년 프랑스 월드컵 폐막식 행사에 2002년 차기 월드컵 예술단으로 국립무용단이 〈북의 대 합주〉를 전 세계에 보였을 때도 최고의 문화기획자로 연출까지 담당하셨다.

그 후 나의 모든 공연 프로그램에 축하 글을 써주시고 공연을 보고 격려해주시는, 내 춤에 멘토가 되어주셨다.

그리고 선생님을 뵈었던 30년 동안 내 춤 세계는 인문학적 토대 속에 창작되었고 춤추었다. 나의 춤이 한국 예술사에 기여된 바가 있다면 선생님의 나에 대한 기대감과 배려와 춤으로 미래를 읽는 방법을 일깨워주셔서 이룰 수 있었다고 생각된다.

- 2006년 춤극 〈고구려〉 이어령 선생님의 인사말
  "20여 년이 넘는 시간 동안 지켜본 국수호 선생은 춤에 대한 뛰어난 지성적, 문학적 감각뿐 아니라 영혼적인 감각으로 춤을 만들어내는 인물이었습니다."

- 2009년 춤극 〈가야〉
  "무관심 속에서 사라진 그 흔적을 하나하나 채집하여 춤의 조각으로 이어 완성시킨 이번 춤 공연은 춤의 예술적 영역을 넘어서 역사와 문명의 새로운 패러다임을 예고하는 것이다."

- 2014년 〈춤의 귀환〉
  "국수호의 춤을 볼 때마다 나는 이상하게도 또 다른 하나의 대동여지도를 생각한다. 그것은 반세기 동안 그의 손끝 발끝에서 풀려나온 춤사위 하나하나의 동선이 모여 그려낸 한국인의 신체 지도이다."

- 2016년 〈코리안 드림 영고 –북의 대 합주 30년〉
  "사람이 걷는 것은 발이 움직이는 것이 아니라 마음이 움직이는 것이라는 말처럼 그의 춤이야말로 몸이 움직이는 것이 아니라 영혼이 불타고 있는 것이다."

요약해서 옥고를 옮겼지만 소천하시기 한 달 전인 지난 일월에 뵈었을 때도 선생님은 내게 앞으로 만들 춤을 예고하셨다.

향가! 춤

그렇게 나의 예술혼을 일으켜주시던 스승 이어령!

이 보고픈 배고픔을 어떻게 내 삶에서 감당해야 할지 모른 채 영혼의 시간 속으로 나는 간다.

이어령 선생의 비평과 《저항의 문학》

권영민 | 문학평론가, 서울대학교 명예교수

1

나는 지금 이어령 선생의 첫 평론집 《저항의 문학》(1959)을 들고 있다. 이 책을 필두로 하여 생전에 이어령 선생이 저술한 책이 무려 200여 종을 훨씬 넘는다. 이 방대한 저술 가운데 《저항의 문학》은 우리 비평의 핵심 과제들을 당대 문단의 상황을 통해 제기한 문제적 저술로 유명하다. 이어령 선생의 비평적 글쓰기의 출발점에 해당하는 이 책을 통해 비로소 우리는 문학비평이라는 것이 문학 자체의 의미와 지향을 정당화하는 데에 필요한 일종의 인식 행위라는 사실을 확인할 수 있다.

이 책이 출간되기 전까지 한국의 문학비평은 1920년대 중반 근대적 이념으로서의 사회주의와 만나면서 비평적 방법의 과학화를 확립할 수 있게 되었다는 백철 식의 해석을 대학의 강의실에서 대체로 승인해왔다. 한국 문학비평의 흐름을 검토해보면, 문학 외적인 상황이나 어떤 사회적 이념이 비평의 논리와 방법을 크게 좌우해왔음을 알 수 있다. 문학비평이 문학 외적인 상황에 따라 그 논리와 방법을 바꾸어왔다는 것은 문학 자체의 미학적 의미보다는 사회적 요건을 더욱 중시하고 있음을 뜻한다. 문학비평이 직접적인 대상이 되는 작품 자체보다 작품 외적인 문제에 관심을 기울이게 될 경우 그것은 자칫 비평적 행위에서의 미학의 포기라는 부정적 의미를 띨 수도 있는 일이다.

《저항의 문학》은 우리 문학의 성격을 규정지을 수 있는 중요한 비평적 쟁점과 함께 비평의 방법론적 확립을 동시에 문제 삼고 있다. 이 책에서 한국의 문학에 대한 평가를 두고 이루어진 비평적 견해의 충돌을 우리는 수사론적 비평이라는 단순 개념으로 넘겨버려서는 안 된다. 비평의 방법과 관점의 전환이라는 것이 얼마나 큰 문화적 변화를 가능하게 할 수 있는지를 지켜보아야 하기 때문이다.

2

비평집 《저항의 문학》에는 전후 사회의 삶의 질곡들이 여기저기 격렬한 어조로 적시되어 있다. 인간적 가치의 훼손과 붕괴로 이어지는 부정의 현실을 놓고 이어령 선생은 인간의 자유와 해방, 자기 주체의 발견, 인간적 가치의 회복을 문학을 통해 꿈꾸고 있었음을 확인할 수 있다. 모든 것이 다 무너지고 불타버린 회색의 땅 위에서 문학이라는 새싹을 키우기 위해 이어령 선생은 '화전민'의 개척 의식을 강조해야 했을 정도로 절박한 현실에 직면해 있었다. 이 도저한 구상이 과연 어떻게 가능할 것인가 하는 질문을 놓고 《저항의 문학》에서 이어령 선생이 자주 사용한 용어 가운데 먼저 '부정否定'과 '저항抵抗'이라는 말을 주목하기로 한다. 이 두 개의 용어는 매우 격렬한 투쟁적 의미를 지니고 있지만, 사실은 인간적인 가치에 대한 옹호를 뜻하는 말이다.

'저항'이라는 말은 인간을 파괴하는 역사의 흐름에 대한 비판과 부정을 의미한다. 이것은 새로운 시대가 요구하는 역사의식과도 통하지만, 기성의 모든 문학적 관념들에 대한 비판과 반성을 포함한다. 이어령 선생의 평문 가운데 탁월하게 빛나는 대목은 한국의 문학을 지방성의 테두리에 묶어두게 만들고 있는 관념적 어사語詞들에 대한 비판이다. 예컨대, 당대의 비평가 조연현이나 소설가 김동리 등이 별다른 이의를 달지 않고 한국적인 토속의 세계나 향토성과 혼동해온 전통이라는 개념의 오류를 가장 날카롭게 지적한 것이 선생이다. 엘리엇의 전통론을 들지 않더라도 전통이란 시대적 한계나 공간적 제약 속에 문학을 묶어두는 것이 아니다. 오히려 그러한 제약으로부터 자유로워지는 보편적인 가치의 회복을 더 중요시한다. 이 시기의 비평에서 문학이라는 말의 앞자리에 관형적 투어처럼 붙어다니는 민족이라는 말을 선생의 평문에서는 거의 찾아볼 수 없다는 것도 동일한 맥락에서 이해할 수 있다. 휴머니즘이라는 말이 지닌 애매한 의미 영역을 간명하게 정리하면서 김동리의 이른바 제3 휴머니즘의 비논리성을 공박한 것도 이어령 선생이다.

이어령 선생이 문학을 통해 진정으로 저항하고자 한 것은 무엇인가 확인하기 위해서는 선생 이전의 한국 문학비평의 구도를 간단히 살펴볼 필요가 있다. 선생의 글쓰기가 시작된 시대를 우리는 전후문학의 시대라고 부른다. 선생 이전의 시대는 이른바 해방 공간이라는 특이한 역사적 진공 지대에 해당한다. 이 시기는 이데올로기의 대립과 갈등이 문학의 영역에서 가장 격렬한 비평적 담론으로 구조화하여 논쟁으로 표출된 때이다. 식민지 시대에서 벗어나면서 새로운 민족의 문학을 건설한다는 데에 관심이 집중되자, 그 방법과 이념의 선택이 문제시되었던 것이다. 주지하듯이 해방 공간에는 계급문학과 순수문학이라는 서로 다른 두 가지 방향이 문학비평에서 담론의 주제로 등장하여 서로 대립하였다. 그런데 이어령 선생은 이 같은 문단의 이념적 대립과 비평의 구도와 쟁점을 모두 거부하고 있다. 선생은 왜 이 같은 유별난 선택을 스스로 요구하고 있는 것일까? 이것은 회색의 공간으로 자신을 밀어넣어 두기 위한 일은 아니다. 선생은 문학의 순수를 말하기 전에 오히려 문학의 저항을 논하였고, 문학의 예술성을 논하면서 사회적 참여의 당위를 강조한다. 이로 미루어 본다면 선생은 해방 직후의 상황에서 순수론으로 무장한 민족문학론이라는 것이 하나의 정치 시대의 산물에 불과한 것임을 인식하고 있었던 것이다. 좌파 문단의 정치적 요구로부터 문학의 본령을 지킨다는 측면에서 생각해본다면, 순수론은 어느 정도의 긴장된 의미를 지닌다. 하지만 정부 수립 후 6·25를 거치고 격동의 역사가 지속되는 동안 그 개념은 퇴색할 수밖에 없게 된다. 삶의 현실을 총체적으로 인식하고 그것을 문학적으로 형상화하고자 할 때, 역사와 현실을 초월하고 있는 순수한 문학이란 하나의 공허한 관념에 지나지 않는 것이기 때문이다. 특히 민족문학의 개념이나 그 역사적 의미 등에 대한 논의가 순수문학론으로 대치됨으로써 그 실천적 방법 자체가 무색해졌다는 점도 비판되지 않으면 안 된다. 문학이 사회적 가치나 이념적 속성을 외면하고 순수의 테두리 안에서 안주하고자 할 경우 삶의 현실과 유리된 문학적 공간이 어떤 문제성을 띠게 될 것인지에 대해서는 누구나 쉽게 알아차릴 수 있으리라 생각된다. 그리고 바로 여기서 이어령 선생이 자주 사용했던 '부정'과 '저항'이라는 말의 참뜻을 확인할 수 있다.

3

이어령 선생이 강조한 '부정'과 '저항'은 문단적 비평의 쟁론으로 화제를 불러일으키면서 '우상의 파괴'와 '언어 또는 비유의 발견'이라는 실천적 과제로 확대된다. 물론 이것은 온전하게 '작품 자체로 돌아가기'라는 하나의 단일한 목표를 지향하고 있다. 그리고 이것이야말로 비평의 본질에 해당하기도 한다.

이어령 선생의 '우상의 파괴'라는 과제는 기성 작가들의 권위에 대한 신세대의 당돌한 도전으로 오해받기도 했던 테마이다. 이어령 선생은 평단의 거목이었던 백철을 공박하고 조연현을 비판하고 시단의 주역이었던 서정주도 몰아친다. 그리고 소설 문단의 김동리마저 그 어정쩡한 순수를 용납하지 않는다. 그러니 전후파를 자처했던 소설가 손창섭 같은 정도에도 만족할 수 없었던 것이다. 이러한 이어령 선생의 비평적 도전이 당시의 문단에서 하나의 충격으로 받아들여지게 된 것은 이들이 모두 문단의 우상으로 떠받들여지고 있

었기 때문이다. 그러나 이것은 단순한 문단의 세대론적 감각으로만 설명할 수는 없는 일이다. 이것이 의미하는 바는 아주 단순하고도 간명한 비평적 명제와 직결되어 있다. 이제 비평이 더는 작가의 주변만을 맴돌아서는 안 된다는 것, 오직 작품 자체로 돌아가야 한다는 주장이 그것이다. 작가와 시인이 그들의 글쓰기만을 통해 승부해야 한다는 것, 다시 말하면 작품으로만 평가되어야 한다는 이 분명한 명제를 일반화시키기 위해 선생은 이른바 문단의 대가로 추앙되던 시인과 작가 때리기의 선봉에 나선다. '우상의 파괴'는 일종의 문단적 구호처럼 유행어가 되었지만, 이를 통해 선생은 문학비평이라는 것이 작품 자체에 관한 미적 탐구라는 점을 이 쟁론적 테마를 통해 실천적으로 제시한 셈이다.

이어령 선생의 비평 활동의 핵심에는 '언어 또는 비유의 발견'이라는 실천적 과제가 중요한 논리적 거점으로 자리 잡고 있다. 선생이 가장 힘을 기울인 부분이 소설과 시의 언어적 표현 문제와 직결

되어 있다는 것은 널리 알려진 사실이다. 선생이 주도했던 논쟁의 소용돌이를 돌아보면, 선생은 문학이라는 것이 결국 언어적 기호의 산물이라는 사실을 강조하고자 했음을 알 수 있다. 선생이 추구한 글쓰기의 자유를 놓고 보면, 역사주의자가 아니라 문화적 자유주의자에 해당한다고 할 수 있다. 언어적 기호론자로서 선생이 능란하게 활용하고 있는 비유적인 표현법을 따른다면, 선생은 문학을 거울이라고 생각하기보다 촛불이라고 생각한다. 문학의 사회 역사적 기능보다 그 미적 자율성에 대한 신념을 선생만큼 일관되게 지켜온 비평가를 다시 찾아보기 어렵다.

그렇다면, 이어령 선생이 지니고 있던 언어적 기호의 산물로서의 문학이라는 것에 대한 믿음이 중요한 이유는 무엇인가 생각해볼 필요가 있다. 너무나도 당연한 명제이지만 문학은 언어를 통해 이루어진다. 그리고 이것은 일상의 언어 소통 과정에서 화자가 상대에게 말을 거는 것처럼, 작가가 독자에게 작품을 내놓는 일종의 소통의 원리에 의해 성립된다. 물론 작품이라고 하는 언어적 텍스트는 현실적 삶의 내용과 연관되어 있다. 그리고 이것은 어떤 특별한 동기에 의해 이루어진 구조적 담론의 특성을 지닌다. 문학 연구에서 텍스트 자체의 내재적인 연구는 언제나 문학의 자율성과 완결성을 전제하는 것이라고 할 수 있다. 그리고 텍스트 자체에 대한 분석적인 접근을 통해 구조적인 완결성의 미적 특성을 밝혀내는 작업을 중시한다.

이어령 선생의 비평에서 볼 수 있는 문학과 그 언어에 관한 관심은 문학 연구를 독자적인 기반 위에서 체계화하여 자율적인 분야로 고정하고자 했던 당대의 서구 비평의 경향과도 상통한다. 그리고 이것은 넓은 의미에서는 모더니즘 운동의 전반적인 흐름 속에서 그 위상이 분명하게 드러난다. 선생은 실제 비평 작업에서 문학 작품의 속성과 의미와 가치를 밝혀내기 위해 그 작품의 구조에 주목하면서 하나의 독립된 객체로서 문학 텍스트의 존재를 인정하고 그 독자적인 의미 또는 효과를 미적 차원에서 해석할 가능성을 열어놓고 있다.

4

우리는 지금 이어령 선생의 비평적 글쓰기를 돌아보면서 선생이 남긴 《저항의 문학》을 넘어서야 하는 지점에 서 있다. 그러나 좀 부끄러운 고백이지만, 우리는 《저항의 문학》을 넘어설 만한 자리를 아직도 제대로 마련하지 못하고 있다. 우리가 다시 《저항의 문학》을 놓고 선생이 남겨놓은 비평의 방법과 실천을 문화의 범주 안에서 새롭게 이해하지 않으면 안 되는 이유가 여기 있다. 이어령 선생은 문학이라는 것을 하나의 문화적 산물 또는 문화적 현상으로 파악해야 할 것을 앞장서서 강조했다. 그리고 스스로 구체적이고도 개별적인 문화 현상들 속에서 이루어지는 하나의 문화적 실천으로 자신의 비평적 글쓰기를 멈추지 않았다. 이 끊임없는 글쓰기를 통해 《저항의 문학》 이후 비평의 길을 '문화적 시학'이라는 하나의 새로운 방법 안에서 찾을 수 있도록 안내한 일이야말로, 선생의 비평적 통찰의 탁월함을 말해주는 것이라고 할 수 있다.

이어령 선생께

김남조 | 시인

우리는 가장 먼 곳으로 이별을 해왔습니다.
그러나 가장 아름다운 '인간'의 추억을 귀중히 품고 있습니다.
당신 같은 사람이 아주 많이
더 세상에 태어난다면
주님의 축복은 더욱 거대하게 부풀었으리라고 믿어집니다.
저는 심신이 더욱 쇠약해가고 있으나
신앙은 잡풀처럼 자라나고 있습니다.
부인인 강인숙 여사는
더욱더 속마음을 열어 꽃길을 트고 있습니다.
앞으로는 강 여사를 더욱 사랑하렵니다.

김남조 드림

예술계의 선구자, 이어령 선생님을 기리며

김대진 | 한국예술종합학교 총장

올해 1월, 작고하시기 한 달 전쯤 고견을 얻고자 이어령 선생님을 찾아간 적이 있다. 부쩍 앙상해진 선생님의 얼굴과 도드라진 뼈마디에 마음이 가라앉는 것도 잠시, 그는 예전과 다를 바 없는 반짝이는 눈빛으로 나를 안심시켜 주었다. 짧게 계획된 우리의 만남은 '예술'이라는 단어로 뜨거웠던 시절을 회상하느라 90분 가까이 지나고 있었다. 체력이 버티지 못해 만남이 어려울 수도 있다는 주변의 전언이 무색하리만큼 열정적으로 대화를 이끄는 모습이었다.

선생님의 음성을 들으며 눈빛을 마주하고 있을 때면, 마치 예술학교 설립을 위해 고군분투하던 그때의 문화부 장관님과, 앳된 모습의 신임 교수인 내가 앉아있는 듯한 착각이 들었다. 내가 아무리 28년 교수 생활을 했다고 하더라도, 선생님 앞에서 나는 여전히 가르침이 필요한 초보 총장이었다. 그도 그럴 것이 그분의 조언은 시간의 흐름과 관계없이 어떤 상황에서든 꼭 들어맞는 정석이었다. 다만, 그날 본 선생님의 눈빛을 기억하기에 나는 여전히 그의 부재가 낯설 뿐이다.

선생님은 문화부 장관으로서의 마지막 국무회의가 열린 1991년 12월, 숙명 같았던 최후 5분에 대한 이야기를 꺼냈다. 한국예술종합학교 설치령. 단 5분이 남은 국무회의에서 선생님은 예술밖에 할 줄 아는 게 없는 핸디캡을 가진 아이들을 한번 가르쳐보자고, 그들을 제대로 가르칠 예술학교를 문화부가 만들어보자고 주장했다. 특권을 주는 것이 아니라, 한국 안에서 오갈 데 없는 영재들을 불쌍히 여기자는 것이었다. 그것은 설득당할 수밖에 없는 예술영재에 대한 새로운 시각이었다.

그렇게 이듬해 1992년에 한예종이 개교할 수 있었다. 지금 생각

해보면, 선생님은 당신이 계시지 않은 30년 후 지금과 더 먼 미래까지도 내다본 것 같다. 지금의 한예종이 존재하고 성장할 수 있었던 것은 그 시절 선구안을 가진 선생님의 의지와 확신, 또 그 의지를 받아 교장(설립 초기에는 직함이 '교장'이었다.)이 된 이강숙 초대 총장님 덕분이었다. 국내 예술계뿐 아니라 전 세계 예술계 어디든 곳곳에 심겨 있는 한예종의 씨앗을 선생님께서 뿌리셨고, 애써 일군 땅의 뜻깊은 첫 수확을 초대 총장님이 해냈다. 그 이후 적시에 물을 주고, 적소에 거름을 주면서 씨앗이 제대로 자랄 수 있는 비옥한 땅을 만드는 것은 우리의 몫이니, 우리가 열심히 가꾼 만큼 수확물을 거두면 되는 것이리라.

누군가는 선생님을 떠올리며 문학가라고 하고, 누군가는 교육가 혹은 정치인이라고 말하겠지만, 총장인 나는 '한예종 설립자'라고 말하고 싶다. 한예종은 설립 취지에 맞게 무수한 예술영재를 발굴했고, '유학 갈 필요가 없는 학교'를 넘어 '유학 오는 학교'의 단계에 이르는 성과를 냈다. 나는 이번 한예종 개교 30주년을 맞아 본부가 있는 석관동 캠퍼스의 예술극장을 '이어령예술극장'으로 개명하는 것을 추진했다. 감사하게도 선생님과 가장 가까운 가족인 영인문학관장 강인숙 선생님, 이승무 교수님과 함께 그 영광스러운 이름을 극장에 걸 수 있었다. 새 이름을 갖게 된 '이어령예술극장'은 앞으로도 계속 우리 학교의 상징으로서 많은 예술 창작물을 선보일 소중한 공간으로 자리매김할 것이다.

비록 이제는 그분의 눈빛을 보며 교감할 수 없지만, 작고 전까지 선생님께서 써 내려간 문장들을 읽으며 나는 다시금 마음을 다잡는다. 그리고 선생님의 뜻을 잇는 마음으로 총장의 임무를 생각해본다. 선생님의 거듭되는 성찰로 남겨진 찬란한 문장들은, 나뿐만 아니라 읽는 모든 이에게 울림을 주고 때로 삶의 이정표가 되어줄 것이다.

"선생님께서 남긴 말씀 하나하나가 제게는 느낌표였습니다."

신명의 꽃으로 돌아오소서

김덕수 | 사물놀이 창시자, 한국종합예술학교 명예교수

내가 선생님과 처음 인연이 된 것은 선생님께서 88 서울 올림픽을 준비하시던 1986~7년 무렵이었으니 벌써 삼십수 년 전입니다. 우리 사물놀이는 멀리 그리스에서 한국까지 이어진 올림픽 성화 봉송단에 참가하기도 했지요.

> "88 올림픽 때 슬프면서도 기쁘고, 절망적이면서도 희망이 있는 역설의 우리 문화를 단 몇십 분 만에 보여줄 수 있는 건 사물놀이밖에 없다고 생각했어. 내가 언어를 연구하는 사람이지만 한국의 긴 역사를 말로는 다 할 수가 없어. 그래서 넌버벌 커뮤니케이션인 사물놀이에 주목하게 된 거야."(《포브스 코리아》와의 인터뷰 중, 2018년 2월 23일 자)

신라의 향가부터 기호학에 이르기까지 언어의 전 영역을 연구해

오신 석학 이어령 선생께서 사물놀이가 가진 비언어적 힘을 높이 평가해주신 것이지요. 사물놀이를 만든 저로서는 크나큰 응원이자 영광이 아닐 수 없었습니다. 이후 선생님과의 인연은 선생께서 문화부 장관, 새천년준비위원장, '97 무주·전주 동계 유니버시아드, 청주 동아시아 문화수도 명예준비위원장 등을 역임하실 때로 계속

이어졌습니다. 한국 문화와 예술의 힘을 이 시대에 맞게 재조명하고 세상에 알리는 작업을 하실 때면 늘 저에게 의견을 물으시고 참여를 권하셨지요. 그래서 저는 선생님의 여러 작업에서 현장 공연자의 역할만이 아니라 기획 단계에서 많은 자문과 아이디어를 공유해드렸고, 선생님은 기꺼이 수용해주셨습니다. 심지어 언젠가 국제학술대회에 나가실 때는 제가 말씀드린 3, 5, 9 등 우리 음악에서 발견되는 숫자들의 오묘함에 대해서 언급하시기도 했습니다.

선생님과의 여러 인연 중에서 가장 기억에 남고, 가장 혁명적이라고 생각되는 작업은 단연 2010년의 〈디지로그 사물놀이: 죽은 나무 꽃 피우기〉였습니다. 홀로그램 기술을 활용해서 실시간으로 디지털 기술과 아날로그 신명이 능동적인 상호작용을 이루는 위에 생명 존중이라는 메시지를 얹은 사물놀이 공연은 과연 이어령 선생의 상상력이 아니면 불가능한 것이었지요.

> "두고 보라. 디지털과 아날로그의 대립하는 두 세계를 균형 있게 조화시켜 통합하는 한국인의 디지로그 파워가 미래를 이끌어갈 날이 우리 눈앞으로 다가오게 될 것이다."(한국인 이야기 시리즈 3: 《너 어떻게 살래》 중)

선생님께서 인생 역정의 마무리를 해나가시던 2019년에는 저와 안숙선 선생 등 아끼시던 국악인들을 몇 차례 불러서 국악과 우리 문화에 대한 당신의 통찰을 나누어주셨습니다. 그중에서 참 인상 깊었던 것은 우리 춤의 기본자세인 '엉거주춤'에 대한 언급이었습니다.

"내가 젊었을 때는 한국인의 엉거주춤에 대해 비판하는 글을 썼었어. '펴든지, 주저앉든지, 서든지, 말든지 해야 되는데 말이야, 엉거주춤해가지고 살다가 그 모양 당했지 않느냐?'라고 젊었을 때 썼는데, 지금 생각하니 그게 아니야. 이게 출발점이야. 오금을 구부리고 있으면 뛸 수도 있고, 앉을 수도 있고, 설 수도 있고, 돌아설 수도 있는데… (중략) 우리는 엉거주춤한 자세에서 힘이 생기는 오금질의 문화이고, 생명 순환의 문화야. 이항 대립이 아니라 삼항 순환인 거지."(국악인들과의 면담 중에서, 2019년 4월 12일)

저는 기회가 있을 때마다 선생님에게 우리 신명의 근본이 바로 오금질에서 나온다고 말씀드린 바가 있습니다. 이를 선생님의 언어로 풀어낸 것이 '엉거주춤'이었던 것이지요. 한국 문화와 예술의 본질에 대해서 이런 수준의 통찰은 오직 선생님만 해내셨고, 우리 전통예술인들이 한 걸음 더 나아갈 새로운 영감과 힘이 됩니다.

"우리만의 것 속에 들어있는 세계적 보편성, 누구에게도 새롭게 발견되는 세계적 보편성, 그것이 우리의 힘이야. 이게 한류야."(국악인들과의 면담 중에서, 2019년 4월 12일)

선생님이 그립습니다. 저는 선생님의 통찰과 당부를 제 장고 소리에 담아 신명의 꽃으로 피우겠습니다. 선생님, 우리에게 신명의 꽃으로 돌아와주세요. 한국의 신명으로 세상이 어우러지게 해주세요. 서로를 보듬고, 치유하고, 사랑하게 해주세요. 선생님, 고맙습니다.

《이어령, 80년 생각》의 시작과 끝

김민희 | 《톱클래스》 편집장

"네? 제가요?"

나는 선생님의 제안에 화들짝 놀라 되물었다. 별이 찬란한 겨울이었다. 창밖에서 스미는 빛이 이어령 선생님 머리 뒤에 환하게 머물렀다. 눈이 부셨다. 선생님 눈을 바라보고 싶었지만 제대로 쳐다볼 수 없었다.

"이어령이라는 한 인간이 남긴 창조물의 뒤편을 조망해보라는 거예요. 내가 평생 창조, 창조 해왔잖아. 그 창조물들이 어떤 순간에 어떻게 피어났는지, 과정의 이야기를 담는 거예요. 말하자면 이어령의 창조 이력서이지요. 이건 절대로 회고록이 되어선 안 돼요. 자서전이나 전기문 냄새가 나도 안 되고."

선생님은 스테이크를 씹으면서 말씀을 이으셨다.

"누구나 나처럼 생각하면 나처럼 될 수 있다는 걸 말하고 싶어요."

입안에 음식물이 가득 있는데도 선생님의 발음은 뭉개지지 않았다. "그러니까 내 말은" 하고 휴지기를 만든 후 음식을 입에 넣으시는 흐름은 오랜 시간 체화된 듯 리드미컬했다. 먹기와 말하기를 동시에 선생님처럼 능란하게 해내는 사람을 나는 이제껏 본 적이 없다.

《주간 조선》 인터뷰 기사를 보신 선생님이 귀가 뜨거워지는 상찬과 함께 밥을 사주시는 자리였다. 밥은, 그저 밥 수준이 아니었다. 가나아트센터 레스토랑의 커다란 룸을 예약해두셨다. 방에 들어서는 순간 나는 일찌감치 소화불량을 예상했다. 이어령 선생님과 마주 앉아 밥을 먹다니!

이어령이라는 이름은 나에게 살아있는 천재나 다름없었다. 운 좋게도 나는 선생님이 석학교수로 이화여대에 다시 돌아오셨을 때 캠퍼스를 누볐다. 학부 때에는 교양 강의 〈한국인과 정보사회〉 〈한국문화의 뉴패러다임〉을, 대학원에서는 〈문학과 기호학〉을 수강했는데 그때 선생님은 가까이 다가갈 엄두조차 내지 못하는 셀럽celeb(유명인사)이었다. 저 멀리 선생님이 지나가시면 우리는 가던 길을 멈추고 마치 연예인 보듯 구경하곤 했다. 계단식 대형 강의실에서 강의하시던 선생님의 강연은 가뜩이나 새하얀 석고상 같은 선생님을 더 비인간적으로 보이게 했다. 해박한 지식을 기반으로 펼쳐내는 가공할 만한 융합적 사고란! 선생님 강의를 들으며 느낀 감정은 부러움과 경외보다 미스터리에 가까웠다. 한 인간이 한 생애 동안 이토록 방대한 지식을 소화해낼 수 있다는 게 믿기지 않았다. 전생의 기억과 지식을 고스란히 간직한 채 환생하신 게 아닐까, 라는 엉뚱한 상상까지 들었다. 그것도 한 생이 아니라 천년의 기억을 간직한 채. 하지만 이제는 안다. 선생님이 늘 말씀하시듯, 천재란 하늘에서 뚝 떨어진

재능이 아니라 오랜 시간 동안 차곡차곡 쌓아 올린 성실의 산물이라는 걸. 그래서 선생님은 이 말을 남기고 싶으셨던 것 같다. "누구나 나처럼 생각하면 나처럼 될 수 있다."는 어불성설 같은 진리.

그렇게 선생님과의 인터뷰 프로젝트가 시작되었다. 2015년부터 약 1년간은 격주마다 만났고, 이후에도 수시로 만남과 보충 인터뷰를 이어갔다. 코로나 시기에는 전화로 이야기를 들려주셨다. 재밌는 발상이 생각나면 대뜸 전화하셔서 "어, 지금 통화 가능해요? 바쁠 테니 짧게 얘기할게." 하시고는 보통 30분 넘게 이야기를 들려주셨다. 그렇게 이어간 선생님과의 대화는 7년간 150시간이 넘는다. 인터뷰 프로젝트의 결과물은 《이어령, 80년 생각》으로 엮여 세상에 나왔지만, 아직 전하지 못한 선생님의 음성이 많다. 전화기에 녹음해둔 통화만 30시간이 넘는다.

고백건대 선생님과의 인터뷰는 쉬운 날이 없었다. 두 시간여 인터뷰를 마치고 나오면 머리가 깨질 듯 아픈 적이 많았고, 열이 펄펄 나 감기인 줄 알고 감기약을 먹은 적도 있다. 온몸에 진이 빠졌고 뇌즙을 쥐어짠 듯 몽롱했다. 왜일까. 도대체 무엇이 이토록 뇌를 통째로 휘몰아치게 한 걸까.

처음엔 선생님이 펼쳐내는 지식의 세계를 따라가느라 생긴 뇌의 소화불량으로 생각했다. 그도 그럴 것이 선생님은 직선이 아니라 지그재그로 이야기를 펼쳐내신다. 기승전결로 매듭을 짓지 않고 기-승-승2-승3-전-전2-전3-결 식으로 확장되는 경우가 많기에 정신을 똑바로 차려야 한다. 어느 이야기가 기둥이고, 어디서부터 어디까지가 가지인지를 구별해가면서 따라가야 한다. 간혹 가지의 맥락을 잘못 짚은 질문이라도 하면 "아니, 지금 무슨 얘기를 하는 게야!"라며 역정을 내신다. 그 역정은 소름이 오소소 돋을 만큼 뾰족했다. 당시엔 야속했다. '이렇게까지 화를 내실 일인가' 싶은 생각이 들면서.

하지만 이제는 그 이유를 안다. 선생님의 이야기는 강물처럼 흐른다. 그 강물은 천 갈래 만 갈래로 퍼지며 새로운 길을 만들어내는데, 아무리 엄청난 이야기라도 청자의 반응이 신통치 않으면 선생님의 사고는 바다에 닿지 못한다. 반대로 찰떡같이 이해하면서 적당한 추임새와 함께 다음 물길을 열 만한 질문을 던지면 얘기가 달라진다. 선생님의 사고는 바다를 지나 거대한 날개를 달고 푸드덕, 높고 넓은 우주로 날아오른다. 그러면 선생님은 아이처럼 손뼉 치시며 신나 하신다. "어, 이 얘기 좋다! 이거 꼭 적어뒀다가 나중에 다시 이어가자고." 하시면서. 그래서 선생님 이야기를 들을 땐 집

중력을 총동원해야 한다. 그만큼 에너지 소모도 크다.

하지만 선생님의 인터뷰를 마치고 몽롱해진 진짜 이유는 따로 있었다. 인터뷰는 주로 (지금은 없어진) 평창동의 '한·중·일 비교문화연구소'에서 했는데, 문을 열고 밖으로 나오면 나는 종종 이해하기 힘든 낯선 기분을 느꼈다. 늘 보던 풀포기, 나무 기둥, 지붕이었건만 처음 본 듯 생경함이 전해졌다. 저마다의 몸짓으로 말을 걸어오는 느낌이라고 할까. 저 구석 어딘가에 이상한 나라의 앨리스가 사는 토끼굴이 있을지도 모른다는 묘한 착각이 일 정도로.

그건 바로 세계의 확장이었다! 선생님은 늘 "자기 머리로 사고하라"고 강조하셨다. "지금 그 생각, 자네 생각 맞아? 세상이 그렇다고 하는 진리 말고, 진짜 자기 머리로 해낸 생각 맞는가?" 그래서 선생님은《이어령, 80년 생각》의 마지막 인터뷰에서 "독립된 개체로 우뚝 서라"는 말을 남기신 거였다. "독립된 개체가 뭔가요?"라는 질문에 특유의 단조 음성으로 이렇게 답하신 기억이 선명하다.

"독립된 개체로 사는 삶이란 하루를 살아도 자기 머리로 생각하는 삶이에요. 누가 뭐라고 하면, 뉴스에서 무슨 보도가 나오면, 책 한 줄을 읽어도 뭐가 기고 뭐가 아니고를 제 머리로 판단하면서 사는 삶이지."

그 말은 최근 우리 사회에서 강조하는 '나다움'의 철학과 맥이 닿는다. 나는 선생님 인터뷰 프로젝트를 하면서 내 머리로 생각하는 법을 새롭게 배우게 됐다. 내 머리로 생각하는 느낌은, 말하자면 주체적 생각과 주입식 생각의 경계를 감각하기 전에는 알지 못한다. 경계에 서보지 못한 사람은 주입식 생각을 진짜 자기 머리로 하는 생각이라고 착각하기 쉽다. 나 역시 그랬다. 그때까지의 내 생각을 자기 머리로 하는 생각이라고 믿어 의심치 않았으니까. 그래서 내 삶은, 선생님 인터뷰 프로젝트를 하기 전과 후로 나뉜다고까지 말할 수 있다.

선생님은 세상 모든 사람이 당연시해도 스스로 납득하기 전에는 받아들이지 않으셨다. 매 순간 말에 말을 걸면서 마야의 베일과 격자 뒤에 감춰진 세상 모든 것의 진의眞意를 파헤치려 돋보기를 들이대셨고, 발견되지 않은 생의 너머를 보려 우물 파기의 여정을 멈추지 않으셨다. 마지막 우물 파기의 대상은 당신의 죽음이었다.

작고하시기 열흘 전쯤 선생님은 이렇게 말씀하셨다.

"외부인을 만날 수 있는 마지노선이 되는 날 같아. 지금 내가, 인풋과 아웃풋이 마음대로 잘 안 돼요."

그 순간에도 선생님은 자신을 타자화해서 의식의 드나듦을 감각하고 계셨던 거다. 이상한 예감에 그날 큰절을 올리고 싶었으나 차마 드릴 수 없었다. 그러면 정말 마지막이 될 것 같았기에. 퉁퉁 부은 눈으로 몇 번이고 돌아서며 말했다. "선생님, 꼭 다시 올게요! 꼭이요!" 하지만 선생님을 다시 뵌 건 천안의 묘역에서였다.

스승의 날 즈음 찾아뵙고 그때 못 드린 큰절을 올렸다. 대리석으로 정갈하게 꾸민 묘소에는 제자들이 놓고 간 싱싱한 생화가 가득 놓여 있었다.

밤중에 온 하얀 꽃

김병종 | 화가, 서울대학교 명예교수

이어령 선생의 마지막 일 년은 어떤 면에서 그의 전 생애를 견인할 만큼의 무게를 지닌 것이었다. 그가 보낸 지상의 시간 대부분이 문명과 생명, 그리고 시대에 대한 번뜩이는 레토릭으로 일관된 것이었던 데 반해 마지막 일 년은 비언어적 서사를 보인 '몸'의 시간이었다.

시시각각 소멸해가는 육신의 시간 너머로 황홀하게 펼쳐지는 또 다른 생명 세계를 응시하면서, 이 언술言術의 귀재는 평생의 무기였던 언어를 놓아버린 대신, 죽음이 곧 생명이며 새로운 탄생이라는 비언어적 알고리즘 하나를 완성하였다. 일찍이 딸 이민아 목사의 죽음을 통해 참척慘慼의 슬픔 너머에서 새로운 생명 세계로 이동해가는 모습을 경외감으로 바라보았던 선생은 이를 자신의 것으로 육화시키고 체현하였다. 그가 한사코 일체의 항암 치료나 투약을 피하려 했던 것도 맑은 정신 속에서 끝까지 진화해가는 자기의 죽음을 바라보고 싶었던 까닭이 아니었을까.

언젠가 내게 들려준 얘기 한 토막.

"세상에서는 내가 딸의 회생을 놓고 신神과 '딜deal'을 벌인 것으로 알고 있지만, 삶과 죽음의 문제가 피할 수 없는 주제로 내게 다가온 것은 전혀 다른 각도와 방향에서였어요. 오래전 연구년으로 일본의 한 소도시에 머물던 시절, 편의점 불빛만이 새어 나오는 깜깜한 벌판의 교차로에서 신호등을 기다리는데 갑자기 형언할 수 없는 슬픔이 밀려왔어요. 하늘엔 별이 총총했는데 우주에 홀로 내팽개쳐진 느낌이었고 간절하게 누군가의 손을 잡고 싶었죠. 그때 얼핏 내 앞으로 지나가는 신의 옷자락을 만진 듯한 느낌이었어요. 그날 밤의 그 형언할 수 없고 압도적인 느낌을 묻어두고

있었는데, 훗날 환히 웃으며 죽음을 맞아들이는 딸을 보고 문득 그것은 더는 피해갈 수 없는 주제라는 생각이 들었지요. 그런 면에서 내 딸은 불교식으로 말하자면 내 앞에서 등을 밝힌 맑은 선지식 같은 존재였던 셈입니다. 나는 영적靈的 지진아였고."

선생은 세상을 떠나기 몇 시간 전 우리 집에 소담하고 하얀 양란을 보내왔다. 만나기로 한 날을 하루 비켜 먼저 떠나게 된 데 대해 양해를 구하는 의미가 담겨 있었다. 다시는 돌아오지 못할 여행의 몌별사袂別辭로. 어두운 밤중에 온 희디흰 꽃은 혼백 같았다. 그날 밤, 어둠을 뚫고 온 하얀 양란은 '생은 계속된다'는 메시지 같은 것을 담고 있었다.

생의 종장에 다다랐을 때 몸은 더할 수 없이 쇠약해져서 뼈만 앙상했지만, 눈빛은 선사禪師처럼 형형했다. 그 눈 속에서 죽음에 대한 두려움의 빛이나 불안 같은 것이 보이지 않는 데 적이 놀랐다. 오히려 죽음에 대해 올 테면 오라는 듯한 자신감 같은 것이 비쳤다.

"나는 가도 그 생명의 '밈meme'은 사방에 퍼져 있을 것입니다. 문자를 가진 자의 행복이지요." 마지막이 가까울 때에는 그런 말도 했다.

선생은 길고 오랜 투병 생활 동안 서재를 고수했다. 응접실 겸 서재를 병실처럼 쓰면서 거기서 다양한 사람들을 만났다. 세상을 떠날 때는 어땠을까. 역시 서재였다. 호위병처럼 자신을 둘러싼 책들, 특히 100권을 훌쩍 넘는 평생의 저작들과 둘러선 가족들 속에서 눈을 감았다. 그이는 평소 내게 말하곤 했다. 수많은 사람이 죽어간 병실 침대에서 죽기 싫다고. 그리고 그 바람은 이루어졌다.

평생을 인문과 사회, 문학과 예술의 경계인으로 살며 지식의 최전선에 서 왔던 선생은 이렇게 하여 생의 마지막 주제로 다시 죽음의 문제와 대면하게 된 것이다. 그래서였을 것이다. 선생은 생전 유독 '생명'이라는 주제에 매달렸고, 나와는 〈생명 2인전〉을 열어 시와 그림의 접점에서 함께 머문 적도 있다. 자신의 죽음으로 마침내 평생의 화두였던 생명에 방점을 찍은 이어령. 언제 다시 그와 같은 이를 만날 수 있을까. 지난 세월 그분과 함께여서 행복했다.

이어령 선생님과 나

김성곤 | 서울대학교 명예교수, 전 조지워싱턴대학교 초빙 석좌교수

이어령 선생님께서 소천하신 지 벌써 1주기가 되어간다는 사실을 믿을 수가 없다. 몸은 떠나셨지만, 그분의 정신과 영혼은 여전히 내 곁에 커다란 그림자를 드리우고 계시기 때문일 것이다. 지난날을 돌이켜 보면, 나는 이어령 선생님께 많은 은혜를 입었다. 선생님께서는 나를 당신께서 창간하신 《문학사상》의 고정 필자로 초대해주셨고, 1978년부터 6년 동안은 《문학사상》 미국 주재 특파원으로 임명해주셨으며, 2002년에는 임홍빈 회장님과 뜻을 모아서 나를 《문학사상》의 주간으로 불러주셨기 때문이다. 또 1988년에는 이어령 선생님과 공저로 영국에서 《Simple Etiquette in Korea》라는 영문 도서를 출간하기도 했다.

그러나 그분이 내게 소중한 이유가 단지 그것 때문만은 아니다. 이어령 선생님은 내게 문학이란 무엇이며, 지식인이란 무엇인가

에 대해 커다란 깨우침을 주신 분이다. 그분에 의하면, 'literature'를 '문학'으로 번역한 것은 중대한 잘못이다. 'literature'는 학문이 아니기 때문이다.

타계하시기 직전에 이어령 선생님은 내게 이렇게 말씀하셨다.

"문학은 유서가 아니라 유언과도 같은 것입니다. 문학은 문서로 쓰인 논리적인 학문이 아니고, 우리의 상상 속에서 비상하는 예술이기 때문이지요. 유서는 문구나 자구 하나하나를 고치고 도장을 찍는 것이지만, 문학은 그런 것이 아니니까요."

그래서 이어령 선생님은 늘 'literature'를 학문으로 가르치는 한국의 풍토를 개탄하셨다. 문학을 학문으로 생각하고 분석하는 것은 마치 사랑을 고백하는 애인의 눈을 보며 저 사람 눈 속에 들어있는 수정체의 성분은 무엇이며, 눈에 고인 눈물의 염분은 몇 프로인

가를 관찰하는 것과도 같다는 것이다. 그래서 신춘문예 출신 박혜진 평론가를 만났을 때도 선생님은 "가슴이 뛰는 글을 써야 한다."고 당부하셨다고 한다. 선생님의 그러한 생각은 "문학평론도 소설처럼 감동적이고 재미있어야 한다."고 말한 미국의 저명 평론가 레슬리 피들러Leslie A. Fiedler의 문학관과도 상통한다.

이어령 선생님은 또 내게 "지식인은 특정 조국이 없는 사람이다."라는 것을 가르쳐주셨다. 지식인은 조국의 경계를 넘어 세계인이 되어야 하기 때문이다. 그래서 그분은, "지식인은 자기 나라의 국경을 초월해서 세계를 바라보아야 하고, 더 넓은 세상으로 나아가야 한다."고 말씀하셨다. 그것은, 작가의 경우도 마찬가지여서, 작가가 쓴 작품이 자기 나라의 국경을 넘어 세계로 진출해야 하는 것과도 상통할 것이다.

이어령 선생님은 지식인이나 작가는 자유로운 영혼의 소유자여야 하며, 특정 이데올로기나 문단 파벌이나 정당에 속해 있으면 안 된다고 생각하셨던 분이었다. 그래서 얼마 전에 나를 박경리문학상 심사위원으로 추천하시면서, "문단 파벌이나 정치 이념에 속하지 않아서 문학상 심사위원으로 이상적이다."라고 말씀하셨다고 들었다. 선생님은 또한 문학은 정치 이데올로기의 도구가 되어서는 안 된다고 생각하셨던 분이었다. 문학이 특정 이데올로기를 위해 복무하는 것은 공산주의 사회에서나 있는 일이기 때문이다.

이어령 선생님은 또 지식인의 사명 중 하나는, "정치인들이 시대착오적인 사고방식을 갖고 나라를 잘못 이끌어갈 때, 그걸 지적하고 깨우쳐주는 것이다."라고 말씀하셨다. 비록 자기가 지지하는 정부라 할지라도 그래야 한다는 것이다. 그런데 한국에서는 자기가 지지하는 정부일 때는 비록 잘못을 저질러도 지식인들이 침묵하거나 옹호하는 경향이 있다고 탄식하셨다.

이어령 선생님을 한국 문단과 학계에서 독보적인 존재로 만든 가장 큰 요인은, 아마도 그분이 국문학자의 범주를 넘어서는 탁월한 문화 비평가였다는 데 있을 것이다. 과연 선생님은 한국 문화의 특성을 글로벌한 시각으로 바라본 독창적인 문화 평론가였고, 동서양의 차이를 이해하고 연결하는 뛰어난 비교문학자였으며, '디지로그'나 '생명 자본' 같은 새로운 문화적 키워드를 만들어낸 창의적인 문화 연구자였다. 과연, 학자들이 기존에 나와 있는 것들을 종합해서 비판하고 정리하는 사람들이라면, 이어령 선생님은 지금까지 아무도 생각하지 못했던 것들을 생각해낸 창조적인 문화 비평가였다.

그래서 나는 2014년에 일본 쿠온 출판사에서 노마 히데키 편저로 출간된 《한국의 지知를 읽다》라는 책에 기고한 글에서 한국을 대표하는 두 지성으로 이어령 교수와 김우창 교수를 선정해 〈이어령론〉과 〈김우창론〉을 쓰기도 했다. 그 글에서 나는 이어령 교수는 문화 연구 분야에서, 그리고 김우창 교수는 인문학 분야에서 한국이 배출한 최고의 지성이라고 썼다. 《한국의 지知를 읽다》는 마이니치 신문사가 주관하는 제22회 아시아·태평양상을 수상했다.

군사독재와 산업화로 척박했던 한국의 1960년대에 혜성처럼 나타나 기존의 사고방식에 안주하던 선배들과 스승들을 당혹스럽게 만들고, 새로운 정신세계를 갈구하던 젊은이들에게 새로운 길을 제시해준 이어령 선생님의 주옥같은 저서들은 당시 대학생들의 문화적 경전이었고 정신적 등대였다. 또한, 선생님의 멋진 글들은 한국어도 매력적이고 아름다운 언어가 될 수 있다는 것을 보여주었다. 한국 문화를 서구 문화와 비교한 명저 《흙 속에 저 바람 속에》나 한국문학을 세계적인 수준으로 끌어올린 《저항의 문학》을 읽으며 당시 젊은 세대는 그 혜안과 통찰에 무릎을 쳤으며, 전에는 몰랐던 새로운 세상에 눈뜨게 되었다. 그래서 선생님이 떠나가셨을 때, 나는 《코리아 헤럴드》에 '우리는 소중한 안내 성좌를 잃었다'라는 제목의 추모 글을 썼다.

돌이켜 보면, 이어령 선생님을 묘사하는 가장 적합한 단어는 '르네상스 맨'이라고 생각된다. 그분은 한국 최고의 에세이스트였고, 타의 추종을 불허하는 탁월한 문학평론가였으며, 한국을 대표하는 빼어난 지성이자 문화 연구자였다. 또한 한국의 문화 행정을 관할하는 초대 문화부 장관을 지냈고, 만장의 침묵 속에서 굴렁쇠를 굴리는 소년의 상징성을 통해 88 올림픽의 개막식을 전 세계에 알린 올림픽 조직위원장이었으며, 언론사 논설위원과 《중앙일보》 고문이었고, 국문학을 연구하고 가르친 이화여대 석좌교수였다. 또한, 이어령 선생님은 시인이자 소설가였고 극작가이자 에세이스트였으며, 문학평론가이자 문화 연구자였다. 그리고 타계하시기 전에는 한·중·일 비교문화연구소장을 역임하시기도 했다. 그런 면에서 이어령 선생님은 다방면에 관심이 있고 능력이 출중했던 진정한 '르네상스 맨'이셨다.

이어령 선생님은 돌아가시기 직전까지 잠시도 쉬지 않고 후학들에게 남기고 싶은 말들을 글로 쓰거나 대담을 통해 정리하셨다. 건강이 악화되자 나에게 정기적인 만남을 제안하시면서 새로운 아이디어들이 머릿속에서 계속 떠오르는데 그대로 떠나기에는 너무나 아깝다고 하시면서, 나에게 그러한 것들을 지적 유산으로 남길 테니 그걸 사람들에게 알려달라고 부탁하셨다. 몸이 극도로 쇠약해져서 더는 키보드를 두드릴 힘이 없을 때는 컴퓨터 앞에 앉아 말로 구술하면 자동 입력이 되는 방법을 쓰시기도 했다. 미국에 체류하고 있는 나에게 마지막 메일을 보내주실 때도 선생님께서는 그 방법을 쓰셨다고 알려주셨다. "생각하면 김 교수와의 소중한 인연은 우연이 아니라고 생각합니다. 이제 더 버틸 만한 체력이 없어 더는 입력할 수 없어 감사의 마음만 전합니다. 부디 행복하세요."라는 선생님의 마지막 메시지는 그래서 더욱 내게 가슴 아려오는 소중한 추억으로 남아있다.

급속도로 체력이 소진되어가는 어려움 가운데서도 그분은 나라의 미래를 걱정하시면서, "그리스가 쇠퇴해가는 것을 보며 소크라테스가 했던 것처럼, 나도 우리 사회에 도움이 될 수 있는 말을 후세에 남기고 싶네요. 그렇게 하는 것이 수술을 하고 방사선 치료를 하며 누워있는 것보다 더 중요할 것 같아서요."라고 말씀하셨다. 그런 면에서 이어령 선생님은 죽음과의 싸움에서도 패배하지 않은 분이셨다고 생각한다.

나는 이어령 선생님을 '하늘이 이 땅에 내려주신 축복'이었다고 생각한다. 그분이 계심으로 인해 한국 문화는 빛이 났고, 한국문학은 세계문학이 되었으며, 한국인이라는 것이 자랑스러워졌기 때문이다. 한 세기에 한 번 나올 정도의 뛰어난 인물이라는 평을 받는 그분이 떠난 빈자리는 당분간 채워지지 않겠지만, 그분이 남기고 간 커다란 그림자는 우리 곁에 오래 남아 우리를 지켜주고 지탱해줄 것이다.

미국의 포스트모던 작가 존 바스John Barth는 〈보르헤스와 나〉라는 글에서 오늘의 자신이 있게 해준 아르헨티나 작가 호르헤 루이스 보르헤스와의 인연을 회상하고 있다. 나 역시 내게 커다란 영향을 끼치고 떠나신 이어령 선생님을 회상하는 이 글을 통해 그분에게 깊은 존경과 애정을 바친다. 하늘나라에서 그분이 내려다보시며 미소 짓는 모습을 머릿속에서 그려보면서.

마르지 않는 인스피레이션과 열정의 눈부신 세계

김승희 | 시인, 서강대학교 명예교수

이어령 선생님, 돌이켜 생각해보면 선생님은 내 문학과 인생의 주치의 같은 분이셨다는 생각이 든다. 1973년에 《경향신문》 신춘문예에 시 〈그림 속의 물〉로 당선을 하고 그해 《문학사상》 11월호에 신춘문예 당선자 특집에 시가 실렸을 때 나는 스물한 살의 나이로 험난한 문학의 길로 들어서고 있었다. 그때 이어령 선생님께서 관철동 《문학사상》 주간실로 불러 내 시를 격려해주셔서 나는 문학에 대해 흔들림 없는 열정을 가지게 되었던 것 같다. 엄마가 문학소녀 같은 분이라 늘 이어령 에세이, 박경리 소설책을 많이 샀기에 집에는 이어령의 《흙 속에 저 바람 속에》, 《하나의 나뭇잎이 흔들릴 때》, 《거부하는 몸짓으로 이 젊음을》 등의 책이 있었다. 그 책들을 통해서 내가 유추한 이어령 선생님의 프로필은 저항, 실존, 반항, 떠도는 자, 파괴적, 화전민, 사보텐 등의 프랑스 실존주의 철학자 같은 이미지였는데 그날 관철동 주간실에서 본 선생님의 모습은 단정한 차림의 단아한 교수의 모습이었다. 그날 소설 쓰는 선배와 일이 있어 귀거래라는 다방에서 만났는데 방금 《문학사상》에 가서 이어령 선생님을 뵙고 오는 길이라고 하자 그 선배는 "난 그분 싫더라. 너무 로션 냄새가 나"라고 말하는 것이었다. 이해하지 못한 채로 어설프게 나는 웃었다. 세련된 현대성 같은 것을 그렇게 말하는 것인가? 그러면서 그렇게 말하는 소설가의 모습이 뭔가 시니컬하고 멋져 보여서 아, 나도 저런 멋진 말을 어디에 한번 써먹어 봐야지, 하고 속으로 생각했으니 나는 얼마나 엉성한 인간이었나? 나중에 다시 물어보니 선배의 말은 당시 한국적 상황에서 이어령 선생님의 에세이가 세련되고 멋있으며 레토릭이 풍부하다는 뜻이었고 외모나 옷 또한 세련되고 멋지다는 뜻이었다고 했다.

그러나 선생님은 부유나 럭셔리 같은 것에 큰 의미를 두지 않았다. 선생님에게는 늘 타오르는 사유의 펜만이 존재할 뿐이었다. 펜-창조-영감-절대 욕망-쓰다. 그것이 선생님에게는 지고지순한 모든 것이었다.

대학을 졸업하고 필동에 있는 작은 잡지사에 다니다가 선생님이 불러서 당시 최고의 문예지였던 《문학사상》 편집부에 취직했다. 선생님이 주간을 맡았던 초기 《문학사상》은 한국에 처음 나타난 현대적인 문예지였고 모더니티의 사상과 언어를 산포하는 매력이 있었다. 이어령 선생님의 긴급 지시를 받으며 월간지를 만든다는 것은 번갯불에 콩을 구워 먹는 일과 같았다. 번갯불에 콩을 구워도 조금이라도 반듯하지 않으면 불호령이 떨어졌다. 일을 허투루 하는 것을 용납하지 않으셨다. 한 달이 그렇게 빠를 줄이야. 선생님은 늘 새로운 것을 추구했고 세계적 문학 트렌드에 민감했으며 《25시》를 쓴 게오르규에서부터 이오네스코·루이제 린저 등을 초청해 문학 강연을 열었고, 에밀 아자르의 소설같이 현대적 작품도 전격 출간했다. 또한 '인상파 화가들'에 관한 특집이 무척 기억에 남는다. 색채와 빛이 유난히 아름다운 그림이라고만 생각했던 인상파 화가들의 작품이 제도권 화단에 맞서는 아방가르드였다는 것도 처음 알게 되었다. 호영송 작가가 쓴 이어령 평전의 제목이 '창조의 아이콘'이었는데 그 창조성과 더불어 또 한 가지, 인스피레이션과 열정은 선생님 문학과 인생의 키워드였다.

에밀 아자르가 《자기 앞의 생》이라는 소설로 콩쿠르상을 받았을 때 급히 번역해서 《문학사상》에 실었을 때 당시 독자들의 열광은 정말로 뜨거웠다. 날개 돋친 듯 책이 나갔다. 희망 없는 절망의 상황 속에서도 사랑을 포기하지 않는 모모와 로자 아줌마의 처절한 사랑의 세계에 가슴이 뛰었다. 나중에 에밀 아자르가 로맹 가리라는 작가의 가명이었고 그 당시 로맹 가리는 나이가 많은, 이미 콩쿠르상을 한 번 받은 적이 있는 유명 기성 소설가였다는 사실이 극적으로 밝혀졌다. 1970년대 초 파리의 20구역, 주로 이민자나 빈민이 사는 구역의 뒷골목에 사는 모모라는 열 살(실제로는 열네 살) 아랍인 소년의 관점에서 쓰인 《자기 앞의 생》이라는 소설은 아우슈비츠에서 살아남아 트라우마에 시달리며 창녀 생활로 연명하는 로자 아줌마가 다른 창녀의 사생아인 모모를 맡아 기르며 벌어지는 이야기다. 모모는 빈민가에서 파란만장한 불행의 역사를 가진 사람과 다른 창녀의 사생아들과 자라며 삶과 역사의 비극과 공포와 비애 속에서도 사랑을 배우며 살아간다. 하밀 할아버지에게 "사람은 사랑

없이 살아갈 수 없나요?"라고 모모는 묻는다. 하밀 할아버지는 대답해준다. "사람은 사랑 없이는 살아갈 수 없단다."

로자 아줌마는 치매에 걸려 헛소리를 하면서도 요양병원에 잡혀갈까 두려워한다. 로자 아줌마가 치매 병원으로 가면 모모는 보호자 없는 미성년자가 되어 고아원으로 잡혀가야 하기에 모모 역시 로자 아줌마의 죽음을 두려워하고 적극 숨기려고 한다. 지하실에 숨어 살던 로자 아줌마가 죽음에 가까워져 의식이 혼미해졌을 때 모모는 촛불을 켜고 아줌마의 기괴하게 부풀어 오른 얼굴에 곱게 화장을 해준다. 사람은 사랑 없이는 살 수가 없기에. 이어령 선생님은《자기 앞의 생》중에서도 그 장면을 가장 좋아하셨다. 그 장면을 이야기하다가 설핏 선생님 눈에 눈물이 비치는 것을 본 것은 나의 착각이었을까? 그때 나는 이어령 선생님에게서 반항적, 실존주의적 투쟁의 프로메테우스적인 이미지와 더불어 약하고 가난한 것들에의 연민과 자비를 중요시하는 '어질' 인仁의 세계가 공존한다는 것을 느꼈다. 나의 슬픔이 아니라 인류의 보편적 슬픔에 슬퍼할 줄 아는 사람이 진정한 지식인, 문학인 아니겠는가?

"이어령 선생님은 한마디로 말할 수 없지만, 르네상스적인 인간이다. 교수, 평론가, 시인, 소설가, 문화부 장관, 지성과 영성 사이에서 고뇌하는 크리스천. 그 모든 걸 다 합친 사람이 현대에 있기 쉽지 않은데. 한국인으로는 드문 '르네상스적인 인간'이 아니었나, 그런 생각을 하게 된다. 앞으로 그런 창조적 인간형이 한국에서 나오기는 불가능하다. 우리 교육이 그러니까. 미켈란젤로, 레오나르도 다빈치, 알리기에리 단테 등을 합쳐놓은 것 같은 그런 분이다."

(〈나는 쓴다, 그래서 존재한다는 존재론의 화신〉, 문화 예술인의 이어령 추모 1,《조선일보》 2022년 2월 27일)

베네치아에 머무르고 있을 때 한 성당에서 다빈치의 그림과 저작물과 노트들을 전시하는 것을 보았다. 당시에 다빈치가 날아다니는 것에 관심을 가져 새 날개를 해부학적으로 드로잉해놓은 것이거나 비행기나 날아다니는 도구들을 노트에 자신의 상상을 그려놓은 것을 보고 고귀한 인간의 꿈이라는 것을 느꼈다. 그것이 훗날 비행기의 밑그림이 되었다고 했다. 천재의 꿈이란 모든 인간의 꿈을 대신하여 메마른 리얼의 한계 끝까지 가서 새로운 것으로 비약하는 것이다. 그 드넓은 도약, 드높은 비약이 인류의 지평선을 바꾸는 것이라고 느꼈다. 그런 의미에서 선생님은 인류와 사고의 지평선을 바꾼 천재였다.

적선동 2층. 온실처럼 유리창이 많은 편집부에서 일하면서 나는 당시 좋은 친구들을 많이 만났다. 우리는 뜨거운 청춘의 꿈에 괴로워했고 시대를 근심했다. 강석경 작가와 무척 친하게 지냈다. 예술지상주의자라 말할 수 있었다. 〈근根〉이나 〈오픈 게임〉이라는 좋은 소설을 썼다. 또한《문학사상》자료실에서 열심히 한국 근대문학의 자료를 발굴했고 후에《문학사상》편집장을 맡았던 이명자 시인. 그녀는 문학의 순교자처럼 깨끗한 열정으로 시 쓰기에 집중했다. 이채강이란 필명으로도 시집을 출간했다. 고향인 대전에서 대학 강의를 했고《신 반야경》,《등불 소리》등의 시집과 아들 하나를 남기고 세상을 떠났다(2019년 3월).

이어령 선생님의 인스피레이션과 열정을 조금씩 나눠 가진 우리

는 각기 벅찬 자기 인생의 길을 걸어 각자 자기의 문학으로 나아갔다. 회사를 그만둔 뒤에도 나는 《문학사상》에 자전적 에세이 〈33세의 팡세〉를 연재를 했고 〈그는 누구인가-영혼은 외로운 소금밭〉과 같은 본격적인 문학 인터뷰를 했고 또 많은 소소한 서평들과 인터뷰 기사들을 썼다. 평생에 걸쳐 쓸 수 있는 양의 글을 나는 그 당시에 거의 다 쓴 것 같았다. 모든 것이 이어령 선생님의 기대와 애정에서 온 것이었다. 그 시절을 무척 사랑한다. 그런데, 강석경 작가의 말을 빌려 '나(우리)는 정말 얼마나 멀리 온 것일까'? 아스라하게 그런 질문이 떠오른다. 대학원에서 라캉의 이론(정신분석학적 기호학)으로 한국시를 분석하는 박사학위 논문을 쓸 때도 당시 한국에서는 구하기 어려웠던 원서들과 줄리아 크리스테바Julia Kristeva의 《Kristeva Reader》를 빌려준 것도 선생님이셨다.

선생님은 장르를 초월하여 글쓰기를 사랑하셨고 쓰기의 뗏목을 타고 인생과 우주의 다채로운 경계를 넘나들었다. 마르지 않는 샘물이 불멸의 펜에서 넘쳐흘렀다. 선생님과 내가 주고받은 마지막 카톡 문자도 '쓰기'에 관한 것이었다. 1월 24일, 소천하시기 한 달 전쯤에 어떤 시인의 좋은 시가 있어 선생님께 보내드렸더니 "남이 쓴 시 말고 자신이 새로 쓴 시 있으면 보내줘요."라는 답장을 보내주셨다. 롤랑 바르트의 말대로 선생님은 늘 그렇게 새로운 것을 쓰는 행동에 새로운 존재의 창조가 있다고 믿었고 '글쓰기는 행동이다'라는 명제를 실천하셨다. 그때 마침 새로 쓴 시가 없어서 못 보내드렸는데 그로 인해 나는 선생님께 시 한 편의 빚을 졌다. 선생님께서 소천하신 후 《중앙일보》의 청탁으로 〈나는 사랑한다 하늘만큼 땅만큼-이어령 선생님께 드리는 추모시〉(《중앙일보》, 2022년 3월 3일)를 썼는데 그것으로 선생님께서 보내달라고 하셨던 새로운 시 한 편이라는 빚을 갚은 것인가? 참으로 슬픈 아이러니라고 느낀다.

"시간이 지나면 슬픔이 나아진다고? 아니다. 시간은 그저 슬픔을 받아들이는 예민함만을 사라지게 할 뿐이다. 예민함은 지나가지만 슬픔은 늘 제자리다."

선생님의 영전에 잠잠하게 바르트의 《애도 일기》의 이 말을 드리고 싶다. 선생님은 봄이 오면 가장 먼저 피는 샛노란 프리지어와 수선화를 특히 좋아하셨다. 노란 수선화가 피어나면 선생님 소식으로 생각하고 싶다고 추모시에 썼다. 영하 50도(심리적 온도)의 겨울을 뚫고 대지 여기저기에 환한 등불을 켜고 노란 봄을 물들이며 피어나는 수선화. 수선화는 봄이 오면 영원히 이 땅에 피어날 것이고 수선화가 핀 그만큼 우리의 세상도 환하고 향기로워질 것이라고 나는 생각한다. 하늘나라에서 부디 평안하소서.

이상 연구가 이어령

김옥순 | 전 국립국어원 학예연구관

이어령의 이상 연구는 다음과 같은 글들에서 볼 수 있다. 여기서 단상적인 글 몇 편(4, 5)과 미처 읽지 못한 8, 9를 뺀 1, 2, 3, 6, 7, 10을 중심으로 이어령의 이상 연구를 개괄하려 한다.

1) "이상론-순수의식의 뇌성과 그 파벽", (《문리대학보》 3권 2호, 1955. 9.)

2) "나르시스의 학살-이상의 시와 그 난해성 상·중", [《신세계》, 1956. 10.(상), 1957. 1.(중)]

3) "비유법 논고 상·하", (《문학예술》, 1956. 11. 12.)

4) "묘비 없는 무덤 앞에서-추도·이상 20주기", (《경향신문》 1957. 4. 17.)

5) "이상의 문학 그의 20주기에 상, 하"(《연합신문》 1957. 4. 18-19.)

6) "속 나르시스의 학살-이상의 시와 그 난해성", (《자유문학》 1957. 7.)

7) "이상의 소설과 기교 상, 하-〈失花〉와 〈날개〉를 중심으로

(《문예》, 1959. 11. 12.)

8) "이상 문학의 출발점", (《문학사상》, 1975. 9.)

9) "날개를 잃어버린 증인", 《이상》, (〈문학과지성사〉, 1977)

10) "이상 연구의 길 찾기 – 왜 기호론적 접근이어야 하는가", 《이상문학연구 60년》, 문학사상사, 1998.

1) "이상론 – 순수의식의 뇌성과 그 파벽"(《문리대학보》 6, 서울대문리대학생회, 1955. 9.)

"적어도 이상의 예술은 개인의 병적 성격에서 표출된 분비물이 아니라 전 인류 현대인의 고민과 비극에서 온 것이다. 그것은 선악과를 따 먹고 얻은 낙원 추방과 자의식 생성이란 숙명을 생각하면 알 노릇이다."(〈이상론〉, 36쪽)라며, 낙원 추방으로 땀 흘려야 하는 일상적 자기에 대한 자의식 세계의 공포와 두려움이 이상 작품의 핵심이라고 이어령은 말한다. 그 예로 〈오감도 – 시제1호〉에서 공포에 싸여 도로를 질주한다는 것은 일상성의 인생에서 도주하는 상징적 모습이다. 〈시제2호〉의 "나의아버지의아버지와나의아버지의아버지의아버지노릇을한꺼번에하면서살아야하는것이냐…"에서는 현대인의 무거운 짐을 상징한다. 즉 일상성의 인생에서 도주하고 짓눌리고 싸우는 모습을 시화했다.

반대로, 여기서 도주한 자의식은 외부로부터 완전히 절연하거나 종생하는 자기로 표현된다. "나는 나의 친구들의 머리에서 나의 번지수를 지워버렸다. 아니 나의 복장까지도 말갛게 지워버렸다."(〈공포의 기록〉 중에서)라든가, "묘지명이라. 일세의 귀재 이상은 그 통생의 대작 종생기 1편을 남기고 서력기원 후 1937년 정축 3월 3일 미시 여기 백일 아래서 그 파란만장(?)의 생애를 끝막고 문득 졸卒하다. (…) 오호라 상심커다. 허탈이야 잔존하는 또 하나의 이상 구천을 우러러 호곡하고 이 한산 일편석을 세우노라. 애인 정희는 그대의 사후 수삼 인의 비첩된 바 있고 오히려 장수하니 지하의 이상 아! 바라건댄 명목瞑目하라."(〈종생기〉 중에서)

이렇게 이상의 자의식은 일상의 자기를 완전히 죽이고 모든 것에서 해탈한 또 하나의 주인공의 세계(paraphronique, 천치바보의 상태), 즉 완전한 무관심과 게으름의 세계다. 곧 일상성의 생활에 대한 권태는 게으름으로, 그에 대한 조소와 야유와 장난은 무관심으로, 비약 발전한 상태다. 이미 이 절정에 달한 의식 세계는 일상성의 가치 규준과 행위와 촉수가 이를 수 없는 순수 지대다. 이상 작품에 나타난 주인공들의 독특한 성격에 대해 이어령이 붙인 이런 paraphronique한 상태의 의식은 꽤나 흥미롭다. 이상 작품 전반에 나타난 주인공의 성격이라고 이어령이 처음 지적한 것이다. 〈지주회시〉에서도 희망도 절망도 아닌, 행복도 불행도 아닌, 그러한 절대의 상태가 표현된다. "그저한없이게으른것 – 사람노릇을하는체대체어디얼마나 기껏게으를수있나좀해보자 – 게으르자 – 그저한없이게으르자 – 시끄러워도그저모른체하고게으르기만하면다된다. 살고게으르고죽고 – 가로대사는것이라면떡먹기다. 오후네시. 다른시간은다어디갔나. 대수냐. 하루가한시간도없는것이라기로서니무슨성화가생기나."(〈지주회시〉 중에서) 이와 같이 게으름은 그렇게 땀 흘리며 억지로 사는 생활을 떡 먹기같이 쉽게 만든다.

이어령은 이상 작품을 이끄는 무관심과 게으름의 세계가 바로 자의식의 종착점이라고 보고 있다. "거울속에는소리가없소/저렇게까지조용한세상은참없을것이오//거울속에도내게귀가있소/내말을못알아듣는딱한귀가두개나있소."(시 〈거울〉 중에서)에서는 "분열한 채 존재하는 두 분신을 그려낸" 대표적인 시임을 알려준다. 의식(거울) 속에 침잠해 있는 무관심의 세계는 얼마나 고고하고 조용한 세상이었을까. 그러나 그런 거울 속의 자기는 거울(의식) 바깥의(일상성) 자기와 악수(결합)를 할 줄 모를 뿐만 아니라 그 행동도(거울 속의 나는 왼손잡이요) 반대인 것이다. 상극의 분신들. 자기 말을 알아듣지 않는 귀가 있고 의식(거울)의 장벽으로 인하여 그의 손길이 닿지 않는 (거울 속의) 자기는 일상적인 자기와 전연 반대의 외로 된 사업을 하고 있는 것이다. 그러나 형태는 서로 닮은 사람이다. 그러나 그 거울 속의 자신을 근심하고 진찰할 수 없으니 이것은 무슨 어처구니없는 비극인 것인가? 〈오감도 제15호〉도 마찬가지다. 두 개의 분신이 서로 작용하는 허무한 관계와 서로 일치할 수 없는 숙명에 대한 통곡이라고 이어령은 분석한다.

무관심하고 게으른 세계와 일상적 세계, 두 상극하는 세계를 그냥 그대로 억지로라도 결합시킨다면 어떤 결과가 생겨날까? "내키는커서다리는길고왼다리아프고안해키는작아서다리는짧고바른다리가아프니내바른다리와안해왼다리와성한다리끼리한사람처럼걸어가면아아이夫婦는부축할수없는절름발이가되어버린다무사한세상이병원이고꼭치료를기다리는無病이끝끝내있다.(시 〈지비紙碑〉) 이 시에서처럼 두 명의 병자로서 절름발이의 生이 되고 만다. 이상은 상극된 두 세계의 동시적 공존이 불가능함을 말한다.

그러나 이어령은 소설 《날개》를 통하여 이상이 현실에의 재귀再歸를 향하고 있음을 보여준다고 말한다. 소설 《날개》에서의 일상성은 구체적으로 돈, 시간, 야망과 같은 모든 세속적인 계산을 말하고 있다. 이에 대비되는 세계는 행복이니 불행이니 하는 그런 세속적인 계산을 떠난 가장 편리하고 안일한 절대적인 상태에서 그냥 그날그날을 그저 까닭 없이 핀둥핀둥 게으르게 있으면 만사가 그만이었다. '의식의 평화' 속에 살던 박제가 되어버린 천재인 나, 주인공은 끝내 그러한 절대 상태의 볕 안 드는 자기 방에서만 살지 못하고 볕 드는 방의 화려한 의상과 화장품이 진열된 여왕봉(아내)의 방을 왕래하게 된다. 그가 다시 아내 방과 왕래하면서 아내의 육체를 인식해버린 이상 그 전과 같이 모순의 분열 상태로 살아갈 수 없는 것이다. 분열도 결합도 있을 수 없는 절대 모순의 두 세계에 가로놓인 아스피린과 아달린의 존재와 그 비밀에 의해서 일상성(아내)의 재비판과 paraphronique한 자기 자신에 대한 재검토를 하게 된다. 메꿀 수 없는 간격의 재인식이다.

세번째 유형에서는 일상의 세계를 자기 의식의 내부로 흡수 동화시키려 한다고 보았다. 예로 소설 《봉별기》에서 왕복 엽서처럼 부단히 왕래하는 아내 금홍이의 무수한 지문 묻은 존재는 일상성의 현실을 의미한다. 그녀는 일상성에 지배된 인간이어서 수시로 거짓과 간음과 출분을 한다. "금홍이의 모양은 뜻밖에도 초졸하여 보이는 것이 참 슬펐다. 나는 꾸짖지 않고 맥주와 붕어과자와 장국밥을 사 먹여 가면서 금홍이를 위로해주었다." 그는 이 출분한 아내의 얼굴에 떠도는 일종의 고독과 피로를 이해하고 있다. 허망한 일상성에 대한 부드럽고 따뜻한 이해, 이러한 심정이 발전하면 일상성의 현실을 그대로 폐기하지 않고 어떠한 아우프헤벤(양기)의 형태로 나타나게 되는 것이 아닐까.

네번째 유형은 일상성에 대한 저항(레지스트)이다. 〈지주회시〉의 주인공은 "생명에뚜껑을덮었고 사람과사람이사귀는버릇을닫았고 그자신을닫았다. 온갖벗에서–온갖관계에서–온갖희망에서–온갖욕망에서…" 자기 자신을 닫은 채 버선짝만 한 방에서 게으름을 꾸준히 이수하고 있는 paraphronique한 의식 세계의 절정에 달한 존재다. 자기의 피를 빨고 있는 거미의 냄새란 바로 일상성에서 생활이 풍기는 독소이며 꾸물거리는 거미의 다리는 일상성의 기반에 얽혀 몸부림치는 행동을 말하는 것이다. 거미의 아내를 통하여 인간의 일상생활의 공기에 부득이 접촉된다. 아내가 바꿔 신는 양말에서 계절의 변화를 식별하게 되어 무관심의 의식 세계가 붕괴되면서 다시 일상성과의 관계를 맺게 되는 것들은 모두 다른 작품과 유사하다. 그러나 〈지주회시〉에서는 자기 세계로 재침입해온 일상성의 독소에 반발하여 이들에 저항하려는 의욕을 보인다.

이어령은 이상의 작품에 흐르는 이상과 의지는 분열되어버린 두 세계의 상극 대립한 모순을 해결하기 위한 투쟁이었다고 말한다. 이어령은 이 글에서 소위 난해하다는 이상의 문학 세계를 쉽고 평이하게 분석하고 있다. 그런데 이 〈이상론〉은 이어령이 대학 4학년일 때의 글이고(1955년), 비평가 조연현의 이상 비평에 대한 반박문이 나오기 전의 글이다.

2) “나르시스의 학살 – 이상의 시와 그 난해성”, (《신세계》, 1956. 10.(상), 1957. 1.(중))

“비평가 조연현 씨는 일찍이 〈근대정신의 해체〉라는 평문 속에서 이상 작품의 난해성은 의식의 해체로 인해 일정한 주체적 통일에 결합되지 않아 전체적 일관성이 결여된 탓이라 했다. 그래서 그의 문장은 통사적일 수 없고 해사적인 애브노멀abnormal한 문장이 되고 그 표현은 쾌락원리에 입각하여 이루어진 것이라고 말했다. 짐작건대 이상이 정신분열 환자였기 때문에 시나 소설에 통일된 의미가 없어 난해하다는 말이다. 메닝거의 글 《Human Mind》에서 보면, 과잉지적작용Hypergnosis, 과잉정서Hyperthymid 등에 자기 상황을 훼손, 실패한 인간이 정신분열자가 된다. 즉 은둔 아니면 맹목적인 반항이다. 그러나 작가나 시인은 현실에 순응을 못 해 실패와 파괴된 인간을 지나 다시 건설적인 타협으로 재순응하려는 인간이다.”라고 조연현의 주장을 이론적으로 조목조목 반박한다.

이상에게 시를 쓴다는 것은 역사의 중압과 현대의 메커니즘 사이에서 산산이 부서져버린 자기 분신을 그의 시 속에서 재구조하는 것임이 메닝거 씨의 도표로 증명된다고 이어령은 보았다. 그래서 메닝거 씨가 말하는 정신분열 환자의 독백과 이상의 〈오감도〉 〈시제1호〉, 〈시제2호〉, 〈수인이 만든 소정원〉을 비교 분석하였다. 정신분열자는 음악적인 연상 작용을 통해 의미 없이 연상된 음으로 이야기를 이어간다.

그런데 이상의 〈오감도〉는 조감도를 오감도로 바꿔 쓴 것으로, 현대사회와 인간의 현실적 비극성을 그의 주지적인 시 정신의 높은 대 위에서 그대로 부감하여 묘사한 기록이다. 그중 〈시제1호〉는 역사와 시간과 운명에 쫓기고 있는 그러한 공포 의식 자체다. 무서운 아해와 무서워하는 아해의 집단이 인간 사회라는 말이다. 지배층과 피지배층, 가해자와 피가해자가 일정하게 규정지어져 있는 것이 아닌 각자 상호의 의미에서 일개인은 가해자인 동시에 또 피가해자이기도 하다는 뜻을 내포하고 있다. 〈시제3호〉에서는 인생은 인간의 투쟁(싸움)을 관람할 관객이며 동시에 관람당하는 피관객자라는 뜻과 공통점을 가진 말이다. 그러한 이율배반의 부조리적 역할, 피해와 가해, 관객과 관람객의 원순환 관계, 이러한 인간 조건이 이 시에서 리얼하게 나타난다.

〈시제2호〉는 "아버지의아버지의아버지의…"에서 다 같이 종렬 배열의 반복으로 나와 아버지의 시간적 차이의 연결을 종적으로 구성한 데 비해 〈시제1호〉는 그 반대적 수법으로 시간의 횡적 구성을 도모하고 있다. "제1의 아해가 무서운 아해라도 좋소"의 구절에 와서 "一, 二, 二, 一" 숫자를 배열하여 "一, 二, 三"의 직선 상태를 원

순환 운동으로 변이시킨 예라든가, '도'를 '가'로 대치하면서 일一에서 십十까지 수, 즉 아해를 연결시켜 주다가 돌연 "十一"에 와서 행을 비우고 이마아쥬를 단절하고 별개로 형성하려 했다는 것 등을 분석하였다.

이런 이어령의 이상 작품에 대한 이해와 분석에 대하여 조영복은 "이어령은 이상 문학을 질환과 비정상성으로부터 분리해낸다. 그는 이상 문학의 특이성이 파괴와 건설의 복합적인 심리적 메커니즘에서 비롯된 것임을 지적한다. 이어령은 이상 문학의 아방가르드적인 성격이나 해체적 특성이 지극히 이성적이고 지적인 차원에서 구축된 것임을 보여준다. 또한 텍스트가 드러내고 있는 것은 이상 자신의 정신 질환, 주체 분열이 아니라 주체 분열이라는 현대성의 징후다. 칼 A. 메닝거의 이론으로 소개하고 있는 성격과 환경(상황)의 상호 분열과 그것의 재순응 메커니즘은 소박하지만 현재 정신분석학 방법이나 탈구조주의 이론으로 분석하고 있는 이상 연구와 근본적으로 다르지 않다. 현재 일반적으로 알려져 있는 이상 시의 주석이 대부분 이 논문을 비롯 이 시기 이어령 논문을 통해 밝혀진 것들이라는 점에서 그 선구적 의의가 인정된다고 하겠다." (조영복, "이어령의 이상 읽기 - 세대론적 감각과 서구 본질주의", (《이상리뷰》 제2호, 2003)라고 논평하고 있다.

3) "비유법 논고 상, 하", (《문학예술》, 1956. 11. 12.)

"수사학이라 하면 어쩐지 아리스토텔레스의 낡은 외투 생각이

난다.”로 멋지게 시작하는 이 글은 이상 작품만을 다룬 것은 아니다. 그러나 이어령이 이미 언급했듯이 이상의 작품이 비유법에 주로 의존하고 있으므로 여기서 다룬 이상 작품을 간단히 소개하려 한다.

이어령은 B. 유추 과정에서 이상의 시 〈아침〉을 말하면서 여기에 쓰인 비유는 고정된 보편적 유추로 이루어진 것이 아님을 전제한다. 암시어暗示語 분야에서는 이상의 소설 〈동해〉 중 “유리 속에서 웃는 그런 불길한 유령의 웃음은 싫다.”를 예로 든다. 유령의 웃음은 불길한 웃음인데 이 구절에서 ‘유리’란 말이 은유적 암시어가 되는 것이다. 즉 유리는 형태 있는 투명성이므로 유령의 개념을 실체화해준다고 분석하였다.

그리고 C. 존재 상태의 표현- 산문에 대한 작용 분야에서 “이방이그냥거미인게다. 그는거미속에서넙적하게드러누워있는게다.”(〈지주회시〉에서)의 표현에서 “농즙膿汁으로 가득 찬 매색煤色의 혁낭革囊 속에 들어앉은 것 같은 메타모르포스 직전의 내성적內省的 존재와 거미의 아내와 거미 속에 들어앉은 것 같은 존재하는 주위 의식周圍意識이 비유화되어 나타난 것”이라고 분석하였다.

6) “속 나르시스의 학살 - 이상의 시와 그 난해성”, (《자유문학》, 1957. 7.)

언어의 시각적 구성: 보는 언어와 듣는 언어가 동일한 형상을 표현한 것일지라도 받아들이는 감각 기능의 차이에서 각기 다른 효과가 나타난다. 상허가 수필에서 “책만은 책이라고 쓰기보다 冊으로

쓰는 편이 좋다."고 주창한 예도 있다. 이상은 그의 시에서 퍼름(형식)을 중시하고 그것을 적재적소에 활용함으로써 언어의 표현 기능을 최고도로 발휘했다. 예를 들면, 시 〈운동〉, 시 〈지비〉에서 볼 수 있듯이 행의 구분도 띄어쓰기도 구두점도 없이 물의 흐름처럼 흘러내려가는 문학의 행렬이 있을 뿐으로, 그 같은 행 구분이 내용과 밀접한 관계성을 가지고 있음을 지적한다.

b) 단어(문자 및 기호) 사용: 시 〈신경질적으로 비만한 삼각형〉에서 △과 ▽에 대하여 "그것이 청각적인 의미에 있는 것이 아니라 회화적인 데 있다. 시각적 인상으로 보면 △과 ▽은 정반대의 성격을 가졌다. ▽은 △에서 볼 수 있는 안정성이 없고 바람만 불어도 쓰러질 것 같은 불안스러운 자세다. 분모보다 분자가 더 큰 경우와도 같이 상부만 지나치게 비만한 ▽은 위태천만이다(씨름을 하면 백전백패할 것이다). 또한 △은 총명하지 못하고 우둔하다. 그러므로 △이 하나의 애인이라면 ▽은 영원히 마음이 맞을 수 없는 불만의 대상이다. 그리하여 ▽은 일상적 현실의 인간(여인)으로 의인화되어 있고 △은 절대자로 가상된 인간으로 의인화한 것이다."라고 이어령의 시각적 표현을 통한 해석이 흥미롭다. 이와 같이 이상은 △ ▽ □, 한자 鬚髯 등 시각적 효과를 강조하고 있음을 지적한다.

c) 메타퍼 사용－이상은 "피로한 향기"라는 말에서 고수한, 매운 등의 후각적, 장식적 형용사가 아니라 암시적인 향기로 메타모르포시스되었음을 지적한다. 이상에 의해서 "피로한, 씩씩한, 과감한, 둥근" 등의 성질적 형용사로 수식할 수 있는 향기가 되었다. 이상은 누구보다도 시에 있어서 메타퍼를 애용한 사람이며 그러한 방법으로 가장 많이 시어를 부활시킨 사람임을 이어령은 지적하고 있

다, 시 〈아침〉에서 '밤'이란 단어가 다양한 용법(의인화, 수량적 취급, 구상명사로 표현 등)으로 쓰이고 있음을 지적하였다.

d) 非전통어의 참여: 이상이 작품에서 언어의 원시화, 언어의 시각적 구성, 그리고 언어의 콤비네이션과 메타포 같은 여러 방법을 사용한 것은 기왕에 사용되고 있던 관습어들을 다시 새롭게 단장시키려고 한 것이다. 이와 달리 비전통적인 참여로 시어의 영토를 넓히고 그 기능을 쇄신한 예가 있다. 즉 숫자를 시어로 첨가시키고 외래어를 대담하게 동원시킨 것이다.

A. 숫자의 언어화: 이상의 초기 시(주로 조선과 건축지에 기재된)에서 많이 나타나는데, 1) 〈오감도-시제 4호〉와 같이 숫자의 퍼름을 언어화한 것이다. 시 〈선에 관한 각서 6〉에서는 '4'를 동서남북 방위로 돌려서 지도에서 사용하는 것으로 바꿨다. 본래적 수 개념을 말소하고 그 숫자의 모양만을 표현한 것이다.

2) 수식數式의 의미가 언어화된 예: "∴nPn=n(n-1)(n-2)....(n-n+1)(시 〈선에 관한 각서 3〉"에서)은 순열의 공식을 직접 시구에 삽입한 것이다. 일종의 수식적 상징으로 어느 상황을 설명하려는 것이다. 앞서 예시한 숫자의 도식 123의 순열적 배열, 즉 123, 213, 312, 231, 213, 321을 의미한 것이라고 보았다.

3) 다음은 숫자의 절대적 이마아쥬를 빌려 순수한 지성의 건축을 한 예다. 〈오감도-시제1호〉의 13이란 숫자가 그것이다.(분석 생략)

B. 외래어 사용: 이상은 많은 외래어를 차용했고 심지어는 송두리째 일본어로 시를 쓰기까지 했다. 그러나 그가 외래어를 많이 쓴 것은 언어의 영토를 넓히기 위한 것이었고 혼혈적인 문명의 양상을 성실하고 적확하게 표현하기 위한 어쩔 수 없는 수단이었다. '하도

롱, 오브라이드' 등 이러한 말의 외래어가 풍기는 색채의 뉘앙스를 우리 모국어에선 찾아볼 길이 없었기 때문이다. 콩크리트, 빌딩, 에레베에타, 네옹싸인의 외래어가 아니고는 기계화된 현대 문명의 샘플이 될 만한 모국어를 발견하기 어려웠기 때문이기도 하다. 언어는 시인에게 주어진 도구가 아니라 시인이 스스로 창제해가는 도구다. 어느 시대에도 그 현대인은 절망한다. 절망은 기교를 낳고 기교 때문에 또 절망한다. 절망에 의하여 기교가 탄생하고 그 기교로 다시 절망이 탄생되는 이 끝없는 되풀이, 그것이 바로 시의 진화다." 라고 이어령은 이상 시의 문학 형식의 독특함에 대해 설명하고 있다. 이어령은 이상의 시를 흔히 장난이요, 남을 놀리기 위해 꾸며낸 트릭이라거나, 자기도 모르고 쓴 시라는 평가와 낙인과 오해에 대해서 이야기하고 싶었다고 말하고 있다.

7) "이상의 소설과 기교 상, 하-《失花》와 《날개》를 중심으로", (〈문예〉, 1959. 11. 12.)

이 글에서는 소설 〈실화〉의 분석을 통해 기존과 다른 소설 기법을 자세히 소개한다. 20세기 초의 새로운 소설(신심리주의), 말하자면 의식의 흐름과 같은 수법이 이 〈실화〉에서 본격화됐다고 본다. 제임스 조이스의 《율리시즈》가 1906년 6월 16일 이른 아침부터 20시간 동안의 의식의 기록인 것처럼, 버지니아 울프의 《댈러웨이 부인》이 1923년 6월 어느 날의 아침부터 밤까지의 12시간 이내의 의식의 기록인 것처럼, 이상의 〈失花〉도 1936년 12월 23일 어느 오후에서 다음 날 오전 1시 사이의 약 10시간 이내의 의식 내용을 그린 것이다. 그 의식 속에서는 시간과 공간, 외부(현실)와 내부(의식)가 서로 뒤얽혀서 일종의 지속 관계를 이루고 흐른다. 말하자면 10월 13일이라는 과거의 시간과 12월 23일이라는 현재의 시간이 서로 혼합되어 있고 서울과 동경이, 그리고 C양(현실)과 姸(의식)이 한데 섞여 흐른다. C양이 읽는 소설 속의 청년이 담배 연기를 풍기는 대목에서 이상의 내적 독백 속의 담배와 연결되고, "파이프에 불이 붙으면? 끄면 그만이지."의 대화가 C양의 말과 친구 S와 주인공이 똑같은 대화를 나눈 것으로 연상되는 것이다.

소설 〈동해〉에서는 참새가 짹짹거리는 소리가 가위질하는 이발소의 풍경으로 연상되는 자유연상 기법을 지적하였다. 이발사의 가위 소리에 연상되는, T군이 내 손에 쥐어준 서슬 퍼런 칼이 연적 尹을 찌르라는 건지 아내를 찌르라는 건지 주인공이 고민하는데, 결국 나쓰미깡을 깎으라는 것이었음이 드러난다. 소설 〈지주회시〉도 같은 계열의 작품으로 전부가 내적 독백의 형식으로 이루어지고 사건의 외부 묘사나 설명 같은 것은 전연 찾아볼 수 없다. 다만 외부로부터 젖어 들어오는 온갖 자극(또는 사건)이 의식의 건판에 그냥 전개되어간다. 이상의 어떤 소설을 보아도 내레이션이 아니라 시적 이미지에 의해서 사건을 전개해 나간다. 이상의 이런 작법은 '시적 소설'이라는 새로운 영역을 개척하고 있다고 이어령은 말하고 있다. 이렇게 의식의 흐름 기법의 분석 등을 통해 소위 난해하다는 이상의 작품을 시적 소설로 새롭게 자리매김하였다.

10) "이상 연구의 길 찾기 – 왜 기호론적 접근이어야 하는가", (《이상 문학 연구 60년》, 문학사상사, 1998.)

이상 연구의 기본 방향을 논한 글이다. 첫째, 전기적 비평과 덮어쓰기의 위험성이다. 이상의 작품이 절망의 텍스트인 것은 그의 폐결핵 때문이라고 주장한다면 정신의학적 관점에서 본 것이다. 이상이 일제강점하의 식민지 상황에서 절망한 지식인의 진술서라고 한다면 역사주의적 비평이 된다. 이런 이상의 좌절을 가정 상실, 사랑의 상실, 건강 상실, 나라 상실로 풀이한다고 해도 그런 인과 비평casual criticism은 문학 텍스트를 해명하는 데에 별로 유효하지 않다. 어떤 완벽한 전기적 자료라 해도 그가 남긴 텍스트 언어가 가장 정확하기 때문이다.

둘째로, 원전 비평의 필요성과 어려움을 말한다. 이상 작품은 텍스트 자체가 불완전한 것들이 많다. 일반 작가와 달리 기호, 숫자, 그림, 한자, 프랑스어, 영어 등 해독하기 힘든 텍스트가 산재하다. 셋째로, 이어령은 기호 내용 중심에서 기호 표현 중심으로 작품을 이해하자고 주창한다. 작가는 기호를 소비하는 자가 아니라 기호를 생산하는 생산자다. 예를 들어 정삼각형(△)과 역삼각형(▽)과 같은 기하학적 도형의 시각적 대립이 이상의 시에 오면 역삼각형은 주머니에 손을 넣고 고개를 숙인 외투를 입은 남자의 뒷모습처럼 쓸쓸해 보인다. 그것은 일상적 삶에서 좌절한 패자의 모습이기도 하다. 이상은 냉엄하고 비정서적인 기하학적 도형과 숫자들을 문학적 영상 기호로 창조해내고 있다.

넷째로, 이상의 은유 체계와 그 해독법을 말한다. "묵죽을 사진

촬영해서 원판을 햇볕에 비쳐보구려–골격과 같다."(시 〈골편에 관한 무제〉 중에서)를 보면, 묵죽은 동양 문화권에서 시화의 소재로 사군자의 하나다. 유교 텍스트를 형성하는 비유어다. 그러나 이상의 경우 그것이 엑스레이로 투사한 인체의 골격으로 비유된다. 그러한 비유 속에 그의 19세기는 죽고 사물들은 새로운 모더니티의 시각 속에 탄생한다.

다섯째, 공간 기호론으로 읽는 〈날개〉다. 〈날개〉의 공간 구조의 이행을 보면 안에서 밖으로 나가는 외출 과정을 통해서 조금씩 수평적인 것이 수직적인 높이로 변화한다. 볕 안 드는 닫힌 공간인 방에서 백화점 옥상 위 태양이 정수리에서 빛나는 정오로 거듭난다. 한 소설인데도 어둠의 문체와 빛의 문체, 수평의 문체와 수직의 문체로 바뀌면서 지금까지와 달리 공간적 패러다임을 보인다.

여섯째, 다성적 기호로서의 〈失花〉를 분석하고 있다.

이상 연구자로서의 이어령을 바라보며

비평가들은 이어령을 제1 세대 이상 연구자라고 부른다. 그들은 전후 신인 비평가로 등장하여 이상 연구에 큰 족적을 남긴 사람들이다. "대표적인 인물로는 임종국, 이어령, 고석규 등을 꼽을 수 있다."라고 김주현은 말한다.(김주현, "세대론적 감각과 이상 문학 연구–1980년대까지의 이상 연구 현황과 성과", 《이상 리뷰》 제2호, 2003) 이어령의 업적은 이상 연구에만 그치지 않고 1977, 1978년에 임종국의 전집을 수용하여 주석과 연구를 덧붙인 전집(《이상시전작집》, 《이상수필전작집》, 《이상소설전작

집 1, 2》)을 발간함으로써 이상 연구에 커다란 기여를 하였다고 말한다.(김주현, 앞글, 32쪽)

김주현은 "제1세대 이상 연구자들은 이상의 시학을 정립하는 데 많은 기여를 하였다. 이들에 의해 이상 문학은 범문단적인 논의로 확대되었으며, 또한 전집의 발간으로 이상 연구의 토대가 보다 튼실하게 되었다. 이들 1세대는 1950년대 중반부터 전집이 마무리되는 1970년대 중반까지 연구사에 큰 영향을 주고 있다."라고 말하고 있다.(김주현, 앞글, 35쪽) 이에 한 걸음 더 나아가 조영복은 "이상을 정신분석학으로, 해체론으로, 기호론으로, 기호분석론으로 무장된 후속 세대 이상 연구의 시선은 많은 부분 이어령으로부터 온 것"(조영복, 앞글, 86~87쪽)이라고 말하고 있다.

일본에서의 세례식

김용원 | 한강포럼 회장

2007년 7월 23일인가 24일로 기억한다. 일본 도쿄 시내 한복판 프린스 파크타워 호텔에서 이어령 선생님이 온누리교회 하용조 목사로부터 세례를 받으신다는 소식을 전해 듣고, 나와 아내 신갑순 申甲淳 둘이 현장으로 달려갔다. 그때 마침 우리는 온누리교회가 주도하는 일본 '러브 소나타' 전도 프로그램에 참여하여 도쿄에 가 있었다.

정해진 시간 호텔 큰 방에 수런수런 사람들이 들어찼다. 양복 차림의 하용조 목사가 들어오시고 그 앞에 이어령 선생님이 무릎을 꿇어 고개를 숙이셨다. 온누리교회 원로 장로들이 둘러선 가운데 개신교 의식의 세례식이 진행되었다. 그 자리에 참석한 윤석화 연극배우, 그 특유의 호소력 있는 목소리로 찬송가를 불렀다. 그리고 하용조 목사가 세례수를 이어령 선생님 머리 위에 붓고 성부와 성

자 성령의 이름으로 세례를 준다고 선언했다. 이어령 선생님의 얼굴에 세례수와 눈물이 함께 흘러내렸다. 나는 카메라를 들고 그 순간을 찍겠다고 이리저리 바쁘게 왔다 갔다 했었다.

세례식은 곧 끝났다. 이어 참석한 사람들이 이어령 선생님에게 다가가 축하 인사를 드렸으나 이어령 선생님은 시종 굳은 표정이셨던 것 같다.

한국을 대표하는 석학, 늘 남들보다 앞서 문명의 패러다임을 우리에게 제시해주셨던 이 시대의 지성, 이어령 선생님이 70세를 훨씬 넘긴 노년에 어떤 연유로 세례를 받게 되셨을까. 어째서 한국의 교회가 아닌 일본 도쿄 호텔에서 받게 되셨을까 궁금했으나 누구에게 물어볼 수도 없었다. 당시 온누리교회 누군가가 귀띔해준 바에 의하면 '사랑하는 이민아 따님'의 부탁으로 세례를 받게 되셨다는 것이었다.

세례식을 취재한 어느 한국 신문 도쿄 특파원이 쓴 기사 속에 이어령 선생님이 말씀하셨다는 다음과 같은 내용이 들어 있었다.

"난 딸에게 준 것이 없다. 내 사랑을 받지 못했다. 진짜 지적인 아이였는데 나중에 아빠를 기쁘게 하려고 하기 싫은 공부를 열심히 했다는 얘기를 들었다. 딸에게 네 소원이 무엇이냐고 물었더니 하용조 목사를 만나달라고 하더라."

"무릎을 꿇은 내 모습을 영상으로 보니 충격적이었다. 죄수 같기도 하고…. 지금까지 아버지, 선생님 앞에서도 꿇어본 적이 없었는데."

"세례를 받고 거듭난다고 하는데 그래서 세례 때 쓰는 물을 양수에 비유한다. 양수가 막 터지려고 하는데 고통스러웠다. 왜 아이가 태어날 때 고통스럽게 소리 지르는지를 알 것 같았다. 그런데 물을 막 부어버리더라고."

따님은 이화여자대학교에 입학, 영문학과 불문학을 복수 전공하고 3년 만에 조기 졸업한 수재秀才로 알려졌었다. 졸업하던 해에 결혼, 미국으로 유학을 갔다. 미국 클레어몬트대학교Claremont College에서 영문학 석사학위를 받고, 헤이스팅스 로스쿨Hastings College of the Law에서 법학을 전공한 뒤 1986년 변호사 자격 취득 후 1989년 로스앤젤레스에서 검사, 부장검사까지 역임했다. 검사직 퇴임 후 변호사로서 청소년 범죄 예방과 선도에 역점을 두고 활동했다. 1992년 갑상선암 투병과 아들이 장진성 자폐 판정을 겪었다. 2006년엔 망막박리 증세로 실명 위기를 겪기도 했다.

따님의 투병과 역경을 이겨내는 신앙생활을 지켜본, 그리고 따님의 간절한 소원을 들어주려고 세례를 받으셨다는 것인데 사실이라면 그것은 너무나 너무나 인간적인 이어령 선생님의 또 다른 면모이다.

기독교 세례는 일반적으로 교회 공중 예배 때 회중이 지켜보는 가운데 베풀어지는 것으로 되어 있다. 그런데 어째서 일본의 호텔 방에서 세례식을 했느냐고 몇 마디 하는 기독교 신자들이 없지 않았으나 그 당시 온누리교회 사정으로 보면 충분히 이해가 될 듯하다.

그때 하용조 목사는 일본 선교에 온 힘을 쏟고 있었다. 일제강점 36년간 우리나라 기독교인들은 일본의 군·경찰에 의해 온갖 박해를 받았다. 신학교는 폐쇄되고 수많은 교인이 감옥에서 순교했다. 그럼에도 불구하고 하용조 목사는 스스로 일본에 찾아가서 "오랫동안 용서하지 못해 미안하다."라고 사과하며 예수 그리스도 사랑의 메시지를 전했다. '한국인들은 항상 사죄만 하라고 한다'는 고정관념을 갖고 있는 일본인들에게 오히려 먼저 머리를 숙인 것이다. 한국 드라마가 일본 여성들 사이에서 선풍적인 인기를 끌던 때였다. 하용조 목사는 여섯 번의 간 수술, 매주 인공투석을 해야만 하는 병든 몸을 이끌고 문화 기반의 선교 프로그램에 앞장섰다. 누계 1만 8천여 명의 온누리교회 자원봉사자들과 함께 '일본 러브 소나타' 프로젝트를 계속 실행했다.

이어령 선생님은 공전空前의 대 베스트셀러 《축소지향의 일본인》으로 일본에 널리 알려진 한국의 대표 지성이다.

세례식 후 하용조 목사는 다음과 같이 말했다.

"앉은뱅이가 일어나는 것만 기적이 아니라 이어령 선생이 세례를 받은 것도 기적이다. 이어령 선생이 세례를 받았다는 것은 일본의 지성 사회가 변할 수 있다는 증거다."

세례를 받으신 다음 이어령 선생님이 크리스천으로 독실한 신앙 생활을 하셨는지 나는 알지 못한다. 그러나 세례를 받으신 3년 뒤 《지성에서 영성으로》라는 책을 세상에 내놓으셨다. 이어령 선생님의 세례가 오랫동안 머물러 왔던 무신론적 입장을 버리고 신앙의 길로 들어섰음을 알린 것이라면 《지성에서 영성으로》라는 책은 이어령 선생님도 말씀하신 것처럼 "초월과 영원의 입장에서 생각해 보는 계기"를 만들어주신 역작이다.

마지막 쓰신 책 《눈물 한 방울》에서도 이어령 선생님은 따님에 대해 다음과 같은 글을 남기셨다.

민아야 미안하다,
민아야 미안하다,
민아야 미안하다,

민아야 하늘나라에는 거할 곳이 많다고 했다.
내 아직 살아있는 것이 미안하다.

이어령 선생님의 부음訃音을 전해 들으며 순간 내 머리에 세례받으시던 장면이 스쳐 지나갔다. 기독교가 구원의 종교라 할진대 이어령 선생님은 세례와 함께 이미 구원받아 지금은 하늘나라에서 따님을 만나 못다 나눈 긴긴 이야기를 풀어내고 계실 것 같다.

세상에 알려지지 않은 두 가지 일

김원 | 건축가

이어령 선생님께 내가 감사하게 생각하는 일이 여러 가지로 많이 있지만 아직 세상에 알려지지 않은 일, 두 가지를 이야기해두어야 겠습니다.

선생님께서 문화부 장관을 하시던 시절, 저는 가끔 장관실에 불려가서 이런저런 일들에 대해 의견을 말씀드리기도 했습니다.

그러던 어느 날 나에게 하시는 말씀이 독일의 '바이로이트Bayreut 음악제'를 아는가? 우리도 그런 걸 하나 만들어야 한다. 세계적인 '민속음악제Folk Music Festival'를 하려면 우리나라에서는 전라북도 남원南原이 적당할 듯싶다. 성춘향과 이 도령의 사랑 이야기가 얽힌 남원에 '민속국악원'을 만들자.

그런데 김원에게 설계를 맡기려 하니 몇 가지 요식행위가 필요했습니다. 장관이라고 해서 그냥 수의계약을 시킬 수가 없었던 것입니다. 즉시 이 모李某 당시 국악원장을 불러서 설계자를 추천하라고 했더니 세 사람 이름을 적어 왔는데, 눈치 없이 김원을 제3순위로 적어 왔습니다. 내가 설계했던 국악당에 불만이 많은 사람이었습니다.

장관이 그 자리에서 남양주 종합촬영소를 짓고 있던 김동호 영화진흥공사 사장에게 전화하셨습니다.

"거, 김원 씨가 설계를 잘했나요?"

앞에 앉은 원장더러 그 전화 말씀을 들으라고 부러 그렇게 하신 것입니다. 그러고는 다시 추천하라고 돌려보냈습니다. 원장은 다음 날 즉각 김원을 1순위로 적어 올렸습니다. 나중에 김동호 사장께서 들려준 이야기입니다.

남원국악당을 위해 장관께서 최대한으로 마련하신 예산이 70억 원이었습니다. 당시의 문화부 예산으로는 거금이었지만, 소위 국악을 공연할 극장을 지을 돈으로는 너무 적었기 때문에 나는 한마디로 접었다 폈다 할 수 있는 가변형의 지붕을 가진 가설무대 형식의 극장을 그려서 보여드렸습니다.

장관께서는 그 실험극장 같은 형식을 재미있다고 하셨습니다.

그런데 누구의 말도 듣지 않는 지역 특유의 토호 세력들이 있었습니다, 그들이 안 된다, 싫다, 하면 아무것도 되는 것이 없었습니다.

무엇보다도 '가변 극장', '가변 무대' 이런 것을 거부했습니다. '가변'이란 말 자체가 싫고, 한마디로 '중앙청 같은' 석조 건물을 원한다고 했습니다. 그리고 건물 입구에 한식韓式 정자를 두 개 올려 달라고 했습니다.

공사 마지막 무렵, 약간의 설계 변경으로 총 공사비는 80억 원으로 늘어났습니다.

시인 이상의 집이 헐릴 처지라는 신문 기사를 보고 내가 이사장으로 있던 김수근문화재단의 기금 일부를 전용해서 일단 소유권 등기를 마치고 나니 "일 년 만에 3억 원을 갚아놓겠다"고 재단의 후배들에게 약속한 것이 이제 나의 숙제가 되었습니다. 숙제라기보다 돈을 갚을 고민거리가 생긴 것입니다.

그때 생각난 분이 이어령 선생님이었습니다. 고등학교 때 국어(현대문) 선생님으로서 우리에게 가장 많이 시인 이상에 관해 이야기해 주신 분입니다.

선생님께 의논을 드렸더니 즉석에서 기분 좋게 "그래 내가 시장에게 이야기해볼게" 하고 흔쾌히 대답하셨습니다.

선생님이 이명박 시장을 만난 이야기는 나중에 시청에서 들었습니다.

이 시장은 본인이 토목 마피아의 두목이라고 불릴 만큼 개발 우선주의의 무식한 공돌이 출신이라는 사실을 잘 알고 있는 터라, 이어령 선생님을 존경하고 그분 이야기라면 무조건 따르는 사람이었습니다.

그러니 당연히 이 선생님의 '이상의 집' 관련 말씀 한마디에 즉시 문화국장을 불러 일금 3억 원을—교부금이라던가?—내려보내라

고 지시했다고 합니다.

그런데 이 선생님은 그것으로 물러서실 분이 아니었습니다.

"시장님, 감사합니다. 그런데 이런 일('이상의 집'을 살리는 일)이 서울 시내에 얼마나 많이 널려 있는지 아십니까?"라며 시장에게 제안 같은 충고를 했습니다.

"매번 이렇게 하려면 끝이 없으니 서울시에 기금을 만들어서 이런 일들을 관리하는 '문화재단'을 만들어야 합니다."

시장이 "그게 돈이 얼마나 들까요?"라고 물으니 이 선생님, 당신이 생각할 수 있는 최고 금액이 '500억 원'이었습니다.

"500억 원이요?" 이 시장은 즉석에서 알았다 했고, 얼마 후 자본금 5억 원의 '서울시 문화재단'이 설립되었습니다.

그때 경기도지사가 김문수 씨였는데 김 지사는 서울시의 여러 시책을 그대로 흉내 내어 재미를 본 사람입니다.

김 지사가 '서울문화재단' 이야기를 듣고 자기도 '경기문화재단'을 만들었습니다. 기금이 이번에는 1,500억 원이 되었습니다.

그러고 문화재단 대표에 권영빈 씨를 앉혔습니다. 권 대표는 재단 이사들을 뽑는 데 나를 먼저 집어넣었고, 당연직 비슷하게 소설 《남한산성》을 집필한 김훈을 집어넣었습니다. 내가 매달 회의 때마다 김훈을 만나고 가깝게 된 사연입니다. 직원들이 회의장 좌석 배치를 항상 김훈, 김원 나란히 놓았기 때문입니다.

그럭저럭 건물은 완성되었으나 나로서는 시공에 불만이 많았고 이 장관이 구상하신 '세계민속음악축제'는 아직도 열리지 못하고 있습니다. 아직도 선생님 같은 그런 멋진 생각을 해본 사람이 없는 것입니다.

선생님이 돌아가시기 두 주일 전, 마지막 뵈었을 때 《메멘토 모리》에 힘없는 글씨로 서명을 해주셨습니다. "50년 동행"이라고 쓰셔서 '60년입니다'라고 말씀을 드리려다 그만 그 초췌하신 모습에 눈물이 쏟아졌습니다.

문화 앞에서는 그 어떤 것도 내려놓았던 선생을 기억합니다

김종규 | 삼성출판박물관 관장, 문화유산국민신탁 이사장

참으로 시린 겨울이었다. 추워서가 아니라 허전함과 공허함이 가져다준 쓸쓸함에서였다. 곁에 누가 있고 없고가 이렇게 중요하다는 사실을 새삼 깨우치게 된다. 시간으로 보면 난생처음이고 공간으로 보면 동리에 터를 잡은 지 처음으로 그와 함께할 수 없었던 혹한이었다. 벌써 이어령 선생이 우리를 남겨두고 떠나신 지 한 해가 되었다. 오색으로 물들었던 형형색색의 단풍도, 찬연한 겨울 하늘을 타고 내려와 쌓였던 보현봉의 흰 눈도 보는 둥 마는 둥 지나쳤던 시간이었다. 가슴이 뻥 뚫려서인지 시각의 그물망에도 걸리지 않고 통과해버린 탓이다.

선생과 쌓은 짧지 않은 인연으로 감아뒀던 기억의 실타래에서 풀어낼 이야깃거리가 어디 한둘일까마는 이마저도 선생과 상의할 수 없기에 그저 조심스럽기만 하다.

문득 30년 전의 일이 기억난다. 문화부가 신설되고 초대 장관으로 부임하신 선생께서 이듬해 어느 날 필자를 급히 찾으셨다. 그곳에는 이승열 당시 국립국악원장도 배석해 있었다. 문화부 산하 국립국악원이 그해로 개원 40년을 맞는데 이를 기념한 개원 40년사를 발간했으면 하셨다. 평소 누구보다도 문화를 사랑하고 역사적 사실의 기록에 앞장섰던 선생다운 말씀이었다. 그런데도 문화부가 신설 조직이라 예산이 넉넉지 않아 이 중요한 문화사적 의미를 담아내기가 쉽지 않다고 읊조리듯 탄식했다. 이는 국악이라고 하는 문화의 한 영역을 넘어 대한민국을 대표하는 지식인으로서 또 주무부처의 장관으로서 책무를 다해야 한다는 막중한 책임감이 얹힌 묵직한 말씀으로 필자에게도 들려왔다.

그러면서 힐끔 필자의 표정을 살피시는 듯했다. 그렇게 몇 초, 다시 얼마만큼의 시간이 흘렀다. 그러더니 선생에게서는 평소 발견하기 쉽지 않던 부드러운 음성으로 삼성출판사가 도와주기를 넌지시 요청하셨다. 학자의 당당함과 관료로서의 권위의식이라고는 찾아볼 수 없는 전혀 다른 표정의 선생과 필자의 눈이, 간격의 정중앙에서 마주치게 되었다. 그 찰나가, 무조건 지원하겠다는 다짐의 계약서에 날인하는 순간이었다. 그렇게 하여 《국립국악원 40년사》는 삼성출판사의 후원으로 발행할 수 있었다.

선생은 자존심이 대단히 강한 분이셨다. 선생을 가까이에서 보아온 분이라면 다들 느꼈을 것이다. 아무리 필자를 미덥게 여기셨다고 하더라도 청탁하거나 신세 지는 것을 극도로 경계했던 선생의 성품으로 볼 때 절대 쉽게 꺼낼 수 있는 이야기는 아니었을 것이다. 돌이켜 보면 선생의 이 쉽지 않은 건의가 계기가 되어 국립국악원의 중요한 역사에 작게나마 삼성출판사가 함께할 수 있었다는 사실은 필자에게도 큰 보람이었음을 이 자리를 빌려 새삼 선생께 감사의 마음을 전하고 싶다.

이렇듯 선생은 장관으로 봉직할 때나 그 직책을 내려놓은 후에도, 문화부에 관해서는 유독 모든 것을 내려놓고 앞장서주셨다. 문화부를 통한 선생의 이러한 문화 견인자 역할과 실천적 사례는 너무 많아서 일일이 열거하기는 쉽지 않을 것이다.

그리고 30년이 지나 2021년 어느 날 행사차 국립국악원을 방문했을 때 국악박물관 자료실에서 국악원 자료 담당 직원을 만난 적이 있다. 그 직원은 기다렸다는 듯이 《40년사》를 꺼내오더니 당시 삼성출판사의 전적인 도움이 있었다는 사실을 알게 되었다며 잠시 30년 전의 기억을 소환해주었다. 아울러 올해가 벌써 국악원이 문을 연 지 70년이 되었다며 이 역사를 담아 《70년사》를 발간했는데,

《40년사》가 큰 도움이 되었다는 말도 덧붙였다.

이 선생님의 문화 사랑 실천에서 비롯된 뜻깊은 회고였지만 지금 생각해보면 그와의 이별이 있기 한 해 전이었기에 흐뭇했던 기억보다는 그리움이 밀려들어 허전함만이 앞서는 듯하다.

당시, 고마움의 표시로 이승열 원장이 넌지시 건네준 멋진 '고장북(소리북)'은 지금까지도 필자의 박물관에 잘 보관되어 있다. 흥보가 박 타는 대목에 맞춰 덩달아 바빠지는 고수의 '소리북' 장단처럼 흥겹고도 쩌렁쩌렁했던 선생의 강연을 다시 한번 듣고 싶어 초점 잃은 시선으로 사방을 둘러보지만, 눈에 들어오는 것은 무심히 서 있는 문수봉의 바위 허리뿐. 다시 옷깃 안으로 쓸쓸함이 밀려든다.

이어령, 진정한 크리에이터

김주연 | 문학평론가

이어령, 그는 문화의 자부심이었다. 정확하게 말한다면 문화라는 영역에 영예를 입혀준, 말의 정확한 뜻에서, 과감한 크리에이터였다. 그런 의미에서 그는 내가 아는 진정한 진보주의자였다. '진보'라는 말이 정치적으로 다소 폭넓게 쓰이는 것 같은데, 이어령이야말로 참다운 진보 그 자체였다. 그는 매일 새로운 말을 한다. 이미 있는 말도 그 의미를 뒤집고 작은 한 조각의 말마디에서 거대한 해석을 이끌어낸다. 그의 문화는 그렇게 진보적 형성을 이루어가면서 정치나 경제에 종속된, 혹은 그 하위 영향권에 머무르는 자리에 있지 않고, 오히려 그것들을 이끌고 나아가는 강력한 힘을 끊임없이 발주시켜 왔다. 이어령, 그의 이름은 그 자체로 한국의 독자적인 명예요, 브랜드였다. 예컨대 그는 정치 혹은 현실의 여러 가지 부끄러운 아이콘을 지워버리는 흔쾌한 자부심이었다. 따라서 그의 생각에 동의하든 안 하든, 심지어는 그 내용을 잘 모르는 이들에게도 이어령을 말하는 것은 자랑스러운 문화 행위일 수 있었다. 그런 그가 갔다. 허전하다.

2022년 2월 26일. 나는《중앙일보》신준봉 기자로부터 이어령 선생이 돌아가셨다는 부음과 함께 추모사 부탁을 받고 단숨에 이렇게 시작되는 조문을 썼다. 요점은, 이어령 선생이야말로 참다운 크리에이터라는 내용으로 지금 여기 다시 옮긴 것이다. 물론 조문은 그밖에 훨씬 많은 부분을, 말이 천대받는 사회에서 말을 살려낸 언어의 구원자, 문학비평을 넘어서는 문명 비평가로서의 폭넓은 활약, 그리고 세밀한 감수성의 천재 이어령 선생에 대한 추모를 담고 있었다.

그러나 지금 다시 참다운 크리에이터란 무엇인가 생각해보면서 이어령 선생의 보다 높은 경지, 종교적인 초월의 수평까지 바라다보게 된다. 더욱이 크리에이터라는 낱말이 기껏해야 드라마 제작자 혹은 기획자, 그리고 아주 자주 그저 유튜브 수준의 방송 내지 영상 관련 직업인의 어중된 직종들 이름으로 쓰이는 것을 볼 때, 크리에이터의 참다운 의미를 다시 깊이 음미해보지 않을 수 없다.

문학평론가 이어령이 크리에이터라는 이름으로 호명되기 시작한 것은 꽤 오래된 일이었다. 크리에이터라는 낱말이 창조자라는 뜻을 갖고 있다면, 그 말이 우리 사회에서 어떤 인물과 결부되어 사용되었을 때 그가 바로 창조자, 즉 가장 처음의 인물 아니었겠는가. 크리에이터라는 낱말은, 내가 기억하는 한, 이어령이라는 이름과 더불어 등장하였다. PC 시대가 어느덧 스마트폰의 대중화와 함께 이른바 디지털 문화로 바뀌어가면서 한국 문화계는 이에 대한 저항을 보였다. 특히 문학의 경우 디지털 문화의 쇄도는 전통적인 활자 문화를 위축시키면서 문학 자체의 존립을 위협한다는 위기의식과 만나게 되었다. 소위 밀레니엄의 도래를 맞이하는 2000년 시대에 접어들며 도처에서 이러한 문학의 신음 소리가 높아졌다. 전통적인 아날로그 문화의 설 땅은 좁아 보였고, "문학은 죽었다"는 개탄까지 나왔다. 실제로 원고지에 펜으로 글을 쓰는 문인들의 숫자는 줄어들었는데, 다른 한편에서는 자필 손 원고를 지켜야 한다는 강한 반발도 있었다.

아날로그와 디지털 사이에서의 갈등과 고민은 나 역시 적지 않았다. 그러나 시대 현실을 민감하게 포착하는 일이 문학, 그것도 문학비평의 몫이라고 생각하는 나로서는 이러한 현상을 다룬 《가짜의 진실, 그 환상》(1998), 《디지털 욕망과 문학의 현혹》(2001) 등의 평론집을 이와 관련하여 상자하였고, 2010년에는 《문학, 영상을 만나

다》라는 연구서 형태의 평론집을 간행함으로써 이 같은 도전에 반응하였다. 그러나 이 책들은 현상을 분석하고 고민한 나의 흔적일 뿐 시대의 엄청난 새로운 물결을 소화하고 나로서의 창조적인 기획을 선보인 작업으로서는 미흡하였다. 평론선집으로 묶인 책 제목대로 그저 《예감의 실현》(2016)일 따름이었다.

창조적인 기획은 이어령 선생의 디지로그로 실현되었다. 디지로그란 무엇인가. 이어령에 의해서 크리에이트된 새로운 개념으로서 아날로그와 디지털의 행복한 결합이 거기에 있다. 실제 세계를 의미하는 아날로그와 IT 혹은 가상세계 전반을 뜻하는 디지털이 상대적인 대립이 아니라 융합을 통해서 보다 더 풍성한 세계를 이룰 수 있다는 것인데, 이어령 선생은 그것이 문학 안에서 만나게 된다고 보았다. 이러한 사고가 창의이며, 그 사람이 바로 크리에이터이다. 하늘 아래 새로운 것이 어디 있겠느냐고 성경도 기록하고 있듯이, 새로움은 새로운 실재의 사물이 탄생하는 것을 말하는 것이 아니라 융합과 조정을 통한 새로운 길의 발견을 의미하는 것. 이어령 선생은 끊임없이 그 길을 찾아다녔고, 무수한 새 길을 발견했다. 자연에의 순응이 아날로그라면, 이를 인간적으로 기호화하는 것이 디지털인데 이어령은 자연의 존중을 문학 평생의 가치로 주장하면서도 기호화의 길을 모색하였다. 그가 기호학을 연구하고, 봉직하던 이화여대에 기호학 연구소를 만든 일은 잘 알려져 있다. 디지로그 학교까지 설립하지 않았던가. 이러한 작업이 진정한 크리에이터로서의 걸출한 면모라는 것이 나의 생각이며, 그와 만남의 기회가 있을 때마다 이러한 이야기를 나누었던 기억이 새삼스럽다.

융합은 파괴를 동반한다. 디지로그는 아날로그와 디지털이 파괴되면서 탄생한다. 융합을 통한 새로운 문화의 개척자처럼 보이는 그가 때로 과격하게 보이는 까닭도 여기에 있다. 이미 20대 젊은 시절 그는 '우상의 파괴'를 부르짖지 않았던가. 이때의 우상은 허위와 허상이 지배하던 1950년대 한국문학이었는데, 이를 파괴하고 그가 새롭게 내세운 것은 일종의 '계몽적 이성'이었다. 물론 그의 이러한 주장은 그 자신을 포함하여 뒷세대에 의해서 다시 비판받는 역사의 길을 걸어왔지만 파괴와 생성을 눈치 보지 않고 과감하게 이룩해온 그의 성취는 곧 한국문학과 문화의 발전 자체라고도 할 수 있다 (이어령 선생과 나는 1960년대, 그러니까 20대를 같은 캠퍼스 강의실에서 보냈다. 그는 강의하는 강사로, 나는 강의 받는 대학생으로).

그러나 진정한 크리에이터로서 그의 독보적인 위상은 그가 지상의 모든 질서 위에서 천상의 질서를 발견하고 이 둘을 융합하는 초월의 길을 마침내 발견한 데에 있다고 할 것이다. 10여 년 전 어느 날, 기독교를 받아들이는 크리스천으로서의 자기 입장을 천명하고, 이와 관련된 책들을 펴내었다. 《생명 자본주의》를 비롯하여 《의문은 지성을 낳고 믿음은 영성을 낳는다》, 《지성에서 영성으로》 등등 길지 않은 시간에 기독교, 그리고 기독교와 자신과의 관계를 증거하는 글들을 발표함으로써 적잖은 파문을 일으켰다. 그도 그럴 것이 평생을 종교는 물론 모든 권위를 거부하면서 살아온 이어령이 일정한 교리를 지닌 기독교를 받아들인다는 것은 사실상 지식인 사회에 엄청난 충격이 아닐 수 없었기 때문이다. 그러나 이어령의 지적 궤적을 좇아가본다면 (그 길을 아는 사람이라면) 그 길은 오히려 지극히 자연스러워 보인다. 왜냐하면 이제 이 땅의 지상적인 질서, 그것만으로서는 우상의 자리에 머무를 수밖에 없고 따라서 당연히 비판

되고 파괴되는 상황을 감내할 수밖에 없게 된 것이다. 그가 숱한 인터뷰와 글을 통해서 밝혔듯이, 지금은 로봇이 인간 사고를 대행하는 AI 시대가 되면서 창조주의 자리가 흔들리고 있지 않은가. 창조주와 피조물의 위상이 전도되는 무질서와 이성 실종의 세상에 진정한 크리에이터가 가야 할 길은 명백해 보였던 것이다. 이어령 선생은 그 길을 갔다. 세속적 사고를 버리고 초월적 사고로 뛰어올랐다. 그로서는 지금까지의 창조적 사고의 연장이었고, 로고스 이어령의 자연스러운 도약이었다.

시간의 과녁을 뚫고 이어령의 언어가 날아간다

김지수 | 《조선 비즈》 기자

“내년 3월엔 내가 없을 거야.”라던 책 속의 예언처럼 선생은 3월을 며칠 앞두고 우리 곁을 떠났다. 사람들은 드라마틱한 생애를 완성한 이 지적 거인을 더 오래 기억하고 싶어 했다. 그리고 마치 예상이나 했다는 듯이 대장정을 시작한 ‘이어령 대화록’과 ‘한국인 이야기’ 시리즈, 시집, 개정판 등 수십 권의 출판물과 다큐멘터리, 디지털 아카이브가 하나씩 공개되는 중이다.

때때로 나는 이 모든 과정이 ‘이어령 각본, 이어령 연출, 이어령 주연’의 완벽한 공연이라는 생각이 든다. 공연의 제목은 ‘죽음 뒤의 삶, 삶 곁의 죽음’.

그런 의미에서 작년 3월 17일에 방영된 tvN 다큐멘터리 〈내가 없는 세상〉은 얼마나 탁월한 제목인가. ‘내가 없는 세상’을 상상하기 두려워 벌벌 떠는 보통의 사람들에게, 이어령은 자기만의 스펙터클

한 방식으로 '내가 없는 세상'을 지휘해갔다.

늘 그렇듯 눈이 부시게, 넘치는 박력으로.

마지막 절정을 향해가던 몇 년 동안 그의 손은 변함없이 오페라 지휘자처럼 힘있게 허공에 나부꼈고, 얼굴은 더욱 장난기가 자욱했다. 그는 내가 만난 가장 그릇이 큰 에고이스트였다.

"내 얘기가 얼마나 재밌어? 어때? 또 듣고 싶지? 경이롭지?"

크리스마스 오르골을 지켜보는 어린아이처럼 그의 반짝이는 눈빛과 옅은 탄식, 열 손가락을 쫙 펴서 가볍게 아랫배를 두드리던 리드미컬한 동작이 기억난다. 말하는 자로, 그는 청중보다 먼저 놀라워했고, 슬퍼했고, 웃으며 안도했다. 자신을 바라보는 관객의 심박수까지 섬세하게 조율해내는 그의 이야기를 듣다 보면, 강연이나 인터뷰가 아니라 늘 3시간짜리 공연에 와 있는 것 같았다.

격정적인 인토네이션으로 때로는 고대 그리스 광장의 배우 같았던 나의 스승. 그는 궁극적으로 자기의 죽음조차, 그 장소와 게스트조차 바깥에서 관찰하고 연출했던 '존엄사'라는 위대한 연극의 플레이어였다.

기이하게도 선생이 죽음을 준비하는 모든 과정에는 어떤 '분명한 기쁨'이 도사리고 있었다. 집 안에서 죽음을 맞기 위해 의료용 침대를 들여놓던 날, 수화기 너머에서 느껴지던 선생의 목소리엔 생기가 가득했다. 새 학기에 벙커 침대를 선물받고 좋아하던 내 아

이의 기분이 저러했을까. '탄생의 그 자리로 나는 돌아간다'라는 당신의 메시지를 완성하려는 듯, 수의 앞에서 배내옷을 입던 그 살갗의 보드라움을 기억하겠다는 듯. 자부심이 밴 목소리로 그가 말했다.

"서울대 호스피스 팀이 와서 세팅을 해주고 갔지. 나는 이제 여기 누워서 사람을 맞을 거야. 그대들과 눈 맞추고 이야기하다 죽어갈 거야. 공개적으로 그렇게 하는 첫 사람이 되어볼까 하네. 그러니 바깥나들이는 자네가 대신 잘 해주게."

마지막 두어 달 동안, 선생은 간간이 전화로 당신의 변화를 알리며, 책 홍보차 홀로 방송 인터뷰를 나가는 나의 부담을 덜어주었다. 간혹 내가 라디오 진행자와 함께 그의 깊어가는 병환과 생애 내내 '외로웠다'던 이야기로 눈물을 찔끔거린 날엔, 전화로 준엄하게 '나의 감상성'을 꾸짖었다. 당신의 고독도, 당신의 생몰도 사적인 라이프가 아니라 진선미를 추구했던 한 인간의 예표와 기호로 읽혀야 한다고. 그 호통에, 뒷골이 서늘해졌다.

가끔은 이어령 선생이 '암 선고'를 받지 않았으면 어땠을까를 상상해본다. 보통 사람에게 '암 선고'는 절대로 맞이하고 싶지 않은 청천벽력이지만, 그는 그것을 신에게 부여받은 '영예로운 사령장'처럼 받아들였다. 명확한 데드라인(마감)이 주어졌을 때 피치를 올려 한계를 넘어선 글을 써내는 작가처럼. 항상 도전을 필요로 했던 그에게 '복막에서 시작되어 장 전체를 습격한 암'은 경이로운 챌린지가 아니었을까.

이미 많은 것을 이룩해놓은 후였으나, 선생은 생애 마지막 몇 년을 '원로'라는 허명에 기대지 않고, 더욱 가슴 뛰는 '업글 인간'으로 살았다. 메타버스와 코로나 시대에 '암세포와 치열하게 공생하는' 선생의 디지로그와 생명자본 사상은 클라이맥스를 맞았다. 개인적으로 나는 암 선고 이전의 선생의 업적보다 이후의 '살아냄'이 그를 만인의 스승으로 만들었다고 생각한다.

그는 매일매일 농밀해져갔다. 자신이 말하고 쓴 대로 마지막 시간을 입증해갔다. 병원 중환자실에 갇히지 않고, 생명이 다하는 순간까지 집에서 해를 쬐며 삶 쪽의 문을 활짝 열어놓았다. 그것은 세상에 대한 미련이 아니라 약속이었다.

막바지에 이르러서는 사람들에게 "너답게 존재하라"고 부추기는 동시에, 본인은 최후의 질서를 만드는 데 몰두했다. 가끔은 내게

"어떤 출판사도 책임지고 나서서 당신의 말과 글의 저작권을 총정리해주지 않는다"고 하소연도 하면서. 어쩌면 선생은 가장 자기다운 방식으로 카오스와 대면했고, 질서와 카오스의 조화를 이루어 갔다.

죽음이라는 최후의 카오스 앞에서는, 잠시 흔들렸다. 작년 2월 중순, 그는 나를 불러 당신의 '사회적 죽음'을 공표해달라고 했다. 더는 기력이 없다고. 좀비가 따로 없다고. 당신의 '명명'으로 생사의 선을 넘고자 하는 선생의 기세는 완강했으나, 나는 숨을 죽이고 있을 수 없는 일이라고 간곡하게 고개를 저었다.

'죽어도 살아있겠다'는 것은 헛된 야망이 아니라, 지극한 사랑임을 선생은 내게 말했었다. 언제나 내 옆에서 글 쓰고 말할 거라고.

내가 글을 쓰는 동안, 나는 이어령이라는 스승의 영향력 안에서 살아가게 될 것임을 나는 안다. 그리스 철학부터 양자철학까지, 인간의 사유가 닿을 수 있는 모든 곳에 그는 돛을 달고 닻을 내렸다. 그는《사피엔스》를 쓴 유발 하라리의 글에는 거품이 끼었다고 싫어했지만,《총, 균, 쇠》를 쓴 재레드 다이아몬드는 좋아했다. 후에《회복력 시대》를 쓴 제러미 리프킨을 인터뷰하면서, 나는 '이어령 선생이 생전에 그와 대담을 했더라면 지극한 동류의식으로 덜 외로웠을 텐데' 하고 생각했다.

《이어령의 마지막 수업》을 위해 그와 인터뷰를 하는 동안 선생은, 문득 시간의 유한함을 느끼며 탄식했다.

"김지수 작가, 지금 자네는 자네가 얼마나 중요한 일을 하고 있는지 알고 있나?"

이렇게 그리울 줄 알았더라면, 그때 좀 더 즐겼어야 했는데. 라스트 인터뷰라는 책임감에 짓눌려, 그 자리를 만끽하지 못했던 게 아쉽다. 선생과 마주 앉아 그 칼칼하게 커브를 도는 육성을 들을 수 있었던 나를, 독자들이 얼마나 부러워했는지 모른다.

책이 나온 후에도 그는 나를 다독였다.

"김지수 작가, 혹시 책이 생각만큼 반응이 없더라도 걱정 말게. 내가 장담하지. 이 이야기는 100년 후의 사람들이 읽어도 낡았다고 느끼지 않을 걸세. 그러니 길게 보게나."

아무렴. 선생이 던진 질문의 화살은 100년이 아니라 1,000년이 지나도 낡아질 수 없는 것이다. 시간의 과녁을 뚫고 이어령의 언어가 날아간다.

"너 존재했어?"

"너답게 세상에 존재했어?"

"너만의 이야기로 존재했어?"

이어령 선생님을 그리며

김채원 | 소설가

이제야 환히 떠오른다. 그때가 어떤 상황이었으며 무엇이었는지 당시는 잘 몰랐던 듯하다.

아침 식사 후 어머니가 머리를 빗으며 어디 좀 인사를 가자고 말했고 따라나섰던 것으로 기억된다. 중앙청 근처 어느 한옥, 《문학사상》이라는 잡지사에 인사를 간 것이었다. 한옥 마당으로 들어섰을 때 이어령 선생님이 신발도 신지 않은 채 댓돌 밑으로 내려와 웃으며 어머니를 맞이하시던 모습만이 생생하다.

방 안에 들어가니 젊은 작가들이 앉아 있었고 모두가 너무 선해 보이는 모습이었다. 아니 선한지 악동인지 그런 식의 분류가 아닌 어떤 특이한 분위기였다.

당시 나는 오랜 외유 생활 끝에 파리에 있다가 잠시 귀국하였는데 그랬기에 모든 것이 낯설고 멀었으며 무엇을 얼른얼른 알아차리지 못했다. 반세기도 더 지나 선생님도 떠나버리신 이제 그 방이 오롯이 샘솟듯 다시 떠오른다.

그 방은 밖에서 들어오는 빛으로 밝고 공기가 맑았으며 무언가 좋은 기운으로 가득 차 있었다. 앞날의 그 어떤 언약에 대한 귀 기울임과 무언가의 속삭임으로 즐거움이 넘치는 듯한, 그러면서도 헤쳐 나가야 할 많은 것들, 무거움·고투·몰입 같은 것이 이면에 자리하고 있었던 듯하다.

그것이 문학 강연회에 온 5천 명의 청중을 보고 만든 문예지의 시작이었음을 이즈음 새로 알게 되었는데 내가 보았던 인상과 잘 부합되고 있음을 다시 확인할 수 있었다. 마치 천지창조의 한순간과도 같은— 무엇인가를 새로 만들어내는 모습을 살짝 엿본 듯한.

선생님은 홀로 새벽까지 서재의 큰 책상 앞에 앉아 있으셨다고 한다. 그때까지 불을 밝히고 있는 또 하나의 창과 교신하기를 바라는 마음의 글을 읽은 기억이 있다.

5천 명의 문학 청중을 외면할 수 없어 문예지를 만드는 마음이나 새벽녘까지 불을 밝히고 있는 또 하나의 창과 교신하고 싶은 마음— 일생 선생님을 이끈 정신이 아니었을까.

선생님은 자신의 인생을 스스로 창조해서 살아가신 분으로 달도 별도 떠오르는 해, 바다, 바람 모든 것을 따로 설치하는 모습을 그려본다.

어린 시절부터 창조의 비밀에 대해 몹시 궁금해하였고 밤에 불을

끄고 잠자야 하는 일을 거부하고 싶던 어린이였다고 하는데 그때의 그 총기 어린 모습이 눈에 잡힐 듯 선하다.

그 후 청년기 장년기를 거치며 수많은 업적을 일구어내셨고, 인생이 그러하듯 수많은 비바람과 폭풍우도 맞으셨을 것이다. 그리하여 생로병사의 끝머리에 자연스레 이르셨을 것이다.

마지막 모습에서 어떻게 저토록 야윈 모습이 저토록 보기 좋은 모습일 수 있을까 생각되곤 했다. 햇빛에 닦이고 바람에 씻긴 마지막 모습이 선생님의 전 생애를 얘기해주고 있다고 생각되었다.

문예지를 만들던 마음으로 사랑하는 가족과 지인들, 남아있는 모든 사람에게 안녕을 고하셨고, 어딘가에 불 밝히고 있을 창의 불빛을 찾는 마음으로 떠나셨을 선생님.

이제 이 모든 것을 다시 알아차리며 이어령, 강인숙 두 분 선생님을 비교적 가까이서 뵐 수 있었던 것에 감사하며 아이 결혼식에 아프신 몸으로 주례 서주신 그 말씀과 모습이 생각나— 이렇게 뒤늦은 눈물범벅으로 가슴을 적신다.

추신: 해마다 신년에 후배 제자들이 두 분 선생님을 모시고 식사자리 하였을 때 헤어지기 전 노래방에 한번 갔었으면 얼마나 좋았을까. 선생님은 무슨 노래를 어떤 모습으로 부르실까. 참 안타깝게 후회되는 일이다.

선생이 남기고 가신 파뿌리 하나

김태완 | 《월간 조선》 기자

2022년 2월 26일 이어령 선생이 세상을 떠나셨다. 그 흔한 방사선 치료조차 마다하고 사실상 곡기를 끊고 오랜 시간을 버티셨다. 하루하루 몰라보게 야위어가시는 선생의 모습을 지켜본다는 게 여간 괴롭지 않았다.

우리는 취재로 만났고 마지막까지 공적인 대화를 나누었다. 특히 '죽음'이라는 저 깊디깊고 호락호락하지 않은 주제를 붙잡고 선생의 오랜 고뇌를 들을 수 있었다. '죽음'은 선생의 신앙과 연결된 것이어서 당신 내면의 소리, 울림을 가까이 들을 수 있었던 '운명'에 감사드린다. 천금 같은 말씀을 문장으로 옮기는 작업이 어려웠음을 고백해야겠다.

선생의 말씀을 들으며 기자는 늘 말문이 막히곤 하였다. 무미건조하고 사무적인 음성이 아니라 용수철 같은 열정, 섬세하고 다양한 관심, 경계를 뛰어넘는 비유로 달려가시곤 했는데, 논점을 엉뚱하게 비약하시거나 고약하게 비꼬는 식의 잘록한 편견은 없으셨다. 갈피를 못 잡고 화제의 수미首尾가 충돌하는 일도 없으셨다. 대개는 당장의 일상과 거리가 먼 관념적인 이야기일 수 있지만, 머릿속에만 존재하는 불모의 관념이 아니라 역사적으로 살아있었거나 잊힌 관념의 멱살을 잡고 일으켜 세우는 것들이었다.

선생이 쓰신 문장 역시 문학적 모조품이나 부자연스러운 진부함과는 거리가 멀었다. 당신은 누가 뭐래도 천하의 이야기꾼이자 시인이셨다.

주기적으로 만나기 시작한 것은 2019년부터인데 '끝나지 않은 이어령의 한국인 이야기' 시리즈를 시작한 뒤로는 매달 서너 번씩은 만났다.

선생이 떠나시기 두 달여 전인 작년 12월 13일을 기점으로 12월 20일(전화 통화), 그리고 지난 1월 7일과 11·18일, 2월 4·10·17·23일에 만났다. 병세가 급속히 악화될 때여서 기껏 20~30분 정도 만나는 것이 전부였다. 하루가 다르게 살이 빠져 내색은 하지 않았지만 슬픔이 북받치기도 했다. 그런 상황에서 사적이거나 느긋한 잡담을 나눈다는 것은 생각할 수 없었다. 선생은 고장이 나버린 생生의 시계를 곁눈질하며 초조하셨을지 모른다.

선생은 맥박이 희미해질 때까지 당신의 이야기를 전하고 싶어 하셨다. 그러나 건강이 허락되지 않는 현실, 구어체가 문어체로 바뀌는 과정에서 잘못 전달되는 행간의 오류와 해석의 차이에 안타까워하셨다.

"어린 시절, 내 필통 속에 서양이 있었어. 셀룰로이드(합성수지)로 된 작은 필통 속에 서양의 문명이 들어 있던 것이지. 지우개가 풍기는 향내. 제삿날 향불에 익숙하던 내 후각에는 경이로운 것이었어. 아이들이 없는, 그래서 쓸모없을 것 같은 텅 빈 운동장, 철봉대 앞 모래사장이 반짝이고, 꽃과 화단이 눈부시던 교정…. 기껏 집 툇마루 아래 작은 마당밖에 모르던 아이에겐 큰 충격이었어. 교실 안은 어둡지만, 바깥 운동장에 환한 햇살이 쏟아졌어. 센티멘털한 감상주의가 아니고 인간 존재의 생명에서 오는 것 같은…."

또 이렇게 말씀하셨다.

"김 기자가 못 하는 게 아니라 어떤 사람도 못 하는 거예요. 말랑말랑한 지우개를 미각적이고 촉각적인 부분까지 아주 섬세한 부분을 놓치지 않고 써주길 원하는데, 그거는 김 기자가 못 하는 게 아니라 어떤 사람도 못 하는 거예요. 그거 하면 내 마음속에 들어가서 이어령처럼 해야지. 그러나 내가 한 말인데 왜곡되거나 잘못 전달

된 말들이 되어버리면 끝내 (사람들이) 이해를 못 하는 게 되거든. 내 얘기들이 (바르게) 전해졌을 때 독자들이 '야, 읽을 만하다. 신문마다 (경기도 성남시 분당구) 대장동이 어떻고 하는 데에 빠져 있지만 그래도 인간의 깊은 동굴의 울음소리가 있구나. 그래도 우리나라에 형이상학이 있구나. 이념적 사고가 아니라 관념적 사고가 있구나. 추상의 세계에 사는 사람이 있구나, 하지 않겠어?"

그즈음 선생은 소변이 안 나온다고 하셨다. "대변이 나오면 소변이 안 나오고, 소변이 나오면 대변이 안 나온다"는 것이었다.

"빈혈에서 오는 거야. 거의 보름 가까이가 됐어. 암 환자들은 이런 증상들이 있거든. 내가 소변 안 나온다든지 해서 병원에 입원했으면 온갖 검사를 다 하고 죽을 사람의 몸을 째고 했을 거야. 그걸 안 하려고 재택 의료로 바꾼 거지. 나, 안 하겠다는 거야. 그거 안 하겠다는 거야. 얼마 전 수혈받으러 병원에 가서 일곱 시간 있었는데 죽을 것 같더라고. 나 수혈 안 받겠다고 했어. 해서는 안 될 소리지만, 헤밍웨이도 그랬고, 소설 《설국》 작가 가와바타 야스나리도 그랬어. 대개 지성인들이 죽을 때 보면 자살하거든."

선생의 이 말에 기자는 큰 충격을 받았다.

"나도 어떻게 하면 고통 없이 죽을까 방법을 강구 중인데, 시각 잃고 청각 잃고 막 이런 데 붓고… 도저히 못 견뎌, 진짜…. 창피한 얘기지만, 자의식이 강해서 아무한테도 얘기 안 했지만 밤중에 막 아프면, 아픈 거는 말하지 않고 욕을 한다고. 설령 내 죗값이라고 치자. 나, 죄가 많다. 그러나 (아픈 병이) 죄보다는 무거운 형벌일지도 모르지. 그래, 나 이렇게 살아왔다, 지금까지…. 위선자고 표리부동하고 그렇게 살아왔어. 그런데 (사람이) 다 그래. 그렇게 잘난 사람

없어. 인간이 완벽하다면 뭣 하러 예수님이 오셨겠어? 또 예수님도 그러셨어. '아버지 어찌하여 저를 버리시나이까' 하신 분 아니야?"

선생은 그러나 당신 생명의 소중함도 이야기하셨다.

"기독교에서는 자살을 죄로 생각하지만, 불교는 그렇지 않아. 다비茶毘한다고 불 속에 들어가는 거? 태워가지고 뭐 사리舍利 나오는 거? 기독교에서는 용납 못 하는 거야. 생명인데 지(자기) 생명인데 그걸 어떻게 불에다가 태워? 기독교는 생명주의 종교거든. 다른 종교하고는 달라. 그리고 '고통…, 애통하는 자에게 복이 있나니 천국이 너희 것이니라'. 기독교를 안 믿어도 애통하는 자는 천국이 너희 것이야. 삼성 이병철 회장이 물었어. '기독교를 안 믿으면 천국에 못 갑니까?' 하고. 애통하는 사람, 슬퍼하는 사람만이 천국을 보는 거야. 애통하지 않은 사람이 어떻게 천국을 알아?"

'슬퍼하는 사람만이 천국을 본다'는 말씀은 예수님의 '산상수훈 팔복八福', 즉 행복에 이르는 여덟 가지 길 가운데 하나를 이야기한 것이었다. 성경 말씀은 이렇다.

"행복하여라, 슬퍼하는 사람들! 그들은 위로를 받을 것이다."

선생을 마지막으로 뵌 것은 2월 23일 오후 2시쯤이었다. 대화를 나누다 선생이 '파뿌리' 비유를 드셨다. 그 비유는 도스토옙스키의 《카라마조프가의 형제들》에 나오는 삽화 중 하나인데 생전 선생은 그 비유를 즐겨 하셨다.

소설 속 완벽한 성인이라 칭송받던 조시마 장로가 죽는다. 성자는 죽어도 썩지 않는다고 믿었는데 그의 시체가 썩어들었다. 그를 따르던 수도사 알료샤는 큰 절망에 빠진다. 다음은 《메멘토 모리》에 실린 선생의 육성이다.

"나쁜 짓만 하던 사람이 길 가다 목마른 사람에게 파뿌리 하나를 뽑아 줍니다. 그리고 지옥에 가니 하나님이 불쌍히 여겨 파뿌리 하나를 내려 지옥에서 구제해주려고 합니다. 하나님은 성자고 악인이고 다 포용하려고 해요. 인간이 끝내 그것을 받아들이지 못하는 거죠. 그런 깨달음을 얻고 알료샤가 다시 장로의 빈소로 돌아옵니다. 그리고 잠깐 졸게 되지요. 그때 꿈속에서 가나의 결혼식처럼 천국에 큰 잔치가 열린 겁니다. 보니까 조시마 장로도 있어서 '성자님, 그러면 그렇지 천국에 가셨네요!' 하고 기뻐하는데 장로가 '너도 빨리 와!' 하는 거예요. 그래서 알료샤가 '저는 착한 일은 아무것도 한 일 없어 못 가요' 하고 말해요. 그걸 들은 장로가 뭐라고 했을까요? '여기 있는 사람들 다 파뿌리 하나야, 어서 와.'"(30쪽)

선생은 남겨진 우리에게 파뿌리 하나를 던져두고 가셨음을 믿는다. 그 파뿌리 하나만 있으면 걱정이 없다. 삶이 두렵지 않다. 이 글을 읽는 모든 사람도 선생이 건넨 파뿌리 하나를 간직하시길 소망한다.

말과 글의 상상계

김현자 | 문학평론가, 이화여자대학교 명예교수

1. 눈 오는 날의 세배

어느 해 설날, 나는 선생님께 세배를 드리러 평창동으로 향했다. 가는 도중에 눈이 내리기 시작하더니 금세 함박눈으로 변하여, 언덕길에 이르자 두께가 몇 센티나 되는 눈밭이 되었다. 개발 초기의 평창동 도로는 정돈이 되지 않아 가팔랐다. 택시는 언덕길을 50미터쯤 올라가다 말고 도저히 올라가는 것이 무리이니 도중에 내려줄 수밖에 없다고 했다. 하이힐에 치마를 입은 차림으로 언덕길에 내려진 나는 참으로 난감했다. 잠깐 망설이다 나는 이대로 돌아갈 수는 없다고 생각하고, 구두를 벗어 손에 들고 맨발로 1.5킬로미터쯤을 걷고 또 걸어서 기어이 선생님 댁 초인종을 눌렀다. 함박눈을 뚫고 씩씩하게 나타난 나를 선생님 내외분은 놀라고 기뻐하며 맞아주셨다.

"새해의 서설瑞雪과 함께 자네가 왔구나. 흰 눈은 모든 사람을 기쁘게 하지."

늘 새해가 시작되면 나는 마음을 다하여 절을 올리면서 스승의 덕담으로 한 해를 의미 있게 시작하곤 했다.

2. 구조, 역설, 기호의 세계

한 사람의 학문적 여정에서 스승이 밝혀주는 빛이 얼마나 중요한 일인가는 새삼스레 말할 필요가 없을 것이다. 그런 점에서 이어령 선생님께서 이화여대에 자리를 잡으셨던 것은 제자들에게 크나큰 축복으로 새겨진다. 워낙 다방면에 걸친 선생님의 빛나는 업적 때문에 그의 학자로서의 업적과 공헌, 대학교수로서의 삶은 상대적으로 제대로 부각되지 않고 가려진 느낌이 없지 않다. 그는 실상 생의 대부분을 충실히 학교에서 보내셨고 누구보다 가장 빛나는 명강의를 하시며 학계에 분석비평이 탄탄하게 자리 잡을 수 있는 토대를 마련했다. 그리고 수십 명의 석·박사를 지도, 배출하면서 제자 한 사람 한 사람을 관심과 존중으로 마음 써주신 인간적인 스승이었다.

신비평-구조주의-기호론으로 대표되는 내재적 비평은 그가 평생에 걸쳐 중점적으로 탐색한 문학의 방법론으로 한국 학계에서 실로 중요한 의의를 지닌다. 이어령은 1950~1960년대까지 작품을 읽는 제대로 된 방법론이 없었던 시기에 가장 선구적으로 이론들을 소개했을 뿐 아니라 한국문학 작품에 구체적으로 적용하여 실천비평의 본보기이자 오늘날 한국 대학과 문예 비평사에서 분석비평이 자리 잡게 한 절대적인 공헌자로 자리매김했다.

> "시를 정밀하게 읽고 그 시적 언술의 심층구조를 따져가면 우리가 지금까지 잘 모르고 있던 여러 가지 풀이들이 가능해진다. 아무리 퍼 써도 마르지 않는 우물처럼 진정한 시의 텍스트는 되풀이하여 재독을 가능케 하는 의미의 심연을 갖고 있게 마련이다.
>
> 그동안 우리는 시인의 전기적 특성이나 시대적 상황 그리고 이념적 틀 만들기에만 열중하여 막상 중요한 시 자체의 텍스트에 대해서는 소홀한 감이 없지 않다."
>
> —《시 다시 읽기》 머리말에서

그의 수많은 저서 중에서도 《공간의 기호학》, 《시 다시 읽기》, 《언어로 세운 집》은 분석비평의 결정판이라 할 수 있다.

《공간의 기호학》은 청마 유치환의 시들을 텍스트로 하여 언어와 의미 구조 사이의 연관을 밝히고 그 이미지를 해독해내면서 흔히 관념적이라고 일컬어져온 유치환의 시 세계에 구체적인 육체성을 부여한다. 기호론의 근간을 이루는 수평/수직의 이항 대립적 특성과 이 두 공간에서 세분화되어 나타나는 다양한 경계 공간들의 양상을 분석, 종합하고 있다. 무엇보다도 공간 의식이 인간의 신체를 중심으로 인식된다는 사실의 입증은 놀랄 만큼 감동적이다. 또한, 시간이 공간화되는 이치를 선명하게 보여주는데, 공간의 형성 체계가 세계의 상象을 구현한다는 명제에서 출발해 일상적 세계와 신화적 세계를 함께 포괄하는 문학적 깊이를 달성하고 있다.

특유의 예리한 감성과 능동적 분석을 따라가다 보면, 자칫 건조하고 도식적이라는 인상을 줄 수도 있는 기호 이론을 생생하게 이해할 수 있으며, 수학 공식처럼 어렵게만 느껴지던 기호론의 용어와 개념을 체계적으로 정리하는 즐거운 수확까지도 얻을 수 있다.

이 책에서 보여준 문학 공간론의 기본 틀은 시, 소설, 희곡 등 모든 문학 장르와 회화, 건축, 무용 같은 비언어적 예술에 이르기까지 광범위하게 적용될 수 있다. 논리와 감성의 교직交織이 절정의 꽃밭을 이루는 이어령의 《공간의 기호학》은 바슐라르의 《공간의 시학》에 비견할 만한 우리 학계의 소중한 자산이라 할 수 있다.

《시 다시 읽기》는 그가 평생 몰두한 방법론의 정점이라고 할 수 있는 기호론적 접근의 정수를 보여준다. 대상이 되는 텍스트들은 〈처용가〉, 〈용비어천가〉, 〈하여가〉, 〈단심가〉 등의 고전에서 시작하여 정지용의 〈유리창〉, 이상화의 〈빼앗긴 들에도 봄은 오는가〉, 윤동주의 〈서시〉, 서정주의 〈자화상〉 등 현대시의 세계로 확장된다. 그는 이 책에서 시 장르의 병렬법과 반복성, 은유와 환유, 이미지의 변형과 생성 과정에 의해 다의성과 열린 해석을 끌어내고 있다. 가령 〈하여가〉와 〈단심가〉 다시 읽기는 역사, 정치적 의미를 포괄하면서도 그것에 그치지 않는 전혀 다른 읽기를 시도하면서 시대와 이념을 넘어선 통찰을 보여준다. 두 작품에서 '칡넝쿨'과 '백골'이라는 두 대립항을 추려 충신과 반역자 사이의 이념과 갈등을 '식물성과 광물성, 결합과 분리, 삶과 죽음'이라는 인간 삶의 보편적 맥락 속에서 능동적이고 열린 구조로 읽어낸다.

《언어로 세운 집》은 시 읽기의 분석과 통합의 절정 편이라 할 수 있다. 시어 하나가 지니는 음상과 음운, 의미를 뒷받침하는 리듬과의 필연적인 관계를 탁월한 감각, 빈틈없는 논리, 예리한 분석으로 아우른다. 지성과 감성, 논리와 정감이 어우러져 텍스트가 지닌 절묘한 아름다움을 끌어내고 있어서, 이 글을 읽노라면 비평이 시나 소설보다도 더 감동적일 수 있다는 것을 깨닫게 한다.

김소월의 〈진달래꽃〉, 유치환의 〈깃발〉, 박목월의 〈나그네〉 등의 시는 한국인이라면 누구나 즐겨 읽는 시이고, 많은 학자가 저마다 다른 해석을 제시한 바 있다. 그런데 이어령의 분석은 전혀 새로운 관점으로 이 시들을 다시 음미하게 만들어준다.

“나그네의 한 발짝 한 발짝은 고통이 아니라 새로운 풍경을 펼쳐가는 보행이다. 운명과도 같은 지평의 둘레는 나그네의 보행에 의해서 변화하고, 물질의 결핍은 오히려 가벼운 봇짐이 된다. 멈추지 않는 것, 소유하지 않는 것, 모든 방향으로 열려진 도주로를 지니고 살아가고 있는 사람이 바로 나그네다.”

기호론에 의한 그의 분석은 일상적인 의미의 시어를 시적 차원의 새로운 의미로 바꾸어놓는다. 그리하여 나그네는 “집을 나간 가출자에서 새로운 풍경을 만들어내는 창조자”가 된다. 또한, 광대한 하늘이 한 알의 포도 속으로 들어와 박히는 이치(〈청포도〉), 한없이 작은 존재인 골방의 ‘나’가 지구의 반을 품는 황혼(〈황혼〉)으로 끝없이 확대되는 상상력을 읽어낸다. 그리고 청마의 깃발, “끝없이 비상하면서도 깃대에 묶여 있는 그 슬프고도 애달픈 마음”을 바람에 나부끼는 빨래, 연이나 소리개, 박쥐, 장대에 나부끼는 물고기라는 변주되는 열린 구조로 밝혀내면서 하늘을 향해 매달려 있는 모든 존재에 관한 시의 모티브를 중심으로 변형, 생성되는 새로운 시 읽기를 보여준다.

혹자는 이렇게 질문하기도 한다. "그래서 어쨌다는 것이오? 그렇게 정교하게 구조를 분석한 것치고는 결론이 허무합니다."라고. 분석비평의 특성이라고도 할 수 있는 이런 유형의 질문에 대해 그는 다음과 같이 말한다.

"언술은 비평하는 것이 아니라 그 유효성을 밝히는 데 있다. 기호로서의 문학작품은 의미를 산출하고 있는 하나의 구조물이기 때문에 우리는 그것들이 산출한 의미를 놓고 이야기하는 것이 아니라, 그러한 의미를 만들어내게 된 그 작품에 관해서 이야기하려는 것이다."

왜 문학작품이 감동을 주는가. 어떤 작품은 감동을 주고 또 다른 작품은 감동을 주지 못하는가. 이에 대한 해답을 분석비평은 과학적으로 연구하며, 방법론이 하나의 질문이고 시선이라는 것이다. 이를 먼저 깨달은 '구루'의 이러한 해명은 읽는 사람으로 하여금 금빛 언더라인underline을 치게 만드는 구절이다.

요컨대 기호론적 접근이 중심이 되는 이 세 권의 명저를 요약하면, 《공간의 기호학》은 문학 상상력과 공간의 체계 및 존재론적 공간 의식을 탐색한다. 《시 다시 읽기》는 은유와 환유, 병렬법의 수사적 논리로, 그리고 《언어로 세운 집》은 언어의 변형과 생성의 문법으로 텍스트의 능동적 독서를 유도한다.

3. 스승의 기억과 회감回感

선생님과 한자리에서 밥을 먹으면 음식을 제대로 먹을 수가 없었다. 사유의 이동이 빠른 속도로 이어지고, 새로운 메시지가 끝도 없이 제시되며, 유머와 위트 가득한 화법에 정신을 빼앗겨 밥을 먹었는지 메뉴가 무엇이었는지도 생각나지 않았다. 그 아닌 다른 누구에게서도 들을 수 없는 영감 가득한 이야기를 들으며 열심히 메모해보지만 집에 와서 들여다보면 막상 제대로 그 내용을 붙잡을 수가 없었다. 그럴 때 "모든 것을 너의 눈으로 보고 너의 이론을 세워. 나는 내 이론을 보여줄 뿐이야."라는 음성이 들려오곤 했다.

가까이 있다 보니 같은 이야기를 여러 번 들을 때도 있었는데 신기하게도 이야기는 들을 때마다 무한 변신을 거듭하면서 달리 변주되었다. 같은 이야기를 끝없이 뒤집고 질문하고 혼합해서 몇 번을 들어도 새롭게 들렸다. 하나의 이야기가 상상력과 그것을 뒷받침하는 탄탄한 논리에 의해 변주, 확장되어 우리에게 동일한 사유에 안주하지 않도록 끊임없이 자극을 주고, 결코 평범하게 생각하지 못하게 만드는 것이다.

아침마다 집 베란다에 서면 북한산 평창동 쪽 높은 봉우리가 보이고, 나는 그쪽을 바라보며 선생님을 생각한다. 1967년 어느 날 스승이 내게 말을 걸었고, 그 이후 나는 평생을 그의 자장磁場 안에서 살고 있다. 운 좋게도 나는 스승의 주변을 맴돌며 마르지 않는 샘물을 마시며 행복했다. 앞으로도 스승이 앞서 걸어간 거대한 학문의 숲, 그 길을 따라 나의 길을 내며, 또 그가 그랬듯 후학들에게 나의 길을 내어주며 살아갈 것이다.

우리 시대의 조명탄

김홍신 | 소설가

이어령 선생님을 한마디로 표현하기 벅차지만 나는 감히 '우리 시대의 조명탄'이라고 말하겠다. 조명탄은 스스로 빛을 발해 세상을 밝히고 사그라들어도 그 존재를 통해 만물의 형체가 드러난다. 이 선생님은 어둠을 거두어낸 조명탄이 아니라 밝아오는 세상을 더 빛나게 하는 조명탄처럼 우리 현대사에 가장 굵은 붓질을 한 선비다운 선비였다.

선생님은 내게 마지막까지 "외롭다"는 말씀을 하셨다. 천하 만물을 휘감듯 문필과 논리, 천리와 쉼 없는 명강의를 남긴 선비가 할 말은 정녕 아니라고 생각했다. 그러나 하늘에 오르신 뒤에 나는 선생님께서 한두 번도 아니고 여러 번이나 외롭다고 한 뜻을 겨우 새길 수 있었다. 깃대종처럼 앞서 걷는 사람은 누구라도 외롭지 않을 수 없으리라. 평생 거침없는 논단으로 선험적인 삶을 이어왔기에 그와 걸맞은 동무가 존재하기 쉽지 않았을 것이다. 어쩌면 시샘과 질투를 관통하며 동무보다는 천리와 드잡이하며 살았는지 모른다.

내가 우리 역사상 최초의 밀리언셀러 작가로 평판에 오르자 선생님이 "이제부터 세상과 홀로 싸워야 할지 모른다. 세상을 이길 수는 없다. 자신과 싸워 이기는 수밖에 없다."고 나를 달래주었던 그 말씀을 떠올렸다. 김동리 선생님과 최인호 형도 거의 비슷한 뜻으로 격려해준 것도 선생님 말씀과 맞물려 떠올랐다.

문화유산국민신탁 김종규 이사장님께서 만든 '월단회'는 매달 초하루에 스승과 제자가 한자리에 모여 스승의 말씀을 제자들이 듣고 절을 올린다. 스승에는 좌장에 이어령 선생님을 비롯하여 김종규 이사장님, 임권택 감독님, 김병일 도산선비수련원 이사장님, 화가 이종상 선생님, 배우 박정자 선생님 등이 있는데 그중 내가 가장 어린 셈이다. 그래서 "제가 감히 선생님과 함께 스승 반열에 있는 것이 면구하다"고 말씀드렸더니 선생님께서 내 등을 두드리며 "스승처럼 살았으니 스승으로 삼은 것이요, 앞으로 더 스승답게 살라는 뜻이다. 스승으로 태어나는 게 아니라 스승은 스스로 만드는 것이다. 우리가 함께 스승으로 평가받는 건 곧 나의 기쁨이기도 하다."고 격려해주셨다. 몸 둘 데도 마음 둘 데도 없는 격려였다.

이어령 선생님의 삶의 궤적은 널리 알려져 길게 나열할 필요가 없고 여러 지면에 선생님 얘기를 두서없이 했으니 선생님과 얽힌 사연 몇 갈래만 요약하여 추억담으로 삼으려고 한다.

사석에서 이어령 선생님께 처음 인사를 드린 것은 평론가이자 동국대학교 총장을 역임하신 홍기삼 선생님이 주선해주신 덕분이었다. 이어령 선생님이 주간으로 근무하는 《문학사상》 사무실에서 홍 선생님은 문재文才가 있는, 아끼는 제자라고 이 선생님께 나를 소개했다. 이 선생님은 《현대문학》에 실린 내 소설을 읽었다며 죽는 날까지 글을 쓰겠다는 다짐을 하라고 했다.

그리고 얼마 뒤에 《문학사상》에서 단편소설 청탁을 받았다. 원고를 들고 찾아갔더니 그 자리에서 읽어보시고 홍기삼 선생님이 사람 보는 눈이 좋다며, 첨삭할 게 없다고 하셨다. 워낙 바빠 사시고 뵙기 쉽지 않은 분이기에 멀리서 바라만 보며 시간이 흘렀다.

장편소설 《인간시장》으로 내 이름이 알려진 뒤에 우연찮은 인연과 특별한 사연으로 최인호 선배와 의형제를 맺게 되었고 인호 형이 이 선생님을 자주 뵙는 덕에 나도 덩달아 선생님을 종종 뵙고 가르침을 받는 행운을 얻게 되었다.

1983년에 삼성출판사가 이미 일가를 이룬 이청준, 박완서, 김승옥, 김주영, 황석영, 윤흥길, 최인호 선생과 나를 비롯한 소설가 24명을 선정하여 《제3세대 한국문학》이란 문학 전집을 발간했다. 제호를 짓고 작가를 선정한 분은 이어령 선생님이었다. 내 이름이 그 명단에 들어갔기에 출간 기념 행사장에서 고맙다고 말씀드렸더니 "좋은 소설을 읽게 해주었으니 내가 고맙다." 하셨다. 군자의 풍모가 어떤 것인지 배웠다.

내 고향 논산에서 이어령 선생님을 초빙하여 강연을 듣고 싶다고 하여 선생님께 청했더니 "김 선생 고향이니 달려가야지" 하며 기꺼이 응하셨다. 겸사해서 충청도 일원을 여행하자며 선생님과 유현종, 최인호 형이 동행하게 되었다. 2박 3일 동안 선생님은 쉴 새 없이 철학, 종교, 역사, 문학, 예술, 사상, 과학, 고대사, 휴머니즘, 문명사 등등을 풀어놓아 선지식인의 참모습과 선각자의 지혜를 유감

없이 보여주셨다.

세월이 흘러 어느 해 연말에 이어령 선생님이 초대 문화부 장관에 취임하신다는 소식을 듣고 축하를 핑계로 어울려 찾아가서 세뱃돈을 달라고 떼를 썼다. 한담을 나누던 중에 선생님은 "장관 노릇을 하다 보면 바쁠 테고 자주 만나기도, 통화도 쉽지 않아 섭섭하게 생각할 수 있으니 지금부터는 내게 먼저 전화를 자주 해서 서로 소식을 알고 지내자."고 하셨다. 문밖까지 배웅하며 말씀하시길 전화 걸어 "노태우 만세!" 그런 장난하지 말라며 웃으셨다. 그 시절만 해도 장관 자리에 있으면 알게 모르게 감시를 받을 테니 장난칠 게 뻔한 우리에게 귀띔을 하신 것 같다.

어느 날인가 인호 형과 선생님 댁에서 함께 식사한 뒤에 선생님이 정색을 하고 "상상력은 나비의 날갯짓 같아서 사라지기 전에 얼른 잡아채어 다듬어 글을 써야 하는데 두 사람은 아직도 펜으로 글을 쓰고 있으니 얼른 컴퓨터로 글 쓰는 법을 익혀라. 나하고 약속하자." 하셨다. 평소 명령이 아닌 설득 조로 말씀하시던 분이 우리의 굼뜸이 마음에 걸리셨던 모양이었다.

우리는 약속을 하고 대문을 나서자마자 누가 먼저랄 것도 없이 하이파이브를 하며 "우린 죽을 때까지 손글씨를 쓰자."고 했다. 어찌 되었건 인호 형은 펜으로 글을 쓰다가 별세했고, 나도 아직껏 만년필로 글을 쓰고 있으니 선생님과의 약속을 어긴 셈이다.

1996년, 내가 국회의원이 되고 찾아뵈었더니 "글로 사람들을 기쁘게 했듯이 정치도 잘해서 사람들을 기쁘게 하라." 하시며 여러 가지 충고를 하셨다. 영면하시기 얼마 전까지도 여러 사람이 함께한 자리에서 이런 얘기를 하셨다.

"어느 날 정부 고위 인사가 찾아와 김홍신 의원이 워낙 깐깐하여 난처한 상황인데 김 의원이 가장 존경하는 분 중 한 분이 이어령 선생님이라고 해서 도와주십사 찾아왔다고 했지. 나는 그 사람이 줏대 있는 정치인인 데다가 내가 너무 잘 아는 문인인데 청탁하는 건 도리에 어긋나고 들어줄 사람도 아니다. 온당한 일이면 내가 말 안 해도 해줄 것이고 부당하면 내가 부탁해도 안 될 것이다."라고 거절하셨다는 것이다. 가끔은 농담으로 "그때 내가 부탁했으면 어떻게 했을까?"라며 내가 대답하기 전에 소리 내어 웃으시곤 했다.

아들 녀석 장가들 때가 되었는데, 주례를 서주기로 오래전부터 약속했던 인호 형이 암 투병 중이어서 미안하다며 다른 분을 생각하라고 했다. 어느 날 모임에서 이 선생님께서 먼저 축사하고 떠나시기에 엘리베이터 앞까지 배웅을 했다. 망설이다가 선생님이 엘리베이터를 막 타셨을 때 나도 모르게 용기가 솟아 속에 감추었던 말을 꺼냈다. "아들 녀석이 장가간다는데요." 선생님이 돌아서며 웃었다. 마치 '내가 주례를 서지 않는다는 걸 알 텐데' 하는 표정이었다. 엘리베이터 문이 쓰윽 닫히는데 선생님이 한마디 하셨다. "내가 서야지." 그리고 문이 닫혔다. 워낙 주례를 서지 않는 것으로 널리 알려진 터여서 잘못 들었나 싶었는데 이튿날 선생님의 비서가 신랑 신부 이름과 날짜, 장소 등을 알려달라고 했다. 그날 저녁에 아들과 며느리 될 아이를 평창동 선생님 댁으로 보냈다. 선생님은 "내가 주례 서지 않는다는 걸 뻔히 알 텐데 아들 장가간다는 한마디에 나도 모르게 내가 서야지 했다." 하시며 한 시간 삼십 분 동안이나 인생공부를 시켜주었다.

2019년, 고향 후배가 거금을 쾌척하여 논산에 '김홍신문학관'과

'집필관'을 마련해주었다. 문학관 2층 영상관 대형 화면에는 이어령 선생님의 기념 축사가 제일 먼저 펼쳐진다. "김홍신문학관의 주제가 바람으로 지은 집, 바람으로 지은 책인데 바람은 멈추면 바람이 아니기에 멈추지 않지만 김홍신문학관에 가면 멈춘 바람을 느낄 수 있다."는 기념사를 들을 수 있다.

서울대병원 빈소에 들렀을 때 대학원 석·박사 때 은사이신 강인숙 선생님께서 선생님 대신 김홍신문학관을 관람하셨는데 정말 정성스럽고 운치 있게 잘 지어진 문학관이라고 칭찬해주셨다. 그곳에 가면 늘 선생님의 모습을 뵙고 목소리를 들을 수 있으니 이어령 선생님은 늘 내 가까이에 계신다.

병상에 계실 때, 찾아뵙겠다고 연락드리면 날씨 좋을 때 평창동에서 함께 밥 먹자고 말씀하셨다. 2021년 설에 세배드리러 가겠다니까 따뜻한 봄날 내가 아끼는 사람들을 초대할 테니 같이 밥 먹자고 하셨지만 투병 생활이 길어지며 그런 자리를 만들지 못했다.

그러다가 2021년 12월 말경, 공주고등학교 교장 선생님의 전화를 받았다. 내가 코로나19 확진자가 된 후 자가격리 해제가 되었지만 중증 환자가 되어 응급실로 실려 갔다가 대학병원 음압실에서 격리 치료를 받던 중이었다. 2022년에 공주고등학교 100주년 기념으로 이어령 선생님과 나에게 명예졸업장을 준다며 선생님의 승낙은 받았다고 했다. 선생님은 공주고보를 잠시 다니셨고 나도 고교 1년만 다니고 전학했기에 얼른 선생님께 전화를 드렸다.

"김 선생과 같이 받는다니 더 좋다. 나 대신 졸업식에 참석하여 축사를 하라." 하셨다. 내 목소리가 이상하다고 하셔서 할 수 없이 치료 중이라고 말씀드렸더니 "빨리 건강 회복하라. 난 곧 떠난다. 나 대신 좋은 글을 쉼 없이 갈고닦으라."고 하셨다.

일주일 만에 음압병실에서 격리 해제가 되었지만 체중이 거의 5킬로그램 정도 빠지고 몸이 성치 않아 일주일 더 일반병실에 있었다. 퇴원하고 나서 선생님 말씀을 지키기 위해 몸을 추슬러 겨우 공주고등학교 졸업식에 참석하여 축사를 했다. 선생님께 전화를 드렸더니 쉰 목소리로 또다시 "난 곧 간다. 나 대신 좋은 글 죽을 때까지 써라." 하셨다. 나는 108배를 하며 시절인연時節因緣이 된 분들을 위한 기도를 하고 있었기에 "선생님을 위한 정성 기도를 드리겠다."라고 했더니 선생님께서 "나도!"라고 하셨다. 눈물이 마구 쏟아졌다. 선생님의 "나도!"라고 하신 그 목소리는 아직도 내 마음에 울려 퍼지고 있다. 선생님이 내게 남긴 마지막 말씀은 "나도!"였다.

그리고 2022년 2월 26일, 이어령 선생님은 황망해서 온몸에 힘이 빠질 만큼 망연히 우리들 곁을 떠나셨다. 빈소로 달려가 영인문학관에 보관될 서판에 나는 이런 글을 남겼다.

"하늘을 열고 높게 높게 오르셨습니다. 큰 별로 뜨소서."

언어라는 방역 마스크

김화영 | 고려대학교 명예교수, 대한민국예술원 회원

내 휴대전화의 '카톡'에는 2021년 5월 28일 금요일 자에 내가 이어령 선생님께 보낸 메시지와 몇 장의 사진들이 아직도 저장된 채 남아있다. 선생님의 만년, 약 10여 년 동안 선생님의 옛 제자인 우리 친구 서너 사람이 일 년에 몇 차례 거의 정기적으로 선생님을 모시고 식사를 하곤 했다. 건축가 김원, 전 《서울신문》 사장 유승삼, 전 정보통신부 장관 배순훈, 전 뉴욕 한국대사관 문정관 천호선 등 옛 고등학교 시절 동창생들이 멤버였다. 선생님이 《중앙일보》 고문으로 계실 때는 편의상 가까운 플라자 호텔이나 덕수궁 돌담길 근처 식당, 그리고 나중에는 댁과 가까운 '평창동의 봄'이 거의 변함없는 모임 장소였다. 그런데 작년 5월 어느 날에는 무슨 예감에 떠밀렸던 것일까, 예외적으로 식사 후 식당에서, 그리고 선생님 댁과 같은 건물의 영인문학관으로 자리를 옮겨 휴대전화를 이용하여 함께 사진을 찍게 되었다. 그때 찍은 사진을 보내드리려고 휴대전화를 검색하니 선생님과 관련된 여러 가지 번호들은 모두가 휴대용이 아닌 붙박이 전화들뿐이었다.

"오늘에서야 처음으로 선생님 개인 휴대전화 번호를 알았습니다. 늘 댁 전화번호와 장관실이나 《중앙일보》 고문 비서 번호만 저장되어 있다는 사실을 알았습니다. 카톡으로 사진 몇 장 보내드립니다."

1959년 고등학교 2학년 때 나는 처음 화동 언덕의 우리 학교 국어 선생님으로 부임하신 이어령 선생님을 처음 만났다. 선생님이 마지막 저서 《메멘토 모리》에 적어주신 "50년 동행자"보다 10년이 더한 오랜 세월 동안 나는 선생님과 '동행'해왔었다. 그 긴 시간, 선생님과의 전화 연락은 댁에 계신 강인숙 선생님 혹은 당시에 일하시던 신문사나 《문학사상》이나 문화부 장관실을 통해야 했다. 중

계자를 거치지 않고 선생님과 직접 연락할 수 있었던 것은 그때가 60년 만에 처음이었던 것 같다. 생각해보면 그 긴 세월 동안 선생님과 함께 찍은 사진도 한 장 없었다. 푸르던 시절의 선생님과 나의 얼굴은 끝내 사진 속에서는 함께 남지 못했다. 메시지와 사진을 받으신 선생님의 답은 다음과 같았다.

"나이 탓인지 병 탓인지 나도 비로소 민낯으로 지내는 것 같아요. 본의 아니게 직함의 마스크에 내 얼굴이 가려 있었지… 두 내외는 나에게 아주 특별한 사람들… 고마워요."

60년 동안의 동행. 그동안 선생님과 나 혹은 우리 부부와의 관계는 그 긴 세월만큼이나 오래 묵은 친숙함이 깊고도 깊었다. 그러나 그 관계의 중간에 언제나 '말'이 가리고 있었다. 그 말은 서로 간에 주고받는 쌍방 소통이라기보다는 일방통행의 지적 폭포였다. 다시 말해서 일생 동안 나는 선생님의 사설 강의를 들었다. 우리는 항상 귀를 열어놓고 있었지만 입은 식사와 음료를 섭취하는 도구였을 뿐 선생님의 지혜롭고 재치 있는 박람강기의 강연에 끼어들 틈도 없었고 엄두도 내지 못했다. 선생님을 만나는 자리는 그사이에 선생님의 호기심의 촉수가 어떤 곳으로 이동 중인가를 확인하는 계기였다. 선생님은 마치 다음 저서의 내용을 글로 정리하기 전에 우리 앞에서 시연하고 계신 것 같았다. 그 관심의 범위가 너무나 넓고 새롭고 주제의 세목들 사이의 유동적인 관계가 복잡하여 정신을 바짝 차리고도 따라잡기가 결코 쉽지 않았다.

내가 알기로 선생님은 글을 쓰는 일 이외에 무수한 강의, 인터뷰, 강연을 하셨지만 누구와 토론이나 대담을 하신 일은 거의 없을 것 같다. 타자와 쌍방 통행의 언어 교환이라면 젊은 시절의 몇몇 유명한 '논쟁'들이 예외가 아닐까 싶다. 대체 그 어느 누가 선생님의 그 폭넓은 지식과 기억력과 순발력과 논리적 유연성과 공격성을 당해낼 수 있을까?

선생님은 우리 친구들과 달리 술을 마시지 않았다. 물론 저녁때 다른 사람들과 어울려 외출하여 식사를 하거나 어떤 여흥에 빠져드는 일도 없었다. 1970년대 중반에서 1980년대 중반까지 나는《문학사상》의 편집위원 말석에 끼어서 선생님을 비롯하여 백철, 김동리, 최정희, 김윤식 선생 등과 함께 편집회의나 '이상문학상' 심사의 자리를 같이하곤 했다. 그럴 때도 식사는 기껏해야 설렁탕이나 곰탕 같은 소박한 상차림이었다. 한국의 식문화에 관해서라면 선생님의 명석한 인류학적 분석과 논리는 독창적이고도 예리했다. 그러나 선생님의 실제 생활 속에서의 식문화는 단순 소박함의 극치였다.

나는 일생 동안 선생님의 그 번뜩이는 창조적 사유의 넓이와 높이에, 그리고 무엇보다 앞으로 내달리는 충동과 속도, 모든 사물과 현상과 행동에 대한 치열한 호기심, 관찰, 관계 맺음을 통해 도출해내는 기발한 도식들에 감탄해 마지않았고 많은 배움을 얻은 것이 사실이다. 그럼에도 불구하고 선생님과 나 사이를 가로막고 있는 그 '말'은 일종의 방역 '마스크'처럼 꼭 필요한 것이면서도 삶의 자연스러운 호흡을 힘들게 한 것은 아닐까, 무엇인가 중요한 것을 놓치게 한 것은 아닐까 하는 뒤늦은, 따라서 불필요한 후회를 남기는 것도 사실이다.

그 결과 나는 세상에서 보기 드문, 거대한 도서관이 불탄 자리에 서 있는 느낌을 지울 수 없다.

이어령 선생님의 한·중·일 문화 코드 읽기, 비교문화상징사전 〈세한삼우와 사군자〉 탄생

문국현 | 전 유한킴벌리 대표이사

1. 감동의 편지

2003년 9월이었다. 이어령 선생님께서 뜻밖의 편지 한 통을 친히 보내오셨다. 교토에 있는 국제일본문화연구센터 초빙을 받아 10월 1일부터 일 년간 일본에 체류하실 것이며, 그 연구소에서의 주 연구 과제는 《중앙일보》에 연재될 새로운 '문명론'과, 필자와 함께 기획해가던 '한·중·일 비교문화 총서'가 될 것임을 소상히 알려주시는 편지였다.

이어령 선생님께서 '《흙 속에 저 바람 속에》 발간 40주년 기념 개정 증보판'이나 《노래여, 천년의 노래여》 같은 신간을 틈틈이 보내주셔서 늘 감사하며 가까이 흠모하는 터였지만, 출국 직전에 쓰신 장문의 자상한 편지를 받고 나니, 이 선생님께서 얼마나 매사에 완벽을 추구하시는 분인지를 다시 한번 크게 깨닫게 되었다.

88년 서울 올림픽 때 이념과 분단의 벽을 무너뜨리고 새로운 생명과 기회의 탄생을 전 세계에 알리시려고, 굴렁쇠를 굴리는 어린 아이를 등장시키셨던 일이 떠오르면서 그 세밀함, 그 치열함, 그 감동이 전율처럼 필자에게 다시 다가온 날이었다.

2. 인연 아닌 사연事緣 둘

이어령 선생님은 어떤 자리에서 이렇게 밝히신 적이 있다.

"나는 문국현 사장을 잘 모른다. 출생지도 출신 학교도 그분의 가족이나 친인척이 누구인지도 모른다. 한국 사회를 구성하고 있는 인간관계는 거의 지연, 혈연, 학연으로 이루어진다. 그런데 나와 문국현 사장 사이에는 그런 세 가지의 끈 가운데 하나도 얽혀 있는 것이 없다. 굳이 끈을 찾자면 일事을 통한 인연, 그러니까 사연事緣이다.

우리나라 말의 사연은 일을 통한 인연이 아니라 전후 사정에 얽힌 이야기를 뜻하는 말이라니 부적당한 말이라고 할지 모른다. 하지만, 어떻게 해석하든 문국현 사장과 나를 맺어준 것은 분명히 사연事緣이다."

그 사연은 이렇다.

사연事緣 – 1

1997년 말 아시아 외환위기 이후 닥친 우리 한국 사회의 절망은 참으로 컸다. 국가 체면 손상도 심각했고, 대재벌들의 연쇄 몰락도 처참했지만, 갑자기 일자리를 잃은 수백만 청장년 실업자들의 설 곳이 없어졌고, 그 가정 그 자녀들의 아픔과 절망은 큰 걱정거리였다.

전 국민 '금 모으기 운동'이 일어났고, 전 국토의 3분의 2나 되는 산림을 활용한 다양한 일자리 창출과 전문 인력 육성을 위한 '생명의숲 국민운동'이 탄생되었다.

이 '생명의숲 국민운동' 현장에 하루는 김후란 당시 한국여성문학인회 회장님과 원로 문학인들께서 위로와 격려차 나오셨었다. 청장년 실업자들에게 국난을 함께 이겨내고 새로운 꿈과 희망을 함께 꼭 다시 만들어내자는 취지이셨다.

그 만남을 계기로, '생명의숲 국민운동'을 이끌던 유한킴벌리와 산림청은 우리나라 문인 및 문화·예술인들의 '이루지 못한 꿈'을 알게 되었다.

그 꿈 '자연을 사랑하는 문학의 집·서울' 발기위원회가 곧 발족되어 김후란 선생님, 김남조 선생님, 이어령 선생님이 앞장서시고 스물두 분의 문학·문화·예술계 원로 선생님들께서 함께해주셨으며 경제인으로서는 필자가 함께하였다.

2001년 10월 '문학의 집·서울' 개관식에는 수백 명의 각계 원로, 전문가들이 참석하셨다. 서로 모르고 지내던 사람들이 함께 나눈 꿈이 이루어진 기쁜 날이었다. 그날 함께 찍은 사진은 지금 봐도 감격스럽다.

사연事緣－2

'자연을 사랑하는 문학의 집·서울' 창립과 개관을 계기로, 이어령 선생님을 소그룹으로 더 가까이서 뵐 기회가 늘어갔다. 이 선생님의 말씀은 늘 흥미진진하여 오찬이나 만찬 자리마저도 금세 '몰입'과 '정적'에 싸이게 만드는 마력이 있었다.

그러던 어느 날, 이어령 선생님께서 아주 특별한 말씀을 꺼내셨다.

필자가 유한킴벌리에서의 '우리강산 푸르게 푸르게' 국민운동, '생명의숲 국민운동', '직장 내 평생학습 운동', '경영혁신 운동'에 이어, 킴벌리 클라크 사의 북아시아 총괄사장을 겸하면서, '한·중 우의림 운동', '동북아 산림포럼 운동' 등을 추진하고 있는 것을 아시게 된 어느 날이었다.

"한·중·일 삼국은 2천 년이 넘는 문화를 공유해오면서도 중국은 대륙, 일본은 바다, 그리고 한국은 반도의 서로 다른 지리적 특성을 갖고, 그 문화 유전자를 다양하게 키워 왔습니다.

실례로서 송죽매松竹梅의 세한삼우歲寒三友의 전통문화를 들 수 있습니다. 그 나무 속에는 한·중·일의 종교와 사상, 문화와 회화, 그리고 민속 같은 생활 문화 코드가 잠재해 있어서, 그것을 해독하는 것이 앞으로 아시아의 네트워크 국가를 만들어가는 데 중요한 역할을 할 것입니다. 일본이나 중국과 같은 거대한 국가가 하지 못하는 것을 한국인이 한다면 한반도가 동북아 문화의 하트 랜드heart land가 될 것입니다."

'귀가 번쩍 뜨인' 순간이었다. 그것은 소명召命처럼 다가왔다. 즉석에서, 그 '꿈', 소명을 함께 이루고 싶다고 고백했다. 50년이 걸리더라도 함께 해내고 싶은 문화적·역사적 소명 같다고 말씀드렸다.

이 선생님께서는 연세를 걱정하시며 웃으셨고, 필자는 후학 육성을 통해서라도 해내시면 참 좋겠다고 말씀드렸다.

그리고 한 달이 지나 필자는 이어령 선생님을 다시 찾아뵈었다. 이 선생님께서는 필자의 간곡한 바람과 열의에 이끌리셔서, 많은 선약과 계획이 있어 무리가 될 줄 아시면서도, '한·중·일 문화 코드 읽기 〈세한삼우와 사군자〉 상징문화 총서' 기획 및 출판에 동의해 주셨던 것이다.

이어령 선생님과 필자의 꿈이 하나가 된 날이었다. 그날의 감동과 기쁨을 어떻게 말로 다 표현할 수 있을까?

3. 한·중·일 문화 코드 읽기 〈세한삼우와 사군자〉 상징문화 총서 탄생

'한·중·일 문화 코드 읽기 〈비교문화 상징사전〉'의 일차 '매화' 편이 2003년 10월 세상에 선을 보였지만, '한·중·일 문화 코드 읽기 〈세한삼우와 사군자〉의 상징문화 총서'가 다섯 권으로 출간한 것은 2005년이었다.

2006년 11월 《한·중·일 비교문화 사전》 '식물 시리즈' 다섯 권(매화·대나무·난초·국화·소나무)의 출간을 기념하는 모임이 있었고, 각계 원로·리더·전문가들이 모여 세계적 문명·문화 해설가이자 창조·기획가이신 이어령 선생님의 5년에 걸친 노고와 헌신에 감사할 기회를 가질 수 있었다.

이어령 선생님께서는 그 이후에 '동물 시리즈'도 기획하셨다. 우리 한국의 상징과도 같은 '호랑이' 편을 포함한 '12간지' 동물 시리즈였다.

이어령 선생님께서 국제일본문화연구센터로 일 년간 초빙되어 가실 때 밝히셨던 연구 과제의 나머지 하나인 새로운 '문명론'은 30회에 걸쳐 《중앙일보》에 연재하신 후 2006년 4월, 신문명 패러다임 《디지로그》라는 이름으로 출간하셨다. 선생님 스스로의 약속, 역사와의 약속을 그대로 이루신 것이다.

2006년 5월 그 《디지로그》를 통합과 네트워크 사회로 나아가는 대융합의 이정표이자 한국 기업이 세계로 뻗어 나갈 수 있는 최고의 기업 경쟁력을 갖추는 방법이라며 직접 보내주셨는데, 이어령 선생님은 경제인인 필자에게도 영원히 잊지 못할 스승이자 사표師表이셨다.

이어령 선생님은 어느 날 한 책에서 술회하셨다.

"이렇게 《한·중·일 문화 코드 읽기 〈세한삼우와 사군자〉 상징문화 총서》 다섯 권은 동화 같은 이야기로부터 탄생된 것이다. (…) 이제야 알겠다. 말이 씨앗이라는 것을. (…) 그날 내가 우연히 떨어뜨린 말 한마디가 문사장의 토양에 떨어졌기에, 분명 그 소나무와 매화나무 그리고 대나무는 한·중·일의 넓은 땅, 2천 년의 긴 세월 속에서 자랄 수 있게 된 것이다."

추신

이어령 선생님께.
선생님께서는 《하나의 나뭇잎이 흔들릴 때》에서 다음과 같이 말씀하셨습니다.
"눈을 뜨라! 행복의 열쇠는 어디에나 떨어져 있다."
눈을 뜨겠습니다. 선생님을 만나 행복했습니다. 영면하소서.

이어령 선생님의 장례식은 없다

문정희 | 시인

“시인의 장례식은 없다. 시인이 죽고 난 후 그의 시가 사라질 때 그때 시인은 죽는다.”

이어령 선생님은 담담하게 말했다. 미당 선생이 타계했을 때였다.

나는 이어령 선생님의 그 말씀에 영감을 받아 그 후 〈시인의 장례식〉이라는 시를 쓰기도 했다. 시인은 장례식 없이 망각으로 사라지거나 책 속에 오래 살아있는 것이라고 썼다.

이어령 선생님은 지금 우리 곁에 생생하게 살아있다. 나는 어젯밤에도 여전히 선생님의 육성을 새록새록 읽을 수 있었다.

선생님을 언제 처음 만났던가. 책으로는 10대 후반이었고 직접 만난 것은 20대 초반이었다. 갓 창간한 《문학사상》의 청탁을 받고 신진 시인으로 〈참회시〉라는 시를 발표했을 때의 설렘을 나는 아직도 기억하고 있다.

그 후 내 문학의 굽이마다 선생님은, 좀 더 정확하게 말하면 선생님의 빛나는 글들은 나에게 깊게 관여했다.

1995년 가을 아이오와대학 국제 창작 프로그램에 참여했을 때였다. 기숙사의 방이 강 쪽을 바라보는 방과 산 쪽을 바라보는 방 두 가지가 있었는데 나는 마침 강 쪽으로 난 방에 살게 되었다. 날마다 강에서 산에서 새들이 울었다. 이어령 선생님의 초기 글 가운데 한국인은 새가 운다고 표현하지만, 서양인은 새가 노래한다고 표현한다는 대목을 떠올렸다. 비관적 세계관과 낙관적 세계관에 관한 글이었다. 가을이 깊어갈 때였다. 사방에 단풍이 들고 낙엽 지는 소리가 들렸다. 나는 아, 벌써 단풍 들고 낙엽 지는구나 하고 서글퍼하고 있는데 아프리카·남미·북구 작가들은 아, 푸른 잎이 붉은 잎으로 바뀐다며 요술을 보듯이 재미있어했다. 나는 이런 경험을 하며 마음속으로 선생님께 무수히 편지를 쓰곤 했다.

아이오와에서 돌아온 내게 소월시문학상을 안겨주시며 "예지를 안고 있는 시적 통찰"이라는 평을 주셨다. 나는 그때 주신 격려를 깊은 선물로 갖고 있다.

이 밖에도 선생님의 명저 《저 물레에서 운명의 실이》에서 보여준 여성론은 페미니즘 이전에 나를 깨웠던 본질적 시각이다. 낙랑의 칼끝 이야기며 일일이 열거할 수 없는 영향을 받았음은 새삼 말할 필요조차 없다.

미당의 시 세계를 초기의 피가 눈물이 되고 아지랑이가 되어 하늘로 올라 다시 비가 되어 논바닥의 곡식을 기르는 생명 순환으로 본 것은 정말 탁월했다. 나의 눈을 한 차원 높은 곳까지 이끈 명 분석이었다.

이어령 선생님에 대한 구체적인 기억 가운데 정말 잊을 수 없는 것은 내가 이라크에 가게 되었을 때의 일이다. 우리 군대가 이라크 전쟁에 참여하여 자이툰 부대를 파병했을 당시였다. 교체 장병을 수송하는 비행기에 예술인 몇 분이 함께 타고 가서 장병을 위문하자는 취지에 뽑혀 이라크에 가게 되었다. 사물놀이 김덕수 명인과 함께 나는 아르빌로 떠날 채비를 하고 있었다.

떠나기 며칠 전 마침 이어령 선생님과 함께하는 자리가 있었다.

나는 이 기회를 놓칠세라 선생님께 이라크 아르빌에 가게 되었다는 말씀을 드리고 작가로서 이 기회에 무엇을 중점적으로 보고 관찰하고 오면 좋을까를 여쭈어보았다.

선생님은 더 생각할 겨를도 없이 쿠르드족 이야기를 했다. 문명의 발상지 유프라테스강과 티그리스강 유역을 작가로서 발로 밟아본다는 의미와 함께 세계 최대 유랑 민족의 역사를 설명해주었다. 기원전부터 국경 산악 지대에서 유목을 하며 살았다는 쿠르드족은 이라크에만 500만 명이 있다고 했다.

나는 이어령 선생님의 빛나는 제의에 따라 그날 밤부터 수험생처럼 중동의 역사와 이란, 튀르키예, 시리아 등에 흩어져 있는 세계 최대의 유랑 민족인 쿠르드 민족을 파고들었다. 마침 그때 이라크의 대통령은 쿠르드 출신이어서 상대적으로 우리 군인들이 주둔하고 있는 지역은 매우 안전한 지역이었다.

그때의 나의 이라크 여행은 두고두고 내 문학에 큰 영향을 끼쳤다. 방탄모와 방탄복을 입고 아르빌에 있는 살라딘대학교에 가서 밤이 깊도록 시민들과 젊은이와 학생들과 시를 주고받았다.

한국의 시가 얼마나 아름다운지 들려주고 싶었던 나는 학생과 시민들에게서 쉴 새 없이 쏟아져 나오는 시에 그만 속으로 놀라움을 금치 못했다. 그 후 나는 크루드 출신 시인과 영화감독과 여러 예술인의 팬이 되었다.

2009년인가 이어령 선생님의 부름을 받고 경기 창조학교에 멘토로 참여한 즐거운 기억도 있다. 창조력, 창의력이 있어야 국가 경쟁력이 높아진다는 선생님의 생각이 만든 것이 경기디지로그창조학교였다.

학계 문화계 인사들이 참여하여 창조 멘토링 시스템을 운영하여 우리나라 미래의 인재들이 세계 일류가 되게 해야 한다는 취지였다. 한글 컴퓨터를 만든 분에서부터 한복의 아름다움을 세계에 알린 디자이너까지 각계의 멘토들이 의욕을 가지고 참여했다.

기억에 특히 남는 것은 새로 아이를 낳으면 시인으로서 아기의 이름을 지어주는 일을 한 것이다. 아이를 가진 신청자가 미리 여러 기본 정보, 즉 성씨나 부모의 희망 등 여러 참고 사항을 첨부해주면 시인이 그에 따라 아름답고 의미 깊은 이름을 지어주는 것이다. 아기에게는 이름과 함께 신사임당의 아드님인 이율곡 선생이 둘렀음 직한 돌띠와 복주머니를 함께 선물해주었다. 나는 몇 분에게 정성을 다해 이름을 지어드렸던 기억이 있다.

"시인이 지은 이름을 가진 사람이 어찌 잘못될 수 있겠어!"

선생님의 희망에 찬 음성이 지금도 귀에 들리는 듯하다.

비교적 건강한 모습의 선생님을 마지막 뵌 것은 지지난해 외국어대에서 이상 시인에 대한 특강을 할 때였다. 서울대 신범순 교수의 귀띔으로 외국어대 특강 세미나실로 가서 맨 앞자리에 앉았다. 이제 더는 외부 특강이 쉽지 않을 거라는 예상과는 달리 선생님의 강연은 쩌렁쩌렁했다. 잠시도 긴장을 늦출 수 없을 만큼 신선하고 새로웠다. 강의를 마치자 선생님이 웃으시며 차가 없으면 가는 길까지 선생님 차에 타라고 하셨다.

그런데 그날은 서울 곳곳이 데모로 마비 상태였다. 광화문은 물론 대학로에도 미투me too 데모가 열리고 있었다. 차들은 꼼짝도 못하거나 겨우 빠져나갔더라도 다시 돌아 나오곤 했다. 아침부터 강연까지 하신 선생님이 걱정되었지만 나는 덕분에 참 좋은 여러 말씀을 홀로 듣게 되었다. 결국, 그렇게 긴 시간을 돌다가 낯설고 엉뚱한 길음역에서 나는 내렸다. 선생님은 언제 집에 와서 식사 한번 하자고 하셨다. 뜻밖에 그날의 동승이 선생님으로부터 오롯이 귀한 말씀을 들을 수 있는 마지막 날이었던 것 같다.

개인적으로 선생님은 나의 오빠와 6·25 피난 시절 부산 가교사에서 함께 대학 시절을 보낸 사이였다. 사회학과 출신으로 외교관이 된 오빠는 멀리 살았지만 젊은 시절을 함께했던 빼어난 친구 이어령의 안부를 늘 묻곤 했다.

다시 말하지만, 이어령 선생님의 장례식은 없다. 선생님의 글이 영롱하게 살아 우리와 함께하고 있지 않은가.

아마도 먼 훗날까지 살아있을 참 빛나는 이어령 선생님!

지성과 영성 그리고 창조와 사랑

문창극 | 전《중앙일보》주필

내가 선생님과 교분을 나누게 된 것은 2000년대 들어서다. 선생님께서 이화여자대학교를 떠나시면서 바로《중앙일보》고문으로 오셨을 때부터이다. 그 후 돌아가실 때까지 나는 선생님을 '선생님' '어른'으로 모시는 행운과 영광을 누렸다. 요사이 선생님이라는 단어가 너무 흔해졌지만 내가 진정으로 선생님, 어른으로 모신 분이다. 호칭도 고문님, 교수님, 장관님 등 여러 가지가 있을 수 있으나 나는 끝까지 선생님으로 불렀다. 나는 그게 좋았다. 시간이 날 때면 고문실로 올라가 선생님의 말씀을 듣는 것이 큰 기쁨이었다. 한 시간도 좋고 두 시간도 좋았다. 밖에 손님이 기다리신다는 전갈이 들어와야 자리를 뜨곤 했다.

나는 만나 뵐수록 '이런 분이 우리나라에 계시다니' 하고 놀랄 뿐이었다. 대화의 방향은 종횡무진이고 그 깊이는 끝이 없었다. 그 입에서 나오는 말씀이 바로 지식이고, 가르침이었다. 단 1분도 헛된 말씀이 없었다. 그냥 같이 앉아있는 것이 바로 배움이며 깨우침이었다. 뵐 때마다 내가 얼마나 진부하고 평범한 사람인지 바로 드러나서 아예 입을 다물었다. 어떤 자리에서나 선생님 얘기를 할 기회가 있으면 "이런 분이 바로 천재"라고 서슴지 않고 말해왔다. 번뜩이는 머리와 기억력을 가지셨으니 천재이고, 모든 것에 관심을 가지고 의문을 품고 보시니 타고난 지성인이셨다. 그러나 그분은 천재였을 뿐만 아니라 엄청난 노력가였다.

하루는 집에 어떤 모르는 분이 찾아왔다고 하셨다. 그분 말씀이 "평창동 선생님 댁 맞은편 언덕에 살고 있는 사람이다. 밤 2시쯤 되면 모든 집에 불이 꺼져 산등성이가 캄캄한데 매일 밤늦게까지 불이 꺼지지 않는 집이 있어 어떤 분이 살고 계시나 궁금해서 찾아왔다."라고 했다는 것이다. 그때 선생님은 70대 중반쯤이셨다. 그 연세에도 선생님은 밤을 새워가며 읽고 쓰고 하신 것이다.

선생님의 서재, 집필실을 보면 놀라지 않을 수 없다. 장서가 웬만한 도서관보다 방대하고 집필하는 책상에 컴퓨터 몇 대를 놓고 동시에 사용하신다. 그때는 아직 IT 시대가 오기 전이었다. 선생님은 우리나라 누구보다 이 정보화 시대의 선구자였다. 삼성전자는 새 제품을 시장에 내놓기 전에 반드시 시제품을 먼저 선생님께 보내 조언을 들었다. 그러니 늘 가장 앞선 컴퓨터, 핸드폰만 사용하셨다.

2000년대 초반 나는 QR코드라는 것이 무엇인지도 몰랐는데 선생님께서는 벌써 이를 이용한 신문 제작을 말씀하셨다. 기사 끝머리마다 QR코드를 붙여 독자들 스스로가 관련 자료, 상품 등을 더 찾아볼 수 있게 만들자고 제안하셨다. 그때는 모두가 무얼 말씀하시는지 알아듣지도 못했다.

요즘 C 신문사에서 신생아 출생 면을 따로 만들어 소개하고 있는데 선생님은 10년도 더 훨씬 전에 신생아 탄생부터 성장 과정까지를 모두 컴퓨터 자료로 축적하여 그때그때 이용할 수 있게 하면 국민들의 전 생애를 축적하는 새로운 신문의 시대를 열게 될 것이라고 말씀하셨다. 그러나 그분의 아이디어는 빛을 보지 못했다. 10년, 20년 앞선 생각을 하시니 보통 사람들은 따라갈 수가 없었다.

모든 면에서 언제나 시대를 앞서 내다보신 분이었다. 2000년대 초 중국이 아직 야심을 밖으로 내비치지 않을 때였다. 중국은 소련이 해체되면서 팔아버린 폐 항공모함을 개조하여 사용하려고 독dock에서 수리 중에 있었다. 그때 선생님께서는 중국이 항공모함에서 비행기의 발진 장치를 개발하기 위해 자기부상 열차 기술을 도입할 거라고 먼저 말씀하셨다. 그 말씀은 사실이 되었다. 2000년대 초, 미국의 전략가들도 내다보지 못한 20년 후 요즘의 중국을 미리 보시고 경계하셨다. 선생님은 미래가 훤히 보이는데도 문화 이외의 분야에 대해서는 공적으로 말씀을 아끼셨다.

나는 선생님이 점점 나이 들어가시는 것이 안타까웠다. 저분 머리에 들어있는 모든 지식과 지혜를 다 꺼내 활용할 수만 있다면 우리나라가 크게 달라질 텐데 하는 아쉬움 때문이었다. 선생님 몸이 점점 쇠약해져갈 때 나는 "선생님, 건강하셔야 합니다. 선생님 안에 있는 모든 걸 후손들을 위해 다 꺼내놓은 뒤 가셔야 합니다."라고 말씀드리곤 했다. 건강을 기원하였지만 마치 어미 몸을 파먹고 껍데기만을 남겨놓는 거미 새끼 같은 마음이 더 컸던 것 같아 지금도 죄송하고 슬프다. 선생님의 인생을 사용하고 소비하는 데 초점을 맞추었을 뿐 그 인생을 어떻게 채워왔는지, 그 인생 안에 충만한 것이 무엇이었는지는 헤아리지 못했다.

우리 인생은 지성을 이용하여 명성을 날리고 권력을 얻고 부를 획득한다. 이는 지성을 소모하는 인생이다. 소모하는 인생에는 결국 끝이 있기 마련이다. 그러나 소모하는 대신 채우는 인생이 있다. 이 채움의 인생을 안내해주는 것이 영성이라고 나는 생각한다. 선생님은 이를 이미 깨달으셨기 때문에 '지성에서 영성으로' 옮기셨다.

나는 선생님의 영성 인생을 출발부터 함께할 수 있는 행복을 누렸다. 물론 따님 이민아 목사님 평생의 기도가 이루어진 것이다. 선생님의 영성 인생에 빼놓을 수 없는 분이 바로 온누리교회의 고 하용조 목사님이시다.

2003년 겨울이었다. 선생님은 국제일본문화연구센터의 초청으로 일 년 예정으로 교토에 머무르고 계셨다. 어느 날 선생님께서 회사로 안부 편지를 보내주셨다. 혼자 직접 숙식을 해결해야 하는 교토 생활의 어려움과 외로움을 알리는 편지와 함께 당신께서 직접 타이핑한 〈어느 무신론자의 기도〉라는 시를 보내주셨다. 나는 내심으로 깜짝 놀랐다. 그동안 종교에 대해서는 일절 입을 열지 않으시던 선생님이셨다. 그 마음에 변화가 생긴 것이었다.

그때 하용조 목사님께서 성경을 가르치는 토요 성경 공부반이 있었다. 우리 부부는 토요일 새벽마다 거기에 참석하곤 했다. 그 자리에서 나는 이어령 선생님이 보내주신 시에 대해 말을 했고 하 목사님은 내 아내(채관숙)로 하여금 낭독할 기회를 주셨다. 〈어느 무신론자의 기도〉가 처음으로 세상에 발표되는 순간이었다.

"좀 더 가까이 가도 되겠습니까. 당신의 발끝을 가린 성스러운 옷자락을 때 묻은 손으로 조금 만져봐도 되겠습니까."

하나님을 찾고 계신 것이었다. 이 나라 최고의 지성이 영성의 세계로 발을 옮기는 순간이었다. 교토에 계시는 선생님께 시를 낭독했다고 알려드렸다. 이것이 2008년 선생님의 첫 시집 《어느 무신론자의 기도》의 탄생 배경이다. 이후 선생님은 저서 《지성에서 영성으로》가 출판되자 제1호 증정본을 우리 부부에게 주시며 친필 사인을 해주셨다.

"제1호 증정본
〈어느 무신론자의 기도〉를 제일 먼저 보고 낭독해주신 은공을 생각하며"

이후 선생님은 2007년 도쿄에서 하용조 목사님으로부터 세례를 받음으로써 기독교인임이 대외적으로 알려지게 됐다. 왜 하필 도쿄냐? 라는 의문이 생길 수 있다. 하 목사님은 당시 선교사의 무덤이라는 일본에 대해 선교의 꿈을 갖고 계셨다. 그 방편으로 한류를 접목한 문화 집회를 '러브 소나타'라는 제목으로 해마다 열고 있었는데(당시 일본에선 〈겨울 소나타〉라는 우리의 드라마가 공전의 히트를 친 이후였다.) 도쿄 집회는 4회째였다. 알다시피 선생님은 《축소지향의 일본인》을 통해 일본 열도를 떠들썩하게 만드셨던 분이다. 이런 분이 도쿄 행사 때 세례를 받는다면 파급효과가 얼마나 클지 짐작이 갈 것이다. 도쿄 '러브 소나타'에 수만 명이 몰려왔다. 우리 부부는 행사 기간 내내 같은 차로 선생님을 모시고 다녔다. 그때 이후 '러브 소나타'

는 지금까지 20회 넘게 매년 일본 각 도시에서 열리고 있다.

선생님과 하 목사님의 교제는 깊어졌다. 두 분이 만날 때마다 나는 함께할 수 있는 영광을 누렸다. 한번은 저녁 약속으로 만났는데 그날이 목사님의 생신임을 뒤늦게 알게 되었다. 급히 생일 케이크를 구해 촛불을 켜고 선생님과 함께 목사님의 생일을 축하한 일도 있었다.

선생님이 영성의 세계로 들어선 계기는 지성의 한계를 절감했기 때문이었을 것이다. 우리나라 대표 지성인이 지성의 한계, 즉 지성은 세대를 통해 반복되고 반복되지만 결국 소모되어버리고 만다는 현실 앞에 절망하셨던 것이다. 교토 국제일본문화연구센터에 모인 세계의 석학들이 복사기 앞에 줄을 서 있는 것을 보고 선생님은 실망하셨다고 했다. 기계가 돌아가는 철거덕거리는 소리에 지성이란 결국 남의 것을 카피해 수정 반복하는 것에 불과하다는 뼈저린 깨달음 때문이었을 것이다. 그렇게 쌓은 지성은 명성과 명예를 가져다줄 수 있을지 몰라도 결국은 소모되어버리고 또다시 카피를 반복할 수밖에 없는 쳇바퀴 인생이 지성의 세계임을 아셨던 것이다. 선생님은 "내가 성서에서 발견한 것은 이런 갈증과 굶주림이 영성으로 인도한다는 사실이다."라고 고백하셨다.

선생님은 카피가 아니라 창조를 갈망하였다. 창조주 하나님 앞에 무릎을 꿇는 순간이었다.

"하나님, 어떻게 저 많은 별을 만드셨습니까."

"모래알만 한 별이라도 좋으니 제 손으로 만들 수 있는 힘을 주소서.

아닙니다. 하늘의 별이 아니라 깜깜한 가슴속 밤하늘에 떠다닐

반딧불만 한 빛 한 점이 면 족합니다."

이런 창조의 갈망이 시를 쓰게 만들었다고 고백했다. "내게 만일 영성으로 호소하는 힘이 생긴다면 몇 배나 강력하게 여러분의 가슴을 뒤흔들게 되겠지요."라고 소망했다. 지성이 더욱 빛나기 위해서는 영성과 손잡아야 한다는 것을 깨달았다.

그의 창조의 갈망은 생명과 연결되었고 선생님은 말년에 생명에 관심을 가지셨다. "그분이 바로 우리의 생명인 까닭입니다. 하나님이 믿기지 않을 때 그냥 목숨이라고 불러보세요. 그러면 뜨거운 나의 생명 속에 나의 날숨과 들숨의 운율을 타고 그분의 음성이 들려온다."고 했다.

그가 생명에 관심을 가지면서 새 사상이 움트기 시작했다. 한번은 나를 사무실로 불러 자신이 처음 만들어낸 개념인 '생명 자본주의'에 대해 길게 설명하셨다. 인류가 살길은 결국 생명을 살리고 풍성하게 만드는 생명 자본주의밖에 없다고 하셨다. 그러나 아쉽게도 이 사상을 구체적으로 발전시키지 못한 채 떠나시고 말았다.

그는 창조로부터 생명을 꺼내왔고, 생명은 사랑으로부터 나온다는 진리를 말씀하셨다. "죽음보다 강한 사랑, 모든 창조는 사랑으로부터 나온다는 것을 하나님을 믿기 전에는 몰랐습니다."라고 고백했다.

그런 선생님에게 우리 부부는 사랑을 듬뿍 받았다. 아내가 오래전에 선물한 분홍색 스웨터를 "색깔 있는 옷을 처음 입어봤다"며 즐겨 입으셨다. 선생님의 몸 상태가 확연하게 나빠져가던 시기, 2021년 11월 27일 선생님은 우리를 보고 싶다고 부르셨다. 찾아뵈었더니 그 옛날 분홍색 스웨터를 입으시고 우리 부부를 맞아주셨다. 그날 새로 준비해 가져간 보라색 스웨터를 분홍색 위에 덧입으시고 "잘 어울린다"며 그렇게 기뻐하시던 모습이 눈에 선하다. 귀가 후 선생님은 메시지를 보내주셨다. "최고의 시간을 선물로 주신 내외분께 사랑과 감사를 드립니다." 그날이 생전에 선생님과의 마지막 날이었다.

우리 내외는 선생님으로부터 이렇게 사랑을 듬뿍 받았다. 선생님을 하늘나라로 보내드리던 날 하늘이 그렇게 맑을 수 없었다. 정말로 구름 한 점 없는 파란 하늘이었다. 그런 하늘은 처음 보았다. 그 푸르고 포근해 보이던 하늘 색깔이 내게 큰 위로를 주었다. 장례 마지막 절차인 하관 예배의 기도를 내게 맡겨준 것도 이런 사랑을 아시는 하나님의 배려였을 것이다.

나의 문화 정책관 형성과 인생의 멘토이신 이어령 장관님

박광무 | 전 한국문화관광연구원 원장

잊지 못할 그리움의 첫 대면과 내 인생의 도전이 되신 분

나와 이어령 장관님과의 운명적인 첫 만남은 1990년 2월 25일이었다. 그날 장관님으로부터 생애에 잊지 못할 《문장백과대사전》(이어령 편저, 금성판)을 받았다. 총 2,250쪽이나 되고 당시 정가 6만 원이나 되는 귀한 책이었다. 장관님은 부임하신 지 두 달여 만에 문화부 전체 공무원 대상 '문화가족 의견'을 글로 써 내라고 하였다. 그중에서 내가 써 낸 글이 우수작 중 하나로 뽑혔고 상품으로 이 사전을 받은 것이었다. 국문학을 전공하지 않은 내게는 대사전의 방대함과 충실함이 가히 압도적이었다. 소중한 보물로 서가에 꽂아두고 지금껏 보고 있다.

'문화가족'은 장관님이 부임하신 후 최초로 시작한 전 국민 문화

운동이었다. 신현웅 전 차관께서 당시 문화부 대변인 겸 공보관이었는데 장관님의 명에 따라 공보관실이 부정기 간행물《문화가족》을 편찬하게 되었다. 나는 공보계장으로서 이 책의 편집 담당을 하면서 문화 정책의 새로운 방향성과 '이어령 문화주의'를 이해할 수 있게 되었다. 이후 문화 정책에 대한 나의 관심과 연구는 나중에 박사학위 논문으로 이어졌다. 한국 문화 정책의 변동을 역사적 제도주의로 분석함에 있어 크게 도움이 되었다. 이어령 문화주의와 그분의 문화 정책이 가지는 함의는 이후 한국 문화 정책의 소중한 자양분이 되었다. 장관님은 내가 박사학위 받은 것을 진심으로 기뻐해주시고 또 졸저《한국문화정책론》의 출판기념회 때도 기꺼이 오셔서 축하의 말씀을 해주시고 자리를 빛내주셨다.

장관 수행비서관으로서 나의 끔찍한 실수와 교훈

두 번째로 이 장관님과 운명적으로 맺어진 인연은 장관님의 2년차 되던 1991년 초였다. 총무과장님의 부름을 받고 갔더니 장관 수행비서관을 해주어야겠다고 하였다. 막연한 두려움이 있었으나 아내와 의논한 다음 날 바로 직무 명령을 받들었다. 그런데 나는 수행비서관으로서 '기본 중의 기본'을 갖추지 않아 잊지 못할 실수를 저질렀다. 3일이 채 안 되었을 때였다. 장관님이 청사에서 외부 출장차 나가셨는데 수행비서가 관용차 뒷문을 열어드리고 닫아야 했다. 그런데 아뿔싸! 장관님께서 오른발을 미처 들여놓지 않은 상태에서 내가 자동차 문을 닫아버린 것이다. 순간 "아!" 하는 장관님의 작은 신음 소리가 들렸다. 장관님의 발이 차 문에 치인 것이었다. 이를 어쩌나! 난 반사적으로 차 문을 다시 열면서 "아! 죄송합니다. 장관님! 괜찮으십니까?" 하고 여쭈었다. 장관님은 "음, 괜찮다." 하시며 가자고 하셨다. 이동 중 조수석에서 나는 바늘방석에 앉은 것 같았다. 나는 승용차 문을 어떻게 열고 닫아야 하는가를 '깊이(?)' 연구했다. 이후 같은 실수를 되풀이하지 않았다. 세월이 흐르고 내가 국책연구기관의 원장을 맡았을 때나 또 다른 행사장에서도 장관님을 뵙고 배웅하게 되면 곁에 가서 차 문을 열거나 닫아드렸다. 그때마다 조심하며 그때 일을 되새기곤 했다.

두 번씩이나 주례를 서주셨던 장관님의 특별한 사랑

나는 아들의 결혼과 유학을 위하여 며느리도 없는 상태에서 결혼식 날짜를 잡아두었다. 내가 아들과 굳게 약속한 바가 있었기 때문이다. 독자 여러분이 믿거나 말거나 난 아무 대책도 없이 아들의 결혼식 날짜를 기다리며 기도할 따름이었다. 그런데 이 장관님께서 아들의 배우자가 될 규수를 소개하는 데 결정적인 도움을 주셨고, (장관님의 말씀을 받들어 며느리를 중매해주신 서승옥 박사님께 두고두고 감사드린다.) 양가의 만남과 결혼이 성사되었다. 정말 특별한 사랑이요, 당시 아들과 약속을 지켜야 하는 나의 처지에선 '기적 중의 기적'이었다. 지금 생각해보아도 난 황당한 아비였지만 장관님께선 아들의 평생 배우자이자 나의 사랑스러운 며느리를 맞이하는 데 결정적인 도움을 주셨고 또 주례까지 서주셨다.

그로부터 몇 년 후 딸이 결혼을 하게 되었다. 딸과 예비사위는 자기들이 모든 준비를 하겠다고 했다. 그런데 결혼을 얼마 안 남기고 딸이 말했다.

"아빠, 혹시 이어령 장관님께 주례를 부탁해주실 수 있으세요?"

난 뜨악한 얼굴로 되물었다.

"주례는 너희가 모신다고 하지 않았니?"

딸이 답했다.

"네, 그런데 그게 사정이 생겨서 안 되게 되었어요. 그리고 꼭 이 장관님께 주례를 받고 싶어요. 죄송해요, 아빠."

난 약간 당황스럽기는 했지만 대답했다.

"음. 그러니? 하여간 될지 모르겠으나 부탁드려보자꾸나."

그러고는 이 장관님께 어렵게 말씀드려서 딸의 주례를 승낙받았다. 그런데 그해는 특별하게도 장관님께서 결혼 60주년인 회혼례를 하신 지 얼마 되지 않은 시점임을 나중에 알게 되었다. 회혼례를 하신 분이 딸과 사위의 결혼 주례를 해주시다니, 이 같은 영광이 또 있겠는가! 나는 너무나 놀랍고 또 감사하였다.

여기서 지금껏 후회스러운 일이 발생했다. 장관님께 딸과 사위를 인사시키려고 평창동으로 찾아뵙고 식당으로 갔다. 그 자리에 강인숙 사모님께서 곱게 차려입고 나오셨다. 난 이 장관님 내외분을 함께 점심을 모신 적이 처음이었다! 그런데 아뿔싸! 긴장하였는지, 너무 장관님의 사랑과 말씀에 도취되어 그랬는지 그 소중한 순간에 기념사진 찍는 것을 잊어버리고 말았다. 회혼례를 하신 두 분과 신혼을 맞이할 새 신랑 신부, 얼마나 고귀한 인연이요, 만남인가. 그 순간의 사진을 못 찍었으니 두고두고 후회된다.

고 이민아 목사를 영결하신 이어령 장관님

2012년 3월 17일 아침 이른 시간, 종로구 연건동 서울대학교병원 장례식장에서는 이민아 목사 천국 환송 예배가 열리고 이어서 장지로 이동하게 되었다. 나는 장관님이 타신 장의 버스에 함께 탑승했다. 서울 올림픽 개회식의 굴렁쇠 소년 윤태웅 군이 나의 옆자리에 앉았다. 중간에 고속도로 휴게소에 들렀을 때였다. 장관께서 고인의 남편이자 장관님의 미국인 사위와 대화를 나누고 있었다. 요지는 '기적miracle'이었다. 알고 보니 고인이 평소 성경 이사야서 40장 1~31절을 애송하였다고 한다. 내용은 광야에서부터의 하나님의 위로와 희망의 메시지이다. 아! 그런데 그날 고인이 타고 간 하늘나라 가는 리무진의 차 번호판이 40131이었다! "이것은 기적"이라고 고인의 남편이 장인어른(이어령 장관)에게 말하였다. 평생을 불꽃같이 살다 간 고 이민아 목사는 자기의 가장 사랑하는 아들(장관님의 손자)

을 먼저 하늘나라에 보내고 숱한 '땅 끝의 아이들'을 품었다. 그들에게 그녀의 남은 모든 사랑을 다 쏟아주고, 영원한 하늘나라로 훨훨 날아 올라갔다. 먼저 간 그녀 못지않게 위대한 그녀의 부모님 눈에서 영롱한 슬픔과 사랑의 진주 방울을 하염없이 떨어뜨리면서….

마침내 장지에 도착하였다. 하관을 하고 유가족들이 하얀 국화꽃을 드리우는 시점, 이어령 장관님은 하염없이 눈물을 쏟았다. 평소 결코 눈물을 보인 적이 없는 분에게서 멈추지 않는 눈물을 나는 처음 보았다. 그날 새벽 집을 나서기 전에 아내가 내게 손수건을 건네주면서 "혹시 어떨지 모르니 준비해서 가세요."라고 한 말이 생각났다. 나는 얼른 호주머니에서 아내가 준 손수건을 꺼내서 장관님께 드렸다. 누구보다 강인한 이어령의 볼에서 흐르는 눈물은 자식을 먼저 보낼 수밖에 없는 처연한 아비의 심장에서부터 배어 나온 고통이 아니었을까. 다음은 당시 나의 느낌을 담은 시문인데 장지에서 돌아오는 길에 적어 이 장관님께 드리며 간곡히 위로 말씀을 드리는 것으로 조금이나마 장관님의 슬픔을 달래드리려고 했다.

고 이민아 목사 영결에

슬픔보다 거룩한 삶
불꽃으로 누리를 비추고
이 땅의 아들딸 얼싸안아 보듬으며
생명 사랑 가르침 넘치오리다. 햇살도 지그시 눈감은
함춘의 언덕
그리움 아쉬움 쌓여

차마 떠나지 못하오리다. 주님 품에 영원한 안식 있으되
남은 자의 영롱한 눈물방울
알알이 진주 되어
가시는 길 뿌리오리이다.

(2012년 3월 17일 09:00 東泉)

4일간의 작은, 그러나 위대한 기적 '유네스코 세계문화예술교육대회' 성공 개최

세계 문화 올림픽으로 불리는 유네스코 제2회 세계문화예술교육대회를 성공 개최하기 위한 총 사령탑으로 이어령 위원장을 모시고 함께하는 일에 나는 담당인 문화예술국장이었다. 2009년 말이었다. 이 장관님이 조직위원장직을 과연 수락하는가가 큰 숙제였다. 나는 이 대회의 의미와 정부의 지원 의지 그리고 대회의 기대 효과를 차례로 말씀드리고 조심스럽게 반응을 보았다. 이야기를 다 들으시고는 담담하게 수락 의사를 밝히셨다. 나는 너무나 감사하고 기뻤다. 진심으로 감사의 인사를 드리고 당시 유인촌 장관께 결과를 보고하였다.

유 장관은 다음과 같이 말했다. "이어령 장관님께서 하시고자 하는 모든 것을 그대로 도와드리라." 나는 이 부분에서 다시 한번 감동했다. 유인촌 장관으로 말하자면 그는 자타가 인정하는 공연예술계의 일가견을 지닌 전문가가 아닌가? 그런데 준비 과정에 대하여 전적으로 "이어령 조직위원장께 위임하겠다."라고 하였다. 대한민

국 최고의 창의 예술 전문가에게 보여준 현직 장관의 신뢰, 그리고 문화 원로이자 세기의 대가에게 예의를 갖추는 모습이었다.

유네스코 세계문화예술교육대회 제2회 서울대회 조직위원회 구성과 법인 창립 총회는 2009년 12월 4일에 국립중앙박물관 회의실에서 개최되었다. 그야말로 무에서 유를 만드는 일이었다. 박영대 초대 추진단장, 강석우·박주환 단장이 차례로 헌신적인 수고를 해주었다. 돌이켜 보아도 대한민국 공무원과 예술인들의 저력이 유감없이 발휘되는 기간이었다.

이어령 조직위원장님은 당시 77세의 고령에도 불구하고 섬광 같은 눈길로 대회 준비의 알파와 오메가를 지휘하셨다. 전문위원의 증언에 따르면 초청장 색깔과 디자인까지도 일일이 점검하면서 가장 예쁘고 의미가 실린 카드로 제작하기 위하여 몇 차례나 반복 교정을 하였다고 했다. 대회 개막식을 준비하던 기간에는 당시 아이티 대지진 직후라서 그 참상을 안타까워하면서 어린이들의 아픔을 달래고 돕는 상징으로 티셔츠를 제작하여 그 일부를 코엑스 국제회의장 2천여 석의 위 공간에 매달았다. 그런데 이게 매우 위험한 일이기도 했다. 대형 티셔츠를 국제회의장 천장에 매달아 놓았으니 이게 보통 일이 아니었다. 철제 옷걸이를 특별 제작하여 일일이 줄로 매달았는데 하나라도 떨어진다면 큰 사고로 이어질 수도 있는 일이었다. 그런데 대회 중 아무 사고 없이 무사히 지나갔다. 대회의 모든 프로그램과 과정은 한 치 실수 없이 매끄럽게 진행되었다. 국내외 참가자 모두가 찬탄해 마지않았다. 이어령 조직위원장은 대회 종료 후 다음과 같이 말했다. 그것은 “4일간의 작은, 그러나 위대한 기적이었다.”라고.

디지로그 아트의 선구자: 미리 펼친 4차 산업혁명의 기술

"서울 무지개, 2010 색깔의 꽃과 새 그리고 물고기를 위하여."

이것은 이어령 조직위원장이 붙인 개회식 문화 공연의 제목이자 이 대회의 대 주제이기도 했다. 2010년 5월 서울의 코엑스 오디토리움은 장엄함과 포근한 아름다움으로 가득 찼다. 2천여 명이 들어찬 공간에 터지도록 울려대는 사물의 소리, 그리고 황병기의 〈침향무〉를 연주하는 가야금 합주단의 강한 듯 부드러운 소리가 이어졌다. 참석한 모든 사람에게 폭풍과 고요를 동시에 선사하였다. 하늘에는 서서히 한 잎 두 잎 날아오르던 꽃잎이 어느새 사방으로 흩날리고 죽은 나무에서는 싹이 돋고 꽃이 피기 시작하였다. 마른 막대기에 불과한 아론의 지팡이에서 싹이 나듯 전쟁과 지진으로 얼룩진 지구상의 폐허에서 예술의 결실을 함께 찾았다. 소년 소녀들의 커다란 눈망울이 노랫소리를 듣고 따라 부르면서 새로운 희망의 움이 돋고 순이 나고 꽃이 피었다. 마침내 먹음직하고 향기로운 살구 열매 같은 예술교육의 보배로운 성과를 기대하는 것이었다.

한국의 문화 원형에서 출발한 이 공연은 이어령 조직위원장이 총괄기획 연출하면서 천재적인 젊은 디지털 예술가 디스트릭트 대표 고故 최은석을 발굴, 4D와 홀로그램 첨단 기술을 적용하였고 콘텐츠를 정리하여 완성되었다. 당대의 내로라하는 예술가들, 김덕수·안숙선·황병기·김벌레·표재순 등이 대거 출연하고 스태프로 참여하였다. 88 서울 올림픽 이어령 사단의 재집결이라고 할 만했다. 달라진 것이라면 21세기의 새로운 현재 진행형 한국 문화 예술과 첨단 기술의 융합을 가장 상징적이며 본격적으로 보여준 점이었다.

4차 산업혁명이 스위스 다보스의 세계경제포럼에서 선포되기 꼭 6년 전이었다! 이어령 조직위원장은 이 공연의 첨단성과 문화 자원의 융합에 의한 재창조로 예술교육의 중요성과 공감의 필요성을 전 세계 문화 예술 지도자들에게 알리고자 하였다. 또한 이 시대의 희망을 탐구하며 유네스코가 지향하는 예술교육의 비전을 담고 지구촌 어린이들에게 꿈과 희망, 평화의 메시지를 전달하고자 하였다.

숱한 일화가 있지만, 지면의 제약상 이상으로 나와 이어령 장관님의 소중한 추억 중 몇 가지를 기록하면서 장관님의 천국에서의 영원한 안식을 기원한다. 남은 자의 몫은 장관님께서 펼치고 가꾸며 개척해온 대한민국과 민족문화의 창의를 더 빛나게 함이 아닐까.

선생이 가르쳐준 세 가지 실체적 문명

박범신 | 소설가

《흙 속에 저 바람 속에》를 읽을 때 나는 고등학교 2학년으로서 일종의 독서광이었다. 남독濫讀이었다. 작가가 꿈이었던 도서대여점 주인이 아무 책이나 닥치는 대로 읽어 젖히는 나를 안타까워하면서 권한 몇 가지 책 중에 《흙 속에 저 바람 속에》가 들어 있었다. 그 책은 첫 장부터 가슴 설레는 각성과 감동을 내게 주었다. 이어령이라는 이름조차 들어보지 못했을 때였다.

선생을 처음 만난 건 1973년 《중앙일보》 신춘문예에 〈여름의 잔해〉가 당선된 얼마 후였다. 선생이 주간으로 있던 《문학사상》에서 신춘문예 특집을 할 때 써 보낸 소설이 단편 〈호우주의보〉였는데, 뜻밖에 선생께서 나를 만나고 싶다는 연락을 해오셨다. 그 무렵의 나는 젊었으므로 사회 불평등이나 부조리에 대해 날 선 비판 의식으로 무장하고 있었다. 〈호우주의보〉 역시 계급 갈등을 다룬 작품으로 가난뱅이 판잣집 청년이 울분을 참지 못하고 부정한 부의 상징으로 여겨온 앞집 양옥으로 쳐들어가 피아노를 도끼로 찍는 장면이 라스트였다. 선생이 나를 부른 건 바로 그 마지막 장면 때문이었다.

선생은 '때려 부수는 것'만이 혁명의 길은 아니라고 말하면서, 작가는 더 깊은 상징과 은유를 수련해야 한다는 요지로 나를 설득했다. 요컨대 소설의 마지막 장면을 수정해서 게재하자는 것이었다. 박정희 정권의 철권통치가 날로 강화되던 시절이었다. 잊히지 않는 건 그날 선생께서 다독거리는 어조로 내게 던진 "작가는 오래오래 써야 한다."는 충고였다. 〈호우주의보〉의 마지막 장면이 독재정권에 의한 어떤 화를 불러올지는 예측하지 못했으나 "오래 써야 한다."는 선생의 말은 내 가슴에서 울림이 아주 길었다. 그렇지. 죽을 때까지 계속 써야지. 선생을 만나고 온 날 밤새워 혼자 마음을 다진 게 바로 그것이었다.

돌이켜 보면, 선생은 내게 세 가지의 매우 실체적인 가르침을 남겼다.

첫 번째 가르침은 '작가는 오래 써야 한다'는 위의 잠언과 맥락을 함께하는 골프 이야기. 70년대 말쯤만 해도 골프는 매우 고급스러운 운동으로서 문인이나 교수 등이 골프를 치는 경우는 아주 드물었다. 그러나 선생은 나를 만날 때마다 골프를 치라고 권면하기를 마지않았다. '오래 쓰기' 위해선 건강해야 하는데 골프야말로 작가에겐 최상의 운동이라는 것이었다. 내가 골프채를 처음 산 것은 전적으로 선생의 권유 때문이었다. 선생과 민음사 박맹호 사장, 최인호 작가와 함께 필드에 나가던 몇몇 날들의 추억이 선연하다. 선생의 말대로라면 '오래 쓰기 위해' 함께 필드에 나가곤 했었다고 할 수 있겠는데 어느덧 세 분 모두 이승을 떠났으니 내 감회가 지금 남다를 수밖에 없다.

두 번째로 선생이 가르쳐준 것은 컴퓨터의 세계. 컴퓨터가 일반화되지 않았던 시절에도 선생은 머지않아 그것이 문명의 중심이 될 거라는 사실을 꿰뚫어 보고 있었다. 선생은 당신의 서재에 놓인 덩치 큰 '기계'(나에겐 그게 하나의 기계로밖에 보이지 않았다.)를 가리켜 보이면서 "컴퓨터, 무조건 사. 작가에겐 이런 축복이 없어!" 하는 선생의 말씀이 뜨겁게 울렸다. 심지어 선생은 컴퓨터 판매업자를 소개하기까지 했다. 워낙 기계치라서 그 두려움을 극복하지 못하고 지금까지도 컴퓨터를 다루는 일이 아주 서툴지만 머지않아 컴퓨터, 인터넷의 세상이 온다고 역설하던 선생의 예리한 통찰력은 아직도 나를 홀리는 게 사실이다.

선생에게 세 번째 배운 건 바로 할로겐램프. 컴퓨터를 가리켜 보이던 선생의 손이 책상 위의 스탠드로 옮겨진 건 잠시 후였다. 머지않아 닥칠 컴퓨터의 시대를 예고한 선생의 눈이 할로겐에서도 여전히 남다르게 빛나는 걸 나는 보았다. 새로운 문명의 신호를 예민하게 감지해내는 이의 눈빛은 파토스적 사랑의 불꽃과 유사하다는 걸 나는 그날 선생에게서 느꼈다. 겨우 형광등 불빛에 의지해 소설을 쓰던 내가 할로겐이 무엇인지 알 리가 없었다. 선생은 할로겐 기체와 할로겐램프에 대한 설명으로 시작해 미래 사회를 관통하게 될 갖가지 빛의 스펙트럼에 대해 거의 한 시간 이상 열정을 다해 설명했다. 벌써 40여 년 너머의 기억이지만 선생이 그날 뚜렷이 내다본 것은 바로 지금, 혹은 지금보다도 더 먼 앞날의 문명이라고 나는 믿는다. 면도날 같은 예시이자 놀라운 통찰력이 아닐 수 없었다.

나는 단지 골프와 컴퓨터와 할로겐램프의 이야기를 하려는 게 아니다. 언제나 너무나 빠르게 나아가고 너무나 넓게 아우르고 너무나 깊이 빠져서 세계 너머의 세계를 건져 올리고자 꿈꾸던 선생인바 그 테두리와 넓이에 대해 감히 말하기 어려워 실체적인 사물의 이야기를 들춘 것이다. 선생은 지금 세상에 계시지 않지만 믿거니와 나는 선생이 저승이나 하늘이 아니라 우리가 가고 있는 세상의 '앞날'에 가 있다는 건 의심하지 않는다. 선생에겐 보통 사람이 알지 못해 두려워하는 앞날도 불가사의한 시간이 아닐 것이다. 눈을 들어 보라. 저기 아스라한 앞날의 소실점쯤에 보통 사람은 상상조차 하지 못하는 새로운 앞날의 예시에 귀를 쫑긋 기울이고 있는 선생의 모습이 보이지 않는가.

아버지, 그리고 이어령 선생

방민호 | 문학평론가, 서울대학교 교수

아버지는 며칠 전에 잠깐 집으로 돌아오셨다. 병원에 두 달여 계시다 집에 가고 싶다고 조르셔서 겨우 주치의 허락을 받아내신 것이다. 어른들은 병원에 오래 계시면 다들 섬망 증세를 보인다고, 아버지가 엉뚱한 소리를 자꾸 하시니 간병 아주머니가 하시는 말씀이었다.

그러다 상태가 잠깐 나아진 틈을 타서 기어코 집으로 돌아오신 것이었다.

장출혈로 대장을 상당히 떼어내고 일어날 수 없게 되신 아버지를, 나는 다만 며칠이라도 옆에서 모시고 싶었다. 이렇게 해서 시작된 아버지와의 대화는 나로 하여금 아버지의 삶을 지금까지보다 더 깊게 이해할 수 있게 해주었다.

아버지는 일제 때 소학교에 들어가셨고, 중학교에 안 보내주는 계모 밑에서 밭일을 3년씩이나 하셨다고 했다. 억지로 공부를 고집

해서 태안에서 바닷길로 인천으로 가셨는데, 거기서 공고를 다니셨고, 대학은 서울사대 체육과로 가셨다.

그런 아버지는 체육인'답지' 않으신 데가 많았는데, 그중 하나가 글을 쓰고 싶어 하신 것이다. 심지어는 대학 재학 시절에 《동아일보》 신춘문예에 소설 투고까지 하셨다고 한다.

나의 대전 태평동 집에는 그런 문학 지망생 아버지의 흔적들이 몇 가지 남아 있었다. 그 하나는 그 옛집 다락방에 남아있었던 페이퍼백 영문 소설책들이다. 학창 시절에도, 교사 시절에도 영어에 심취하셨던 아버지는 펄 벅의 《베이징에서 온 편지》 같은 작품들을 영어로 읽어냈다고 하셨다.

또 하나는 그 다락방에 함께 남아있던 《이어령 전작집》이다. 나는 이 전집을 통해서 이어령이라는 어떤 존재가 있음을 일찍 알 수 있었다. 어린 시절의 나에게 이어령 선생은 《흙 속에 저 바람 속에》의 저자 바로 그였다.

이제 옛날 신문을 찾아보면 이 '전작집'의 존재가 다시 확인된다. "저항과 지성, 방황과 우수로 한 시대의 이미지를 만들어온 이어령 부움(붐) 15년의 집대성"이라는 광고 문구와 함께 이 전작집은 1968년에 먼저 여섯 권이 나왔다. 1969년 10월 21일 자 '조선일보 광고란'은 전 열두 권의 《이어령 전작집》을 보여준다. 1권은 《누가 그 조종을 울리는가》, 2권은 《하나의 나뭇잎이 흔들릴 때》, 3권은 《장군의 수염》, 4권은 《저항의 문학》, 7권이 《흙 속에 저 바람 속에》였다. 9권은 《저항하는 몸짓으로 이 젊음을》이었고 마지막 12권은 《차 한 잔의 사상》이었다.

아버지가 문학을 가슴속에 새겨두고 사셨음을 나는 이 《이어령 전작집》의 다락방 존재를 통하여 새삼스레 깨닫는다.

아버지의 병석의 어느 날에 나는 이어령 선생에 대해 여쭈어보기도 했다.

옛날에 우리 집에 《이어령 전작집》이 있었잖아요?

있었지.

왜 사셨던 거예요?

아버지는 잠깐 생각에 잠기셨다 말씀하셨다.

그이는 보통 사람이 아니야. 강연도 들어봤다.

강연도요?

그렇지.

강연이라. 과연 아버지는 어느 때 이어령의 강연을 들어보았던 것일까? 옛날 신문을 뒤적여 이어령이 《전작집》을 내고 지방에까지 강연을 다니던 시대를 뒤적여본다.

아버지가 대전으로 식구들을 데리고 나와 새 도시살이를 시작한 1970년대 초반, 뉴스는 《경향신문》 논설위원 이어령이 재불 특파원이 되어 파리로 떠나고 있음을 보여준다. 1973년 2월 8일이다. 언제 돌아왔는지 그 이듬해 3월, 이어령은 《25시》의 작가 콘스탄틴 비르질 게오르규를 초청해서 전국을 돌며 강연회를 연다. 1975년 10월에는 루이제 린저를 초청해서 부산, 대구, 광주, 그리고 대전에서도 강연회를 열었다.

아버지는 1933년 음력 1월생, 이 글을 쓰는 지금 우리 나이 90세다. 이어령 선생은 공식적으로는 1934년생이라지만 실제로는 1933년 12월 29일생이시다. 아버지와 동갑이요, 굳이 따지면 몇 달 뒤에 세상에 온 분이다. 그런데도 아버지는 이어령 선생을 말할 때 분명히 '그이'라고 하셨다. 이어령이라는 존재에 대한 일종의 오마주를 표한 것이리라. 아버지의 세대에 있어 이어령은 특별한 상징적 기호 역할을 하는 것이다.

이제, 나는 이어령이라는 한 시대에 관해 생각한다. 일제강점기에 태어난 그는 김동리, 조연현, 서정주 선배들이 집착한 조선적 특수성을 넘어 아시아적 경계를 넘는 서구적 보편의 길로, 해방에서 '시작된' 탈식민을 완결 지으려 했던 이였다.

평론집 《저항의 문학》에 수록된 글들로 그는 선배들과 피나는 논전을 벌였고, 1972년 10월 이상의 초상화를 표지에 내세운 《문학사상》을 창간함으로써 자신의 지향점을 분명히 했다. 그의 이상 재발견은 그가 1955년 9월의 서울대 《문리대학보》에 〈순수의식의 뇌성과 그 파벽〉이라는 문제적 논문을 쓰면서 시작된 것이었다.

서구적인 의미에서의 보편성을 통하여 한국 사회의 탈식민적 이상을 추구한 점에서 이어령은 작가 이효석, 그리고 비평가 김기림의 적자였다. 서구적 보편성이라는 말은 오리엔탈리즘적 뉘앙스를 풍기지만, 그러나 이 과정적 매개를 통하여 《축소지향의 일본인》이라는, 일본의 상대화가 가능할 수 있었다.

'지방주의 대신에 보편성을'이라는 지향점과 더불어 이어령이 한국문학에 제공한 가장 큰 기여는 그 특유의 '문학주의'일 것이다.

1967년 9월에 시작된 남정현 소설 분지糞池 관련 재판에서 이어령은 증인으로 나서 소설에 대한 정치적 재판에 맞섰지만, 김수영과 벌인 '불온 시' 논쟁에서는 다시 문학은 권력이나 정치 이념의 시녀가 아니라고 했다.

문학은 사회 또는 그것을 첨예하게 표현하는 정치권력이나 이념과 어떤 관계를 맺는가? 이러한 논제와 관련하여 문학의 독자적 위상을 이어령만큼 첨예한 논리로 옹호한 비평가는 없다. 이렇게 나는 단언할 수 있다.

현실에 대한 첨예한 비판 의식을 문학의 정치화로 밀어붙인 일련의 비평적 계보에 대해, 이어령은 특정한 정치적 세력 또는 이념을 위한 '도구'가 아닌, 권력과 이념 모두에 대해 비판적인 성찰자로서의 문학의 권능을 지키고자 했다.

이 점에서 그는 박인환과 통한다. 박인환은 자신의 《선시집》 '후기'에서 이렇게 썼다. "시를 쓴다는 것은 내가 사회를 살아가는 데 있어서 가장 의지할 수 있는 마지막 것이었다. 나는 지도자도 아니며 정치가도 아닌 것을 잘 알면서 사회와 싸웠다."

이어령 선생이 인생의 막바지에 서 계실 때 나는 '생각의나무' 출판사의 박광성, 이화여대에서 배운 김용희, 두 선배와 함께 평창동 영인문학관 위층에 계신 선생을 찾았다.

그날은 내 기록에 따르면 1월 25일 오후 세 시경이었다. 선생께서 유명을 달리하시기 딱 한 달 전이었다. 날은 겨울답지 않게 따뜻

했고, 그날 우리의 대화도 화기애애했다.

나는 선생께, 그래도 생각했던 것보다 좋아 보이셔서 다행이라고 말씀드렸다. 많이 여위셔서 처음에는 놀랐는데 기운도 표정도 좋으시다고, 저희 아버지가 더 문제 같다고 했다. 그때 아버지가 대장암 수술 후 누워 계신 상태였다.

나는 선생을 위해, 그리고 나 스스로 그렇게 생각하고 있기에, 이렇게 말씀드렸다. 1970년대 한국문학을 말할 때 요즘 젊은 학자들은 《문지》, 《창비》만을 얘기하지만 선생이 창간한 《문학사상》을 여기에 더해 삼정립 구도를 설정해야 그 시대 문학을 제대로 볼 수 있다고.

선생은 《문학사상》이 지속적인 노력을 기울인 고전 발굴에 관해 말씀하셨다. 또한, 서양 문학도 일본보다 빠르게 《문학사상》을 통해 소개했었다고도. 최인훈에 대해서도, 이병주에 대해서도, 잡지 《새벽》에 대해서도, 송욱의 《하여지향》에서 비롯된 선생의 '필화'에 대해서도.

이제 선생께서는 세상에 없으시다. 하지만 나는 귓가에 남은 선생의 음성을 통해서, 우리가 나눈 정담들을 통해서 선생의 존재를 선연하게 느낀다.

아버지께서 세상을 뜨시면 나는 아주 오래 괴로워할 것 같은데, 그것은 내가 아버지의 말 없는 사랑에 어떤 보답도 해드리지 못했기 때문일 것이다.

선생께서는 화려했지만 외로웠고, 많은 것을 이루었지만 오해된 것이 많았다.

남의 말을 강요받다 전쟁의 참화를 겪고 지독한 궁핍의 흙바람 속에서 살아야 했던 아버지와 선생의 세대를 위해, 나는 무엇인가, 당신들께서 하고 싶은 말을 대신해서 하고 싶은 무거운 의무를 느낀다. 하지만 이는 얼마나 어디까지 가능할 것인가?

만남은 짧았으나 그 의미는 창대한 인연

부구욱 | 영산대학교 총장

이어령 선생님과의 인연을 말하라면 결코 길다고 할 수 없는 것이, 돌아가시기 전 몇 차례 뵌 것에 불과하기 때문이다. 선생님은 학자, 문필가로서 워낙 명망이 높으셨을 뿐 아니라 초대 문화부 장관 재임 시 88 올림픽 개막식 기획 등 세계적으로 빛나는 업적을 이룩한 분이었으나 필자와는 영역이 달라서인지 직접 뵐 기회가 없었다.

그러던 중 선생님과 인연을 맺게 될 계기가 우연히 찾아왔다. 어느 날 영산대학교에 석좌교수로 모신 이배용 이화여대 전 총장님이 이어령 선생님께서 노환으로 '한·중·일 비교문화연구소'를 운영할 수 없어 걱정하시며 영산대학교에서 인수할 의향이 없느냐고 타진하셨다는 것이다. 영산대학교는 불교의 원융무애圓融無礙와 우리 전통의 홍익인간弘益人間을 대학의 건학 이념으로 삼고 있고, 《논어》를 교양 필수로 규정하여 학생들이 동양의 기본 정신을 함양할 수

있도록 장려하고 있다. 그런 점에서 어느 대학보다도 '한·중·일 비교문화연구소'를 설치하기에 적합한 여건을 갖추고 있다는 생각도 들었다. 그런데도 우리 대학의 여러 여건을 감안하여 정중히 사양하였다. 몇 달 후 선생님께서 영산대학교 노찬용 이사장과 필자를 댁에서 만나길 원하신다는 전갈을 받았다.

평창동 이어령 선생님 자택의 서재에서 필자와 노찬용 이사장과 함께, 이배용 당시 영산대학교 석좌교수님, 정재서 이화여대 명예교수(현재 '한·중·일 비교문화연구소' 소장)가 이어령 선생님을 찾아뵈었다. 석학의 말씀을 직접 듣고 배운다는 기대감에 설렜다. 반갑게 우리를 맞아주신 선생님은 와병 중인데도 밝은 모습이었고 어성語聲에도 힘이 있으셨다. 선생님은 '한·중·일 비교문화연구소'의 설립 취지에 대해 말씀하셨다. 앞으로 동북아 시대에 한·중·일 3국이 문화공동체가 될 가능성이 많은데, 한국에서 한·중, 한·일 비교는 많이 하지만 한·중·일을 함께 비교하는 곳은 없다, 영산대에서 이 연구소를 보유하게 된다면 한국뿐 아니라 세계적으로도 유일하게 한·중·일 문화를 비교하는 센터로서 중요한 역할을 하게 될 것이다. 대강 이러한 내용이었는데, 무려 네 시간가량 계속된 연구소 인수를 설득하는 말씀이었다. 석학의 학문적 깊이가 느껴지고 십분 공감되는 말씀이어서 거역할 수가 없었다.

이후 자택 혹은 외부에서 여러 차례 만나 구체적인 인수 절차 등에 대한 논의를 거쳐 인수가 결정되었다. 선생님께서는 크게 기뻐하시며 후임 소장으로 정재서 교수를 추천하셨고, 영산대학교의 개소 기념식을 할 때 참석은 못 하셨어도 영상 메시지로 축하해주셨다.

그리고 몇 개월 후 선생님은 유명을 달리하셨다. 선생님을 좀 더 오래 모시고 한·중·일 비교문화 연구를 수행하지 못한 것이 유감이지만, 선생님의 동양학에 대한 큰 뜻을 영산대학교에서 이어받게 된 것만 해도 다행이고 영광스러운 일이었다. 비록 선생님과의 만남은 짧았으나 그 인연의 결과는 창대할 것이라는 생각이 든다. 훌륭한 인과에 다리를 놓아주신 이배용 국가교육위원장님께 감사를 드린다. 그리고 영산대학교의 역량을 믿고 중요한 학문적 소임을 맡겨주신 이어령 선생님께 경모敬慕의 마음을 바치며, 명복을 기원한다.

인연, 축복받은 만남

서승옥 | 생각의 바다 대표

책 이야기를 빼고서는 선생님에 관한 이야기를 나는 할 수가 없다. 선생님은 늘 책으로 연결된다. 선생님은 강의 시간에 새로운 책 이야기를 많이 하셨었다. 선생님께서 책을 많이 쓰시기도 하셨지만, 그 이상으로 많은 책을 섭렵하고 계셨기 때문에 나는 그 책들을 찾기에 바빴다. 선생님과 만남의 시작도 그랬었다.

어찌 보면 선생님께서 나와 남편을 중매하신 것이나 마찬가지다. 대학 3학년 때 일이다. 선생님께서 평론 강의 시간에 학생들에게 클린스 브룩스, 로버트 펜 워런이 쓴 《Understanding Poetry》를 참고 서적으로 소개해주셨다. 그러고는 일부분을 타이핑해서 나누어주면 좋겠다고 하시면서 "타이핑해 올 사람?"이라고 하셨을 때 내가 손을 번쩍 들었다. 나는 사실 타이프를 한 번도 쳐본 적이 없었고, 타이프도 없었다. 그날 저녁 아버지께 당장 타이프를 사야 한다고 말씀드렸다. 숙제해야 한다면서 빨리 사달라고 졸랐다. 그다음 날 아버지는 독일제 레밍턴 타이프를 사주셨다. 칠 줄도 모르는 내가 원지에다 어찌어찌 쳐서 '가리방'이라고 하던가? 하는 것으로 프린트를 했다. 그 당시 프린트는 롤러에다 잉크를 잔뜩 묻혀서 위아래로 문대어 복사하는 것이었다. 손에 검은 잉크를 잔뜩 묻히고 난리도 아니었다. 지금 생각해보면 아마 그것은 오타투성이였을 것이다.

그런 에피소드의 책인 《Understanding Poetry》를 모 대학 문학회에 시를 찬조하기 위해 만난 학생이었던 정병규에게 우리 선생님께서 수업 시간에 말씀하셨노라 이야기했었다. 그랬더니 본인도 그 책이 있다고 하는 것이 아닌가? 나는 그 책을 구하려고 도서관에도 갔었고 광화문에 딱 하나 있는 외서 수입 서점에도 가봤지만 구할 수 없었는데 그걸 가지고 있다니! 그 책을 가지고 있다는 것만으로도 그는 나의 환심을 사기에 충분했었다. 빌리느라 만나고 돌려주느라 만나면서 우리는 친해지게 되었다. 그리고 오랜 시간이 지난 후 우리가 결혼하여 신혼여행에서 돌아왔을 때 선생님은 평창동 댁으로 초대하여 친정에서처럼 신행 상을 차려주셨다. 그때도 남편이 된 정병규 때문에 지각을 했는데 두고두고 죄송스러웠다. 그날 선생님께서는 책들에 대해서 그리고 음악 이야기를 많이 하셨었다. 선물로 크리스털 화병을 두 개나 주시기도 했다.

나의 대학원 시절에 선생님께서는 '순환 구조'에 대한 말씀을 많이 하시면서 엘리아데를 언급하셨었다. 그래서 나는 미르체아 엘리아데의 《영원회귀의 신화》, 《종교 형태론》 등등을 원서로 구입했다. 번역되어 나온 것이 없는 때이기도 하고 인터넷으로 책을 살 수 있던 시절도 아니라서 같은 책을 두 권씩 사서 선생님께도 갖다드렸다. 선생님께서는 그 책들을 사다드린 그 주간에 벌써 다 읽으시고 대학원 강의 시간에 인용하셨다. 대학원 논문을 나는 엘리아데의 '순환 구조'를 바탕으로 쓰기는 했다. 그러나 나는 지금도 그 책들을 다 이해하지 못한다. 선생님께서 아마 많이 답답하셨을 것 같다. 나는 그 논문을 엮어내느라 얼마나 고심했었는지 모른다.

그 뒤 세월이 많이 흘러 2010년에 《지성에서 영성으로》가 나왔다. 이 책은 선생님의 감성이 흘러넘치는 글들로 나는 굉장히 감동을 받았다. 이전에 나왔던 선생님의 다른 저서들, 물론 선생님의 생각을 읽을 때마다 감동했었지만 이 책에서는 또 다른 영혼의 울림을 받았다.

> "나는 그때까지 평론, 칼럼, 에세이와 같은 산문을 써왔지요. 엄격한 의미로 그것은 창조가 아닙니다. 창조에 대해서 토를 다는 일이지 그 글 자체가 창조일 수는 없지요. 그러던 내가 시의 형식을 빌려 기도를 드렸다는 것은 이미 내 마음이 산문에서 시로 옮겨지고 있음을 의미하는 것으로 풀이될 수 있을 겁니다."(30쪽)

이 책에 쓰셨듯이 선생님께서는 이때부터 시를 쓰시기 시작했다. 교토에서 〈어느 무신론자의 기도〉 같은 시를 쓰시기 시작한 선생님은 《지성에서 영성으로》에 영성이 담긴 시를 쏟아내시기 시작하셨다. 그즈음 연말이면 예술원 시인 회원들의 시 낭독회가 열리는데 선생님도 초청받으셨다. 그러나 "난 시인이 아니야!" 하시면서 나보고 가서 대신 읽으라고 하셨다. 시인이라 불리는 것이 쑥스러우셨던 것 같다.

첫 시집인 《어느 무신론자의 기도》에도 서문의 말에 이렇게 쓰셨다.

"시는 후회를 낳고 후회는 시를 낳습니다. 그래서 나의 이 첫 시집은 조금은 부끄럽고 조금은 기쁜 빛의 축제처럼 즐겁습니다. 하지만 아무도 나를 시인이라고 불러서는 안 됩니다. 나는 아직도 산문의 갑옷으로 무장하여 내 생명의 속살을 지켜갈 수밖에 없는 한 마리의 딱정벌레 아니면 중세 때의 한 갑주병입니다."

이때부터 선생님의 글이 달라졌다고 나는 생각한다.

딸을 사랑했기에 주님을 믿겠다고 약속하신 선생님을 하나님은 그렇게 영성으로 붙드신 것 같았다. 그리고 선생님께서는 2007년 7월에 온누리교회의 동경 행사에서 세례를 받으셨다. 가장 진솔하게 자신의 마음을 드러내신 인터뷰 기사도 실려 있는데, 이것을 읽을 때마다 나는 또 감동한다. 이러실 수 있었다는 것이 믿기지 않아서다. 그저 신기할 뿐이다. 그때 이런 말씀도 하셨다.

"그러나 인간은 뛰어봐야 벼룩입니다. 이 단순한 사실을 아는 데 시간이 걸렸습니다. 제가 창작과 지적 세계를 포기하는 것이 아닙니다. 지금까지 귀중하게 생각했던 것보다 몇십 배 더 크고 귀한 창조주를 인정함으로써 저의 예술적 지평은 훨씬 더 넓어졌습니다. 앞으로 예수님을 믿고 난 이후의 삶과 관련된 글을 쓸 수 있겠지요."

이 말씀처럼 이후에 기독교에 관련된 책들을, 글들을, 강연을 참 많이 하셨다. 특히 《빵만으로는 살 수 없다》를 쓰실 때 선생님의 원고 작업을 거들어드렸다. 선생님께서는 내게 먼저 믿은 신자이니 이 원고를 읽어보라고 하셨다. 그리고 가끔 질문도 던지셨다. 난 그럴 때마다 가슴이 두근거렸다. 모르는 것을 물어보시면 어떡하나 하고 말이다. 이 책에는 한 장이 끝날 때마다 한 편씩 붙인 시가 총 21편이 있다. 이때는 이미 《어느 무신론자의 기도》로 시집을 내시기도 했다.

선생님은 글쓰기에 대해서 이렇게 표현하셨다.

"존재론적 외로움 때문에 글을 쓰기 시작했습니다. 나는 20대부터 돈이나 가난 또는 권력, 전쟁에서 비롯된 소유의 결핍보다도 생명의 결핍, 존재의 결여에 대한 그 틈을 메우기 위해서 글을 썼던 것"(《지성에서 영성으로》 159쪽)이라고 하셨다. 이처럼 선생님은 생명에 대해 안타까움, 아쉬움 같은 것이 늘 있으셨던 것 같다.

나는 온누리교회에서 하는 전도 집회인 '러브 소나타' 행사에 꽤 많이 다녔었다. 그러나 행사 마지막 피날레 때 어둠 속에서 흔드는 LED 조명 막대를 보고 선생님처럼 생각해본 적은 없었다.

"삽시간에 돔은 하늘이 되고 그 불빛들은 별이 되어 은하수가 되었습니다."

이런 심연을 느끼시는 선생님. 조명 불빛 하나하나에서 생명을 느끼시듯, 아마도 그래서 《생명이 자본이다》와 같은 책이 나올 수 있었나 보라고 나는 생각한다. 몇 년 동안 '생명 자본주의'와 관련된 강연과 강의들을 해오셨다. 어항 속에서 얼었던 금붕어가 따뜻한 물로 인해서 살아나는 이야기부터 시작되는 《생명이 자본이다》는 꽤 방대한 책이 되었다. 책 띠지에 "80의 지성이 마지막으로 선택한 말 '생명' 그리고 '사랑'"이라고 쓰여 있듯이 이 책은 선생님의 팔순 생신에 맞추어 출간되었다.

호암아트홀에서 축하 행사와 아트홀 로비에서 '同行, 생명의 의미'라는 타이틀로 팔순 잔치는 진행되었다. 점심 식사는 도시락을 선택했었다. 넓은 로비에 차려진 12월의 도시락. 제일 걱정하시는 부분은 도시락을 따뜻하게 드시도록 해야 한다는 점을 염려하셨었다. 추운 12월이었지만 많은 분이 그날 식탁의 아름다움으로 모두 따뜻한 덕담을 나누기에 바빴다. 대한민국의 문화·예술인들이 이렇게 분야를 막론하고 모였던 날도 드물 것이다. 이즈음의 세태를 보면 '생명이 자본이라고 생명의 소중함'을 이야기하셨었던 선생님의 그 말씀을 사람들은 아직 다 받아들이지 못하고 있는 듯하다.

기력이 많이 쇠잔하여 펜을 들기도 어렵고 컴퓨터 자판을 치기도 힘든 선생님의 마지막 무렵에 나온 책이 《이어령의 마지막 수업》이다. 책 띠지에 "삶과 죽음에 대한 그 빛나는 대화"라고 쓰여 있듯 죽음을 앞둔 선생님이 나직나직 읊조리듯 우리에게 남겨주신 글들이다. '쓸 수 없을 때 쓰는 글'이라는 작은 제목이 말하듯, 그렇게 김지수 씨가 선생님과 대화했던 것을 옮긴 것이다. 이 책을 읽으면

선생님 앞에 앉아 이야기를 나누는 것 같다. 대담자였던 김지수 기자는 풋볼처럼 이야기의 방향을 종잡을 수 없음에 대해, 우리의 상상을 뛰어넘는 선생님의 상상력에 대해 적나라하게 표현하고 있었다. 그리고 선생님과의 대화가 마치 춤을 추는 것처럼 느껴진다고 했다. '마지막 춤은 나와 함께'라는 황홀에 취해 웃픈 얼굴이 되었다고 했다. "김지수 기자가 참 잘 썼어요!"라고 말씀을 드렸다. 선생님의 세세한 매력을 참 잘 표현해주었다. 과연 내가 이렇게 쓸 수 있었을까? 그렇지 못했을 나였는데 선생님께서는 《이어령의 마지막 수업》에 사인을 해주시면서 "너희가 썼어야 했는데" 하시면서 참 미안해하셨다. 정말 죄송스러울 뿐이었는데, 간신히 일어나 앉으셨음에도 그 책에 사인을 특별하게 해주셨다. 보통은 도장을 찍지 않으시는데, 마지막 인사를 하듯이 감사하다는 말씀을 적어 넣으시고 도장을 두 개나 찍어주셨다. 그러나 이제 그 뒤에 나온 책들에는 사인을 받을 수 없게 되었다.

선생님은 우리보다 더, 아니 어린아이들보다 더 순진한 눈을 가지신 것 같았다. 뭐 그리 신기한 게 많으신지, 늘 "놀랍지 않니?"라는 말을 자주 하셨다. "사는 게 다 희비극이야!"라고 하신 선생님.

《이어령의 마지막 수업》 이 책을 읽으면서 나는 왜 그렇게 밑줄치고 싶은 게 많은지 모르겠다. 그리고 이 책이 출판될 수 있어서 '참 다행'이라고 생각했다. 이 책을 읽으면 선생님께서 내 앞에 앉아 이야기하시는 것 같으니까 말이다. 책과 더불어 선생님과의 인연은 남기신 책들을 읽으며 다시 새롭게 이어져가고 있다.

선생님 선생님 이어령 선생님

신달자 | 시인

느리게 빠르게
빠르게 느리게…

걷고 걷고 걷고
뛰고 뛰고 뛰고
나르고 나르고 나르고

자신 안에서 몇백 번 죽고 살아나고 살아나고 죽고
뇌며 손이며 가슴이며 입이며
너무나 할 일이 많아
몇백 년이 지나도록 할 말이 많아
천만 평의 말씀 곡식을 전 세계에 뿌리시고도

마음 고픔이여

몇백 번 부활하며 살아온
선생님 아 이어령 선생님
500년은 아니 천년은 살다 가신 선생님
선생님께는 '마지막'이 없습니다
1초도 그 1초의 마지막도 처음처럼 바라보시던
그 눈이여!
남아있는 어리석은 애틋함 때문인가
그 너머 세계를 바라보시며 그쪽으로 가셨는가
어리석은 애틋함이 염려되어 이쪽으로 방향을 돌리시는가
그 저릿하고 아릿한 시선
지금은 어디를 보고 계시는지요

세상은 자꾸 부끄러움만 커집니다
"아니라고 아니라고" 저 너머에서 선생님이 손짓하고 계시는군요
그렇습니다
선생님께는 마지막이 없습니다 없습니다 없습니다
다만 깊고 깊은 염려의 시선으로 이쪽을 바라보시고 계실 것입니다
질문 있습니다!
손을 번쩍 들고 붉게 타오르는 하늘을 바라봅니다
그리운 이어령 선생님.

이어령의 눈물 한 방울 한강 되어 흐른다

신현웅 | 웅진재단 이사장, 전 문화체육관광부 차관

시대에 앞서 글로컬리즘glocalism, 디지로그, 생명 자본주의 미래 비전을 제시한 문명 비평가이자 이 시대의 최고 지성 이어령 초대 문화부 장관님이 '흙 속에 저 바람 속에' 천국으로 가셨다. 지식과 지혜의 보고寶庫인 이어령 도서관, 박물관 몇 개가 사라진 날이다. 황망하고 슬프지만, 수년간 온 가족의 따듯한 보살핌 속에 자택에서 생의 마지막까지 집필하다 떠나시니 고종명考終命의 복을 누리신 것 같아 작은 위안이 됩니다. 《이어령의 마지막 수업》에서 "죽음이 또 하나의 생명이라며 원래 있던 모태母胎로의 귀환"이라고 말씀하셨듯이 이제 천국에서 어머님 품에 안겨 아버님, 따님 민아와 지난날 이야기를 나누시기 바랍니다.

1995년 이 장관의 부친이신 이병승 옹의 백수연白壽宴에 참석한 적이 있다. 5남 2녀의 직계 자손 127명이 백수 축주를 올리고 큰절하는 장면은 장관壯觀이었다. 백수연에서 큰아드님은 우리나라 최장수 105세였던 부친의 누님이 몇 주 전에 세상을 떠나 부친께서 마음이 울적하다고 말씀하셨다. 다복한 장수 가문의 이어령 장관님이 백수는 확실하다는 생각을 했는데 88세에 세상을 떠나니 허망하고 원통합니다. 천국에서 어머님 아버님께 너무 일찍 왔다고 꾸중 들으실까봐 걱정됩니다. 이 장관님의 아이디어 속에 치러졌던 문화부의 중요 행사마다 천둥과 번개까지 동반한 비가 내렸는데 천국에도 폭풍우가 부나요?

그리스 아테네 올림픽 개·폐회식 총감독을 맡은 세계적 연출가 드미트리스 파파이오아누는 호수에 어린이가 종이배를 타고 입장하는 장면이 서울 올림픽 개폐식의 '굴렁쇠 소년'을 보고 영감을 받아 만든 작품이었다고 고백했다. 연극 종주국 그리스 연출가가 동양 현자에게 한 수 배웠다. 이어령의 상상력으로 탄생한 서울 올림픽 주제 '벽을 넘어서', 올림픽 송 '손에 손잡고'와 '굴렁쇠 소년'의 개회식 신화는 아직도 세계인에게 감동을 주고 있다. 이 장관은 "서울 올림픽의 굴렁쇠 소년으로 재미를 보더니 새 천년을 맞아 200미터 크기 천년의 문[일명 서울 링Ring of Seoul]을 세우려 한다."는 비난을 받기도 했다. 서울 링이 가까운 미래에 한강변에 세워지는 모습을 천국에서라도 내려다보시는 한겨울 밤의 꿈을 꿉니다.

1990년 초대 문화부 장관 취임식에서 이 장관은 "황야에 집을 지으러 온 목수다. 목수는 자기가 지은 집에서 살지 않는다."는 일성으로 문화부 관리들을 하루아침에 목공으로 만들었다. 문화동산 메마른 바위에 이끼를 입히고 우물터에 두레박 하나 놓으시고 떠나시면서 흘린 고인의 눈물 한 방울이 한강이 되어 태평양에 큰 문화 한류가 되어 흐르고 있습니다.

'국립국어원' 신설, '한예종' 설립, '국립중앙도서관'의 문화부 이관, '한국예술공방촌' 설립 등 황야에 문화의 집 네 기둥을 세우고 2년 만에 홀연히 문화부를 떠났다. 우리나라에서 최초로 문화부에 국민의 소리를 듣는 현대판 신문고를 설치하여 까치장관 소리를 들으셨죠? 이 제도는 청와대를 비롯해 각 부처, 지자체에 국민의 소리를 듣는 효시가 되었다. 꿈꾸는 장관이 21세기 K-문화의 초석을 놓으셨습니다.

작가이자 반파시스트 운동가인 앙드레 말로는 프랑스 드골 대통령의 신임을 받아 제5공화국 초대 문화부 장관으로 10년간 재임하면서 문화 대국 프랑스의 초석을 놓았다. 프랑스 정부는 앙드레 말로의 서거 20주년인 1996년에 그의 유해를 프랑스를 빛낸 위인과 천재들의 묘소인 팡테옹 신전에 안치하였다.

이어령 교수님은 서울 올림픽을 역대 올림픽 사상 최고의 문화 올림픽으로 만들고 초대 문화부 장관으로 2년간 재임하며 한국 문화 행정의 기틀을 마련하신 것으로 평가받고 있다. 그 당시 한국에 앙드레 말로는 있는데 명마를 알아보는 백락伯樂 같은 드골 대통령이 없어 안타깝다는 이야기가 있었다. 이어령 초대 문화부 장관이

정권 차원을 넘어 앙드레 말로와 같이 10년간 재임하였으면 한국이 문화선진국으로 우뚝 설 수 있었을 텐데 하는 아쉬움이 컸다. 이어령 장관 서거 후 그의 유해를 가족과 함께 천안중앙공원에 모시면서 우리나라도 문화·예술계 큰 별을 국립묘지에 모셔서 문화·예술인을 예우하는 전통을 세워야 한다고 생각했다.

고인은 7년 전에 암 판정을 받고 항암 치료를 거부하고 맑은 정신으로 책 한 권 더 쓰고 가시겠다며 끝까지 자신의 죽음을 담담하게 관찰하는 초인적인 문인 정신을 보여주셨습니다. 떠나시기 한 달 전에는 내가 죽은 후에 30여 권의 책이 나올 거라고 흐뭇해하시던 모습이 눈에 선하다.

민족의 상상력이 고갈되면 그 나라의 역사는 끝난다며 문화선교사를 자청하셨습니다. 이 장관님이 뿌리신 문화의 씨앗이 민들레처럼 세상에 퍼져 나가 코리아 르네상스 세기에 진입하고 있어 기쁩니다. 이 장관님의 문화주의 미완성교향곡에 세월이 흐를수록 세계인의 감동이 더욱 커질 것입니다. 천국에서 모든 근심과 짐은 내려놓으시고 편히 쉬소서!

내 삶의 이야기보따리, 이어령 선생님

안숙선 | 국악인

얼마 전 이어령 선생님을 뵈었던 날이 생각납니다. 많이 수척해진 모습에서 선생님의 긴 투병 생활이 저에게도 오롯이 전해졌습니다. 하지만 안쓰러움도 잠시, 여전히 명석한 언변으로 농담도 섞어가며 차분히 말씀을 이어가시는 선생님을 보면서 내심 안도하기도 하였습니다. 그날이 선생님을 뵌 마지막 날이 되었습니다.

저는 어렸을 때 아버지를 여의고 어머니의 보살핌 속에서 자라왔습니다. 어린 나이에 국악을 시작해서 생계를 위해 공연을 다니느라 변변한 교육조차 받기 어려웠습니다. 정신없이 세월이 흐르고 저는 국악인 안숙선이 되어 있었지만 늘 어떤 선택이나 어려움을 극복하는 데 서툰 사람이었습니다. 그런 저에게 이어령 선생님은 등대와 같은 분이셨습니다.

한번은 제가 활동하던 중 건강에 큰 문제가 생겨 잠시 휴식을 취하고 있었습니다. 쉼 없이 달려오던 제가 병원에서 치료를 받고 있자니 덜컥 겁이 났습니다. 이대로 내가 소리를 못 할 수도 있겠다는 생각도 들었고, 누구에게도 아무것도 털어놓지 못하는 성격 탓에 그 두려움은 걷잡을 수 없게 커져만 갔습니다. 생각난 사람이 이어령 선생님이었기에 무작정 선생님께 전화를 걸었습니다. 그런데 전화를 걸자마자 선생님께서 하셨던 말씀이 아직도 기억납니다.

"안 선생, 아무 걱정 말고 푹 쉬세요. 쉬는 것도 공부야. 다만 안 선생 소리에 대한 생각은 멈추지 마세요. 그런 생각은 이렇게 쉴 때만 해볼 수 있는 거예요. 그러면 된 거야."

그저 위로차 하신 말씀일 수도 있겠지만 저는 마음이 탁 놓이고 기분이 한결 나아졌습니다. 그리고 처음으로 내가 하는 소리에 대해 생각을 해보았습니다. 나를 먹고살게 해주는 소리가 아닌 내가 하는 소리에 대한 가치, 또 앞으로 내가 해야 할 소리에 대해 고민을 해보았습니다. 그 시절의 고민과 생각이 이후 저의 소리 길에 많은 어려움이 있을 때마다 저를 지탱해주었습니다.

선생님과의 추억에서 때때로 여러 명 모여 두런두런 나누던 대화를 빼놓을 수 없습니다. 선생님께서는 저를 포함 예술인들과 모여 이야기 나누는 것을 좋아하셨습니다. 날씨가 좋은 날에는 영인문학관 뜰에서 말씀 나누는 걸 즐기셨습니다. 이야기하시다 보면 한 시간, 두 시간을 넘기시는 때도 많았는데 대화 중 선생님 눈을 마주치면 꼭 어린아이의 눈과 같았습니다. 번뜩번뜩 생각나는 것을 쉽게 말씀하시는 것 같은데 그 안에는 구체적인 계획과 과정이 모두 들어있었기 때문에 실제로 대화 중 나온 선생님의 아이디어가 공연으로 성사되기도 했고 또 몇 가지는 여전히 저희들의 숙제로 남아있기도 합니다.

전화기를 만지작거리다 문득 선생님 번호를 화면에 띄워놓고 한참을 생각에 잠긴 적이 있습니다. 나이가 들어가면서 주위의 사람들이 더 그립기도 하고, 또 고민도 많아집니다. 통화 버튼만 누르면 "안 선생, 무슨 일이에요? 그거 별거 아니야." 금방이라도 낭랑한 목소리가 들려올 것만 같습니다. 항상 이야깃주머니 한 보따리를 준비해두시고 어린아이 같은 눈으로 저희를 기다려주시던 선생님이 벌써 그리워집니다.

선생님께서 좋아하시던 〈춘향가〉 중 한 구절을 선생님께 바칩니다.

"하루 가고 이틀 가고 열흘 가고 한 달 가고 날 가고 달 가고 해가 지날수록 님의 생각이 뼛속에 든다."

문화열차와 홍삼사탕

양주혜 | 설치미술가

이어령 선생님, 선생님에 대해서는 오래전에 어머니를 통해서, 나중에는 남편을 통해 근황과 그 식을 줄 모르는 열정과 폭넓은 활약상을 자주 전해 들었습니다. 그래서 선생님을 직접 뵙지는 못했으면서도 제겐 잘 아는 분 같았습니다. 그러던 중 선생님께서 갓 탄생한 문화부 초대 장관으로 취임하신 뒤인 1991년 9월 어느 날 문득 의논할 일이 있다는 연락을 주셨습니다. 이리하여 문화부 장관실에서 선생님을 처음으로 가까이 뵙게 되었습니다. 그에 앞서 여의도의 한 신축 건물 공사장을 덮은 저의 가림막 설치 작업을 주의 깊게 보셨다고 하시면서 선생님은 제게 조형예술의 새로운 국면을 열어 보인 대단한 작업을 했노라고 극찬을 아끼지 않았습니다. 저는 좀 의외였지만 기뻤습니다.

그해 '문화의 날' 제정 기념으로 10월 20일부터 나흘간 '문화열차'를 운행하려고 하는데 이 프로젝트에 참여할 의향이 있는지가 용건의 핵심이었습니다. 저의 작업 분야와 직접 관련된 기획이었습니다. 저는 객차의 외부에 가시적인 설치 작업을 해보겠노라고 답했습니다. 그러자 선생님은 단 1초의 고민도 없이 즉석에서 문화열차의 운행 방식을 간단명료하게 설명해주셨지요. 다만 관에서 하는 '문화' 방면의 일들이 그렇듯 예산이 많지 않다는 말씀도 잊지 않았습니다. 며칠 동안 고민 끝에 초안을 만들어 가지고 갔을 때도 예산이 적어 미안하다는 말씀 외에는 그 초안에 어떤 수정도 가하지 않은 채 수락, 곧 진행시킬 수 있도록 유관 기관에 연결해주셨습니다. 전체 8량의 객차에 총 2,500장의 실크스크린으로 그림이 인쇄된 50센티미터 정사각형 시트지를 붙인 문화열차가 전국을 달리도록 하는 안이었습니다. 그 후 2주 정도 정신없이 작업했습니다. 기관차는 여유 차량이 없으므로 행사 전날 밤 12시 이후에야 작업이 가능한 악조건. 자동차 헤드라이트 빛으로 밤새워 작업한 끝에 드디어 정해진 날 아침 8시 문산역으로 작업이 완료된 '문화열차'를 내보낼 수 있었습니다. 철야 작업에 지칠 대로 지친 저는 오프닝 행사에도, 나흘간 다수의 문화 예술인들을 태우고 전국을 돌며 다양한 문화 행사를 전개한 차량에도 승차해보지 못했습니다. 그러나 저에게는 잊을 수 없는 새로운 작업의 기회를 믿고 맡겨주신 선생님의 혜안과 결단에 두고두고 감사하고 있습니다.

여러 해가 지난 뒤인 2001년 어느 날 또 선생님께서 저를 찾으셨습니다. 반갑기는 했지만 기대 반 걱정 반이었지요. 이번에는 "좀 여러 가지로 골치 아픈 일인데 맡아주어야겠다."라는 서두가 두려웠습니다. 작업을 하고 싶은 마음에 더하여 어쩐지 걱정이 앞섰습니다. 경기도 이천시에서 〈국제 도자기 비엔날레〉를 유치했다, 그 기회에 상징 조형물을 세울 계획이다, 이와 관련해 공모를 진행하려던 조직위 당국자가 선생님께 도움을 청해왔다, 그래서 선생님은 당장 저를 추천했다, 이런 내용의 말씀이었습니다. 조형물은 단순히 이천시를 상징화하는 것이 아니라 21세기를 여는 상징성을 충분히 보여주는 작업이어야 하므로 그런 일을 할 만한 사람에게 맡겨야 한다는 것이 선생님의 확고한 생각이었습니다. 예나 지금이나 공공 미술에 대해 다소 회의적인 생각을 버리지 못하는 저로서는 마음이 무거웠습니다. 생각 끝에, 잘 보호해온 자연을 훼손해가며 조형물을 세울 것이 아니라 도자기 비엔날레 전시관으로 가는 대로변 길목의 자투리땅에 성토하여 표지석 역할을 겸한 조형물을 세울 수도 있다는 생각에 착안하여 작업을 맡기로 했습니다. 21미터 높이의 매우 규모가 큰 격자형 철탑을 세웠습니다. 늘 그렇듯 준공 데드라인에 맞추어야 해서 시간에 쫓기는 작업인 데다 야외에서 날씨의 영향을 받으며 벌인 밤낮없는 강행군에 지칠 대로 지쳐서 이번에도 또한 저는 오프닝 행사에 참석하지 못했습니다. 시간이 지난 뒤 돌보지 않아 곳곳이 훼손된 채 무심히 방치된 그 조형물을 볼 때마다 선생님 생각과 함께 마음 한구석이 쓸쓸해집니다.

이어령 선생님이 매우 중요한 가치로 마음에 품고 계셨던 예술관, 즉 소유의 대상이 아닌 향유로서의 예술이 성립되기 위해서는 향유하는 사람들의 관심과 문화적 소양이 요구된다는 생각을 되새겨보지 않을 수 없습니다. 그래서 선생님이 제게 소유의 예술에서 향유의 예술로 전환을 이루어냈다고 평가해주실 때마다 부끄러웠습니다.

2020년 어느 날 영인문학관에서 주선해주신 어머니 홍윤숙 시인의 '작가의 방' 전시 준비를 마치고 위층 선생님 서재에 잠시 인사차 들렀습니다. 편찮으시다는 소식을 들었는데 선생님은 평소와 다름없이 생기가 넘쳤습니다. 다만 전보다 약간 수척하신 인상이었습니다. 선생님은 웃으시며 남편 챙기느라 너무 힘쓰지 말고 자신의 작업에 충분히 몰두하라고 격려해주셨습니다. 그리고 자네 부부는 우리 부부에게나 우리나라로 보나 특별한 사람들이라고 덕담도 보태주셨지요. 그러고는 무슨 중요한 일이 있다는 듯 급히 방에 들어가셨습니다. 선생님이 들고 나오신 것은 뜻밖에도 홍삼사탕과 초콜릿 상자였습니다. 사탕과 초콜릿을 주시는 선생님, 그 웃음 가득한 모습 오래오래 달게 기억할 것입니다. 그 믿음 그 격려 늘 감사합니다.

외로웠으나 행복했으리라

오명 | 전 부총리, 전 과학기술부 장관

내가 여러 내각을 거쳤지만, 나와 이어령 장관은 같은 내각에서 일한 적이 한 번도 없다. 그러다가 처음 인연을 맺은 것이 바로 88 서울 올림픽 때였다. 이어령 선생의 빛나는 아이디어가 88 올림픽을 성공으로 이끌었다고 나는 감히 말할 수 있다.

1988년 이전까지 우리나라는 여전히 개발도상국이었다. 올림픽을 제대로 치를 수 있을지 국내에서는 물론 외국에서조차 확신 못하던 시절이었다. 그 당시에는 한국이란 나라가 있는지도 모르는 사람들이 부지기수였던 것. 그러기에 우리에게는 국제사회에 얼굴을 알리는 데뷔 무대이자 그 가능성을 시험받는 무대였다. 무조건 성공시켜야만 하는 88 올림픽에서 박세직 올림픽 조직위원장을 필두로 나도 조직위원회에 참여하게 되어 역사의 한 축에 서게 되었다.

서울 올림픽을 성공하게 한 주인공

이 서울 올림픽에서 개막식과 폐막식을 연출한 이가 바로 이 장관님이다. 이때는 아마 교수 시절이었을 것으로 기억하는데 그의 아이디어가 정말 기가 막혔다. 사람들은 대부분 올림픽을 그저 체육대회쯤으로 여긴다. 그러나 그 준비 과정은 전쟁터를 방불케 한다. 아니, 전쟁터에서는 자연적인 요소나 우연들도 간혹 일어나지만, 올림픽은 전쟁보다도 더욱 치밀한 설계에 의해 움직여지는 것이다. 그중에서도 개막식과 폐막식은 백미 중의 백미다. 그것을 총연출한 이가 이어령 교수였다.

서울 올림픽에서는 올림픽 사상 최초로 계단이 아닌 방식으로 성화대를 점화했다. 1986년 서울 아시안 게임까지도 사실상 성화대 옆에 계단이 있었고 이를 올라가 불을 붙이는 방식이었으나, 서울 올림픽 때 최초로 엘리베이터를 도입한 후 새로운 점화 방식을 고안한 것이 이후 올림픽의 전통이 되었다. 그런데 이 성화대의 엘리베이터에는 숨겨진 일화가 있다. 예산 문제로 엘리베이터를 설치할 수 없는 위기에 봉착했던 것이다. 이 난제를 해결한 것도 역시 이어령 교수였다. 그는 피아노 줄을 도르래에 연결하여 엘리베이터처럼 보이게 연출을 한 것이다.

그리고 서울 올림픽이라면 누구나 머릿속에 선명히 떠오르는 영상이 있다. 바로 굴렁쇠 소년이다. 식전 행사인 태권도 시범단들이 모두 개회식장을 빠져나간 후, 한 소년이 굴렁쇠를 굴리며 경기장으로 입장한다. 8세 소년이 홀로 굴렁쇠를 굴리며 주경기장 한가운

데로 들어오는 퍼포먼스였다. 약 2분 동안 적막이 흐르는 가운데, 경기장 한가운데로 굴렁쇠를 굴리면서 등장한 소년이 관중에게 손을 흔든 이 퍼포먼스는 강한 인상을 남기며, 오늘날까지도 서울 올림픽의 상징으로 남았다. 전쟁 이미지가 강했던 한국에 평화의 이미지를 부각시키고 동서 진영의 화합과 평화를 소망하는 의미에서 기획된 것이다. 인간미 넘치는 이 장면을 연출한 것도 이어령 교수였다. 이 교수는 올림픽을 성공적으로 치르면서 올림픽이 끝난 후 문화부 장관으로 영전한다.

또 하나의 에피소드. 운무가 피어오르는 장면이 있었는데, 그렇지 않아도 열악한 재정 상황에서 이 부분도 어떻게 해서든 성공시켜야 했다. 이어령 교수께서 내신 아이디어 하나가 아주 값싼 장치로 이 부분을 해결했다. 그것은 바로 서울시의 방역차였다. 골목골목마다 여름철이면 방역 연막을 치러 돌아다니는 그 차를 이 장면에 활용한 것이다. 글쎄, 경직된 공무원들의 사고방식으로는 도저히 나올 수 없을 것만 같았던 해결책이 이어령 교수의 머릿속에서는 어찌 그리 쉽게 튀어나오는지, 감탄하지 않을 수 없었다.

조직위원회에서도 서로 맡은 분야가 달라 이 교수님을 자주 뵙지는 못했지만, 대표적인 이런 장면만으로도 번뜩이는 그의 아이디어에는 모두가 혀를 내두를 정도였다. 깊은 교류가 없었더라도 나는 이 교수님에게 크나큰 감명을 받았다.

젊은이들 가슴에 감동 새겨

이듬해 대전 엑스포가 열렸다. 올림픽과 엑스포는 그 성격이 아주 다르다. 올림픽은 민간 행사이며 엑스포는 정부의 행사다. 올림픽은 체육 행사지만 엑스포는 과학기술과 문화·예술 행사다. 기간만 보더라도 올림픽은 몇 주간이 걸리지만 엑스포는 몇 개월이 걸릴 수도 있다. 따라서 엑스포에 들어가는 비용이 올림픽에 비해 훨씬 많게 된다. 그러나 우리나라는 아직 엑스포에 그렇게 대규모의 투자를 할 만한 여건이 되지 않았기에 선진국의 엑스포에 비하면 배정된 예산으로 움직이기에는 턱없이 모자랐다. 이 여건을 극복하면서 어쨌든 성공적으로 치러야 할 행사였기 때문에 승부를 걸 곳은 아이디어밖에 없었다. 이어령 교수께서 이 분야에 관해서는 워낙 탁월하신 분이라 당연히 도움을 청했고, 국가적 중대 행사여서 그랬는지 이 교수님께서도 흔쾌히 수락해주셔서 대전 엑스포도 성공적으로 이끌 수 있었다.

물론 이어령 교수께서 제안하신 아이디어가 모두 반영되지는 않았다. 예를 들면 로봇과 입장객이 가위바위보를 해서 사람이 이기면 통과시키고, 로봇이 이기면 출입을 금지하자는 아이디어 등은 재미있었지만, 사람들이 파도처럼 물밀듯 들어오는 출입문에서는 불가능한 이야기였다.

사실 대전 엑스포는 처음부터 끝까지 이어령 교수님의 아이디어가 녹아들지 않은 분야가 없었다. 대전 엑스포의 상징인 한빛탑이나 각종 전시동 같은 외형뿐 아니라 조직의 운영 등에서 빛을 발한 소프트웨어적인 분야까지 이어령 교수의 참신한 발상에는 경계가 없었다. 각종 어려움에 직면할 때마다 그의 아이디어로 그 장애를 넘겼던 기억이 셀 수 없이 많다.

그중에서 이어령 선생이 아니었으면 불가능했으리라 생각되는 것이 바로 정부관에서 상영하는 영화였다. 우리나라에서 최초로 만들어진 70밀리미터 영화였다. 사실 대전 엑스포가 우리나라 청년들에게 가장 감명을 준 것은 화려한 조형물보다도 이 영화였다. 이 영화는 처음부터 끝까지 교수님께서 만들어내셨다. 바르셀로나 몬주익의 영웅 황영조 선수가 혼신의 힘을 다해 달리는 중간중간 백두산부터 한라산까지 장면이 흘러가면서 우리나라의 발전 과정을 드라마틱하게 연출한 영화였다. 황영조 선수가 땀방울 하나하나까지 영롱하게 빛으면서 올림픽에서 우승하는 벅찬 영화였다.

내게는 가장 심각하게 여겨졌던 것이 재생 조형관의 건립이었다. 재생 조형관은 지름 30미터, 높이 15.4미터의 원뿔형 건물인데, 모양과 빛깔이 제각각인 여러 나라의 빈병 5만 개로 만들어졌다. 햇빛의 각도에 따라 외관의 색깔이 변하고, 바람의 방향과 강약에 따라 신비한 소리를 들려준다.

이 전시관은 '자원의 효율적 이용과 재활용'이라는 엑스포의 부제를 가장 잘 살린 전시관으로 특히 빈병을 거꾸로 세운 특이한 모양 때문에 전 세계인의 관심을 끌었다. 그러나 빈병을 거꾸로 세우기 위해서는 기술적인 어려움뿐 아니라 전체가 유리로 되어 있어서 한여름 대낮에 실내 온도를 낮추는 문제 등 여러 가지 어려움이 있어 기발한 아이디어가 필수적이었다.

특이한 건축물을 실현하기 위해, 짧은 공사 기간을 극복하기 위해 최신의 공법과 기술이 무수히 동원되었다. 실내 공간을 최대한 확보하기 위한 무주 공법, 경사진 외관을 위한 경사 기둥 공법 등 첨단 공법이 동원되었다. 그런데 그 안에 전시하기로 한 것이 바로 백남준 씨의 작품이었고, 이것은 이어령 교수께서 강력하게 주장하신 것이었다. 세계적인 아티스트였지만 그때까지만 해도 우리나라에선 백남준의 작품에 대해 아는 사람도 드문 시절이었다. 이어령 교수가 아니었다면 우리나라의 보배를 우리가 알 수 있는 기회가 더 멀어졌을 것이다.

이어령 교수님과 나는 만남이 그리 많지 않았다. 국제적인 행사에서 큰 도움을 받은 것이 인연의 시작이었고, 그 이후로는 사적 모임에서 간간이 만나 뵐 수 있었다. 특히 내가 참석하는 몇 모임에 자주 강사로 나와주셔서 좋은 고견을 많이 남겨주셨다.

나는 평생 정보통신 분야에서 일했던 사람이다. 말하자면 공학도였다. 그리고 이어령 교수는 문학을 하는 인문학자였다. 그러나 세월이 지나고 보면 그분의 인문학적 소양과 지혜가 내게 큰 가르침을 주었던 것이 사실이다. 더구나 그분은 과학적인 부분과 인문학적인 부분의 융합에 크게 기여하신 분이다. '디지로그'라는 용어를, 나는 그분에게서 처음 들었다. 그만큼 물과 기름같이 여겨졌던 두 분야의 융합에 매진하셨다.

그분의 말년에 "친구가 없는 삶은 실패한 인생"이라고 하시며 살아생전에 존경은 많이 받았으나 사랑은 별로 받지 못한 자기 자신을 일컬어 '외로운 삶'이었다고 소회를 밝히셨다. 별로 친구가 없었음을 한탄하시는 말씀이실 듯한데, 나는 그 부분에 대해서는 동의하지 않는다. 그분에게 살가운 친구가 없다는 것이 사실일지도 모른다. 그러나 친구가 없다고 실패한 인생은 아닐 것이다. 그분은 나름대로 성공적인 삶을 사신 게 확실하다. 그분 때문에 삶의 희망을 얻고, 미래의 길을 발견한 사람들이 얼마나 많은가. 그런 삶이야말로 진짜 성공한 삶이 아닐까. 특히 관료로서도 혁혁한 업적을 세우신 분 아닌가. 180여 명의 장관들 가운데 가장 성공한 네 명의 장관 중 한 분으로 평가받는 분이니, 그분의 삶에 대해 아무리 스스로 외롭고 쓸쓸하게 여기셨더라도 남은 사람들에게 큰 울림을 주신 것만으로도 크나큰 성공적 삶을 사셨던 것이라 생각한다.

이어령 박사님과 이민아 목사님을 그리워하며

오정현 | 사랑의교회 담임목사, 숭실대학교 이사장

좋은 만남은 언제나 가슴에 빛을 남긴다. 인생의 곡절에서도 마침내 길이 되고, 어둠 속에서도 여명이 되는 빛이다. 이러한 만남은 깊은 슬픔을 더 짙은 그리움으로, 이별의 아픔을 가슴속에 살아있는 추억으로 만들어 남은 자의 삶을 고결하게 한다.

소천하신 이어령 박사님, 그리고 이민아 목사님과의 만남이 그러했다. 두 분은 지금 곁을 떠났지만, 여전히 산 자의 기억 속에 활력이 되어 구절양장의 인생길을 여는 통찰과 빛이 되고 있다.

따님이었던 이민아 목사님을 28년 전 미국에서 목회할 때 만났다. 자매는 나와 함께 제자훈련을 하고 순장으로, 집사로 주님의 몸 된 교회를 위해 헌신했다. 사회적으로는 미국 LA에서 검사로, 변호사로 지역사회를 섬겼다. 함께 동역을 하면서 내게는 다른 어떤 이름보다 자매라는 말이 와 닿을 만큼 가족처럼 어울렸다.

이민아 목사님을 생각하면 목자의 심정이 떠오른다. 동역자로서 적지 않은 시간을 함께하면서 '양들을 위해 목숨을 버리신 목자의 심정'을 같이 고민했고, 때로는 그 마음을 더 갖지 못함으로 인해 괴로워했다. 누가복음 15장에 나오는 유명한 탕자의 비유에서 잘못을 깨달은 탕자가 아버지에게로 돌아온 것도 중요하지만, 아들을 동네 어귀에서 눈물로 기다렸던 아버지의 심정은 더욱 중요하다. 양을 위해 목숨을 버리는 목자의 심정은 이민아 목사님의 마지막을 불꽃처럼 살게 하였던 동력이었다.

"제가 만난 하나님은 저 멀리 어디 하늘에 계셔서 저의 삶과 전혀 상관이 없는 어떤 거룩한 존재가 아니라 저를 이토록 사랑하셔서 제 인생에 일어나는 모든 일에 합력하여 선이 될 수 있도록, 그 모든 악을 자기 자녀인 예수님, 자기가 가장 사랑하는 자기 아들에게 다 짊어지게 하신 분이십니다."

탕자와 같은 인생들을 위하여 자기 아들을 내어놓으신 하나님, 우리의 죄를 대속하기 위하여 십자가를 지신 예수님에게서 목자의 심정을 보고, 만지고, 인생의 기둥으로 삼아 최고의 인생, 가장 아름다운 인생을 주님께 드렸던 이민아 목사님이 소천하기 6개월 전에 사랑의교회 강단에서 길을 찾지 못한 수많은 사람에게 눈물로 던졌던 신앙고백이다.

그리고 하늘 아버지가 보이신 목자의 심정은 이민아 목사님이 육신의 아버지, 이어령 박사님에게서 감정과 마음과 영혼으로 소통하였던 근원이었다. 이민아 자매의 아버지 사랑을 무엇으로 형언할 수 있을까! 그가 아버지 이어령 박사님을 그토록 뜨겁게, 그토록 깊이 사랑하였던 것은 본시 아버지에 대한 딸로서의 혈연적이고 본성적인 사랑이 심원하여서 그렇기도 하지만, 하나님 아버지의 목자의 심정, 자녀를 위해 생명을 아끼지 않으시는 다함 없는 하늘 아버지의 사랑을 너무도 깊이, 너무도 절실히 경험하였기에 육신의 아버지에 대한 사랑은 더 애틋하고 더 애절하였을 것으로 생각한다.

이민아 목사님에게 아버지는 큰 길이었고 존경이었고 약속이었다. 목사님이 망막이 상하여 앞을 보기 어려웠을 때, 이 일로 인하여 딸에 대한 아버지의 마음을 한층 더 만져보게 되었음을 이야기한 적이 있다.

"저희 아버지가 저를 보러 오셨다가, 제가 너무 고생하는 것을 보고 마음이 가난해지실 대로 가난해지셨는데, '제가 조그만 교회에서 통역하니 와주세요.' 초청했다가 거기서 성령 체험을 하셨어요. '아, 하나님이 정말 살아 계시구나. 하나님이 정말 살아 계시다면 우리 딸의 눈이 나을 수도 있겠다.' 하는 겨자씨만 한 믿음을 가지시고 어린아이와 같은 그런 기도를 하셨다는데요. 저희 아버님이 솔직하십니다. 저희 아버님이 솔직하시기 때문에 제가 굉장히 존경하는데요. 종교인처럼 그런 멋있는 기도를 하실 수가 없었습니다. 왜냐하면 믿음이 없으셨기 때문에. 그런데 이렇게 고백하셨다고 그래요. '저는 믿음이 없습니다. 그렇지만 하나님이 정말 살아 계시다면, 우리 딸이 믿는 하나님 오셔서 우리 딸을 고쳐주시면 내가 당신을 위해서 일생 동안 일하겠습니다.' 이렇게 기도하셨대요. 그리고 그 약속을 지금까지도 지키십니다. 하나님과의 접속이 그렇게 일어났을 때 하나님이 그 기도를 들어주셨어요."

이처럼 이민아 목사님은 아버지와 영적인 유무상통의 소통을 통하여 이전보다 더 깊은 차원의 부녀 관계, 세상은 도무지 닿을 수

없는 두 분만의 특별한 사랑의 관계 속으로 들어갔다고 생각한다.

아버지 이어령 박사님의 따님 사랑은 극진하셨다. 박사님이 아버지로서 딸을 생각하며 쓴 《딸에게 보내는 굿나잇 키스》에 눈물처럼 쓰여진 글을 다시 생각한다.

"네 생각이 난다. 해일처럼 밀려온다. 그 높은 파도가 잠잠해질 때까지 나는 운다."

아버지 이어령 박사님이 딸 민아를 그리며 쓴 〈네 생각〉이라는 시의 일부이다. 그는 딸을 눈물로 생각하고, 눈물로 그리워하며, 눈물로 시를 썼다. 그렇게 따님을 그리워하시던 아버지는 이제는 천국에서 딸과 함께 이 땅에서 다하지 못했던 부녀의 사랑을 무한히 누리고 있을 것이다.

이어령 박사님과는 먼저 따님 이민아 목사님을 통하여 만났다. 미국에서부터 서로의 소식을 나누었던 이어령 박사님과의 교제는 그 후로도 더 깊어졌고, 장례 예배를 내게 부탁할 만큼 서로의 마음을 함께했다.

박사님은 일반에게는 시대의 지성이요, 인문을 4차 산업혁명과 접속시킨 분으로 알려졌지만 내게는 영적인 동지로서, 인생의 멘토로서 가슴에 남아있다. 특히 고인이 기독교 신앙을 공언한 이후로는 더 깊은 영적인 교류가 있었다. 지난봄 암으로 투병 중에 계신 이 박사님을 김병종 교수님과 함께 만났을 때, 떠날 날을 예감하신 고인이 유언처럼 이야기하신 몇 가지를 소개한다.

"나는 기독교에 진 빚이 있습니다. 그 부채를 갚고 싶어서 몇 가지를 부탁합니다. 첫째, 교회에 처음 온 분들을 위해 USB를 제작해서 선물하면 좋겠습니다. 기독교에 대한 반사회적 풍조 때문에 믿지 않는 분들이 교회를 외면하는 경향이 있는데, 교회에 처음 온 분들에게 저의 《무신론자를 위한 기도》, 김병종 교수님의 글과 그림 등을 넣어 예술 작품이 될 정도의 영상을 담은 USB를 제작해서 선물로 주면 좋겠습니다.

둘째, '주기도문'에 대해 성도들이 보다 깊은 이해를 할 수 있게 안내하면 좋겠습니다. 일용한 양식만 구하면 '돌이 떡이 되게 하라'는 것과 뭐가 다르겠습니까? 성도는 더 높은 것을 구해야 합니다. 기독교는 빚진 자를 탕감해주는 종교입니다. '주기도문'에서 중요한 것은 영광이 아버지께 있다는 것입니다. 이 기도를 하면 다른 건 알아서 따라옵니다.

셋째, 한국 교회가 저출산의 문제를 해결하는 해답이 돼야 합니다. 아기 안 낳는 것처럼 반기독교가 없습니다. 저출산, 고령화 문제를 완전히 극복해야 합니다. 예전 왕실에는 아기 탯줄을 항아리에 담아 넣어둔 태함胎函이 있었습니다. 우리는 그보다 나아야 합니다. 탯줄을 잘 모아 LED

로 연결해서 깜깜한 방에 하늘의 별처럼 만들면 좋겠습니다. 생명의 별이 기록실이 되고, 100여 년 시간이 흐르면 하늘의 별처럼 축복이 될 것입니다. 아기 탄생의 기적을 찬양해야 합니다. 이것이 우리에게 생명 자본이 되면 좋겠습니다."

사랑의교회는 머지않은 장래에 추모공원을 열게 될 것이다. 추모공원은 대개는 죽은 자의 공간으로 여겨지지만, 사실 추모공원은 떠난 자를 기억하고 그리워하는 장場을 넘어 산 자를 위한 참된 위로와 진정한 쉼의 장소가 되어야 한다. 추모공원에 박사님이 한국의 미래를 바라보며 안타까움과 간절함으로 호소하였던 저출산의 문제를 해결하는 공간을 계획 중에 있다. 박사님의 염원처럼 그곳은 죽은 자를 추모하는 자리를 넘어, 산 자가 다시금 생의 원기로 충만해지고, 새 생명의 시작을 알리는 생명의 공간이 될 것이다. 생명의 잉태와 축복과 성장이 있는 추모공원을 통하여 한국 사회를 향한 박사님의 간절함이 생명의 땅에서 다시 꽃피워질 것이다. 이처럼 이어령 박사님은 죽음조차 벽이 아니라 새로운 문으로 이해하셨다.

그리스도인에게 있어서 죽음이란 죄의 형벌이 아니며 육신의 장막을 벗고 영광의 궁전에 입성하는 것이다. 세상 시공의 벽을 지나 새로운 문으로 들어가는 것이다.

세상의 모든 정욕은 지나간다. 에덴동산의 첫 사람 아담을, 그리고 광야에서 예수님을 시험한 육신의 정욕과 안목의 정욕과 이생의 사랑은 다 지나가는 것이다. 오직 하나님의 뜻을 향하는 사람의 영혼은 하나님의 품에 영원히 거하는 것이다.

고인은 한국 사회와 문화에 지대한 선한 영향을 끼쳤다. 하나님께서 주신 달란트를 어떻게 사용하며 살아야 하는지, 사명자로서 일평생 누수 없는 삶을 사는 길을 보여주고 떠났다.

언젠가는 모두 예외 없이 세상을 떠날 것이다. 우리는 어떤 삶을 살다 주님의 부르심을 받을까? 이어령 박사님처럼, 이민아 목사님처럼 떠난 자리가 더욱 아름다운 삶으로, 남은 자에게 빛이 되고 길이 되는 삶이어야 한다.

홀로 존재하는 문장부호 '!'

오탁번 | 시인

1.

올 정초 성묘를 하고 온 날 저녁, 술을 한잔하고 일찍 잠이 들었다가 새벽에 깼다. 담배를 피워 물고 인터넷에서 신문 기사를 검색해보았다. 그러다가 어느 신문에 난 이어령 선생 인터뷰 기사를 보게 되었다. 병색이 완연하고 많이 여윈 선생의 모습을 보자 내 심장이 쿵! 하고 내려앉는 것 같았다. 눈물이 핑 돌았다. 이어령 선생 말고 이 나라에 문화적 상징이 된 사람이 또 누가 있을까. 그만큼 그는 우리나라 문학의 절대적 상징으로 활약하면서 인격과 문체로 한 시대를 풍미했는데 몹쓸 병마에 시달리다가 이젠 어쩔 수 없이 생애의 종점을 향하여 무정하게 던져지고 있다는 생각이 사무치게 나를 울린 것이었다. 그 순간 내 마음속에서 한 편의 시가 떠올랐다.

동이 틀 무렵 선생께 이메일을 보냈다.

이메일을 주고받은 이는 ohtakbon@hanmail.net과 pyongdo@gmail.com이다.

선생님. 새해 세배드립니다.
자주 뵙지는 못하지만 선생님은 언제나 제 마음속에 계십니다.
오늘 새벽 동아일보에 난 선생님 인터뷰 기사를 보았습니다.
맑은 눈으로 세상을 바라보시는 선생님을 사랑합니다.
하느님. 우리 선생님을 보우하소서.
첨부파일로 올리는 시 한 편, 웃으며 보세요. –오탁번

첨부파일

별 '아! 이어령'

지금은 4시 30분
많이 여위셨지만 형형한 눈빛은
겨울 아침 햇살 같다
추천해요! 좋아요! 감동이에요!
이모티콘에 클릭을 한다
댓글 창을 보니 아직 아무 글도 없다
난생처음 댓글을 쓴다

-구구절절 빛나는 옳은 말씀을
두 손으로 받들어 읽었습니다

맨 처음 이모티콘을 클릭하고
그리고 댓글까지!
나는 지금 이어령을 보고 있다
허블 망원경도 못 찾은 별을
나는 지금 보고 있다
나는 그 별을
'아! 이어령'이라고 명명한다
'아'는 아 소리 낼 때 입술처럼
동그마니 작은 우주의 크기고
'!'는 빅뱅 때 나는 섬광이다

별 '아! 이어령'은
광막한 어둠을 뚫고 달려와서
우리 태양계가 탄생하는 순간
수금지화목토 사이에서
푸른 별 지구가 태어나는
찰나의 찰나에
우리와 해후한다
1초의 10억분의 1
나노nano 초 1! 2! 3!의 속도로
불멸의 별이 된다

《동아일보》 2022. 1. 4. 〈파워 인터뷰-이어령을 읽는다 -포스트 코로나 시대, 보리처럼 밟힌 마이너리티가 이끌 것〉 2022. 01. 04. 03 : 04에 입력한 기사다.

이메일을 보내고 나서 나는 좀 걱정이 되었다. 이어령 선생께 메일을 보내는 게 처음이어서 메일 주소가 맞는지도 잘 모르는 상태였다. 신문에 난 인터뷰 기사를 읽을 때 나는 그분이 바로 우리 시대의 '별'이라는 생각이 퍼뜩 들었다. 그래서 〈별, '아! 이어령'〉이라는 시를 급히 썼다. 그분께 바로 보여드려야 한다는 절박한 마음에서 첨부파일로 시를 보냈다. 세배를 드리는 간절한 마음이었다.

그런데 다음 날 오후, 뜻밖에도 선생이 메일로 답장을 보낸 것이다. 나는 깜짝 놀라 메일을 얼른 열어보았다.

백아와 종자기라더니, 내 글을 이해하고 함께 호흡할 수 있는 유일한 사람.

'정자의 시점' 때에도 시를 써주어 내가 애지중지하는 작품으로 전집 글에다가도 게재한 바 있는데, 투병 중 절망 속에서 별의 노래를 들으니 이제 죽어도 될 것 같다는 생각이 들어요.

오만한 오탁번이기에 타협 모르는 시인 소설가이기에 남들이 두려운 사람으로 알고 있는데 나에게는 햇볕처럼 따뜻하다. 온도계가 다르구나.

고마워요. 마지막 동행자가 되어주어서 외롭지 않아요.

구술이라 오탈자 많더라도 감안해서 읽으세요.

새해 인사도 겸해서. -이어령

《여씨춘추呂氏春秋》에 나오는 백아伯牙와 종자기鍾子期의 고사에서 '지음知音'이라는 말이 유래됐는데, 내가 이어령 선생의 지음이라니 얼마나 가슴에 사무치는 말인가.

'정자의 시점'이란 말은, 내 시집 《1미터의 사랑》(시와 시학사, 1999)에 수록된 〈이어령의 포인트 오브 뷰〉라는 시에서, 동양 산수화에 자주 나오는 정자亭子가 바로 화가의 시점을 의미하는 것은 물론 제삼자가 바라보는 바로 그 예술의 시점을 뜻한다는 선생의 말을 인용했었는데 그걸 가리킨 것이다. 선생의 위트와 패러독스가 번뜩이는 문학 강연이 시보다도 더 시답고 국문학자의 논문보다 더 탁월하다는 놀라움을 시로 쓴 것이었다.

나는 이어령 선생의 시집 《어느 무신론자의 기도》의 표4에 글을 쓴 적도 있다. 시집이 나오고 나서 한참 후에 어느 자리에서 선생과 몇 마디 나눈 적이 있다. "표4 글 아주 잘 썼더군." 하시길래, "뭘요. 배 아프다고 했는데요." 했더니, "배가 아프다는 말이 최고의 칭찬이지!" 하는 것이었다. 시집 표4에 쓴 짧은 글은 다음과 같다. 이제 다시 읽어 보니, 꼬부장한 '?'는 점점 작아져서 눈에 띄지도 않고 오직 '!'만이 점 점 점 커지면서 누리에 가득 넘친다.

이 나라 문화의 살아있는 상징이 된 이어령 선생! 나도 한때는 '!' 대신에 꼬부장한 '?'를 붙이고 싶은 때가 있긴 했지만, 몽당연필에 침 발라 쓴 '떨어진 단추'와 '빗방울'에 대한 시를 읽고는 사뭇 눈물겨울 뿐 긴말을 잃는다. '나 혼자 굴렁쇠를 굴리던 보리밭 길'이 우리 겨레의 원형 상징의 아스라한 지평으로 떠오르고 있다. 눈썹보다 더 작은 아주아주 사소한 것에 대한 헌사를 숙명적으로 껴안은 시인 이어령 선생! 그가 괜히 또 밉다. 배가 아프다.

2.

윗글은 지난봄 선생이 돌아가시고 한 달 후에 나온 《문학사상》 4월호 〈이어령 추모 특집〉에 발표한 글이다. 선생과 주고받은 메일이 그대로 나오는 것이기 때문에 일반적인 애도나 추모의 글과는 형식과 내용이 사뭇 다르지만, 내 딴에는 이어령 선생을 생각하는 내 속마음이 고스란히 담겨 있어서 선생에 대한 나의 글은 이게 마지막이며 전부라고 생각하고 있었다.

이어령 선생 별세 1주기를 맞아 추모 문집을 내는 뜻은 참으로 고맙고 보람 있는 일이다. 하지만 나에게는 선생에 대한 오밀조밀한 이야기는 참 없는 편이어서 안타까웠다. 그래서 처음에는 원고 청탁을 받고 고사를 하다가, 어느 순간 마음이 변했다. 이 추모 문집을 하늘나라에 계신 선생이 보다가, '어? 탁번이가 빠졌네?' 하실 것 같은 예감이 들었기 때문이다. 함께 이승의 먼지 속에 살고 있다면야, 선생과 나 사이에 이해와 오해가 있어도 이심전심 자연스럽게 넘나들며 해소가 되겠지만, 저승에 계신 선생과 이승에 있는 나 사이에 조그만 '?'가 그대로 남게 된다면, 그건 내 힘으로는 어찌할 수 없는 종말적인 낭패라는 생각이 불현듯 났다. 그래서 나는 지금 선생의 영전에 향을 올리고 재배하는 마음으로 이 글을 쓰고 있다.

선생은 나에게 스승 아닌 스승이었다. '스승 아닌 스승'이라는 엉뚱한 말을 들으면 선생은 바로 고개를 끄덕이며 빙긋 웃으실 것 같다. 선생은 내게 보낸 메일에서 나를 '지음'이라고 하지 않았던가. 그냥 '스승'이라고 말하면 위아래로 이어지는 일방적인 인간관계가 되겠지만, '스승 아닌 스승'이라는 모순어법은 세상에서 흔히 말하는 스승의 의미를 초월하는 더 그윽한 깊이를 함의하는 말이 된다는 걸 선생은 훤히 알고 계실 터이다.

지난해 여름 어느 날의 일이다. 《TV 조선》에서 뜬금없이 전화가 왔는데 이어령 선생에 관한 다큐멘터리를 제작한다면서, 선생이 이룬 문학적 업적에 대한 이야기를 해달라는 것이었다. 이어령 선생처럼 하늘이 내린 희귀한 인재라면 그가 살아생전 성취한 문학적 성과와 여러 방면의 문화계에 끼친 영향에 대하여 다각적인 평가를 수집하여 다큐멘터리로 제작하는 게 당연한 일이라는 생각이 들었다. 흔히 유명 인사가 세상을 떠나면 신문이나 방송에서 하루 이틀 떠들썩하게 보도를 하지만, 그가 평생 지향한 이상이나 쌓아 올린 업적을 심층적으로 보도하는 게 아니라 그냥 피상적으로 다루고는 끝난다. 그러나 이어령 선생의 경우는 단연코 이러한 유형과는 다른 기록을 남겨야 한다는 생각이 들었다.

그러나 나는 원래 TV에 나가 떠드는 것을 시답잖게 여기는 사람이고, 암만 생각해도 내가 적임자가 아니라고 하면서 누구누구 거명까지 하며 그들을 섭외하라고 말했다. 그랬더니 이어령 선생이 직접 나를 지명했다면서 강권을 하는 것이었다. 선생이 왜 나를 굳이 가리켰을까. 선생은 멀리서나마 내 시와 소설의 고독과 방황을 늘 지켜보고 있었던 것 아닐까. 그래서 2008년에 나온 당신의 시집 《어느 무신론자의 기도》를 낼 때도 뒤표지 글을 나한테 쓰라고 했을 것이다. 시집이 나온 뒤에 보니, 그 시집의 표4글은 김남조 선생과 김승희 시인도 썼는데, 나는 글의 맺음말을 "그가 괜히 또 밉다. 배가 아프다."라고 했다. 이건 그냥 입바른 소리가 아니라 내 천성에서 나오는 꾸밈없는 말버릇이다.

선생이 나를 딱 지명을 했다니 더는 뒤로 빠질 수 없는 사정이 된 나는, 정 나를 인터뷰해야 한다면 서울 어디에서 만나자 했더니 굳이 내가 사는 원서헌까지 오겠다는 것이었다. 추석 지나면 원서헌에서 만나기로 하고 전화를 끊었다.

그러나 추석이 지나도 아무 연락도 오지 않았다. 혼자 생각에, 누구 다른 사람을 섭외하여 다큐멘터리 제작을 다 마쳤거니 했다. 선생의 빛나는 생애를 다큐멘터리로 제작하는 데 있어서 나는 아무래도 특별하게 털어놓을 이야깃거리도 없고 하니 이래저래 잘되었다 싶었다.

지난해 2월 26일 선생이 돌아가셨다는 부음을 듣고 다음 날 서울대 영안실로 조문을 갔다. 강인숙 선생을 뵙자 지난 정초에 내가 메일로 보낸 시를 보고 선생이 아주 좋아하셨다는 말씀을 했다. 나는 눈물이 핑 돌았다. 재작년에 오랜만에 선생을 찾아뵙고 어떤 상의를 드린 일이 있었다. 점심을 함께했는데 말씀은 선생이 다 하시고 나는 소주잔이나 비우며 주눅이 잔뜩 들었던 날이 문득 떠올랐다. 선생의 장례식에는 늦게 연락을 받아 참석을 못 했다. TV에서 방송되는 장엄한 장례식 광경을 나는 숙연한 마음으로 보았다.

조문을 다녀온 지 며칠 지났는데 《TV 조선》에서 전화가 왔다. 이어령 선생의 생애를 다루는 다큐멘터리를 이제야 제작하게 되었으니 출연해달라는 거였다. 지난해 추석에 온다고 하고는 아무 연락도 없이 안 오더니 이제 와서 또 성가시게 구느냐며 나는 불쾌한 기색을 감추지 않았다. 이번에 《문학사상》에서 추모 특집을 한다고 연락이 와서 선생과 주고받은 메일과 나의 시 〈별, '아! 이어령'〉을 넘겼으니, 거기서 몇 구절을 골라서 자막으로 처리하든지 말든지 맘대로 하라고 했다. 그러나 그들은 막무가내로 찾아오겠다고 했다.

《TV 조선》 제작팀은 3월 12일 오후에 이곳 원서헌으로 찾아왔다. 나는 마지못해 인터뷰에 응하면서도 내내 언짢은 마음을 숨길 수 없었다. 맨 마지막에 피디가 "이어령 선생을 한마디로 말하면 무엇입니까?" 하고 물었다. 아니, 이건 뭐, 재치문답도 아닌데 참 돌발적인 질문이라는 생각이 든 나는 대뜸 검지를 치켜들어 '!' 의 형상을 그리며, '감탄부호'라고 짧게 말했다. 3월 27일에 방송된 특별 기획 〈고맙습니다 이어령〉의 맨 마지막 부분에 시 〈별, '아! 이어령'〉이 자막으로 뜨면서 내가 검지를 치켜드는 장면이 나온다.

이제 와 또 생각해도 선생은 감탄, 그 자체였다. 내가 선생에 대하여 지닌 존경과 추모의 정은 과거형 서술로 끝나지 않고 현재와 미래로 영원히 이어질 것이다. 정말이지 선생은 기승전결 분명한 서사 구조만으로는 독해되지 않는, 텍스트의 형식을 벗어나서 홀로 존재하는 문장 부호, '!' 속에 다 들어있다.

어떻게 지내고 계세요?

유인촌 | 연극배우, 전 문화체육관광부 장관

이어령 선생님! 어떻게 지내고 계세요? 계시는 곳은 편안하신가요? 혹시, 주님을 만나셨어요? 주님께서는 뭐라고 하세요? 그곳은 천국인가요? 선생님께서는 우리가 사는 이곳이 지옥이라고 하셨는데 그곳은 행복한가요? 선생님은 벽 너머에 계시는데 저는 저의 힘으로 그 벽을 넘을 수가 없네요. 선생님, 우리가 잃어버린 가치는 무엇인가요? 선생님께서는 지금도 생각을 멈추지 않고 계시겠죠? 늘 말씀하시던 무에서 유를 창조하는 일, 새로움을 만들어내는 일, 고정관념을 버리는 일, 선생님께서는 지금 창조적 휴가를 즐기고 계시는 거죠?

선생님을 만나는 것은 즐거움이었습니다. 유네스코 세계문화예술교육대회 조직위원회 위원장을 흔쾌히 맡아주셨고 그 자리에서 개회식을 어떤 식으로 해야 한다고, 마치 준비된 계획이 있었던 것

처럼 열정적으로 말씀하시던 그 모습이 지금도 눈에 선합니다.

그립습니다. 선생님을 만날 때마다 자극받고 감동받고 새로운 생각으로 가슴이 꽉 차고 많은 문제가 해결되었던 그 시간이 이제는 없어졌습니다.

2022년 1월 27일 선생님을 찾아뵈었던 그날을 잊을 수가 없습니다. 너무나 달라진 선생님의 모습에 가슴이 아팠습니다. 그렇게 힘이 없어 침대에서 내려오기도 어려운데 그 와중에도 이제 막 나온 따끈따끈한 책이라고 비닐장갑 낀 손으로 책에 사인을 해주시던 그 모습은 제 가슴에 상처처럼 남아있습니다. 선생님, 존경합니다. 사랑합니다. 보고 싶습니다.

선생님, 저의 많은 의문, 질문을 누구에게 하죠?

선생님, 저는 질문하고 싶습니다.

아 참! 그리고 얼마 전 선생님께서 만드신 한국종합예술학교에 있는 공연장 이름이 이어령극장으로 명명되었다는 소식을 들었습니다. 좋은 공연이 있을 때 나들이하시면 좋겠습니다.

다시 만나 보고픈 천재

유현종 | 소설가

나와 후배 작가 최인호와 이어령 선생 세 사람이 근 50여 년 동안 친형제처럼 가깝게 지낸 걸 보고 다른 사람들은 고개를 갸우뚱했다. 최인호는 《문학사상》 출신이니 가까울 것 같다 상상이 가는데 나는 전혀 그분과 인연이 없는 사람이었다.

난 같은 대학 선후배도 아니고 제자도 아닌 사이였기 때문이었다. 그런 내가 이어령 선생을 만난 것은 25세 때였다. 1966년이었는데 등단 5년 만에 창작집 《그토록 오랜 망각》을 내게 되어 당시 《조선일보》 논설위원이었던 이 선생께 전하려고 찾아간 것이었다.

31세에 메이저 신문의 논설위원이었으니 천재로 소문이 난 분이었다. 초면인데 선생은 책을 받자마자 목차까지 일별하고 내 작품평을 했다.

"등단 작품이지? 뜻 없는 돌멩이? 비무장지대 군사분계선 철조

망 북쪽에서 주운 하찮은 차돌멩이? 그 돌이 돌아버린 민족사의 어두운 단면을 상징한 아주 신선한 작품이었네."

창작집은 이미 발표된 단편들을 묶었기 때문에 선생이 본 작품이 여러 편이었다. 난 속으로 이미 놀란 채 왜 이어령 선생을 천재라 하는지 새삼 수긍하고 있었다. 나를 앞에 앉혀놓고 작품평을 해주면서도 사실은 원고지를 펼쳐놓고 동시에 자기 원고를 쓰고 있었던 것이다.

어떤 원고일까. 커닝해서 보니 원고는 그 신문 일면 하단에 나가는 정치 칼럼 〈만물상〉이었다. 한 회 분량은 6~7매. 칼럼은 칼럼대로 앞뒤 생각해가며 쓰면서 나하고는 계속 대화를 하고 있었던 것이다.

"창작집은 안 팔리니까 출판사가 간행을 않지. 그런데도 그것도 최근 들어 유현종, 김승옥 신인 작가 두 사람의 창작집을 내주었다는 것은 그 의미가 아주 크네."

마지막 말씀이 끝나면서 〈만물상〉 원고도 끝나 한 번 더 날 놀라게 만들었다. 어떻게 전혀 다른 두 가지 일을 동시에 실수 없이 완벽하게 해낼 수 있을까. 우리가 흔히 천재라 부르는 사람들의 공통점을 보면 '기억력'이 탁월한 사람을 칭하는 걸 볼 수 있다. 완벽한 천재는 기억력뿐 아니라 뛰어난 '수리력數理力'까지 겸하고 있어야 한다는 것을 알 수 있다. 그 양수겸장의 재능을 겸한 사람만이 진정한 천재라 할 수 있다.

그로부터 얼마 후 그분을 다시 뵐 일이 생겨 찾아갔더니 이번에도 어느 출판사 사장에게 새로 쓸 저서의 내용을 자세히 설명하면서 손으로는 복잡한 계산을 하고 있었다. 나중에 계산서를 받아 본

사장은 틀림이 없다며 일어났다. 그것도 한 번에 전혀 다른 두 가지 일을 처리한 경우였다.

찾아오는 사람도 많고 굉장히 바쁜 분이었다.

"그럼 가보겠습니다."

내가 자리에서 일어나자 다시 앉으라고 손짓을 했다. 나는 엉거주춤 앉았다.

"자네 어디 나가는 직장은 있나?"

"없습니다."

"그럼 말이야 출판사에 한번 가 . 문장백과사전을 기획하고 있는데 그걸 맡아서 할 사람이 없지 뭔가? 갈 수 있겠지?"

졸지에 나는 애매한 대답을 했다. 그랬더니 이 선생은 당신의 명함을 꺼내어 뒷면에 뭐라고 몇 자 적었다. 그러면서 그 명함을 나에게 건넸다.

"이 명함을 가지고 삼중당 출판사를 찾아가보게. 그 회사는 서울역 부근 동자동에 있으니까 찾기 쉬울 거야. 노 주간盧 主幹을 찾아 내가 보내더라며 명함 건네주게. 그럼 알아서 잘 맞아줄 테니."

난 졸지에 쫓기듯 신문사를 나와 버스를 타고 서울역에서 내려 삼중당 출판사를 찾아갔다. 당시 삼중당은 대형 출판사였다. 단행본부를 비롯해서 전집부, 교과서부도 있었는데 고등학교용 각종 검인정檢認定 교과서를 만들고 있어 편집부 직원만 50여 명이 넘었고, 영업부는 외판外販 사원(방문판매 직원)을 비롯해 60여 명이 들끓었다.

노 주간을 만나 명함을 건네자 이 선생이 직접 보내셨군요 하면서 깜짝 반가워했다. 편집국장을 부르더니 당장 내 자리를 만들라고 지시했다. 그 시간 이후 나는 졸지에 출판사 책상에 앉아 근무를 하게 되었으니 내가 생각해도 어처구니가 없었다. 놀라움의 연속이었다.

나는《문장백과사전》의 제작을 다 맡아야 한다는데 기본 자료가 없다 했더니 이 선생은 퇴근 때 자기 집으로 함께 가자 했다. 성북동에 있던 주택인데 이 선생은 사전의 자료들을 꺼내 왔다. 자료를 본 나는 다시 한번 놀랐다. 700장쯤 되는 카드였다. 카드는 우편엽서만 한 논문 자료 카드인데 그 많은 카드 한 장 한 장에 선생의 손글씨로 자료가 쓰여 있었다.

'가나다' 순으로, 어휘별로, 단어별로, 정리되어 있었다. 예를 들어 '고독'이란 항목이 있으면 고독의 종류와 명칭 그리고 고독을 묘사한 대표적인 문장, 에피소드, 출처 등이 명료하게 정리되어 있었는데 700장이 넘는다는 것은 바로 항목들이 700개가 넘는다는 말이었다.

문장 사전은 그 카드들을 기본으로 만든 것이었는데 컴퓨터에 저장이 된 게 아니라 본인이 읽고 조사해서 하나하나 기록한 것이니 정말 대단한 것이었다. 이분은 평소에 문장 사전을 만들어보겠다는 집념을 가지고 준비를 해온 게 아닌가.

내가 아는 문인 중 악필惡筆은 두 사람이 있다. 한 사람은 이어령 선생이고 또 한 사람은 최인호이다. 인호는 이 선생보다 더 난해한 필체여서 신문 연재를 할 때는 전문적으로 읽을 줄 아는 담당 기자가 있어야 했고, 공무국에도 전문 문선·식자공文選·植字工이 따로 있어야 할 정도였다.

이 선생도 못지않은 분인데 카드를 그렇게 정성 들여 정리했다는 것과 그 끈기와 집념에 놀라움을 금치 못했다.

"천재는 원래 악필이라 하잖아요?"

최인호의 변명이었다.

"천재는 악필이다. 세상천지에 그런 등식等式이 어딨니? 인마, 그럼 난 필체가 좋다고 평하니까 그럼 난 둔재겠네?"

1982년 3월 어느 날, 이 선생의 전화를 받았다. 즉시 평창동 집으로 오라는 하명이었다. 갔더니 인호도 불려와 있었다. 뭔가 달라졌다 싶어 둘러보니 선생의 테이블 위에 이상한 물건 하나가 앉아 있었다.

"이게 퍼스널 컴퓨터다. 너희를 부른 것은 이제부턴 손으로 쓰지 말고 컴퓨터를 사용하여 원고를 쓰라는 것이다."

두 시간 동안 인호와 나는 컴퓨터의 원리와 기능, 사용 방법에 대해 자세한 강의를 들었다.

"이제부턴 3T 시대가 온다. 3T는 IT라 해서 인터넷 시대. 둘째는 NT, 즉 나노 시대인데 나노는 소수점 이하의 극세極細함으로 나누어지는 과학 시대를 말하고, 셋째는 BT 시대, 즉 생명공학 시대를 BT라 한다. 그중에서도 인터넷, 컴퓨터를 모르면 귀머거리, 장님이 될 수밖에 없다. 그 기능은 다채로워서 온갖 기능이 다 있지만 너희가 당장 필요한 것은 문서 작성(원고 쓰기)과 저장 그리고 보내기電送 등이다. 내 경험에 의하면 한 시간에 손으로 쓰면 약 12장 정도인데 컴퓨터로 치면 20장 정도 쓸 수 있고 작성된 그 소설 원고도 2, 3분이면 신문사 컴퓨터에 전송이 가능하다. 지금까지는 원고를 다 쓰고 나면 신문사로 들고 나가 문화부에 넘겨줌으로써 끝났다. 들고 나가는 시간을 절약할 수 있으니 그게 어디냐?"

나는 계속 감탄하는데 인호는 무덤덤했다. 그 친구는 원래 기계치機械痴여서 그런 것이다. 그 후에 나는 당장 막 시판된 국산 컴퓨터를 사서 열심히 키보드를 두드린 반면 인호는 세상 떠날 때까지 컴퓨터와는 담을 쌓고 손으로 썼다. 이 선생이 천재란 것은 그가 가장 먼저 컴퓨터를 사용하고 깊이 연구한 선구자란 것이다.

80년대, 90년대 들어오면서 국산 컴퓨터도 놀랍게 진보하여 유명한 외국산과 비교해도 모자람이 없게 되었는데 거기에는 이어령 선생의 공로도 작용했다. 컴퓨터 전문가가 되어 신제품이 출고되면 일단 맨 먼저 사용해보고 기기의 장단점을 예리하게 지적하곤 했던 것이다.

국산 컴퓨터 신제품이 나오면 그 회사에서는 이 선생 사무실로 맨 먼저 보냈고 그걸 시험 사용한 뒤에는 그 회사에 초청되어서 전문 기사, 연구원들 앞에서 기기의 장단점과 기능의 장단점 등을 발표하여 그 미숙하고 잘못된 기능을 다시 연구 보완케 했던 것이다.

한편 이 선생의 단점을 말할 때는 빠지지 않는 한마디가 있다. '세상 물정 모르는 분'이란 말이다. 세상 물정과 타협하고 살지 않아서 모르는 것도 있지만 자신에 대한 방어 본능이 너무 강한 것도 단점 중 하나이다. 내가 하는 일을 다른 사람들이 보면 뭐라 할까.

이 선생은 평생 운전을 안 했다. 면허증이 없어서였다. 왜 운전을 안 하느냐고 물으면 대답은 항상 같다. 운전하다가 길거리 도로에서 접촉 사고가 났다. 그럼 앞차 기사와 나 둘이 길거리에 서서 네가 잘했다, 내가 잘했다 하고 언쟁을 벌이면 지나가던 사람들은 모두 저거 이어령 아니냐며 손가락질하고 화제에 올릴 텐데 난 그게 싫어서 운전 안 한다. 이분의 성격 일단을 엿볼 수 있는 에피소드이다. '천재, 한국의 지성 이어령'의 이미지에 누가 가면 안 된다는 자기방어가 너무 강해서 그런 게 아닐까.

이 선생은 병이 나서 의사가 권해 얼마 전부터 골프를 치셨고, 나 그리고 인호가 골프를 시작한 것은 1978년 김종필 씨의 권유 때문이었다. JP는 로맨티스트였고 문학을 좋아하여 우리와는 가끔 점심 초대로 만나던 사이였다. 1987년 대통령 선거 때는 3김 씨가 다 출마를 했는데 낙선을 하여 그 낙선 축하 모임을 하겠다고 불러냈을 정도였으니까 친한 사이였다. 돌아가실 때까지 만났으니 이권이나 정치 등으로 만나지 않았기 때문에 그렇게 오래 친했던 것 같다.

우리 셋은 한 주일에 한 번 매주 수요일 아침에 만나 15년 동안 골프를 쳤다. 처음에는 한 사람이 세 사람 골프 비용을 돌아가면서 내곤 했는데 그게 불편하여 '더치 페이'로 바꿨다. 그날 필요한 경비는 각자가 내기로 한 것이다. 그날은 기흥에 있는 관악컨트리에 아침 9시 예약이 되어 인호와 나는 강남에서 내 차를 타고 가기로 했고, 이 선생은 평창동에서 자기 차로 직접 와서 만나기로 되어 있었다.

그런데 문제가 발생했다. 기흥 가기 전 고속도로에서 내 차가 고장이 나 서버렸던 것이다. 카뷰레터 노즐이 막혔으니 그걸 뜯고 뚫어야 한다 하여 수지 정비공장으로 옮겨서 귀중한 시간을 허비하며 고치기를 기다렸다. 티업tee up 시간이 9시인데 벌써 한 시간이 넘어가고 있었다.

당시엔 핸드폰도 없어 이 선생한테 연락할 수도 없었다. 다 고쳤을 때는 약속 시간보다 두 시간이 지나 있었다. 인호는 그냥 돌아가자 했다. 이 선생 성격으로 봐서 화를 내고 먼저 갔을 거란 것이다.

그 자존심에 그냥 갈 분 아니다, 꼿꼿하게 서서 그냥 기다리고 있을 테니 어서 가자, 그러면서 난 고친 차를 몰고 골프장으로 달렸다.

내 예상처럼 이 선생은 클럽하우스 앞에 나와 성이 난 채 서서 우리를 기다리고 있었다. 우리 때문에 벌써 일곱 팀을 앞세워 보냈으니 빨리 옷 갈아 입고 1번 홀로 나오라며 먼저 갔다. 문제는 돈이었다. 인호와 내가 가진 돈을 털어보니 3만 원 정도밖에 없었던 것이다. 수리비로 다 날아갔으니 당장 그린 피green fee(골프장 사용료) 낼 돈이 없었던 것이다. 이 선생을 불러 돈 있느냐고 물어봐도 역시 자기 쓸 돈만 가지고 왔을 텐데 가진 돈이 있을 리가 없었다.

궁즉통窮卽通. 난 평소 친하게 지내던 클럽 담당 프로골퍼를 떠올리고 그의 사무실에 찾아가 두 사람 입장료만 빌려다 해결하고 1번 홀로 나갔다. 18홀을 다 마치고 나니 오후 5시가 지나 있었다. 배가 고팠다. 그늘집에 들렀을 때 제대로 먹었으면 되는데 돈이 없으니 커피 한 잔으로 때웠기 때문에 더 고팠다. 그때 이 선생이 여기는 냉면을 맛있게 하는 곳이니까 클럽하우스 식당에 들르자 했다.

인호가 빈털터리가 된 사정 얘기를 하고 세 사람이 가진 돈, 동전까지 털어서 밥값이 되면 먹고 안 되면 그냥 가자 했다. 세 사람 호주머니를 털고 보니 냉면 세 그릇 값이 딱 맞게 모였다. 휘파람이 절로 나왔다. 냉면을 맛있게 먹었다.

"냉면 김치가 맛있다. 더 시켜라."

이 선생이 인호에게 그러자 바로 김치 한 접시를 더 시켰다. 모은 돈을 내가 가지고 있으니 나갈 때 계산도 내가 하게 되었다. 그런데 이게 무슨 일인가. 천 원이 오버된 계산서가 나왔다. 추가한 냉면 김치값이 천 원이라는 것이었다. 순간 세 사람은 멍하니 서버렸다. 없는 천 원을 어떻게 당장 구하여 이 위기를 모면할 수 있단 말인가. 아침에 돈 꾸었던 프로골퍼가 생각나 그의 방에 전화했다. 이미 퇴근하고 없었다.

"야, 어떡하면 좋냐? 응?"

제일 겁먹은 표정으로 어쩔 줄 모르는 사람은 이 선생이었다. 세 사람을 모아놓고 내가 아이디어를 냈다. 나와 이 선생은 즉시 서울로 가서 돈을 구해오고 인호는 여기에 '인호꼬리'로 남겨두고 다녀오자 했다. 왜말로 '이노꼬리(인질)'면 '이노꼬리'지 남의 이름을 거기다 붙여서 인호꼬리라 하느냐 하며 화를 냈다.

"그렇다면 이 선생이 여기 남고 너하고 내가 다녀오자."

"서울 다녀오는 데 얼마나 걸리는데?"

이 선생이 물었다.

"강남이니까 빠르면 30분 늦어도 40분 정도면 다녀올 수 있습니다."

"그럼 얼른 다녀와!"

그렇게 말하며 이 선생은 비장하게 혼자 남았다. 식당 밖으로 나오자 인호가 당장 날 원망했다. 저 양반 골탕 먹이지 말고 당장 들어가자는 것이었다. 인호는 내 저의를 알고 있었던 것이다.

"저렇게 세상 물정 모르고 순진하실까? 넌 내 차 타고 왔지만 저 양반은 기사가 있는 자기 차 타고 왔잖아? 기사는 지금 기사 대기실에 있을 텐데? 그럼 우리를 시켜서 기사 만나 천 원 빌려오라면 간단하잖아?"

"그보다 식당에서 이어령을 몰라? 형을 몰라, 최인호를 몰라. 막말로 다음에 올 때 주마! 외상! 그럼 그냥 가세요, 할 텐데 강남까지 다녀오면 얼마나 걸리느냐고? 형! 그만 놀리고 들어갑시다."

"야, 그래도 삼십 분은 지나야지?"

일단 이 선생 기사를 만나 천 원을 꾸고 식당으로 갔다. 십 분도 안 되어 오니까 이 선생이 놀라 벌써 강남을 다녀오느냐며 반가워했다. 다 해결이 되어 서울로 떠났다. 이 선생 차가 먼저 기흥 톨게이트를 빠져나갔다. 우리는 천천히 출발했다. 고지식한 이 선생, 사는 데 얼마나 불편하실까 하며 낄낄거렸는데 당장 내리친 벌로 되받을 줄이야.

톨게이트를 나가는 앞차 두 대가 서 있었고 요금을 미리 받고 있었다. 난 인호에게 요금 준비하라 했지만 그와 내 호주머니엔 무일푼이어서 놀라게 되었다. 이 선생 기사에게 돈을 빌릴 때 천 원이 아니라 만 원만 빌렸어도 이런 참사는 안 일어났을 거 아닌가. 차를 빼가지고 통행료 없는 국도로 가야만 해서 인호에게 우리 뒤에 줄 서 있는 다른 차 운전자들에게 후진하여 내 차가 빠져나갈 수 있게 해달라고 부탁하라 했다. 열대여섯 대가 줄 서 있는 쪽에 나가 서서 인기작가 최인호가 황송하게 손을 비비며 "죄송합니다". "빠꾸back, 오라이allright"를 외치고 있었으니 가관이었다.

아아, 그 두 분은 지금 내 곁에 없다. 그립다, 하니 더 그립다. 하루하루 사는 재미가 없다. 나는 3년에 걸쳐 이어령 편저 《문장대백과사전》을 만들었는데 완성에 힘을 보탠 후배는 시인이며 작가인 윤상규(윤후명)였다.

옛날 이 선생은 나에게 대화집을 하나 남겨보자 했다. 대화집 중 유명한 작품은 《괴테와 에켈만의 대화》이다. 우리도 인생과 예술, 문학과 철학 그리고 종교, 정치, 사회 등을 망라해서 대화를 나누어 보자 해서 준비하겠다 했으나 뭐가 그리 분주했던지 미루고 또 미루다가 돌아가시기 1년 전에야 대화를 시작했다.

하지만 완성을 못 하고 말았다. 이게 남은 나의 한이다. 하지만 가장 감동적이며 성공한 교향곡은 슈베르트의 〈미완성 교향곡〉이라 하잖는가. 언젠가는 세상에 내놓을 날이 있을 것이다.

할아버지 이어령의 편지

윤태웅 | 영화배우, 88 서울 올림픽 '굴렁쇠 소년'

"할아버지~"

1988년 당시 50대 중반이었던 이어령 선생님을 이렇게 불렀습니다. 양가 할아버지가 모두 일찍 돌아가셔 뵐 일이 없었던 저는 이어령 선생님을 할아버지처럼 생각했나봅니다. 선생님도 그렇게 불리는 게 재미있으셨는지 언제나 반갑게 그 호칭에 응해주셨어요.

올림픽이 끝나고 난 후 매년 새해가 되면 '이어령 할아버지 새해 복 많이 받으세요'라며 카드를 드렸습니다. 가끔은 '할아버지 메리 크리스마스'라고도 보냈죠. 초등학교 1학년부터 카드를 썼으니까 스스로 했을 리는 없고 어머니의 권유로 연락을 드렸었습니다. 선생님도 물론 알고 계셨겠죠. 게다가 매년 별 내용도 없고 비슷한 카드였을 텐데 선생님은 저의 편지를 좋아해주셨습니다. 언젠가는 방송에 직접 카드를 들고나와 자랑하셨을 정도니까요.

그렇게 카드를 드리며 몇 년의 시간이 지나고 이어령 선생님은 이메일 주소라는 것을 알려주셨어요. 아마 90년대 중반 즈음으로 기억합니다만 아마 이어령 선생님을 제외하고는 많은 사람이 이메일이 무엇인지조차 몰랐을 겁니다. 그렇게 선생님과 저와의 이메일 펜팔이 시작되었고, 그 시간은 20년을 넘어 선생님이 돌아가시기 직전까지 이어졌습니다.

선생님이 떠나신 뒤 메일함을 열어보았습니다. 마지막에 보낸 제 매일에 답이 없습니다. 어릴 적부터 보내주셨던 이메일들을 읽었습니다. 더는 의지할 선생님이 없다는 사실에 큰 상실감이 닥쳐왔습니다. 그리고 또다시 메일을 천천히 읽고 나서는 위대한 멘토가 제 곁에 늘 있었다는 사실에 마음이 든든해져왔고, 너무도 큰 유산을 남겨주셨다는 생각에 마음이 따스해졌습니다. 제가 받아야 할 편지들은 이미 모두 도착해 있었습니다.

그동안 인생에서 큰 결정을 내려야 할 때, 어려움을 겪고 있을 때

마다 선생님을 찾았습니다. 언제나 따듯한 위로와 지혜를 빌려주셨습니다. 제게 있어 평생의 지표가 된 선생님께 받은 마지막 이메일 중 일부를 나눕니다.

반갑다. 코로나 때문에 정상적인 생활을 하지 못해 그동안 무심히 지냈구나.

이미 태웅이는 여덟 살 때 한 사람이 온 생애를 바쳐서도 못 할 일을 해냈어. 절정에서 시작했으니 내리막이라고 생각하고 위보다 아래로 내려가는 방법이 무엇인지 찾아보면 의외로 기막힌 일을 성취할 수 있으리라고 봐.

사랑의 이름으로 갑옷과 창을 만들어 때로는 공격적으로 때로는 방어적으로 유연하게 인생과 사회와 싸우고 타협하고 자신의 삶을 창조해가는 것이지. 남들이 몰라도 돼. 본인이 끄덕일 수 있는, 그래 이것이 내 삶이야, 라고 생각하는 길을 가는 거지. 부디 행복하게 보람 있게 굴렁쇠로 시작된 삶을 굴렁쇠처럼 둥글게 둥글게 남은 생을 굴려가.

언젠가 꼭 꿈꾸던 것들이 만개하는 종착점에 이르게 될 거야.

저는 지금 아래로 내려가는 중입니다. 88년 굴렁쇠를 굴린 후부터 말입니다.

20대가 되고 군대를 다녀온 후 고민 끝에 배우가 되겠다고 결심을 했습니다. 그런데 연극에 캐스팅은 되었는데 아버지의 반대가 엄청났었어요. 그래서 이때도 이어령 선생님께 구조 요청을 보냈었죠. 선생님은 바로 모임을 주선하시고는 부모님에게 “태웅이는 여덟 살 때부터 박수를 받고 자랐습니다. 박수 받고 자랄 운명이에요.

그 운명을 같이 지켜봐줍시다."라고 하셨고 그날부터 부모님은 아주 오랜 시간 동안 제 배우 생활을 묵묵히 지지해주셨습니다.

그렇게 지난 십여 년간 연극에서 주연도 하고, TV와 뮤지컬·영화 등 다양한 무대에서 활동을 해왔습니다. 하지만 생각처럼 도무지 더 높은 곳으로 오르지 못해 많은 날들을 방황했습니다. 나이가 들며 제가 좋아하는 다른 직업을 찾아 바리스타가 되어 커피를 만들고, 사진작가가 되어 사진을 찍으며 즐겁게 지내면서도 마음의 허전함은 어쩌지 못했습니다. 그때 선생님의 바로 위 메일을 받고 어찌나 마음이 편해지던지요. 저는 여덟 살 때부터 박수를 받을 운명이었지만 동시에 그날부터 계속해서 내려갈 수밖에 없는 운명이기도 했습니다. 그런데도 더 높은 곳으로 오르고 싶었으니 고통이 얼마나 많았겠습니까. 하지만 선생님의 메일을 읽고 저는 이제 잘 내려가기로 했습니다. 이제야 잘 내려가는 방법을 익히는 중입니다.

이어령 선생님께서는 언젠가 "예수가 왜 목수였겠습니까?! 목수는 만들고 떠나는 사람입니다. 자신이 살기 위해서가 아니라 누군가 잘 살라고 만드는 거죠. 내가 하는 창조 작업도 마찬가지입니다. 누군가 살 집을 만들기 위해서 하는 것이고, 완성이 되면 나는 떠나는 겁니다."라고 말씀하셨죠.

선생님은 안 계시지만, 제 생각에 집을 지어주시니 제 생각이 존재하는 한 이어령 선생님은 함께입니다.

그러나, 그러나, 선생님은 가시다

윤후명 | 소설가, 시인

1969년 출판사 삼중당에서 일하면서
선생님의 책을 만든 게 처음 만남이었습니다
그로부터 저를 신춘문예와 이상문학상에도 올려주었습니다
그러는 동안 선생님은 제게 문학이 무엇이지 가르쳐주는
사표로 우뚝했습니다
선생님이 암으로 앓게 되었다 해도
다시 일어나시겠지 믿음이 컸습니다
그러나, 그러나,
선생님은 결국 가시고 말았습니다
하지만 저는 여전히 '그러나 그러나'의 말 속에
갇혀 있을 수밖에 없습니다
선생님과의 긴 만남 속에서 헤어 나올 수가 없는 것입니다

이렇게 헤어져서 다른 길을 가기란 쉬운 일이 아닙니다
선생님 하지만 이제는 이별을 말할 수밖에 없습니다
선생님 안녕히 가시옵소서
다만 언젠가 다시 뵐 날이 멀지 않다고 말씀 올립니다
이것이 만남이라는 것이로구나 혼잣말을 하며
선생님의 뒷모습을 바라봅니다
선생님 안녕히 가시옵소서

2022년 2월 26일

선뜻 내게 주신 《어느 일몰의 시각엔가》

이근배 | 시인, 전 대한민국 예술원 원장

나는 시골뜨기였다. 지금은 서해대교를 타고 내포 지방의 어엿한 도시로 발돋움하고 있지만 기차도 닿지 않고 버스도 다니지 않는 충남 당진 읍내에서도 20리가 넘는 산골 마을에서 자랐다. 《동아일보》, 《조선일보》를 받아 보시는 할아버지의 사랑방에서 먹 냄새, 한문책 냄새를 맡으며 신문, 잡지를 넘겨다보기 시작했다. 읽을 책이라고는 교과서와 삼촌이 빌려오는 이광수, 이태준, 심훈 등 소설 몇 권이 고작인데 소설 공부를 해보겠다고 서라벌예술대학 문예장학생 모집 광고를 신문에서 보고 응시, 겨우 을류 장학생으로 입학 김동리, 서정주 선생 문하에서 글쓰기 첫걸음을 떼었다.

그해가 1958년이었는데 이미 이어령 선생은 평론가로 등단도 하기 전인 1956년 5월 6일 자 《한국일보》 2면 전면에 〈우상의 파괴〉라는 김동리·이무영·조향 등 당시 기성 문단의 높은 장벽에 화살을 쏘는 폭탄적 선언으로 문단뿐 아니라 문학을 지망하는 청소년, 대학생은 물론 《사상계》, 《현대문학》 등을 옆구리에 끼고 다니는 지성에 목마른 젊은 세대에게 새로운 우상으로 떠오르고 있었다.

1959년에는 한말숙의 소설 〈신화의 단애〉에 대한 김동리의 글에 대해 비평을 가하면서 《경향신문》에 거장 김동리와 논쟁이 불붙어 항간에서는 다윗과 골리앗의 싸움으로 비유되고 있었다. 1963년에는 《경향신문》에 〈흙 속에 저 바람 속에〉를 연재, 강점기를 벗어나 전쟁을 겪고 보릿고개에 등이 꼬부라지던 한국은 누구이며 바다 먼 바깥에서 불어오는 바람은 무엇인가에 대한 쾌도난마快刀亂麻의 명쾌한 분석은 물론 문체반정文體反正의 섬뜩한 레토릭에 젊은 지성들은 빨려들고 있었다.

1965년 《현대문학》 3월호에 발표된 남정현의 〈분지〉가 북한의 노동당 기관지에 전재되자 중앙정보부는 즉각 남정현 작가를 구속하고 반미 사상을 고취하기 위해 북한과 내통하여 위장 발표한 것 아니냐고 추궁하였다. 엄혹했던 반공법의 거미줄에 걸린 허약한 잠자리를 구출할 손길은 좀처럼 나서지 않고 있었다. 이어령 선생은 대학교수와 언론사의 논설위원 등 자리와 글쓰기에 대한 불이익이 다가올 것을 감내하며 법정에서 “장미 나무의 뿌리가 파이프가 되어 신사의 입에 물렸다고 해서 그것이 왜 장미 나무의 죄가 되는가?” 하는 적확한 비유로 작가의 무고함을 변호하였다. 남정현 선생은 나의 중학교 선배로 이어령 선생과는 동갑내기였고, 두 해 전 타계할 때까지 이어령 선생에 대한 속 깊은 은혜를 토로하는 것을 나는 옆에서 볼 수 있었다.

여기서 나의 고백은 시작된다. 1952년 당진중학교에 입학해서 처음 만난 임인규와 나는 서로 책을 빌려 읽는 문학 소년으로 짝꿍이 되었다. 초등학교 때 월반을 하고도 집이 어려워 중학교를 한 해 늦춰서 제자리 된 임인규는 중학교를 졸업하고 당진상업고등학교에 진학, 역시 나와 한 반이었는데 도저히 학비 마련이 되지 않아 학교에도 동무들에게도 연락을 끊고 서울로 올라왔었다. 구멍가게에 알사탕, 빵 같은 것을 파는 행상을 하다가 '문양사'라는 출판사 사환으로 들어간 것이 '휘문출판사' 전무로 승승장구하게 되었다. 1966년 가을 어느 날 내가 자주 나가는 명동의 '송원기원'(조남철 사범이 운영하던)에서 저녁 나절에 바둑을 두고 있었는데 임인규가 찾아온 것이다. 그날 자기도 후원자를 업고 출판사를 시작하려고 하니 도와달라는 것이다.

당시 《하나의 나뭇잎이 흔들릴 때》 등 공전의 베스트셀러 필자인 이어령 선생을 비롯 김남조, 유달영, 조병화, 강원룡 등 에세이로 서울의 종잇값을 높이던 열 분의 명단을 들고 방문하기 시작했다. 맨 먼저 찾은 곳이 《조선일보》 사 논설위원실이었다. 참 이런 막무가내가 어디 있는가. 출판사 이름도, 사무실도, 전화번호도 없이 이제 겨우 시단에 첫발을 들여놓은 햇병아리가 어디라고 일류 출판사들도 명함을 못 내놓는 한국 최고의 지성이요, 베스트셀러 작가에게 출판계약서를 내밀다니! 소가 웃을 일이었다. 그런데 참으로 이상한 일이 일어난 것이다. 한두 번 겨우 얼굴을 뵌 정도였고 내가 이름 있는 시인도 아니었는데 이어령 선생은 내 설명을 대충 들으시고는 출판계약서에 선뜻 서명하시는 것이 아닌가. 그때까지 이어령 선생의 에세이를 내는 곳은 삼중당, 현암사 같은 두 명문 출판사뿐이었다.

이것은 공초 오상순 선생이 다방에 찾아오는 이들에게 첫인사를 "반갑고 고맙고 기쁘다."라고 하신 말씀, 그것이었을까? 아니면 《팔만대장경》에 쓰여 있다는 수처작주 입처개진隨處作主 立處皆眞의 하나의 우연이 아닌 우주적 필연의 손길이었을까. "선생님, 그때 저를 뭘 보고 에세이집을 선뜻 주셨어요?" 선생님 계실 때 한 번쯤은 여쭤볼 일인데도 나는 오늘까지 속으로만 은혜를 새길 뿐 고맙습니다, 말씀 한마디도 못 올리고 살아왔다.

《어느 일몰의 시각엔가》 이어령 신작 에세이집으로 1967년 문을 연 '중앙출판공사'는 새내기로 서점가에서 기세를 부렸고, 이어서 1968년 임인규가 새로 연 '동화출판공사'에서 《이어령 전작집》(전 6권)을 내 손으로 장정하여 출판해 출판계와 독서가에 큰 바람을 일으키게 된다. 이어령 선생은 이화여대 국문과 교수로 이대를 비롯한 여러 대학의 강의와 《조선일보》 논설위원, 그리고 신문· 방송 출연 및 강연 등 바쁜 가운데도 틈만 나면 동화출판공사에 오셔서 나와 김승옥 등 후배 문인들과 자주 어울려주셨다.

1972년 봄이었다. 70년 11월에 창간한《독서신문》주최로 열리는 전국 지방 강연회에 다녀오신 선생은 나를 보자마자 "이근배 씨, 잡지를 해야겠어, 잡지가 되겠어!" 하셨다. 가는 곳마다 운집하는 청중에게서 지성과 문학의 목마름을 한 몸에 느끼셨던 것이다. 마침 동화출판공사는 내가 조병화 선생을 통해 인사드린 김광주 선생이 역시 뜻밖의 선물을 주신《동아일보》연재소설《비호》(전 5권)의 폭발적 판매와《세계문학 대전집》(전 36권)이 대호황을 만나서 문학 잡지를 할 만한 여력이 있었다. 그러나 어쩐지 좀 이르다는 생각이 들어서 하겠다는 말씀을 못 드렸더니 기어코 당신이 하시겠다고 했다.

제목은 무어라 지으셨어요? "문학과 사상." 그러셨다. 때마침《창작과 비평》,《문학과 지성》하는 '과' 자 돌림이 시작될 때였다. "'과' 자는 빼시지요." "그럼 뭐라고 해?" "그냥 '문학사상'으로 하시지요."

선생은 고개를 끄덕이셨고 그때 문화공보부 장관이 윤주영인데 당신이 가깝다고 하시면서 출판등록을 부탁해야겠다고 하셨다. 며칠 뒤 선생은 "안 되겠대, 잡지 허가는 못 해준대."라고 했다. 윤주영 장관에게서 어렵다고 답이 왔다는 것이다.

그도 그럴 것이 1953년 장준하가 창간한《사상계》가 자유당 정권에 이어 제3공화국 정부까지 극성스럽게 물고 늘어지다가 1970년 5월호에 김지하의 담시〈오적〉을 싣고 폐간되었다. 그러잖아도 '사상' 두 글자가 에비가 되어왔는데 그것도 모자라 골칫덩이 문학까지 끌고 들어와서 '문학사상'의 깃발을 어떻게 올리라 하겠는가.

마침 3선 개헌을 하고 김대중 후보와 맞서 박정희 대통령이 당선되면서 정계 은퇴를 하고 청구동에 칩거하던 김종필을 총리로 재등용시킨 때였다. 나는 공화당 의장을 지낸 전예용 씨를 따라 "김종필 공화당 탈당! 정계 은퇴!" 호외가 나돌던 날 청구동 JP 댁을 갔었다. 가끔 방문하여 이런저런 얘기를 듣는 처지였다.

그래서 전예용 씨를 찾아가서 '문학사상'은 사회 교양지가 아니고 순수문학 잡지이니 총리에게 말씀 좀 해달라고 했다. 전예용 씨는 나를 만나면 "이어령 씨는 이근배 씨에게 고마워해야 해요. 그때 내가 운정(雲庭, JP의 아호)에게 편지를 써서 《문학사상》의 허가가 나왔어요." 하고 은근히 생색을 내기도 하였다.

이어령 선생은 참 부지런한 분이셨다. 이화여대, 《조선일보》 같은 큰 직장뿐 아니라 한 몸을 몇으로 나눠도 다 하지 못할 일에 쫓기면서도 칼럼, 에세이, 평론, 소설, 희곡, 시를 창작하고 책으로 펴내는 일이 늘 우선순위였다. 그러느라 술자리며 친목으로 만나는 자리에는 자주 참석하지 못하셨다.

《문학사상》 허가가 나오자 편집장은 누가 좋겠느냐고 하셨다. 선생을 따르는 후학들이 많았지만, 김승옥과 나를 유난히 편애하셨다. 선뜻 김승옥은 어떠세요? 했더니 좋다고 하셔서 출판사 사장실로 불렀더니 곧장 달려왔는데 《샘터》 편집장을 맡으면서 발행인 김재순 씨와 2년 동안은 움직이지 않기로 옵션을 맺어서 어렵겠다고 했다. 나는 대학 동기인 평론가 홍기삼이 마침 예총 기획실장을 그만두고 지방에 내려가 있어서 어떠냐고 여쭸더니 불러달라고 하셔서 전보를 쳐서 올라오게 해 창간 작업에 참여시키기도 했다.

1972년 10월호 창간호에는 발행인 겸 편집인 김봉규로 나와 있지만, 표지에서 판권까지 모두 주간 이어령 선생의 작품이었다. 표지화는 구본웅 그림 〈이상 초상화〉로 시작하여 지령 600호를 넘는 오늘까지도 작가 인물을 싣고 있다. 나는 창간호에 시 〈붉은 산〉을 발표하는 기쁨을 얻게 되었고, 시 부문의 첫 신인상 수상작 송수권의 〈산문에 기대어〉를 뽑는 일에도 박두진, 이어령 선생을 모시고 참여했었다.

선생께 철없이 출판계약서를 내민 날로부터 쉰여섯 해, 《문학사상》 창간으로부터 꼭 반백 년. 나는 그때나 지금이나 철딱서니 없는 어린애이고 선생은 궂은일도 좋은 일도 마다치 않고 내가 말씀드리면 선뜻 받아주셔서 글도 사람도 안 되는 내가 선생의 명성을 호가호위狐假虎威하면서 이러저러한 분에 넘치는 대접을 받은 것이다.

《문학사상》 창간 30주년에도 그리고 창간 600호에도 축시를 쓰고 선생님 영결식에서도 헌시를 읽는 일 등은 모두 선생께서 나를 시키신 것임을 나는 깊이 새기고 있다. 어찌 선생이 천방지축의 나를 손잡아 이끌어주신 크신 사랑이며 높은 가르침을 다 보여줄 수 있으랴. 너무 늦었지만, 꼭 한 말씀 "선생님, 너무너무 고마웠습니다. 사랑하고 사랑합니다." 올리며 서툰 붓을 놓는다.

그리운 시간들

이명숙 | 인천광역시 사회복지협의회 회장

소중한 인연

1967년 9월 이화여자대학교 C관 강의실에 선생님이 오셨던 첫날 첫 시간이 아직도 내 기억에 생생하다. 이미 여러 책으로, 평론으로 유명하신 젊은 교수님을 맞는 아이들은 온통 호기심으로 가득했고, 강의가 시작되자 석고로 빚은 듯 차고 하얀 얼굴로 분필 가루를 날리며 거침없이 쏟아내는 뜨거운 열정은 우리가 지금까지 한 번도 경험해보지 못했던 신선한 충격이었다.

우리는 순식간에 선생님의 강의 속으로 빨려 들어갔다. 어떻게 시간이 지나갔는지도 모르게 수업은 끝이 났고, 아직 그 여운이 강의실을 가득 채우고 있던 그때 선생님께서 말씀하셨다.

"여기~ 집에 타자기 있는 사람 손들어보세요."

내가 무심히 손을 들었고 그렇게 선생님과의 55년 인연이 시작되었다.

선생님의 강의록을 받아 3학년 2학기, 그 아름다운 시절, 가을 내내 김광균을 시작으로 김소월, 윤동주, 이상, 이육사 등의 주옥같은 시를 밤늦도록 손가락으로 타닥타닥 타자기를 치면서 기쁘고 행복했다. 그때는 밤을 새우며 책을 읽어도 피곤한 줄 몰랐고, 여명이 밝아올 때의 그 충만함을 잊을 수가 없다. 내가 만들어 간 강의록을 소중하게 안고 다니는 아이들을 보며 혼자 비밀스럽게 행복해하기도 했다.

선생님의 '현대시 강론'은 정말 재미있었다. 선생님의 강의는 새롭고 독특했으며 때론 분석적으로 실험적으로 치열한 만큼 열정적이었다. 우리는 새로운 이미지론에 흠뻑 빠져서 상상력에 날개를 달고 높이높이 날아올랐다. 선생님은 우리의 지적 호기심을 끝없이 불러일으키셨고, 우리가 그때 알아야 하는 지성과 낭만에 대하여 문을 열어주셨다. 이렇게 선생님을 맞은 이화여자대학교는 새로운 에너지로 가득 찼고, 우리에게 선생님은 큰 행운으로 다가왔다.

선생님의 역작인 《세계문장대백과사전》은 소위 선생님의 이화여대 첫 번째 제자이자 삼총사로 불리던 김영자, 김명희, 이명숙 우리 셋이 선생님 일을 가까이에서 적극적으로 돕기 시작한 계기가 되었다. 대학 4학년 여름방학이 시작된 어느 날 선생님으로부터 전보를 받고 찾아간 신문회관 찻집에서 선생님은 우리에게 《세계문장대백과사전》에 대한 설명과 함께 자료 수집하는 일을 제안하셨다. 그날 우리는 모두 함께하기로 하였고, 선생님 일을 도울 수 있다는 기쁨으로 그 여름 내내 어떤 어려움도 더위도 잊은 채 신나서 뛰어다녔다. 이 사전은 낱말들의 살아있는 의미를 어록이나 시나 소설 등 작품에서 혹은 격언이나 속담에서 찾는다는 데 목적을 두고 있어서 일일이 단어의 어휘, 명칭도 수록했어야 했다. 우리는 단어의 다른 명칭을 찾느라 각자 흩어져서 어디건 누구든 찾아다녔는데, 일례로 나는 와인에 대한 많은 정보를 얻기 위해서 호텔 바에도 가고, 법률 용어를 알기 위해 젊은 시절의 한승헌 변호사를 만나기도 했다. 우리는 각 분야에서 당시 선생님이 소개해주시는 사람들을 만나고 배울 수 있는 아주 놀랍고 큰 경험을 할 수 있었다. 《세계문장대백과사전》은 이후에도 후배 제자들이 계속 도왔고, 처음 자료 수집을 시작하고 5년쯤 후에 세상에 나왔는데 이 사전 머리말에 선생님이 "…자료 수집을 도와준 김영자 이명숙 김명희 양 등 옛 제자들에게 깊은 사의를 표한다."라고 써주셔서 뿌듯했고 큰 감동이었다.

1969년, 선생님이 주관하셨던 〈이광수 유품전〉에도 삼총사가 함께 전시에 필요한 일을 도왔다. 〈이광수 유품전〉을 통해 나는 전시에 대한 새로운 시각을 갖게 되었고, 유물에 대한 귀중한 가치를 배우는 기회가 되었다. 이렇게 선생님과 우리 셋은 졸업 후에도 계속 만남을 이어갔고, 함께 만들었던 이야기들과 에피소드들을 풀어내자면 끝이 없다. 그러나 선생님과 함께했던 우리들의 이야기는 이제 혼자 남겨진 나의 마음 깊은 곳에 소중하게 간직하고자 한다.

인천에서

인천에서 주로 활동하고 있었기에 나는 선생님과 친구들에게 '인천 명숙이'로 불렸다. 2003년 인천 YWCA 회장으로 선출되었을 때 선생님은 삼총사 친구들과 함께 "선출직 대단하다."라고 축하해 주셨고, 2008년 '인천세계도시축전' 자문위원으로 인천에 오셨다가 내가 인천광역시의원으로 인사를 드리니 반가움과 놀라움으로 "아, 잘 어울린다야~" 하셔서 한참 웃었던 기억이 난다. '2009년도 문화의 달' 행사는 문화체육관광부와 인천시의 공동 주관으로 인천종합문화예술회관 대공연장에서 당시 유인촌 문화체육관광부 장관이 참석하여 기념식을 하고 선생님이 강연을 하셨다. 강연하시며 과분하게도 나를 수제자라고 소개하셔서 인천 문화인들에게 확실하게 선생님의 제자로 인식되는 계기가 되었다. 중요한 자리에서 제자를 세워주시고 따뜻하게 챙겨주신 선생님이 계셔서 참 든든하고, 감사했다.

선생님은 제자인 내 부탁을 언제나 선선하게 들어주시고 인천도 마다하지 않고 흔쾌히 오셨다. 2012년 내가 부평문화재단 대표로 일할 때 부평아트센터 〈호박 데이트 극장 책을 읽다〉 첫 초청 강사로 '스마트 시대의 스마트한 생각'을 주제로 문화 강연을 하셨다. 정용실 KBS 아나운서의 사회로 총 100분에 걸쳐 진행되었는데, 선생님의 'KBS 80초 생각 나누기'를 바탕으로 현재 우리 시대의 가치 기준을 제시하는 한편 선생님이 살아오신 이야기도 함께하셨다. 처음 신청받을 때는 참석 인원을 300명으로 기획했는데 신청자가 너무 많아서 860석 해누리 극장에서 만석으로 진행했고, 강연 후에는 참석했던 이대 인천지회 동문들과 서울에서 선생님 강연 들으러 온 우리 동기들까지 모두 함께 식사도 나누고 멋진 포스터 앞에서 선생님과 기념사진도 찍었다. 선생님과 함께한 45년의 아름다운 추억이다.

2014년 인천광역시 시립박물관장 시절, 나는 인천시가 꼭 선생님을 모시고 싶다는 요청을 받아 인천시 공무원 대상 제87회 '인천아카데미' 초청 강사로 선생님께 말씀드렸고 선생님께서는 이때도 기꺼이 오셔서 '왜 지금 생명인가?'라는 주제로 시청 대회의실에서 특강을 하셨다. 당시 송영길 시장과 300여 명의 공무원들이 뜨거운 열기로 경청하였다.

강연 후에 선생님은 시립박물관과 내가 박물관으로 만든 송도 컴팩스마트시티(현 도시역사관)를 돌아보시고, 아름다운 송도 센트럴파크에서 해볼 수 있는 국제적인 행사에 대해서 여러 가지 아이디어를 주셨다. 선생님과 함께 바쁜 걸음으로 인천 서구에 있는 정서진을 방문하였다. 정서진은 대한민국에서 가장 아름다운 낙조 명소로 유명하다. 그곳은 강원도 강릉에 있는 정동진과 대칭 개념으로 광화문을 기준으로 정서 쪽에 있는 곳이다. 그곳에는 아름다운 낙조를 바라보며 또다시 떠오를 해를 기대하는 많은 시민을 위해 포스코가 제작하고 선생님이 명명한 '노을종'이 있다. '노을종'의 외부 형태는 서해안의 밀물과 썰물이 만들어낸 조약돌 모양을 나타내고, 내부의 모양은 정서진의 낙조가 끝이 아니라 새로운 출발이라는 Restart를 상징한다. 선생님의 〈노을종〉 시가 바로 이런 의미이다. 선생님의 제안으로 낙조가 노을종 추에 걸리면 종이 울리고 빛의 퍼포먼스가 일어난다. 정서진과 노을종을 함께 돌아보고 선생님의 〈노을종〉 시를 읽으며 선생님과 함께한 47년, 또 하나의 추억을 쌓았다.

노을종

이어령

저녁노을이 종소리로 울릴 때
나는 비로소 땀이 노을이 되고
눈물이 사랑이 되는 비밀을 알았습니다
낮에는 너무 높고 눈부셔 볼 수 없던 당신을
이제야 내 눈높이로 바라볼 수가 있습니다
너무 가까워 노을빛이 내 심장의 피가 됩니다
저녁이면 길어지는 하루의 그림자를 근심하다
사랑이 저렇게 붉게 타는 것인 줄 몰랐습니다
사람의 정이 그처럼 넓게 번지는 걸 잊었습니다
종이 다시 울려면 바다의 침묵이 있어야 하고

내일 해가 뜨려면 날마다 저녁노을이 져야 하듯이
내가 웃으려면 오늘 울어야 한다는 것을 이제 압니다
지금 내 피가 생명의 노을이 되어 땅끝에 번지면
낯선 사람이 친구가 되고 애인이 되고 가족이 됩니다
빛과 어둠이 어울려 반음계 높아진 노을종이 울립니다.

스승의 달 5월에

내가 살아오면서 만난 소중한 분들이 많이 있지만, 그중에서 특별히 이어령 선생님을 스승으로 만나고 스승의 날에 찾아뵐 수 있는 시간들이 있었음에 감사한다. 매년 5월에는 삼총사 또는 국문과 동기 친구들과 선생님을 모시고 함께 식사하고 많은 이야기를 나누었다. 선생님과의 5월 만남은 우리에게 또 하나의 수업이었다. 선생님은 때마다 여러 이슈에 대해서 말씀해주셨는데, "수천, 수만 권의 책이 있지만 아직도 못다 읽은 책"이라 하신 어머니, 초등학교 시절, 경기고 교사 시절, 이화여자대학교 교수 시절, 유레카, 특히 '메멘토 모리－죽음을 기억하라'에 대해 자주 말씀하셨다. 또한, 문화부 장관 시절 '갓길'이라는 표현을 만들어내신 일, 한국예술종합학교를 만드신 일 등 우리나라 문화계에 남긴 수많은 업적과 문화 정책의 숨은 이야기, 선생님께서 아끼고 지원하셨던 문화·예술인들과의 아름다운 이야기, 그중에서도 전통문화를 하는 사람들에 대해 많은 이야기를 들려주셨다. 일본에서의 생활과 집필, 일본 초청 행사, 선생님 여정에 동행했던 사람들, 한·중·일 비교문화연구소, 가위바위보, 젓가락, 청주에 만들고 싶으셨던 그러나 인천에 오게 된 '세계문자박물관', '마지막 수업'에 대한 이야기들을 풀어내셨다.

번득이는 아이디어와 시대를 앞서가는 수많은 생각을 쏟아내실 때 선생님 앞의 그 자리를 지킬 수 있어서 감사했고, 스승과 제자의 관계로 오랜 시간 옆에서 선생님 말씀을 들을 수 있어서 행복했다. 선생님은 '여자대학교 교수들은 제자가 없다'는 통념을 깨고 오랫동안 이어진 첫 번째 제자 우리 삼총사와 동기들을 특별히 아끼고 사랑하셨고, 언제나 따뜻한 말씀으로 하나하나 격려하고 지지해주시면서 새로운 말씀으로 우리를 깨우쳐주셨다. 성경을 많이 읽으셨던 선생님이지만 따님을 통해 하나님을 영접하고 세례받으신 일, 그리고 하실 일이 너무 많다 하시며 항암 치료도 거부하시고 오랫동안 집필과 여러 정리를 하신 일, 죽음까지도 정면으로 마주하시겠다는 용기는 주변의 많은 사람을 놀라게 했다.

코로나 전까지 만나 뵐 때 선생님은 탄생과 죽음에 대한 말씀을 자주 하셨고 한밤중에 잠이 깨거나 잠 못 들 때 떠오르는 죽음에 대한 공포도 솔직하게 말씀하셔서 우리들은 몹시 안타까운 마음으로 눈물을 훔쳤다. 언젠가 동창 모임에서 선생님이 식사 직전에 명숙양이 기도하라고 하셔서 그때부터 선생님과 모임에서 선생님과 친구들을 위한 기도를 마음 깊이 드릴 수 있어서 감사했다.

선생님은 《마지막 수업》을 우리 첫 번째 제자들과 함께하시려고 한동안 자주 말씀하셨는데 여러 사정으로 우리는 끝내 용기를 내지 못했다. 그것이 못내 부끄럽고 아쉽고 죄송했는데, 훗날 멋있게 완성된 선생님의《마지막 수업》을 읽고, 참 다행이라고 생각했다. 선생님의《마지막 수업》을 잘 진행해준 김지수 작가에게 진심으로 부러움과 감사의 박수를 보낸다.

특별한 인연

나와 딸이 2대 제자라고 흐뭇해하시며 여러 자리에서 자랑해주시던 선생님! 딸의 결혼식에서 "부부는 나란히 앉아서 같은 곳을 보라."고 하신 말씀을 기억한다. 주례를 해주시는 것만으로도 큰 선물이었는데, 아름다운 결혼 선물에 따뜻한 말씀 가득한 편지도 써주셔서 가족 모두 감동했었다.

아이들과 함께 찾아뵈었던 어느 설날, "아들은 아들답게 잘 키우고, 딸은 딸답게 잘 키웠다." 하시며 딸 수민이를 기특해하시고 아이들 눈높이로 손자 손녀에게 책 선물을 해주신 선생님. 아이들에 대한 사랑과 기대로 반짝이던 선생님의 눈과 그리도 따듯하신 마음이 아직도 선명히 우리 가족에게 남아있다.

코로나로 찾아뵙지 못하고 있던 어느 날, 선생님께서 문자를 보내주셨다.

> 내 걱정 말고 부군 건강 잘 보살피세요.
> 두 사람이 함께 조깅하는 모습 차 타고 가다가 보았던
> 그날 장면이 눈에 선해요.

험한 세상 그렇게 아름답게 지내요.
자랑스러운 내 제자
고고하고 반듯하게 지낸 가족들
손자 녀석들도 너무 잘 키웠어요.
내 자랑거리 삼 대를 품을 수 있다니
명희도 영자도 없고 혼자 남았으니
꼭 건강한 몸으로 든든히 자리에서 날 지켜봐주기를…

선생님을 스승이라고 부를 수 있고 제자라고 이름 할 수 있는 것만으로도, 같은 시대 같은 하늘 아래에 살고 있다는 것만으로도 기쁘고 행복했는데, 이렇게 따뜻한 말씀 보내주셔서 감사하고, 선생님의 마음이 전해져서 눈물이 났다.

마지막 인사

지난겨울, 인천 정서진에 '노을종 시비' 제작을 허락받기 위해 전년성 전 인천 서구청장과 함께 선생님을 찾아뵈었다. 정서진을 기획한 전 서구청장의 '노을종 시비' 건립 요청에 '시비'와 같은 흔적을 남기지 않으시겠다고 10년 이상 오래도록 허락하지 않으셨는데, 그날 허락하시고 절대로 무리하게 하지 말라고 당부하셨다. 선생님께서는 나에게 선생님 뜻을 전달하실 테니 앞으로 진행 과정은 나하고 의논하라고 위임해주셨다.

오랜만에 선생님을 뵈었을 때 몰라볼 정도로 살이 빠지신 선생님을 뵙고 순간 넘어지실 것 같아 얼른 붙잡아드리고, 눈물이 왈칵 올라오는 것을 가까스로 삼켰다. 마음이 아프고 아팠다. 글도 더 쓰셔야 하고 이 시대 어른으로 지성인으로 아직 하실 일이 많이 남으셨는데, 사람들을 만나고 말씀하시길 좋아하시는데 '이제는 어떡하실까, 얼마나 힘드실까' 만감이 교차했다. 하지만 자리에 앉으시고 시간이 좀 지나니 목소리가 살아오고 반짝이는 눈에서 놀랍게 강한 빛이 나왔다. 날카롭게 살아있는 선생님 눈을 보고 조금은 안심하며 돌아올 수 있었다. 하지만 걱정되어 얼마 지나지 않아 연락드리니 선생님 병이 더 위중하시다는 소식을 듣게 되었다.

2022년 1월 10일, 가슴을 졸이며 선생님을 다시 찾아뵈었다. 처음으로 침대에 누워 계신 선생님을 뵈었다. 침대에서 양손을 흔들며 반가워하신 선생님. 코로나가 엄중하던 시기라 손잡아드리지 못했는데, 그 손 잡아드릴걸… 지금까지 그 장면이 눈에 선하여 내내 후회가 된다. 그 손 잡아드릴걸….

이날 《마지막 수업》 책을 주시며 나와 딸에게 떨리는 손으로 써주신 글은 내게 너무나 과분하고, 큰 영광이며, 마지막 주신 사랑이라고 생각한다. "나와 함께 첫 대학의 길을 시작하여 내 저서와 저작 생활을 도와 오늘에 이르는 55년간의 동행자, 자랑스러운 제자…." 선생님께서 딸 김수민에게 "보고 싶다" 쓰신 글을 본 순간, 눈물이 왈칵 올라왔다. 책을 받으며 선생님께 진심으로 감사한 마음을 담아 "선생님, 감사합니다!" 하고 일어서서 감사 인사를 드렸다. 스무 살 여대생에서 55년 동안 함께해주셨던 나의 선생님께 드리는 마지막 인사가 되었다.

내게 남겨주신 일

이제 내가 선생님을 위해 마지막 해야 할 일은 정서진에 '노을종 시비'를 잘 만드는 일이다. 지방선거가 있는 해라 늦어졌지만, 새로 선출된 서구청장을 만나서 잘 소통했다. 얼마 지나지 않아 담당 부서로부터 연말까지 정확한 장소와 모양을 결정해달라는 연락을 받고 사모님이신 강인숙 영인문학관 관장님께 의논드렸다. 또 지난 11월 중순에 서구청에서 2023년 2월 26일 선생님 소천 1주기에 맞춰 시비를 완성하고 싶다는 연락이 와서 현장에 다녀왔다. 선생님께서 하늘에서 도와주신다는 생각이 든다. 선생님의 생각과 마음을 잘 담아낼 수 있게 되기를 간절히 소망한다.

지난 55년 동안, 선생님을 만나 지적 호기심을 일깨우고 문화에 대해 끊임없는 갈증을 해소할 수 있는 다양한 경험을 할 수 있어서 행운이었고 감사했으며, 든든한 지지자로, 따듯한 후원자로 모실 수 있어 행복했다. 앞서가신 선각자로 늘 외로우셨던 선생님을 기억하며 그 소중한 가르침을 오래 기리고 싶다.

선생님 그립습니다.
마음 깊이 추모합니다.

선생님! 고맙습니다, 그 은혜 잊지 않겠습니다

이세기 | 소설가

언제나 신세계를 향해 질주하시던 모습, 1960년대 당시 대학생들은 문학평론가이자 작가이며 언론인으로서 수많은 저서를 끊임없이 히트시킨 이어령 선생님을 지성의 상징으로 선모羨慕해왔습니다. 새 책이 나올 때마다 《흙 속에 저 바람 속에》, 《지성의 오솔길》, 《축소지향의 일본인》, 《저항의 문학》 같은 값진 책들이 책장을 가득 채웠고 독자들은 선생님의 강의, 제의, 발언 한마디에도 귀를 기울이고 동조하면서 도저한 지성의 풍운에 휩쓸리기를 주저하지 않았어요.

낡고 루스한 것을 무심히 흘려보내지 않는 완벽성 때문에 문단에서는 간혹 선생님의 견해에 반박하거나 반대 의견을 낼 때도 선생님은 상대방의 의견을 포용하는 여유와 금도를 보여주셨어요. 그런 순수한 인간성이 선생님의 진면목일 것입니다. 이에 대해 《알렉산

드리아》의 작가 이병주 선생님은 "동족, 동시대, 우리에게 이만한 재능을 지닌 재사가 있음을 자랑스럽게 여겼고" 평론가 김현도 "문학평론을 예술로 승화시킨 뛰어난 인물"임을 거침없이 환호했어요.

그 무렵 독일에서 돌아온 전혜린과 《경향신문》 기자이던 이덕희, 두 사람은 서울대 법대 출신이고 6년 차 막내인 나는 이대 문과 출신으로 우리는 가톨릭 신자로서 마리아, 셀리나, 로사로 호칭하면서 문학을 논하는 문학도로 얽혀 있을 때였습니다. 선생님은 그때 우리를 보고 별다른 조합인데 묘하게 잘 어울린다고 하셨어요. 작은 샘에서 발원해 유럽 대륙의 남동부를 거쳐 흑해로 흘러 들어가는 다뉴브 물결처럼 서로를 다독이며 화음을 넣는 삼중주 같다고.

그때부터 우리는 걸핏하면 선생님을 찾아가 《경향신문》 지하 다방에서 커피를 마시면서 센세이셔널한 언어의 폭풍에 경도되어 선생님을 옹호하는 이어령파가 되었어요. 우리뿐만 아니라 젊은 지성들의 우상이자 '언어의 연금술사'인 선생님은 쏟아져 들어오는 원고 청탁과 팬들의 방문을 피해 신문사 캐비닛 속에 숨어야 하는 곤욕을 치르기도 하셨지요.

그러나 오늘 나는, 잊을 수 없는 많은 것을 제게 베풀어주신 선생님께 제 은인으로서 그 고마운 마음을 전하려 합니다.

첫째, 신춘문예 건입니다. 1968년, 나는 《조선일보》 신춘문예 소설 부문에 〈두 시간 십 분〉으로 당선되었습니다. 선생님이 《조선일보》 논설위원으로 계실 때였는데 전해 12월, 크리스마스를 앞두고 선생님에게 들르려고 전화를 하니까 선생님이 대뜸 "축하해!"라고 하신 겁니다. 왤까? 뭘까? 그때만 해도 반드시 신년 1월 1일 자에

당선 발표가 나는 줄 알았기 때문에 내가 신춘문예에 응모한 사실을 나도 깜빡하고 있었어요. 그러기 전 원남동과 종로4가 사이 큰 길 가에 있던 우리 집을 아버지는 일찍이 내 명의로 해놓고 문패도 '종로구 인의동 15번지 이세기'라고 써서 대문 오른쪽에 붙이셨어요. 그때 전차를 타고 돈암동으로 가는 친구들은 이 사실을 모르는 이가 없었지요. 대학에 입학하면서부터니까 그 나이에 벌써 번듯한 큰 집을 내 이름으로 가지고 있다는 자체가, 지방에서 올라온 친구들에겐 화제가 되었는지 명동에까지 소문이 났으니까요. 이 이야길 하는 것은 만약 신춘문예에 탈락하거나 예선에라도 들 경우 이름이 공개될 것을 우려해서 응모 소설 주소를 안암동 이모네로 하고 이름도 나와 동갑인 외사촌 유인균으로 해놓았기 때문에 소설 응모 사실은커녕 그 소설이 나의 작품임을 알 사람은 아무도 없었습니다. 그런데 선생님이 "축하해"라고 하는 바람에 어찌나 놀랐던지!

새해 1월 1일 자 신문 발표를 보고 나서야 선생님과 선우휘, 전

광용 선생님이 심사를 하셨다는 것, 그리고 심사평에 "만약 이 소설이 여성이 쓴 것이라면 유니크한 존재가 될 것"이라고 한 것은 선생님의 코멘트임을 알았습니다. 그 후 "어떻게 아셨어요?" 하니까 그때까지 모르고 있다가 내가 전화를 하자 '아차, 이건 이세기구나' 하셨다는 겁니다. 그때까지 내가 쓴 것은 시 한 줄도 읽은 적이 없었는데 '이건 이세기구나' 했다는 말에 감동이 되어 나는 반드시 '유니크한 존재'가 될 것을 결심했습니다. 그러나 신문사에 다니느라고 늘 시간에 쫓겨서 지금도 장편소설을 쓰기 시작한 지 20년이 넘도록 그 끝을 내지 못하는, 그런 유니크한 존재가 된 겁니다.

두 번째는 《서울신문》에 다니면서 《현대문학》이나 《문학사상》에 일 년에 한두 편 소설을 발표하는 등 과작을 면치 못하고 있을 때 선생님은 내가 취재로 뛰어다니느라고 소설 쓸 시간이 없다고 판단하고 논설위원이 되는 데 큰 도움을 주셨습니다. 선생님이 초대 문화부 장관을 하실 때 교육부 장관이셨던 윤형섭 씨와 한예종 창립에 의기투합하신 인연이 있다면서 장관 퇴임 후 《서울신문》 사사장으로 오신 윤 사장께 나를 특별 추천해주신 겁니다. 이로 인해 나는 논설이나 칼럼을 쓰는 외에도 신문사 사상 거의 드물게 신문 일 면을 다 차지하는 기명 칼럼인 〈이세기의 인물 탐구〉를 신문사를 그만둘 때까지 장기 연재했습니다. 뿐만 아니라 논설위원으로서 당연직으로 따라오는 여러 직함을 맡게 되어 서울시와 간행물윤리위, 영상자료원 이사, 영등위 등급위원, 문예진흥원 편집 자문 고문 등 지금까지도 그 혜택을 받고 있으며 이는 생계에 큰 도움이 되었습니다. 여기에 그치지 않고 최근에는 선생님이 세우신 '한·중·일 비교문화연구소' 이사를 맡겨주셨어요,

새해 문안 인사차 메일을 띄우면 반드시 답장을 하시면서 "꼭 빛나는 역작 소설을 써서 내가 처음 글을 읽고 놀라워했던 그 재능의 꽃에 열매를 맺으라" 하셨고, 돌아가시기 얼마 전에도 "신춘문예, 그 경이롭던 감동을 잊을 수 없어요. 그때의 이야기를 남기고 끝까지 문학의 길, 열매 영그는 그 순간을, 많은 사람에게 알려야 한다." 라고 격려를 그치지 않으셨습니다. 수년간 붙잡고 늘어졌던 소설을 어느 정도 마무리했을 때도 선생님은 그 서문을 꼭 손수 쓰겠다고 하시더니….

한데 단 한 가지도 실천하지 못하고 은혜는커녕 한 번도 제대로 뭘 한 것도 없이, 선생님이 훌쩍 떠나셨습니다. 강인하고 당찬 분이니 그럴 리가 없다고 고개를 흔들어봅니다.

아마도 지금쯤 평창동 서재에서 글을 쓰고 계실 것입니다. 깊은 명상에 잠겨 다음 글을 구상하고 계실 것입니다. 만년 우리의 이상이자 멘토로 계실 줄 알았는데 선생님이 가시다니, 갈 데도 없고 무엇을 어떻게 해야 할지 온 사방이 텅 빈 것처럼 온몸이 오그라듭니다.

그러나 선생님은 한 번도 쉬지 않고 숨차게 달려오셨습니다. 이제 그토록 아끼고 사랑하던 따님과 함께 계시니 모든 시름 다 내려놓으시고 편안히 쉬십시오. 하나님 곁에서 늘 웃고 평화롭게 지내세요. 언젠가 또 그렇게 뵙게 되겠지요.

다시 한번 머리 숙여 고마운 마음 전합니다. 그리고 그 은혜를 십분의 일이라도 갚지 못해 죄송합니다.

크리에이터들의 크리에이터
이어령 선생님과

이영혜 | 디자인하우스 대표

우리 회사 디자인하우스 출판부에서 낸 선생님의 단행본으로는 오로지 《우리 문화 박물지》라는 제목의 책 한 권이 있습니다. 1994년에 인쇄를 했지만, 문화부 장관이 되시기 전에 원고를 마친 책자였습니다.

저는 이 책을 가장 아낍니다.

우리나라 사람들이 쓰던 사물의 이야기입니다.

한국인 우리는 누구냐는 질문이며, 우리의 유전자가 엮어온 인문학이요, 이어령 선생 특유로 풀어낸 문화 코드였습니다.

이 책보다 10여 년 뒤에 나온 선생님의 책 《디지로그》의 아날로그 파트였을까요?

"…007 가방은 그 안에 돈다발이 들었건, 아무것도 들어있지 않았건 제 주장을 떡 하고 있잖아. 우리나라 보자기는 네모난 것을 싸면 네모나게, 둥근 바구니를 싸면 둥글게 그 모양 따라가잖아. 무엇보다 할 일 끝내면 착착 개켜서 장롱 아래에 놓아둘 수 있지.

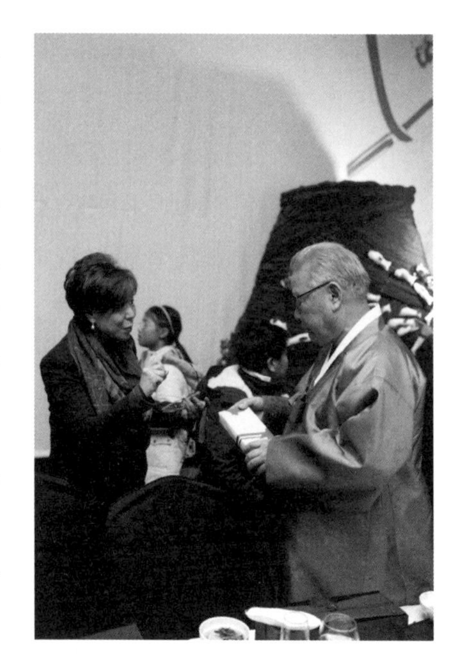

사용되는 역할이 끝나면 자기의 존재를 가장 작게 하는 것! 병풍이 그렇고, 부채, 멍석이 그렇잖아.

디자이너들은 융통성 없는 007 가방보다 융통성 있는 보자기를 잘 생각해봐야 해. 적어도 짐이 늘어나면 지퍼로 몇 단계 늘려낼 수 있는 이민가방 같은 개념으로 디자인해야 해.

우리는 방 하나에 이불 깔면 침대가 되고, 밥상 들어오면 식탁이 되고, 방석 깔고 윷놀이하면 놀이방이 되잖아. 최소 공간 속의 최대 다양성인 거지. 서양은 이를 위해 모두 하나씩 공간이 따로 있지. 전쟁 나갔다 돌아와도 여전히 침대가 그 방에 놓여 있잖아. 낭비가 엄청난 거지. 우리는 서양을 따라가려고 야단이지만 미래에는 통섭, 융합, 융통성 있으면서도 개별화되는 이런 개념은 매우 중요해지고 더욱 필요해질 거야."

지금도 웃으시면서 이렇게 말씀하시던 모습이 눈앞에 계십니다. '깨닫는다'라는 말은 필경 갑갑하게 닫힌 머리가 깨졌기에 생겨났을 것입니다.

이날 저는 크게 깨진 날이었습니다. 창조의 개념이 무엇인지 깨닫게 되었으며, 그동안 기죽었던 가난한 공간 쓰임새에 처음으로 자부심을 느껴보았으니 말입니다. 그래서 이 책자를 이 나라 디자이너들에게도 꼭 읽히고 싶은 것입니다.

선생님하고 말씀 나누다 보면 곧잘 샛길로 새곤 합니다. 만나보신 분들은 잘 아실 거예요. 어떤 때는 돌아오지 못하고 그 길로 가버리곤 하지만, 한줄 한줄 다 메모하고 싶어지지요.

이건 제가 가진 선생님에 대한 아주 단순한 이미지인데요, 선생님은 톡 건드리면 튕겨져 나오는 씨앗 같아요. 누구라도, 어쩌면 바람이라도 자기를 건드리면 멀리 날아갈 준비를 하고 있는 잘 익은 씨앗 주머니 말입니다.

뵈러 갔다가 상의드릴 한마디 단어가 그만 일파만파 흘러서 어느새 거기에 몸과 생각이 다 실려서 떠다니면 한 시간, 두 시간이 흐른 거예요.

선생님은 어떤 분야의 사람들과도 그러하시더라고요. 늘 상대의 몸에 성냥을 그은 것처럼 즉시 발화시켜 확대하시는 말씀의 현장성이 대단하세요.

게다가 만나고 나면 또 용어 하나를 개발해내시지요. 이런 것을 두고 상대성 원리라고 하면 안 되는지요? 그만큼 선생님의 지식 창고는 컸고, 샘은 깊어서 평생 마르지 않게 퍼내실 수가 있었던 거죠.

돌이켜 봐도 참 좋은 책을 냈구나 싶은 《김치 천년의 맛》도 1996년도에 선생님께 글을 받아 출간했습니다. 예전 《조선일보》의 자료실을 머리에 가득 담고 계시다는 이규태 선생님과 함께 써주셨지요.

가장 최근에는 우리나라 한국 음식에 대해 집대성한 책 《K-FOOD》를 기획하면서 봄 여름 가을 겨울 계절별로 할까, 각 지방별로 나누어야 하나… 고민할 때 삶다, 끓이다, 캐다… 이런 한국 음식의 특징으로 생각하라 챕터를 나눠주셨어요.

영문판까지 출간한 두 책자는 판매보다는 기념비를 세우는 작업인 만큼 제작비가 많이 들 수밖에 없었는데, '김치' 책은 당시 CJ에서 초판 제작비를 먼저 내주셨고요. 이번 다섯 권짜리 《K-FOOD》도 오뚜기 후원으로 출간할 수 있었는데, 선생님이 가담해주셨기에 가능했을 것입니다.

제가 2013년도에 광주 디자인 비엔날레 총감독을 맡았어요. '거시기, 머시기'라는 전시 제목을 가지고 여쭈러 갔었죠. '것이기, 멋이기-애니씽, 섬씽'이 되는 디자인의 파워까지 선생님의 말씀이 강한 후원이 되어 당당해지는 자신감을 주셨습니다.

선생님은 늘 말씀으로 디자인하시잖아요.

단 몇 번이라도 선생님께 불려간 저로서는 선생님의 상상이 현실로 펼쳐지지 못한 그 안타까움을 송구스러움과 함께 익히 알고 있습니다. 아휴, 말이 쉽지… 그걸 알아들을 사람들이 그리 많지 않아서 선생님은 한편 외로우셨던 분이에요.

"…내 아내와 의논해서 장례식을 좀 해봐…."

아주 작은 목소리이셨지만 특징 없는 장례식이 아닌 것을 디자인하라시는 것으로 저는 알아들었습니다. 돌아가시기 이틀 전이었는데, 그때 뵌 선생님 얼굴 모습이 얼마나 아름다웠는지요. 선생님 돌아가신 후, 영인문학관에서 49재를 '크리에이터들의 크리에이터-李御寧 長藝展'이라는 제목으로 전시를 했습니다.

선생님이 살아오신 길은 그야말로 긴 예술이었고, 이를 알고 선생님을 존경하는 여러 디자이너와 함께해드렸습니다. 선생님 말씀 속의 디자인에 백분지 일이나마 표현이 되었을까 싶었지만 정말 진심을 다했습니다. 이어령 선생님의 아내이신 강인숙 관장님도 사진들을 찾아주시며 적극 가담해주셨습니다.

이제 말도 꺼내기 힘든 아이디어를 말이 되게 의논드리러 갈 분이 안 계십니다.

저는 이어령 선생님에 대해 남들이 말을 할 때도 끼어들고 싶지 않습니다.

같은 시대를 살았다는 그 자체만으로 가슴 벅찬 일인데, 이렇게 선생님을 자주 뵈면서 살았으니 짧은 말로는 가당치 않으니까요. 그런 분이 이 세상 어디에 계시겠느냐고요. 흑흑….

굴렁쇠 일화 두 편

이우환 | 화가

1

나는 어릴 때 굴렁쇠 놀이를 즐겼다. 크기의 직경이 60~80센티미터 정도의 가는 철륜鐵輪을 굴렁대로 굴리는 놀이다. 원래는 쇠가 아니라 할아버지가 만들어주신 대나무로 된 굴렁 바퀴였다. 건넛마을의 그것도 대나무였었다.

우리 집은 대나무 숲속에 있었는데 할아버지는 솜씨가 좋아 마을 아이들을 위해 대나무를 잘라 여남은 개는 만드셨을 것이다. 신작로에 나가 그것을 동무들과 함께 굴리고 논다. 대나무로 만든지라 완벽한 원형이 아니어서 굴리는 데는 기술과 훈련이 필요하다. 그래도 시골 아이들은 금세 잘도 굴렸다.

그런데 일본으로 유학 갔던 외삼촌이 여름방학 때 나를 위해 쇠로 된 예쁜 굴렁쇠를 사 왔다. 나는 너무 기뻐 동무들 앞에 자랑하고 뽐내면서 그것을 굴렸다. 때때로 동무들에게도 굴리게 했지만 금방 내가 빼앗는지라 모두 화를 내며 토라졌다. 이로 인해 동무들 사이가 나빠지고 집안들끼리도 서먹서먹해졌다. 그러던 어느 날 굴렁쇠가 없어졌다. 누가 훔쳐갔는지 어떻게 되었는지 알 수가 없었다.

그러다 해방이 되었고 이듬해 봄 국민학교(당시는 초등학교를 그렇게 불렀다.) 3학년 때 운동회에서 굴렁쇠 릴레이가 있었다. 언제부터인지 학교에는 많은 굴렁쇠가 있었다. 아이들은 학교에서 굴렁쇠 놀이를 할 수 있게 된 것이다. 이를 계기로 굴렁쇠로 인한 동무들 사이의 응어리는 풀렸고, 나는 어언 굴렁쇠 소란을 잊었다.

그 후 나는 고향을 떠났고, 부산으로 서울로 옮겨 다니다 우여곡절 끝에 일본에서 대학을 다녔다. 우연히 삼촌 집에 들렀을 때 시골에 계신 아버지한테서 전화를 받았다. 이미 알고 있었지만 얼마 전에 할아버지가 돌아가셨다는 소식이었다. 그러면서 어릴 때 없어졌던 그 굴렁쇠를 찾았다고 하셨다.

우리 집 젊은 머슴이 논 가운데 있는 웅덩이 물을 푸다 거기서 발견했다는 것이다. 알고 보니 할아버지가 그것을 웅덩이에 버리셨던 거다. 할아버지가 돌아가시자 전 머슴이었던 지금 머슴의 아버지가 그것을 밝혔다고 하셨다. 전화를 끊고 나니 쓴웃음이 나왔다. '과연 할아버지다운 짓거리였구나.'

2

80년대 중반, 구름 낀 어느 날 인사동 뒷골목 식당에서 이어령 선생과 점심을 같이했다. 식당 밖으로 나오는데 아이 둘이 굴렁쇠 놀이를 하고 있었다. 참으로 오랜만에 보는 광경이었다. 이어령 선생이 손으로 가리키며 "굴렁쇠가 작아졌지만 지금도 있네그려." 했다. 옛날에 없어졌다고 여겼는데 그것이 눈앞에 있었다. 나도 신기해서 "기리코의 그림 같네요." 했다. 어두운 도시의 길모퉁이에서 어린 소녀가 정적 속에 외로이 굴렁쇠를 굴리는 기리코의 그림이 떠올랐다.

이 선생이 "어릴 때 굴렁쇠 놀이 해본 적 있나?" 묻는다.

"물론이죠."

"나도 많이 해봤지."

그러자 나는 문득 어릴 적 일이 생각났다. 잊고 있던 굴렁쇠 일화를 이어령 선생에게 털어놓았다. 그랬더니 "단편소설 같은 얘기네." 하고 웃었다.

그런 후 몇 년이 흘렀다. 올림픽 전해였던 것 같다. 가을 어느 날 이어령 선생을 만났더니, "이 선생 왜 언젠가 우리 기리코 그림 같은 광경 봤지?" 한다.

"아, 굴렁쇠?"

"그거, 그거."

"그게 왜요?"

그러자 이어령 선생은 흥분된 어조로 "올림픽 개막식 때 소년이

굴렁쇠 굴리는 아이디어 어때?" 했다. 듣는 순간 나는 깜짝 놀랐고 "굿 아이디어!" 하고 소리쳤다.

기상천외의 발상이었다. 언제나 올림픽 개막식은 첨단 기술을 동원하고 문명의 자랑거리를 있는 대로 다 꺼내 화려하고 웅장하게 자랑하는 것이 관례였다. 그런데 소년과 굴렁쇠란다. 거대하고 횅댕그렁한 경기장에 소년이 반짝이는 가느다란 굴렁쇠를 굴리며 달리는 안이다. 나는 듣는 순간 눈이 번쩍 뜨였다. 한 시대와 세계의 극적인 장을 열려는 천재의 번득임이었기 때문이다.

하지만 이 아이디어가 실현되기까지는 많은 애로가 있었다. 훗날 나는 올림픽위원장 박세직 씨로부터 애를 먹었다는 얘기를 몇 번이나 들었다. 시대착오라느니 화려하지 못하다느니 왜소하다느니 쓸쓸하다느니 여기저기서 끈질기게 반대론이 쏟아졌다고. 이 안이 채택되는 데는 많은 힘이 모여야 했다. 조직위원회 내부에는 찬성자도 많았지만 시끄러운 주변을 고르는 데는 여러 인맥을 가진 백남준 씨의 역할이 컸다고 한다. 이어령 선생과 백남준 씨와 내가 한동안 한 덩어리가 되어 쏘다닐 때였다.

굴렁쇠가 결정된 얼마 후 나는 거주지인 일본에 있었다. 어느 날 이어령 선생에게서 민화에 나오는 호랑이에 관해 물어볼 것이 있다며 전화가 왔다. 내 얘기가 끝나자 "그런데 말이여." 하고 굴렁쇠 얘기를 꺼냈다. 애당초 소년 혼자였는데 소년들의 군상으로 하면 어떨까, 한다. 그리고 릴레이를 권하는 사람도 있다는 것이다. 백남준 씨에게 물었더니 "헷갈린다." 하면서 헷갈리는 소리만 한단다. 나는 서슴지 않고 첫 생각대로 해야지요, 했다. 한 소년이어야 엄청나게 극적이고 여운이 클 것이라 강조했다. 그리고 고요 속을 달렸으면 좋겠는데, 하고 덧붙였다. 이어령 선생도 그렇게 생각한다고 하면서, 잠이 안 와. 화집의 기리코 그림을 보고 있자니 잘못하면 외롭게 보이지나 않을까 걱정이 들었다는 것이다.

단호히 그럴 염려는 없을 것이었다. 수많은 관중의 눈이 집중하는 드넓은 대낮의 경기장에 싱그러운 어린 소년에 의해 꿈같은 장면이 터트려진다. 이것은 어떤 군상도 범할 수 없는 숭고한 순간이고 세기의 경이驚異이다. 이것은 한 소년이기에 경기장 전체의 마음이고 힘이며 인류를 가슴 뛰게 하는 하염없는 퍼포먼스가 될 것이다.

나는 올림픽 개막식에 초대를 받았지만 불행히도 국내에 없었다. 전람회를 꾸미느라 이태리에 나가 있었다. 그래도 나무에 앉은 새처럼 마음은 콩밭에 가 있었다. 밀라노의 미술관에서 홀로 텔레비전으로 개막식을 보게 된 것이다.

수만 명의 관중이 둘러싼 텅 빈 경기장에 운동모를 쓴 앳된 소년이 나타났다. 일순 숨 막히는 정적이 공간을 휩쌌다. 그러고는 거대한 기계 소리인지 미지의 벌레 소리 같은 높은 음향이 울리며 이어졌다. 이 정적의 울림 같은 불가사의한 소리의 공간에서 소년은 반짝이는 굴렁쇠를 굴리며 달리기 시작했다. 조금 후 와~ 하고 군중의 환호가 터졌다. 경기장의 꿈만 같은 광경을 목격하고 있으려니 나도 모르게 눈물이 쏟아졌다. 마음속으로 이어령 선생의 이름을 수없이 불렀다.

이어령 선생의 마지막 연구

이인화 | 소설가, 전 이화여자대학교 교수

2022년 2월 26일 이어령 선생이 세상을 떠났다. 그날 날씨는 우중충했고 비가 내렸으며 바람이 심했다.

선생이 이어령 평전을 써달라고 부탁했기에 나는 돌아가시기 직전 가끔 찾아뵈었다. 병환이 위중했는데도 선생은 늘 웃으며 당신이 쓰고 계신 책 이야기를 하셨다. 체중이 절반으로 줄어든, 불행과 지혜가 아로새겨진 야윈 얼굴에 아름다움이 있었다. 미소 짓는 우수였고 기도하는 달관이었다.

선생은 농경 사회에서 산업사회로, 산업사회에서 정보사회로, 정보사회에서 지능정보 사회로 숨 가쁘게 달려온 한국의 변화를 누구보다 열심히 탐구했던 석학이었다. 선생의 마지막 연구 주제는 당신의 죽음이었다.

디지털의 진화로 지능과 사물이 모든 경계를 초월해 연결된다.

사회가 빠르게 변하고 데이터는 기하급수적으로 늘어난다. 그런데 인간의 생물학적 한계는 똑같다. 초연결이 복잡한 문제를 만들어 난해한 상황이 계속 분출하는데 사람은 옛날과 똑같이 나고 늙고 병들고 죽는다. 수명도 인식능력도 그리 대단하게 늘지 않는다.

선생은 2014년 《생명이 자본이다》에서 이것을 우리 시대의 본질적 문제라고 보았다. 선생은 가난했던 신혼 시절 어느 날 아침 어항의 금붕어가 얼어 죽어있다가 뜨거운 물을 부으니 되살아났던 단칸 셋방의 기억을 떠올렸다. 선생은 생명의 체험, 사람의 마음을 움직이는 생명에 대한 공감이야말로 초연결 사회가 추구해야 할 궁극의 가치라고 보고 마지막까지 이것을 탐구하셨다.

2월 10일 돌아가시기 보름 전에 마지막으로 선생을 뵈었다. 선생은 메타버스, 생명 자본주의, 인간은 150만 년 동안 먹거리를 찾는 채집꾼 호모 콜렉티쿠스였다, 그런 이야기만 하셨다. 새로 나온 플

라톤 전집이 좋더라, 빨리 사보라는 말씀도 했다. 얼굴에 죽음의 그림자가 어른거리는데 나약한 감상의 말씀은 일절 없었다. 선생은 마치 내게 이런 무언의 충고를 하시는 듯했다.

난 곧 죽습니다.

하지만 아직 내 꿈을 좇아갈 정열이 있지요. 그대는 어떤가요?

선생은 한국 현대 문예 비평사에서 가장 큰 성공을 거둔 비평가였다. 선생은 한 줌 지식인의 전유물이었던 비평을 모든 사람의 지식으로 만드는 커다란 변혁을 이룩했다. 인습적이고 권위적이었던 한국 비평에 참신한 수사학과 통찰을 도입했고 독자들은 그 비평에 열광했다.

선생은 《저항의 문학》 같은 문학비평에서 출발하여, 《흙 속에 저 바람 속에》 《축소지향의 일본인》 같은 문화 비평을 거쳐, 《그래도 바람개비는 돈다》 《디지로그 선언》 같은 문명 비평으로 나아갔다. 그래서 인구의 절대다수가 농사를 지을 때 현대 문명을 이야기했고, 사람들이 겨우 도시에서 살게 되었을 때 산업화는 늦었지만 정보화는 앞서가자고 외쳤다. 국문학자, 에세이스트, 언론인, 문화부 장관, 올림픽 기획자 등 얼핏 산만해 보이는 선생의 이력은, 사실 사람들에게 꼭 필요한 비평이라는 꿈을 좇아온 일관된 정열의 궤적이었다.

부고와 함께 우리는 선생의 생애를 정면으로 마주 보게 되었다. 선생의 지성과 에너지가 우리 사회의 얼마나 큰 부분을 채우고 있었던가를 깨닫고 놀라게 되었다. 오늘날 한류 커뮤니티 1억 명에 빛나는 한국 문화가 이 위대한 해석자에게 얼마나 많이 의지해왔는가를 실감하게 되었다.

나에게 선생은 추억의 불빛으로 빛나는 신전이다. 나는 일곱 살 때 영남대 강당에서 아버지 무릎에 앉아 《문학사상》을 홍보하러 온, 검은 뿔테 안경 때문에 얼굴에 하얀 철가면을 쓴 것 같은 신사의 강연을 처음 들었다. 스물아홉 살 때 장관을 지내고 대학에 복귀한 선생을 같은 과의 신임 교수가 되어 다시 보았다. 그리고 인생의 많은 것들이 깊이를 알 수 없는 어둠 속으로 사라진 쉰일곱 살 때 아직도 문학적 영감을 주는 큰 스승을 빈소에서 보았다.

교정의 목련꽃이 아름답던 어느 봄날. 선생은 꺼벙한 얼굴의 신임 교수와 학생들 앞에서 이런 말씀을 하셨다.

"디지로그는 리얼과 페이크의 경계가 무너지는 겁니다. 아날로그 세계가 진짜이고 디지털 세계는 가짜가 아닙니다. 다 진짜입니다. 우리는 필멸의 존재입니다. 시간만이 우리를 구성하는 실체이기에 우리는 모든 세계에서 살 수 있습니다. 언젠가 '완전한 디지털 전환'이라는 말이 나올 겁니다.

우리는 결국 디지로그로 살아갑니다. 인생에서 확실한 것은 아무것도 없고 우리는 역경에 익숙해집니다. 나락으로 밀려 떨어졌다가도 시간이 지나면 강인한 정신력으로 다시 기어 올라갑니다. 그것이 인간입니다…."

선생은 그날 유한한 인간의 생명, 언젠가는 반드시 죽어야 할 인간의 필멸성이야말로 무한한 가능성의 토대라는 말씀을 하신 것이었다. 선생은 디지털 전환이 만드는 인공지능의 초연결 사회에서 밝은 미래를 보았다. 그것은 분업과 생활의 표준화와 생명을 옥죄는 기계, 자발성에 대한 조직의 우위를 추구하며 비인간화의 길을 걸어왔던 산업 자본주의가 완전히 극복되는 생명 자본주의의 시대였다.

그날 어리석은 나는 선생의 말을 반도 이해할 수 없었다. 꺼벙한 얼굴의 젊은 교수와 화장을 하지 않아도 예쁜 어린 학생들은 그저 선생의 말씀을 가까이서 듣는 것이 좋아 웃고 있었다. 햇살만이 이파리 사이로 쏟아져 교정의 아스팔트 위에서 보석처럼 빛나고 있었다.

선생은 어디로 가셨을까. 꺼벙이는 또 어디로 갔을까. 인생이 내게 친절하다고 생각하던 그 녀석은. 일찍이 조시마 장로가 말했다. 알료샤야 너는 세상에 나가 불행을 겪을 것이다. 그러나 그 불행 속에서 행복을 느낄 것이다. 나도 행복을 느낀다. 부재하는 것에 대한 순수한 그리움을 알게 된 행복을.

한때 나의 것이었던 사라져버린 삶이 선생의 죽음 너머 어딘가에, 선생의 마지막 연구 주제에 스며 있다. 그리고 나는 이쪽에 남겨졌다. 추호의 용서도 없이 흐르고 또 흐르는 시간과 함께.

나의 큰 스승, 내 작품 첫 수장가

이종상 | 화가, 대한민국예술원 회원

나는 지금 온누리교회 집전 천안공원 2022년 3월 2일 오후 4시 30분 고 이어령 박사 하관 예배 안내첩과 금년도 대한민국예술원 회원 수첩을 꺼내 들고 감회 깊게 보고 있다. 자문밖 문화의 길 건너 북한산 자락에 예술원 회원들을 비롯하여 문화·예술가들이 가장 많이 살고 있는 평창동 이어령길 영인문학관 인근의 21길에 한국벽화연구소와 함께 있는 독문운獨文運 화실에서다.

예술원 수첩의 문학 분과 첫머리에 시인 김남조 선생, 다음으로 평론 이어령 선생의 입회 당시 젊으셨을 때 미소 지은 사진이 보인다. 매년 발행되는 회원 수첩은 나이 선후배 직위 관계없이 생존 회원의 입회순으로 편집된다. 나의 동향 동문 선배이시고 통섭의 멘토이신 이어령 선생님과 함께 사모님이신 영인문학관 관장 강인숙 선생님도 한때 나와 한 직장에서 모셨었다. 서울예고와 이대를 다닌 아내 성순득의 스승이시어 두 분 다 우리 부부에게는 늘 사표가 되어주셨다. 이처럼 두 분 다 반세기를 넘기는 오랜 문예인의 인연으로 사랑을 받고 존경하며 지금도 인근에 화실이 있다.

결혼 초에 나는 우리 민족의 자부심인 죽의 장막에 갇힌 고구려 벽화의 재료 기법과 조형철학을 공부하기 위해 국전 초대작가로서 연구에 몰두했었다. 당시 북한의 고려연방제 찬양의 오해를 피하여 중계동 불암산 아래 노송밭 밑에 살다가 두 딸이 정동의 예원을 다니게 되어 내가 초등학교 때 소풍을 자주 와서 자두를 사 먹던 이곳, 평창동으로 이사를 왔다. 그 당시는 지금처럼 문예인들이 드물었다. 낯선 평창동으로 이사 왔을 때 우리를 가장 환영해주셨던 분들이 바로 이어령 선생님과 강인숙 선생님이셨는데 댁에는 벌써 오래전에 구입하신 내 작품들이 벽에 걸려 있었다. 이사 온 뒤에 화실 앞산에서 떨어지는 낙엽을 쓸고 있노라면 늘 두 분 선생님께서 정담을 나누시며 운동 삼아 동네 한 바퀴 산보하시는, 내가 부러워했을 정도로 정겨우셨던 모습이 눈앞에 선하게 그려진다.

이사 온 지 얼마 되지 않았던 그때는 유명 인사의 명강의를 들으려면 새벽부터 서둘러 광화문포럼이나 한강포럼 등 먼 곳까지 가야 했다. 그런데 막상 어렵게 도착하고 보면 단상에는 이어령 선생님, 단하에는 평창동 이웃 분들이 인사하기 바빴다. 내가 강연 초대를 받고 멀리 갔을 때도 그랬었다. 이를 목격하신 선생님께서 하루는 동네 호텔로 오찬 회의에 나와 김종규 회장 등 서로 전공은 다르지만 자기 분야에서 두각을 나타내고 계신 유지 분들을 초대하셨다. 이 자리에서 선생이 발의하신 안은 우리가 먼 곳까지 나가서 동네 분들 강연을 듣기보다 동네에서 전공이 다른 분들의 격 높은 강의로 서로 창의적인 통섭의 창조적 지식의 고부가 창출 시대를 열자는 데 전원 찬성을 얻어냈다. 다음 회의 때는 회원들이 무보상 봉사로 순차를 정하여 자유 강론을 하고 '평창문화포럼'으로 합의하며 초대 회장은 선생님을 추대했으나 끝내 사양하시고 나를 추대하여 몇 차례 연임까지 했었다.

'평창문화포럼'이 점점 밖에 알려져 수준 높은 강연을 듣기 위해 멀리서도 회원이 되고자 하는 등 성황을 이루었다. 그중 대표적인 분이 임권택 감독이셨다. 그래서 알게 되어 내가 서울대학교 박물관장으로 재직 직전, 고구려 벽화 보수로 북한의 초대를 받아 갔을 때 듣고 귀국 후 관장 취임 첫 전시가 〈한강 유역의 고구려 유적〉전이다. 바로 이어서 〈오원 장승업〉 전이 있었다. 이때는 임권택 감독이 전년에 칸 국제영화제에서 100년이 넘은 한국 영화 역사상 〈서편제〉로 수상을 못 하여 실망에 빠져 있을 때였다. 그런 때 〈장승업〉 전에 관한 내 강연을 들었다. 우리의 문화가 한의 문화라 한글, 한 그림韓國畵, 한강漢江처럼 크고 높다는 의미인데 이를 일제강점기 때 야나기 무네요시柳宗烈가 한때 우리 문화를 원한의 한恨 문화로 오도한 때가 있었다.

오원 장승업을 주인공으로 삼은 영화 〈취화선〉은 평창동 독문운 화실에서 임권택 감독과 주연 최민식은 내가 소장한 조선의 화가

장승업의 원화를 놓고 영통제靈通祭를 올렸었다. 나를 자문위원으로 자막에 올려주었다.

〈취화선〉은 한국 역사상 처음으로 칸 영화제에서 감독상을 받았는데, 이후 한류 열풍이 이어지게 된 것도 알고 보면 이어령 선생과 임 감독, 그리고 내가 모두 '평창문화포럼' 회원들이다. 세 분 다 대한민국 예술원 종신회원이니 우리 평창동의 문화 창조적 기운으로 혼돈과 창조를 유별하나 일심동체로 해로의 조화론을 펴신 선생님의 유훈을 깊이 새겨야 할 것이다.

선생께서 최초로 초대 문화부 장관에 취임하신 후 88 올림픽을 치러야 하는 막중한 부담을 안고 효자동 돈의문 월편 건물 2층에 임시 사무실을 차리고 나를 초대하셔서 단숨에 달려갔다. 그때 개막식에서 누구도 생각할 수 없는 굴렁쇠 소년 말씀을 간단히 끝내시고는, 지금은 나에게만 남기신 민족의 숙원이며 염원의 유언으로 큰 빚을 지게 된 것이 있다.

이는 선생이 만유 존재의 근원으로 혼돈과 창의 곧 파괴와 창조의 실천 작품으로 부탁하신 것이라 쾌히 재능기부를 승낙하고 돌아와 참으로 역사에 길이 남을 작품이 되겠다고 믿고 기다렸다. 선생은 내가 남쪽 벌교 땅, 태백산맥문학관 북쪽 산맥 절개지 외벽에 높이가 8미터 82미터 벽에 남북 평화통일을 기원하는 세계 최초, 최대의 옹석벽화擁石壁畵 '원형상-염원'이 있고, 서초동 법원 로비에 있는 한국 최초, 최대의 대벽화 '동유벽화銅釉壁畵'도 '원형상-염원'이다.

선생님은 우리가 살아생전에 꼭 이루고 가야 될 소명이, 이질화된 단일민족의 자생성을 살려 남북의 문화 동질성 회복을 통한 한반도 평화통일이라는 간절한 염원을 간구하고 계셨다.

그래서 비바람에도 만년을 견디는 민족성으로 북쪽을 향해 돌을 쌓은 독립문이 아니라 통일을 간구하는 통일문을, 통일로 박석고개로부터 9년마다 90킬로미터 간격으로 염원의 벽화 예술문을 건립해 통일 문화 역사에 남겨보자는 기발한 작가적 발상을 하셨다.

비록 이 문을 시작도 못 한 채 주님의 부르심을 받고 하늘나라로 가셨으나 그곳에 가 계셔도 우리 민족의 평화통일 문을 통한 염원이 이루어지도록 주님께 간구드려 도와주실 것이다.

선생님께서 소천하시기 얼마 전에 영인문학관 2층 서재를 찾아갔을 때 내가 젊었을 때 그린 전지 작품 〈동자공천도童子貢天圖〉를 배경으로 항상 소파에 능연能緣히 기대앉으시며 반겨주셨다. "일랑이 바람을 그릴 때 그 흔적을 그리듯이, 바람은 보이질 않지만 큰 파도를 만든다." 하시며 내 일랑一浪이란 호 값을 내 작품이 소리 없이 문화 자생성과 문화 동질성과 문화 영토론을 원형상源形象으로 끝까지 외쳐달라고 당부하신 말씀을 오래 가슴에 품고 살 것이다.

선생님과 사모님 두 분께서는 그토록 사랑하시던, 믿음의 삶을 살다 먼저 주님의 부르심을 받고 하늘나라에 간 따님을 보내시고 도마처럼 하느님 계심을 믿고 선생님도 연연함 한 점 없이 하늘나라에 가셨다.

그 아픔과 그 믿음의 희열을 우리 부부도 사랑하는 둘째 딸 데레사를 앞세워 보내고 선생님과 사모님처럼 하느님을 볼 수는 없으나 늘 함께 계심을 믿고 순교지가 많은 고향, 충남 합덕신리에 한국 최초의 순교미술관을 짓고 많은 작품을 봉헌했다.

우리 부부가 선생님의 마지막 3월 2일 오후 4시 30분, '이어령 박사 하관 예배'에 장의 버스를 타고 도착한 곳이 천안공원이었는데 더욱 놀란 것은 하관식을 드리는 곳에서 바로 아랫단 초입에 나의 부모 합장묘와 가족묘가 이웃하고 있으니 생시에서 저승까지 하느님의 은총이시라 믿는다. 이제 부모님 성묘 날이면 선생님도 생시처럼 수시로 가 뵐 수 있으니 돌아가심이 아니라 나에게는 돌아오심 같아서 스승님으로 늘 함께 계신 든든함을 느낀다.

글쓰기의 공간에 필요한 것은 책을 놓아둘 서재만을 의미하지 않는다. 끊임없이 상상력을 펼치고 사고의 궤적을 이끌어갈 만한 한 폭의 그림을 갖추는 것도 그중의 하나일 것이다. 결혼해서 처음 내 서재를 갖게 되었을 때 내 눈 내 돈으로 장만한 최초의 그림이 바로 일랑의 〈파초도芭蕉圖〉

였다. (중략) 어쩌다 내 평문 속에 등장하는 화가들은 한국화와는 거리가 먼 틴토레토나 고흐 같은 서양의 화가들이었으니 말이다. 그러나 내가 처음 일랑의 그림을 보았을 때 바로 그 같은 서양화에서는 채울 수 없는 갈증의 우물을 발견하게 된 것이고 내 언어는 그 두레박이 되었던 것이다. (중략) 그 뒤 일랑의 그림은 많은 변화를 보였고 화제도 다양하게 전개된다. 내 서재의 벽에는 동자들이 메고 가는 〈천도도天桃圖〉와 에펠탑에 걸려 있는 굴비 등, 초기의 〈파초도〉와는 전연 다른 일랑의 그림들이 걸리게 된다. 하지만 여전히 변하지 않는 것은 50년대 파초 잎에서 보여주었던 '부피를 지닌 면', '생명을 지닌 면'이었다. 한마디로 말하면 일랑은 언제나 '존재'가 아니라 존재 이전의 상처, 그 가능태를 만들어내는 '생성'을 그리고 있는 것이다. (중략) 그러한 바람과 움직임을 생성하는 평활한 공간, 자아의 주체를 넘어선 그런 반복과 지속의 공간으로 일랑은 지금도 이끌어간다.

–이어령, 〈파초의 생성 공간〉

이 글은 1999년 5월 4일, 제자들 모임인 랑우회浪友會가 나의 회갑을 축하해주려고 나도 모르게 이가원·김남조·이어령·김형영·안휘준·이일 선생님 등 수많은 분의 글을 모아 만든 한길아트 발행의 《한그림 40년–일랑 이종상의 삶과 예술》 477쪽 중 458~9쪽에 실린 보배 같은 가르치심의 글 중 일부이다.

그리고 또 잊지 못할 인연은 2000년 초, 내가 삼성문화재단과 《동아일보》의 일민문화재단의 이사로 일하고 있을 때 종근당 제약 이장한 회장의 초대로 강원 오크밸리에 2박 3일간 간부 연수회에 초대를 받았다. 창업자이신 이종근 회장님은 평소 고향 분이시라 뵌 적도 있어 회사 차를 타고 연수장에 갔다. 그런데 가보니 나를 합동 강연자로 추천하신 이어령 선생님께서 기다리고 계셨다. 전에도 이런 경험이 서울에서 있었기에 반갑게 인사하고 단상의 두 테이블에 앉아 문학과 미술과 미래 인문과학의 통섭으로 2000년대 고부가 산업 시대의 문화 창조로 재미있게 강론했다 그 후에 들은 얘기로는 한국의 최고 지성이시며 명 강연으로 소문난 선생 앞에서 화가가 말도 못 하고 끝낼 줄 알았는데 오히려 선생님이 나에게 기회를 더 주셔서 그 관용에 놀랐단다.

그 후 귀가하여 며칠 후 선생님께서 전화를 하셨다. 종근당에서 우리 합동 강연이 회사 운영에도 많은 도움이 되고 각 전공 간에 서로 다르면서도 같은 통섭의 원리는 모두가 실천해야 할 덕목이라면서 창립자 고촌장학재단의 이사로 도와달라는데 당신은 바빠서 사양하셨단다. 그러시면서 나는 사양하지 말고 고향 분들이고 고촌 이종근 창업자가 일랑 이종상과 동향同鄕에 종현宗賢 같으니 연락이 오면 응해드리라고 당부하시어 지금까지 세 차례나 연임하고 있다. 고촌장학재단은 다른 데와 달리 일 년에 한두 번씩 이사 부부들의 해외 관광 겸 연수 행사가 있는데 이사들뿐 아니라 사모님들과도 한 가족처럼 지내면서 개인으로는 가기 힘든 곳을 다니며 많은 것을 배운다. 특히 화가인 나는 진경 스케치 작품을 많이 그릴 수 있어서 좋다. 이 또한 모두가 내가 존경하는 멘토요, 스승 그 이상의 백락伯樂 이어령 선생님과의 인연으로 비롯된 것이다.

선생님 소천 이후에 '자문밖문화포럼'의 이순종 이사장의 제안으로 영인문학관 앞길, 평창동의 문화 중심 길을 '이어령길'로 명명하였다.

표지 개막식을 영인문학관 강인숙 관장님을 모시고 김종규 출판박물관 관장님과 자문밖문화포럼 이순종 이사장 등 많은 동네 유지분들과 종로구청과 평창동 주민센터 관계자, 동네 주민들과 함께 성대히 제막식을 했다.

하늘나라에 계신 이어령 선생님과 영인문학관을 훌륭히 이끌어 나가고 계신 강인숙 관장님의 크나큰 은덕이 자문밖 모든 문예인과 함께 우리 민족의 문화 자생성을 살려 문화 동질성을 찾고 남북 평화통일이 이루어져 이곳 영인문학관이 통일된 우리 민족 문화·예술의 근원지가 되기를 간구드린다.

'이어령'이 없는 빈자리

이청승 | 전 세종문화회관 사장, 경기창조학교 사무총장

2009년 7월, 세종문화회관에서 경기디지로그창조학교의 첫 개교식이 열렸다. 행사장 입구에서부터 로즈메리 향기가 방문객을 맞이했다. 또 명함만 내밀면 자동 입력이 되는 등록 시스템으로 손끝에서 느껴지는 아날로그적 감성과 디지털 기술이 어우러진 방명록이었다.

이날 출범식에는 이어령 명예교장을 비롯하여 김문수 경기도지사와 김남조, 김덕수, 송승환, 안숙선을 비롯한 창조학교 멘토들이 참석했다. 새로운 상상력과 행복한 교육을 통한 융합적 리더십의 공식 출범을 앞두고 적극적인 창조 활동을 다짐하는 자리였다. 당시 세종문화회관의 사장으로 재직 중이던 나는 기꺼이 행사의 시종始終을 가장 가까이에서 거들고 있었다.

디지로그Digilog라는 말은 디지털Digital의 가상세계와 아날로그

Analog의 실제 현실이 합쳐진 말로 이질적 공간이 서로 만나 결합과 통합을 이룬 세계이다. 이어령 선생님이 최초로 창출한 단어이기도 하다.

처음부터 창조학교는 아날로그 공간과 디지털 공간 사이에 새로운 인터페이스를 만들어 디지로그형 새 문화를 일으키겠다는 의지를 내포하고 있었다. 그래서 온라인과 오프라인으로 1. 지식의 리사이클링과 2. 창조의 기회 제공, 그리고 3. 창조적인 세계인 육성이라는 미션을 가지고 디지로그형 인간을 창조해보겠다는 것으로서 선생님의 생각은 모든 것이 남달랐다. 새로운 21세기의 전천후 학교를 지향하고 있었다.

왜 창조학교인가? 제도권 교육이 개인의 창조성을 발굴하지 못하고 있는 게 우리의 현실이다.

쓰는 것과 지우는 것과 같이 대립적인 성질이 한 몸에 묶인 지우개 달린 연필처럼 우리의 고정관념과 낡은 생각을 지우고 새로운 이야기를 쓰고자 했다. 예컨대 이것과 저것의 분리가 아닌 이것과 저것의 결합과 통합으로 새로운 창조적 세계를 만들 수 있다는 생각이었다.

진정한 양치기는 앞에도 뒤에도 서지 않고 무리 한복판에서 함께 움직여준다. 바로 창조학교는 멘토와 멘티가 동행하는 곳으로 늘 함께 생각하고 배우는 동행자 관계의 멘토링 시스템을 지향하고 있었다.

스스로 제 머리로 생각하는 능력을 강조하는 창조학교의 학습 프로그램과 커리큘럼은 선생님이 가리키는 창조의 다섯 손가락으로 구분된다. 첫째, 엄지 코스로 창조 이론과 교육. 둘째, 검지 코스로 창조 언어와 인문학. 셋째, 중지 코스로 창조 예술과 엔터테인먼트. 넷째, 약지 코스로 창조 과학과 기술. 마지막 소지 코스로 창조 경영과 기업을 꼽았다. 따라서 우리 사회에서 분야별로 창조적인 업적을 일구어온 약 40명의 멘토에게 직접 창조 교육을 진행하게 하였고 그것을 영상으로 찍어 창조학교 프로그램을 만들어 누구든 들어와서 볼 수 있도록 하였다.

그 후 1년이 지나면서 나는 세종문화회관의 사장직을 떠나 선생님 제안으로 경기창조학교의 사무총장직을 맡게 되었다. 처음에는 교장직으로 얘기가 되었으나 경기도청의 직제상 학교 체제가 아니라는 설명과 함께 조금 미안해하시면서 사무총장직을 권유하셨다. 나는 처음부터 창조학교에 관심이 많았고 그곳에서 무엇을 누리는 것이 아니라 스스로 생각하고 창조할 수 있어야 한다는 믿음으로 참여했던 것이다.

마침 개점 폐업 상태였던 파주의 '경기영어마을'이 비어 있어서 창조학교는 그리로 들어가 10명 미만의 인원으로 밤낮을 가리지 않고 강행하게 되었다. 이어령 선생님도 일주일에 한 번쯤 직접 내왕하시어 많은 것을 자상하게 챙기셨다. '창조'라는 일 자체가 그만큼 매력적이었고 선생님을 중심으로 멘토와 멘티가 한 덩어리로 뭉쳐서 열중했던 셈이다.

바로 '더'라는 창조 잡지를 창간했던 것도 그즈음의 일이었다. 사실 나는 내 방에 야전침대까지 준비했고 직원 대부분이 거의 수원에서 파주로 출퇴근하고 있었다. 당시 황순주, 김경우 등의 직원들을 생각하면 지금 생각해도 가슴이 먹먹하고 고맙다.

창립 2년 만에 최소 8만에서 연 30만 명의 조회 수를 기록하는 가운데 창조학교의 온·오프라인 교육은 일취월장하면서 정말 중요한 존재 가치를 만들어가고 있었다. 하지만 모든 일이 그저 평탄할 수만은 없었다.

세상에는 '최소 물량의 법칙'이라는 말이 있다. 어느 일정한 물통의 가장 낮은 부위에 구멍이 뚫리면 그 이상으로 더는 물을 채울 수 없다는 이야기다. 경기도의회의 어느 의원이 경기창조학교가 왜 하필 경기도에 있어서 그 운영비를 감당하느냐면서 문제 제기를 시작한 것이었다. 제 딴에는 경기도민의 혈세를 아껴보겠다는 충정(?)으로 시작한 '3류 정치' 하나가 창조교육과 문화 예술마저도 왜곡하는 해프닝을 불러일으켰고, 선생님은 마침내 손을 놓으셨다.

당시에 나는 주무국장과 협의하여 창조학교를 기존의 평생교육원 형식으로 바꾸는 작업을 진행하고 있었다. 그때 시작한 경기평생진흥원은 지금도 성공적으로 운영되는 중이다.

그 후 2012년 3월, 선생님께서 그렇게 사랑하셨던 따님 이민아 목사가 세상을 떠났다. 파주 장지까지 옆에서 팔을 붙들고 서 있는 역할이 내가 할 수 있는 일의 전부였다. 마지막에 관을 땅속에 묻는 순간, 갑자기 사시나무처럼 떨리던 선생님 온몸의 전율을 나는 지금도 기억한다. 그리고 시간이 한참 지나 선생님께서는 그 당시 수많은 조화의 꽃들을 한 송이 한 송이 따서 묘지에 흙 대신 뿌리도록 했던 내 모습을 상기하시면서 고마웠다는 말씀을 잊지 않으셨다.

88 올림픽과 굴렁쇠 소년 그리고 새 천년과 '즈믄둥이'의 탄생 등은 비용을 거의 들이지 않고도 세계를 놀라게 한 창조의 경이로움이었고, 보다 나은 삶을 위한 한 단계 높은 깨우침이기도 했다. 아

아, 그러나 그 슬픔 속에서도 먼저 떠난 따님 이민아 목사를 통해 하나님과의 해후가 있었기에 《어느 무신론자의 기도》도 있었다. 그리고 뒤를 이어 펴낸 《지성에서 영성으로》와 《생명이 자본이다》 등이 있었다. 그때 마지막으로 선택하신 말씀이 '생명' 그리고 '사랑'이었다. 또 이와 비슷한 시기에 이어령 선생님께서 직접 사인까지 해주시며 권한 책은 유언과도 같은 그의 《마지막 수업》이었다.

"죽음이 무엇인지 알게 되면 삶이 무엇인지 알게 된다"면서 '암'과 친구로 지내고 있다며 실제로 방사선 치료와 항암 치료를 받지 않고 있다고 밝힌 88세의 노 석학은 오늘도 머릿속에 들어있는 6~7권의 미발표작에 몰두하고 계셨다. 그리고 한번 입을 여시면 그때마다 쉼 없이 터져 나오는 말씀을 어떻게 막을 수가 없었다. 항상 단어 하나하나의 본질을 놓치지 않고 꿰뚫어 보시고 큰 본체로 이어가는 선생님의 열정은 '창조학교'로 시작된 '이어령학당'과 '디지로그', 그다음으로 '생명이 자본이다' 등 항상 동시대의 패러다임을 만들고 또한 새로운 어젠다를 설파하셨다.

“나는 존경은 받았으나 사랑을 받지 못했다. 그래서 외로웠다. 다르게 산다는 것은 외로운 것이다. 남들이 생각한 이 아무개는 성공한 사람이라고 보는데 나는 사실상 실패한 삶을 살았음을 느낀다. 세속적인 문필가로, 교수로, 장관으로 활동했으니 성공했다고는 할 수 있겠으나 나는 실패한 삶을 살았다. 겸손이 아니다. 나는 실패했다. 그것을 항상 절실하게 느끼고 있다. 내게는 친구가 없다. 혼자서 나의 그림자만 보고 달려왔던 삶이다. 동행자 없이 숨가쁘게 여기까지 달려왔다. 더러는 동행자가 있다고 생각했지만, 나중에 보니 경쟁자였다.”

그러나 잠시 근무했던 문화부 수위실의 수위 말은 조금 달랐다. “지금까지 여러 장관님을 모셔왔지만 이 장관님이 최고였어요. 자상하셨고 일 처리가 전부 분명하셨지요.”

“글을 쓸 수 있다면, 성경의 욥처럼 죽는 날까지 반석 위에 이 고통을 새길 수 있어. 그 의지가 내겐 혈청제예요. 의연히 글을 쓰다가 죽음을 맞이하고 싶어요”라며 다만, 죽음이 목전에 오더라도 당신 머릿속의 것을 책으로 풀어놓겠다는 바람이었다. 어쩜 마지막 유언일 수도 있는《이어령의 마지막 수업》앞에서 오히려 글과 말이 아닌, 오직 인간만이 흘릴 수 있는 ‘눈물 한 방울’일 수도 있다는 그 종횡무진 앞에서 나는 오늘도 숙연해질 수밖에 없다. 선생님은 죽음을 앞두고 마지막까지 당신의 그 죽음마저도 관찰하고 계셨다.

2022년 2월 26일, 89세를 일기로 선생님께서는 우리 곁을 홀연히 떠나셨다. 불과 며칠 전에는 장사익 선생이 손수 악기까지 챙겨와서 선생님 한 분만을 위한 소리 공연을 했었다. 이후 선생님의 장례는 디자인하우스의 이영혜 사장이 전시 총감독을 맡아 준비한 색

다른 장예전長藝展으로 매우 단정하면서도 창의적으로 펼쳐졌다. 크리에이터들의 크리에이터다운 이어령의 마지막 긴 예술 전시였다. "노인 한 사람의 죽음은 도서관 하나가 불타 없어지는 것과 같다."라는 속담이 있지만, 그러나 '이어령이 없는 빈자리'는 너무나도 큰 공허감과도 같은 텅 빈자리였다.

나는 한동안 《흙 속에 저 바람 속에》 둘레길에 생각이 멈춰 있었던 적이 있었다. 그동안 숨차게 달려온 우리 근대사의 무대에서 우리가 감당해왔던 시대적 사명과 문화적 가치를 오늘에 다시 되새겨 보자는 뜻이었다. 바로 한국인의 삶과 얼의 문화를 압축하는 '흙 속에 저 바람 속에' 둘레길을 만들어 한국적인 인문학 역사공원의 이정표를 세울 수 있다면 의미가 있겠다고 생각했다. 그리고 실제로 그 문제를 가지고 선생님과 수차례 의논하면서 그 적지로 춘천 부근과 청주 및 부여 근처로 좁혀져서 몇 차례 현지 답사를 하기까지 이르렀다.

1962년, 저자의 나이 불과 20대 초반에 신문 기고를 통해 유명해진 《흙 속에 저 바람 속에》는 최초의 한국인론이자 우리 풍토 속에 녹아있는 장승, 윷놀이, 돌담 등 일상적인 소재의 상징성을 통해 한국 문화의 본질과 한국인 정서의 정체성을 풀어낸 베스트셀러였다. 그리고 말년에 이르러 마지막 삶과 죽음 속에서 '생명 자본주의'를 펼쳐나가기까지 도합 90여 권의 책을 출간하시게 되는 계기이기도 한 것이다. 이제 그것을 어디에선가 하나로 묶어 '이어령학당'을 만들고 그 둘레길로 펼쳐 보여준다면 앞으로도 쉽게 끝나지 않을 선생님에 대한 추모의 자리가 될 수 있을지도 모른다.

이제 모든 것에는 마지막이 있다. 그러나 한 가지 다행인 것은 항상 끝과 시작은 맞닿아 있으며 그 '연장선'의 본질을 하나로 꼽으라면 그것은 '생명선'이다! 그리고 그 소중한 '생명'과의 가장 밀접한 관계는 '사랑'이 아닐 수 없다.

선생님의 마지막 빈자리는 그가 남긴 책들과 마지막까지 애정을 쏟았던 '디지로그 창조학교'였다. 마지막 병석에까지 찾아가서 의논도 드렸었지만 이제 남은 우리의 몫은 '이어령학당'의 복원과 철저했던 이어령의 살아있는 정신을 다시 살려내는 일이 아닐까 싶다.

침묵으로 하신 말씀들

이태동 | 문학평론가, 서강대학교 명예교수

이어령 선생님께서 가신 지도 벌써 1년이 지나가고 있지만, 아직 선생님은 평창동 영인문학관 서재에 앉아 계시는 것만 같다. 이렇게 내가 현실이 아닌 현실에 대해 착각을 느끼는 것은 선생님과 남다른 인연이 나의 존재와 의식 속에 깊이 자리 잡고 있기 때문이다.

마르틴 하이데거가 말했듯이, "현존재Dasein는 타자他者와의 관계에서 스스로를 초월해서 미래로 나아간다." 그렇다. 인간은 그 탄생 과정에서는 물론 세상에 존재하는 그것 자체가 인연이라는 관계에 의해 이루어진다. 우리가 이 세상을 살아가는 동안 맺게 되는 관계는 여러 가지가 있겠지만, 그중에 가장 깨끗하고 우아한 관계는 스승과 제자 사이의 사제 관계가 아닌가 싶다. 내 경험에 의하면, 사제 간의 관계에는 속세의 영역 밖에 있는 '실제적 존재real presence'와의 만남에서처럼, 사람이 사람답게 살 수 있게 하는 인간 정신,

즉 사랑과 지혜가 맑은 샘물처럼 넘쳐흐르고 있기에 높고 고결한 것이라고까지 말할 수 있다.

이 험난한 세상에서 내가 영문학을 공부하고 책 읽고 학생들을 가르치며 몇 줄이라도 글을 쓰며 비교적 깨끗하게 축복받은 삶을 살 수 있는 행운을 갖게 된 것은 지금은 모두 고인故人이 되셨지만 나를 가르치시고 도와주셨던 은사님들의 관대한 은혜 덕분이었다. 나는 고등학교 때부터 다른 것보다 영문학 문학 작품을 즐겨 읽었지만, 교수가 된다는 것은 꿈도 꿀 수 없었다. 그러나 대학 때인 1962년 풀브라이트 교환교수로 서울에 온 미국 노스캐롤라이나대학 토머스 패터슨Thomas M. Patterson 교수 부처의 가르침과 헌신적인 사랑의 도움으로 미국에 가서 공부를 하고 돌아와 대학에서 학생들을 가르칠 수 있게 되었다. 불확실하고 궁핍했던 60년대에 미국 현지에서 영문학 공부를 하는 것도 실로 어려운 일이었지만, 학위를 취득하고 대학에 취직하는 것은 또 다른 어려운 문제였다. 그러나 두 가지 어려운 삶의 문제를 한 번에 해결할 수 있었던 것도 나를 가르쳤던 대학 은사들의 분에 넘친 사랑과 도움 때문이었다.

내 생애에 있어 대학에서 영문학을 공부하고 가르치는 한편, 그 많은 시간을 보내며 우리 문학을 읽고 글을 쓰는 즐거움을 가질 수 있는 은혜는 이어령 선생님과의 만남이 없었더라면 있을 수 없는 일이었다. 나는 영문학을 전공했지만, 그것은 어디까지나 이국적인 외국어로 쓰여 있었기 때문에 적지 않은 한계를 느꼈다. 그래서 30대 초반 한국문학을 새로이 접하고 그것이 그리고 있는 한국인의 슬프고 치열한 풍경에 대해 눈뜨게 되었을 때, 모국어의 아름다움에 저항할 수 없는 매력을 느꼈다.

당시 나는 '미국 남부, 학문의 메카'라고 불리는 노스캐롤라이나 대학(채플 힐)에서 주로 순수문학을 배우고 공부했기 때문에 나의 문학적 시각은 리얼리즘이 주류를 이루고 있는 한국 문단과 적지 않은 거리감이 있었다. 그러나 선생님은 내 글을 공감을 가지고 읽어 주셨다. 이것은 물론 선생님은 당시 대부분의 국문학 전공 평론가들과는 달리 세계적인 안목과 시각을 갖고 계셨기 때문이라 생각했다. 실제로 선생님은 외국어에 남다른 실력을 지니고 계셨다. 일본어는 물론 프랑스어, 그리고 영어도 책 읽으시는 데 큰 지장이 없으셨던 것 같다. 《문학사상》 주간으로 계시면서 '이상문학상'을 제정할 당시 '오 헨리 문학상' 작품 내역을 연구·참조하는 과정에서 나도 이해가 되지 않는 어려운 문장을 해독하시는 것을 보고 크게 놀란 일이 있었다. 지나가는 담론 중에 선생님께서 대학을 나오시고 문경 어디인가 고등학교에서 잠시 영어를 가르치셨다는 말씀을 하셨던 것으로 기억된다. 영미문학에 대한 선생님의 관심은 이것뿐만 아니었다. 선생님은 영국 낭만주의 시인 윌리엄 블레이크를 가끔 언급하시며 나로 하여금 선생님께서 설립하셨던 '한·중·일 비교문화연구소'에서 출간한 '십이지신十二支神' 시리즈에 '호랑이'에 관한 글을 쓰도록 말씀하시기도 했다. 그때 나는, 블레이크는 '호랑이'를 우리의 단군 신화에서 보는 것처럼 숭배의 대상이 아니라, 상상력과 관계 지어 변증법적 창조 과정의 능동적인 힘에 대한 상징으로 형상화했다고 썼다. 글을 쓰면서 나는 '호랑이'라는 상징적 이미지로 형상화된 상상력은 우주의 변증법적 과정에 나타난 능동적 힘이기 때문에, 그것으로 이루어진 비전을 통해 타락한 현실을 새롭게 변형시켜 '잃어버린 낙원'을 복원할 수 있다는 블레이크의 주장에 대해 선생님께서도 크게 공감하실 것으로 생각했다.

그런데 세계적인 문학이론에 대한 선생님의 관심 또한 대단하셨다. 선생님은 내가 하버드 엔칭연구소 초빙연구원으로 현지에 가서 포스트모더니즘에 관한 동시대 문학이론 강의를 들으면서 구입한 책들 가운데 기호학에 관한 책을 빌려가셔서 숙독熟讀하셨다고 말씀하셨다. 그 후, 선생님께서는 이화여대에 기호학 연구소를 설립하시고, 즐겨 나누시는 담론 과정에서 난해한 롤랑 바르트와 자크 데리다, 그리고 에마뉘엘 레비나스 등에 대해 남다르게 탁월한 설명을 하시기도 했다. 혹자는 선생님께서 서구 이론에 대해 해박하신 것은 일본어를 통해서 취득한 지식 때문이라고 말하지만, 선생님 스스로 남다르게 탁월한 기억력으로써 원서를 탐독한 결과라고 나는 믿는다.

나는 선생님의 강의를 교실에서 듣지 않았지만, 바둑판 없는 '사랑방'이 아니면, 찻잔만 있는 자유로운 담론의 테이블에서 듣고 즐겼다. 연중 몇 번 선생님을 뵙게 되었지만, 개인적인 말씀과 잡담은 거의 없고, 선생님께서 읽은 책의 내용이나 글 쓰실 생각들을 끊임없이 쏟아내셨다.

그러나 선생님께서 선생님 특유의 미학적인 지적 담론 전개를 하지 않으시면 침묵의 시간이 흘렀다. 이렇게 선생님을 뵐 때마다 스스로 담론이 없으면, 별다른 말씀이 없으시고 침묵의 시간을 보내는 경우가 많았다. 저에게는 선생님의 침묵이 곧 말씀이었다. 피곤하고 지쳐 있었을 때 무슨 즐거운 일들이 일어나는 경우가 있어, 너무나 놀라 앞뒤를 살펴보면 거기에는 항상 선생님이 서 계셨다. 바람처럼 스치고 지나간 세월이었지만, 선생님도 가시고 이렇게 저문 강에 서서 뒤돌아보면 내 인생의 많은 부분, 부끄러운 평문을 비롯한 자존심의 덩어리였던 몇 줄의 산문을 쓰며 보낼 수 있었던 것은 대부분 이어령 선생님과의 운명적인 인연 때문에 시작되었다고 해도 지나친 말이 아니다.

이어령 선생을 추모하며

이홍구 | 《중앙일보》 고문, 전 국무총리

"한 사람 사람의 기억 속에서 우리는 남이 아닙니다."라는 말씀을 남기고 이어령 선생께서 세상을 떠나신 지 일 년이 되었습니다. 이 선생은 "누구나 다 떠나지요" "너무 아름다웠어요" "고마웠어요"라고 누구든 기억할 수 있는 소중하고 간결한 교훈과 함께 늘 우리 가까이에 계셨던 분입니다. 우리는 늘 바쁘다는 일상을 핑계로, 아니면 인생의 타고난 한계라고 치부하면서 인생사에서 부딪는 진리나 사실들을 놓치며 살아갈 때가 많습니다. 이럴 때마다 이 선생은 지극히 쉬운 우리말로 일일이 깨우침을 주시며 앞서 나가셨습니다. 가신 지 일 년밖에 안 되었는데 지금과 같은 혼돈의 일상에 서고 보니 이 선생께서는 어떤 깨우침으로 지금의 상황을 풀어가셨을지 그리운 마음에 더해 안타까운 마음입니다.

1934년 1월생인 이어령 선생과, 5월생인 나는 동갑내기입니다.

내가 1968년 미국 유학을 마치고 돌아와 서울대에서 강의를 시작할 때, 이미 이 선생은 우리 사회의 뛰어난 인재로서 학계는 물론 문단의 선구자로 활동하고 계셨습니다. 그러나 우리는 서로 분야가 달라서인지 가까이할 기회는 없었습니다. 이러한 이 선생과 나를 한 식구로, 정확히 옆방 동료로 만들어준 분이 바로 《중앙일보》 홍석현 회장이었습니다. 2001년 초 홍 회장께서는 이 선생과 나를 《중앙일보》 상임고문으로 초청해주셨고 이를 계기로 서로 자주 보게 되면서 많은 담소를 나누다 보니 더욱 돈독해져 결국 우리는 20여 년을 지내면서 친구의 인연이 깊어지게 되었습니다. 이 선생이 뛰어난 머리로 각 분야에서 활동이 많으셨음은 익히 알고 있는 바이나 그중에 '유민문화재단'에서 수여하는 '유민창조인상'의 아이디어도 그의 생각이 반영된 결과물로서 올해로 13회를 이어오며 사회, 과학기술, 문화·예술 3부문에 걸쳐 두각을 나타내는 인물을 찾아 그들의 업적을 치하하고 수상해오고 있습니다. 다행히도 이 선생께서 떠나시기 전에 유민 선생의 깊은 뜻을 이을 수 있는 큰 아이디어를 주신 이 선생께 '유민창조인상 특별상'으로 치하할 수 있던 기회가 주어졌음에 감사드립니다.

이 선생께서는 워낙 여러 분야에 뛰어난 생각을 가지신 분이었지만 건강 문제에도 특별한 관심을 가지고 스스로 다스렸던 기억이 새롭습니다. 일찍부터 단전호흡 및 기氣의 중요성에 대해 역설하셨을 뿐 아니라 온천욕을 즐기시어 충청도의 유성, 온양 등 온천도 함께 다니며 민간에서 내려오는 건강요법에 대해 심취하기도 하였습니다.

일본 초청으로 일 년여 교토에 머무르며 작업하시던 이 선생께서, 마침 동경에 회의차 들렀던 내게 교토를 다녀가도록 독려하셔서 교토를 방문하였을 때는 일본의 상징적인 국보인 금각사를 직접 안내하여 구경시켜주시며 일본인들의 전통 수호 제도와 의식에 대해 부러운 점이 많다고 말씀하시던 모습이 생생합니다. 통합된 문화부를 이끌며 초대 장관으로서 많은 업적을 내셨지만, 우리보다 전통을 유지하고 옛것을 아끼는 그들의 단단한 의식과 제도를 비교하며 마음이 안타까우셨던 것 같습니다. 그렇지만 다른 한편 한국인은 우리만의 한국적인 것을 찾아야 한다는 것이 그분의 결론이었습니다. 독특한 한국 문화의 우수성에 바탕을 두고 전개되는 한국인의 맥과 정신을 지켜내려는 노력의 결정판이 완결된 '한국인 시리즈'라 생각합니다. 전통적 가치를 임의로 깨뜨릴 때 누군가에게 확신이 없는 '나', 즉 주체성을 잃은 사회가 될 수 있음을 명쾌히 제시하고 있습니다.

나는 어린 시절 중학교 교과서에 실렸던 조지훈 선생의 시 〈마음의 태양〉을 마음에 새기고 지금껏 내 인생의 좌표로 삼고 지내왔습니다.

푸른 하늘로 푸른 하늘로
항시 날아오르는 노고지리같이
맑고 아름다운 하늘을 받들어
그 속에 높은 넋을 살게 하자

이제 90을 눈앞에 둔 나이에 서고 보니 시와 같이 가시밭길이라는 삶의 시련을 넘어 이상 세계를 지향하던 시인의 의지대로 살아왔는지 뒤돌아보게 됩니다.

그리고 이를 가장 성공적으로 실현하고 가신 분이 이어령 선배였다는 생각을 하게 됩니다.

지금 이 시간, 같이 나누었던 담소를 생각하니 많이 보고 싶고 그립습니다.

"어서 와요!"

임옥상 | 미술가

나와 이어령 선생님의 만남은 짧았지만 그 어떤 만남보다도 깊었다. 선생님은 특히 후학들을 사랑하셨다. 선생님의 애정과 사랑은 시대를 넘어 큰 우주를 형성하고 계셨다. 범접하기 어려운 감동과 깊은 존경심을 갖지 않을 수가 없었다.

이런 선생님이 너무 일찍 떠나셨다. 나한테는 갑작스러운, 물론 투병 생활을 통해서 선생님이 모든 것을 내려놓고 죽음과 맞서고 있는 모습을 보았지만 그래도 이렇게 빨리 가실 줄을 어찌 알았겠는가.

사실 처음에는 선생님과 그렇게 좋은 인연이 아니었다. 1990년대 나에게 기성세대는 척결 대상이었다. 나는 민주주의라는 시대의 소명에 나의 젊음을 걸고 있었다. 노태우 정권에 선생님 같은 분이

입각한다는 것을 도저히 이해할 수가 없었다. 노태우 정부의 초대 문화부 장관이 된다는 것은 그 정부를 인정하는 것으로, 곧 군부독재에 면죄부를 주는 것이라 단정하였다. 민중 민주주의를 향한 시대의 흐름을 거부하는 행위로밖에 간주하지 않을 수 없었다. 더더욱이 나는 민중미술 작가였다. 새로운 소통의 예술을 위해 고전분투하던 시절이었다. 선생님과 화해하는 길은 실로 난감하였다.

90년대 말 선생님이 문화부 장관을 퇴임하시고 난 후, 은사이신 이종상 선생님이 '평창문화포럼'을 만드셨다. 그때 초대 회장으로 이어령 선생님을 모셨다. 은사의 부름으로 나도 참여하였지만 결국 나는 불성실한 회원이었다. 아마도 이어령 선생님을 만나는 것이 내키지 않아서였을 것이다.

이어령 선생님을 가까이 모시게 된 것은 2012년 내가 '세계문자연구소'를 만들고 첫 행사로 '세계 문자 심포지아 축제'를 하게 되었을 때였다.

나는 대표로서 떠밀려 이어령 선생님을 뵈어야 했다. 신생 문화단체로서 원로이신, 특히나 언어학 박사이신 선생님을 만나 조언을 구하지 않을 수 없었다. 선생님의 격려는 우리에게 너무나 큰 용기가 되었다. 당신이 하고 싶었던 일이라고까지 말씀해주셨다. 선생님의 한글에 대한 언어학적 분석과 성찰은 눈부셨다.

선생님은 2012년도 '세계 문자 심포지아' 첫 축제에 오셔서 기조발제를 해주셨다. 그때가 10월 마지막 주여서 날씨가 상당히 추웠는데도 불구하고 선생님은 40여 분 동안 좌중을 정말 들었다 놓았다 하셨다. 선생님의 배려 덕에 '세계문자연구소'는 비교적 튼실한

첫걸음을 내디뎠다. 그 후에도 선생님은 축제 때마다 축사와 격려를 아끼지 않으셨다.

그 이후로 나는 가나아트센터를 오가면서 수시로 영인문학관을 드나들었고 문학 전시회마다 선생님을 뵈었다. 선생님은 또 잊을 만하면 식사를 함께하자며 연락도 주셨다. 선생님은 정말 따뜻한 분이셨다. 나는 선생님께 감전되었다. 뵐 때마다 선생님은 새 이야기보따리를 끌러 보이셨다. 거기에는 전혀 새롭고 놀라운 이야기로 넘쳐났다.

선생님은 늘 현실을 말씀하시면서도 미래에 대한 비전을 놓치신 적이 없고, 늘 옳으셨다. 그리고 그것을 뒷받침하는 근거로 우리의 풍부한 문화 자산을 증거해주셨다. 그것은 우리에게 큰 용기가 되었다. 나는 선생님이 주신 용기는 자부심이라고 생각한다. 선생님은 항상, 비록 우리 민족이 현재 분단이라는 질곡 속에 어려움을 겪고 있지만 우리가 가꿔 쌓아온 자산과 저력은 능히 세계에 기여할 수 있는 충분한 근거와 내용을 갖고 있다고 설파하셨다. 선생님의 그런 치열한 태도는 나에게 큰 귀감이 되었다.

내가 선생님에 대해 비판적이었는데도 불구하고, 놀랍게도 선생님은 나에 대해서 상당히 오랫동안 많은 관심을 가지셨다. 이미 나를 익히 알고 계셨던 것이다. 나를 잘 알고 계신 것뿐만 아니라 나의 여러 가지 문제점 또한 애정을 가지고 차곡차곡 쌓아놓고 계셨다. 부끄러웠다. 선입견과 넘겨짚는 것이 얼마나 무서운 일인가!

당시 나는 선생님께 감사한 마음을 갚을 방법이 딱히 없었다. 생각하다가 선생님께서 부여 신동엽문학관에 있는 내 설치 작품 〈시의 깃발〉 조형 작품을 칭찬해주셨던 기억이 났다. 그래서 선생님의 시 〈하나의 나뭇잎이 흔들릴 때〉와 〈어느 무신론자의 기도〉로 조형물-〈시의 깃발〉을 영인문학관에 뜰에 만들어 세워드렸다.

그리고 무엇보다도 선생님을 기념할 만한 초상화를 그려드리고 싶었다. 그래서 선생님께 "선생님이 제일 좋아하는 책을 하나 소개해주시면 제가 그 책을 토대로 선생님 초상을 하나 그려보겠다."라고 했다. 선생님은 전혀 뜻하지 않게 《장군의 수염》(1966년) 소설을 주시면서 당신이 가장 사랑하는 작품이라고 말씀하셨다. 나는 깜짝 놀랐다. 내가 어렸을 때 스쳤던 그 소설을 다시 읽으면서 그 엄혹한 시기에 어떻게 이런 소설을 쓸 수 있었을까? 반문하지 않을 수 없었다. 그것은 시대에 대한 통렬한 비판이요, 풍자요, 비틀기였다. 이 이어령 선생님이 그 이어령이었다니, 나는 한동안 정신이 혼미했다. 나는 당시 선생님의 모습을 찾아 그리고, 《장군의 수염》에 나오는 소설 내용을 필사하여 선생님의 초상에 오버랩시켰다.

그런데 자기 초상화일 경우, 즉 자기가 그려진 자신의 모습을 직접 본다는 것은 언제나 낯설기 마련이다. 선생님한테 초상화를 가지고 갈 때 선생님 맘에 차지 않으시면 어쩌나 하고 얼마나 떨었는지 모른다. 선생님은 마음에 안 드는 구석이 많으셨을 텐데도 그럼에도 불구하고 아낌없이 칭찬해주셨다. 역시 선생님은 선생님이셨다. 선생님은 자신의 영정으로 쓰시겠다는 말씀까지 하셨다. 지금도 그 기억이 생생하다. 무심히 선생님 댁을 지나다가도 불현듯 칼칼한 선생님의 목소리가 발길을 잡아 세우고, 그 날카로운 그러나 언제나 따뜻했던 눈길이 가던 길을 머뭇거리게 한다.

선생님은 가셨지만 난 아직도 이별할 준비가 되어 있지 않다.

지금이라도 당장 '어서 와요' 하시며 손을 잡아주실 것 같다.

정월 대보름날이 오면

장사익 | 음악인

그날은 마침 정월 대보름날이었다. 휘영청 둥근 보름달이 환했다. 정오 무렵에 받은 전화로 내 마음은 온종일 설레고 싱숭생숭했다. 정오쯤 사모님으로부터 "내가 가면 장사익 선생이 내 영전에서 노래를 불러달라고 요청하라고 하시네요."라는 전화를 받았다. 뜻밖의 전화였지만 실은 오래 염원해온 나의 소망이 현실이 된 순간이었다. 선생님께서 많이 편찮으시다는 소식을 들은 이후 선생님 앞에서 노래를 들려드리고 싶다는 생각을 줄곧 해온 터였다. 그 마음이 간절했던지 밤에 그런 꿈을 꾼 적도 있다.

그러던 차라 당연히 그리하겠다며 전화를 끊었지만 여러 가지 생각에 갈등했다. 영전에 노래를 올리는 것도 좋지만 그보다는 살아계실 때 들려드리는 게 낫지 않을까. 몹시 아프고 힘든 분 앞에서 노래라니, 내가 오버하는 게 아닌지… 갈피를 잡을 수 없는 생각이

오갔다. 그러나 선생님께서 그런 부탁을 하라고 말씀하신 것은 시간이 얼마 남지 않았다고 생각하시는 것일 테니 따질 겨를이 없지 않은가. 한참을 고민하다가 사모님께 다시 전화를 드렸다.

"괜찮으시다면 제가 선생님 앞에서 노래를 불러드리는 건 어떨까요?"

선생님과 상의하신 다음에 사모님이 다시 전화를 하셨다. 그렇게 하여 당장 약속한 시간이 오늘 저녁 7시. 약속 시간에 맞추어 우리 집 홍지동에서 평창동 선생님 댁까지 가는데 하늘에 뜬 보름달이 얼마나 둥근지, 88 서울 올림픽 식전 행사에서 종합운동장을 가로지르던 굴렁쇠가 생각났다. '옳지, 오늘 밤에 선생님께 보름달을 보여드려야지.'

선생님과의 인연은 2000년이 카운트다운에 들어가는 시각, 서울시청 앞에서 펼쳐진 행사에서였다. 당시 새천년준비위원회 위원장이셨던 선생님께서 새 천년 축제를 준비하시면서 나를 초청하신 것. 그때 자정을 알리는 종소리와 함께 크레인을 타고 올라가 노래를 불렀던 기억이 생생하다. 그 이후 여러 문화 행사에서 자주 마주쳤고 선생님은 내가 노래를 부를 때마다 가장 먼저 앙코르를 요청하시며 격려해 주시곤 했다.

그런데 정월 대보름날 밤, 오로지 선생님 한 분을 위하여 노래를 부른다는 설렘으로 가슴이 둥둥거렸다. 아, 그러나 막상 너무 마른 선생님을 뵈니 목이 멨다.

선생님의 손을 잡고 부른 나의 첫 노래는 〈비 내리는 고모령〉이었다. "어머님의 손을 놓고 돌아설 때는…"이라는 가사처럼 우리는 모두 언젠가 어머님의 손을 놓고 돌아선 사람들이다. 그다음에는 반주를 잘못 트는 바람에 생각지 않았던 노래 〈뜨거운 침묵〉이 불쑥 튀어나왔다. "모래알처럼 많은 사람들 하필이면 왜 당신이었나. 미워서도 아니고 잘나서도 아니다. 너무나 너무나 벅찬 당신이기에 말없이 돌아서서 돌아서 가련다." 부르고 보니 마치 선생님께서 사모님에게 바치는 고백 같았다. 그리고 〈낙화유수〉 등을 불렀는데 20분쯤 흘렀을까. 선생님이 피곤하실 것 같아 노래를 멈추고 달구경을 시켜드리려고 창가로 모시려 했으나 거실 창문으로는 높이 뜬 달이 보이지 않았다. '달도 못 보시고 돌아가시겠구나.' 애가 달았지만 도리가 없었다. 그로부터 2주 후에 돌아가셨으니 결국 보름달을 못 보고 가신 것이 못내 애잔하다.

선생님을 향한 찬사는 차고 넘쳐 나같이 노래하는 사람이 더 보탤 말이 없지만 수많은 명곡을 놔두고 마지막에 유행가 가수일 뿐인 나를 불러주신 것이 감사하다. 선생님께선 평소에 나를 예쁘게 보시고 내 노래를 좋다 하셨지만, 나야말로 선생님의 강의를 들을 때마다 한 방에 청중을 사로잡는 말씀에 늘 감탄하곤 했다. 선생님의 강의를 듣고 나면 책 한 권 읽은 것과 다름없었다. 선생님 자체가 도서관 같아서 선생님 옆에 있으면 도서관에 있는 것처럼 저절로 공부가 되었다. 이제 어디에서 선생님처럼 지혜로운 큰 어른을 만날 수 있을까.

선생님의 손을 잡고 노래를 부를 때 세종문화회관에서 3천 명의 관중 앞에서 공연할 때보다 더 떨렸고 기뻤고 보람을 느꼈다. 더구나 그로부터 며칠 후 선생님을 만난 기자에게 "내가 장사익 1인 콘서트를 들었어. 얼마나 애절하고 아름답던지. 이런 아름다운 세상이 계속되면 좋겠어."라고 말씀하셨다니 혹시 내가 오버하는 건 아닐까 걱정했던 것이 다 사라졌다. 실은 내 노래를 마지막으로 들어주셨다는 것이 내게 얼마나 큰 행복인지 선생님은 모르실 것이다. 이제는 해마다 정월 대보름날이 되어 둥근 달을 보면 선생님이 생각나고 그리워질 것이다. 선생님은 생전에 선생님이 말씀하신 것을 그대로 실천하고 가셨다.

"태어날 땐 나 혼자 울고 모든 사람이 웃었으니 죽을 때는 모든 사람이 울고 나 혼자 웃을 수 있도록 사는 게 인간 최대의 가치야."

그리운 이어령 선생님

정재서 | 신화학자, 영산대학교 석좌교수

소문으로만 듣던 이어령 선생님을 처음 뵙게 된 것은 40여 년 전 이화여대 중문과에 부임하고 얼마 후 열렸던 국문과 주최 선생님의 강연회에서였다. 선생님의 명성은 여뢰관이如雷灌耳라고나 할까? 마치 천둥소리가 귀에 들이닥치듯 대단한 것이었다. 베스트셀러가 된 수많은 명저와 엄청난 대중적 인지도 그리고 열성적인 팬들, 그러니 선생님을 직접 뵈었을 때의 느낌은 톱스타를 눈앞에서 보는 것과 방불하였다. 강연장에는 많은 사람이 운집해 있었고 선생님은 그 특유의 정열적인 톤으로 거침없이 말씀을 이어나갔다. 강연 내용은 한국 시를 기호학적으로 해석하는 것이었는데 김소월의 시를 한 음절 한 음절 분석하시는 것이 무척 새롭고 흥미로웠다. 내게 특히 흥미로웠던 것은 프랑스 학자 줄리아 크리스테바의 당시唐詩 분석을 인용하신 점이었다. 나는 일찍부터 프랑스, 미국 등 서양의 동

양학에 관심이 있어서 크리스테바에 대해서도 약간은 알고 있었다. 그것은 한국의 동양학이 너무 중국에 경도되어 있어서 이를 극복하려면 중국 문화를 객관적으로 바라보는 서양의 동양학이 필요하다는 인식에서였다. 그래서 선생님의 크리스테바 인용에 흥미를 느꼈고 강의가 끝나자 연구실로 선생님을 찾아갔다.

선생님은 나의 취지를 들으신 후 기꺼이 크리스테바와 프랑스 학자들이 동양의 시를 분석한 《La Traversee Des Signes》라는 책자를 빌려주셨다. 나는 책을 복사하고 돌려드릴 때 졸저 《동양적인 것의 슬픔》을 증정하였다. 그런데 몇 년 후 다른 학술회의 석상에서 선생님을 뵈었는데 뜻밖에도 사람들 앞에서 졸저를 두고 칭찬하시는 것이 아닌가? 흔히 대가 정도 되면 수많은 책을 증정받고 대개는 제목만 보거나 대충 훑어보고 말 뿐, 심지어 기억조차 못 하는 경우가 많은데 책 내용을 정확히 아시고 말씀을 해주시니 놀랍고도 기뻤다.

어쨌든 선생님의 기억에 남는 존재가 되었던 덕분인지 이후 선생님과의 학문적 인연은 깊고 길게 이어졌다. 후년에 선생님은 동양 3국의 문화 비교에 주력하셔서 '한·중·일 비교문화연구소'를 개설하셨는데 나는 이사로 선임되어 사군자四君子, 십이지十二支 등 한·중·일 공유 문화를 비교하고, 한·중·일 공용 한자 808자를 선정하는 등의 의미 있는 작업에 참여하였다. 아울러 선생님을 모시고 북경, 동경 등에서 거행된 비교문화 국제학술대회에 참가하기도 하였다.

돌아가시기 얼마 전에 선생님은 도연명陶淵明과 두보杜甫의 시 해석을 중심으로 한 동양학 대담집을 구상하셔서 과분하게도 나에게 대담을 제의하셨다. 선생님은 서양 학문뿐만 아니라 동양학에 대해서도 높은 일가견을 지니셔서 감당할 수 없는 일임에도 여명餘命이 얼마 남지 않으신 선생님의 권유에 못 이겨 대담을 진행하였다. 그러나 기력이 쇠하셔서 대담은 무리였고 말씀이 소중하여 선생님의 해설을 주로 듣는 것으로 대담을 마무리했다. 돌아가시기 직전 선생님은 '한·중·일 비교문화연구소'를 부산의 영산대학교에 인계, 이전하셨고 후임 소장으로 미거한 나를 추천하셨으니 서세逝世 이후로도 선생님과의 학문적 인연이 이어질 여지를 남기신 것이다.

긴 세월 선생님을 곁에서 모시면서 느낀 것은 정말 이렇게 학문을 사랑하시는 분도 없다는 것이다. 공자님의 말씀을 빌린다면 실로 학문을 사랑하기를 여색女色을 좋아하는 것과 같이 하신 분이었다. 아무리 공부를 좋아하는 사람이라 하더라도 선생님처럼 호학好學하는 경우는 못 보았다. 아마 설화적으로 표현한다면 선생님은 문창성文昌星이 지상에 적강謫降한 것이 아닌가 싶다. 문창성은 학문과 문학을 관장하는 천상의 별로 옛부터 동양에서 많이 숭배되어왔다.

개인적으로 나는 선생님과 같은 충남 아산 태생이고 숙부님(이화여대 인문대학장을 지내셨다)이 선생님과도 친밀한 관계여서 그랬는지 선생님께 대해 집안 어른 같은 느낌을 받았다. 선생님 역시 조카뻘 되는 나를 항시 자애롭게 대하셨는데 내가 학계에서 답답한 일을 겪었거나 평소 고민되는 일이 있을 때 불쑥 찾아뵙고 하소연하면 다 받아주시고 항상 내 편에 서서 응원해주시곤 했다. 그런 선생님께 나는 바쁘다는 핑계로 재세 시在世時에 원하시는 방향으로 도리를 제대로 못 한 것 같아 못내 후회가 되고 죄송스럽다.

아아! 이제 선생님이 안 계시니 그 종횡무진한 담론을 누구한테 들으며 학문적 난제가 있을 때 누구에게 그것을 물어볼 것인가? 선생님이 없으신 지금 불현듯 적막감을 느끼는 사람은 나뿐만이 아닐 것이다. 불세출의 기재奇才로 이 척박한 땅에 태어나 수많은 사람에게 지知의 양식을 선사하고 홀연히 귀천하신 선생님. 가끔 집에서 책장에 꽂힌 선생님의 책들을 바라볼 때면 정갈하고 서향書香 은은한 선생님의 서재에서 나누었던 대화들이 문득 떠올라 막막한 그리움에 젖는다. 아마도 선생님은 여기서 늘 그러셨듯이 천상의 별로 돌아가신 후 그곳에서도 학문하는 즐거움을 누리고 계실러라.

3분의 이별 영상

최윤 | 소설가, 서강대학교 명예교수

무수한 글, 무수한 영상이 이어령 선생님과의 이별을 기렸다. 일생을 쓰기를 멈추지 않은 언어 대가의 존재가 잊히지 않는 이유다. 단지 어딘가에 홀로 가셔서 여전히 무언가를 쓰고 계실지 모른다는 착각을 일으키는 속속 출간되는 책들, 언어 이벤트들. 지난 일 년 이어령 선생님이 문득문득 생각날 때마다 저 깊은 곳에서 궁금증도 같이 일어난다. 자신의 육체적 소멸을 기다리는 시간, 그것도 투병의 시간을 인생의 중요한 한 구간으로 일구어내는 이어령만의 독특한 방식, 그 힘에 대한 궁금증이다. 나는 이 마지막 시간을 보내는 방식에 있어서 인간 이어령은 언어를 뛰어넘은, 생명을 지극히 존중한 생명의 대가라고 생각한다.

인간의 물질적 부재, 죽음이라는 것을 마주하면서 그에 압도되는 순간이 왜 없었을까. 육체의 소멸 앞에 무너지지 않는 사람은 드물다. 마지막 호흡까지 성실하게 정성 들여 숨 쉬며 가는 분들, 그 진지한 호흡만으로도 그분들의 삶은 위대하다. 그러나 인간이라는 한계적 존재의 가장 거친 마지막 복병인 죽음에 압도되지 않는 이어령의 마지막 시간들은 귀중하다. 몸싸움이 있었을 것이다. 단말마의 외침의 순간도 있었을 것이다. 그러나 중요한 것은 그 시간을 몸이 아닌 다른 것으로 승리했다는 것이다. 남아있는 우리에게 지상에서의 삶이 마침표가 아닌 것처럼, 또 다른 여정을 지속하듯 그 시간이 지나간 듯하다. 그의 말년을 사로잡은 생명 사상, 그 '삶'의 사상으로 그는 '죽음'이라는 육체적이며 물리적인 소멸에 맞섰다. '빵의 질서'만으로 인간의 '삶'이 규정되지 않음을 머리로 알 수는 있으나 그것을 '삶'으로 실천해 보여주는, 끝까지 가보는 실험은 이어령만이 할 수 있는 일이다.

죽음이 하나의 사유의 주제가 되는 것은 시간과 공간적 거리가 충분할 때 가능한 일이다. 그러나 쓰는 자, 사유자 이어령은 임박해 오는 그 시간을 탈 개인적으로, 지적으로, 영적으로 마주 보았기에 그의 사유의 흔적들은 평안했고, 하물며 향유적일 수 있었다고 생각한다. 사건적으로는 설명되지 않는 어떤 확신이 그에게 있지 않았을까. 마지막 순간을 유예하기 위해서가 아니라 자연스러운 생명의 연속의 한 단계로서 죽음의 양상들을 바라보는 무구함 혹은 담대한 믿음이 지성 너머의 세상에 그가 미리 가 있었음을 추정하게 한다.

자주 보면서도 또 놀라는 것은, '내가 없는 세상'에 미리 보내는, 〈잘 있으세요, 여러분들. 잘 있어요.〉의 3분간의 이별 영상이다. 이별의 시간은 대부분 짧다. 그저 한두 마디에 손을 흔들며 우리는 헤어진다. 그에게는 앞으로 올 시대와의 이별을 위해 3분이라는, 긴 시간이 필요했다. 개별적 현존이 없어질 사후의 시간과 미리 이별의 대화를 제안하는 놀라운 소통의 요청. 그는 흰 옷깃을 여미며 정식으로 인사하겠다고 말하며 손을 흔든다. 누가 이런 인사를 할 권리가 있을까. 이어령이기에 가능하다. 소통과 대화에 게을리하지 않은 글의 일생을 살아냈기에 그에게는 권리가 있다. 앞으로 올 미래 세대에 대한 기대와 요구를 그는 할 수 있다. 한 품격을 갖춘 어른의 엄숙한 이별사라기보다는, 단아함과 따뜻함이 배어있는, 내면에서 흘러나오는 친근한 인사의 말. 마치 며칠 후면 다시 볼 수 있을 것처럼 미소를 곁들인 그의 손짓은 오히려 '곧 다시 봅시다, 여러분! 곧 다시!'라고 말하는 듯하다.

두 손에 얼굴을 묻고 내 마음속에 그리움이 만드는 감각의 이동을 들여다본다. 마음이 평창동으로, 두서너 목소리들이 도란도란 섞이던 이어령 선생님의 서재로 달려간다.

천년의 문

표재순 | 중랑문화재단 이사장

선생님을 따라서 일을 했던 우리들은 선생님 앞에만 서면 왜 작아지는 걸까요? 심한 질책의 말씀에도 왜 주눅이 들어 입을 다물어야 했을까요? 칭찬의 말씀에도 왜 기뻐하며 웃지를 못했을까요?

어느 날 선생님께서 평창동 서재로 부르시고는 불쑥 한마디 던지셨다.

"표 감독은 왜 40년 가깝게 나를 떠나지 않고 따르지?"

대답을 못 하고 멍하게 앉아 있는 내게 물으셨다.

"아마 표 감독이 내 생각, 내 콘셉트나 아이디어나 그 실현 방법이 옳았다고 생각했기 때문에 오랫동안 함께 동행했던 것이 아닐까?"

크게 도움은 못 드렸지만 곁에 있게 해주신 것만으로도 감사할 따름인데 내 생각과 가슴 깊은 곳에 있는 속마음까지를 간파하고 계심에 나는 무릎을 꿇었다.

"네! 맞습니다. 옳습니다. '족집게'십니다."

선생님을 일컫는 호칭과 별칭은 너무나 많아서 일일이 말씀드리지 않겠습니다만 저는 선생님을 '끊임없는 지적 호기심의 소유자'요, 불꽃같은 열정으로 무에서 유를 만들어내는 '창조자creator'이시라고 호칭하겠습니다.

우리 한국적인 전통에서 찾아 최첨단 기술과 비벼서 새로운 문화를 만들어 오늘을 사는 우리와 세계인들에게 즐거움과 행복을 나누어주셨습니다.

Endless Ing Korea Renaissance Big Man(끝없는 현재 진행형 한국 르네상스 큰 어른)으로 불러 모시겠습니다(이렇게 단어를 엮어 만든 영어는 통하겠죠?).

프로젝트 회의를 할 때면 모든 참여자는 일단 긴장을 한다. 무슨 기상천외한 아이디어가 제시될지 궁금하고 그것을 풀어나가는 방법에 또 어떤 묘수가 숨겨져 있는지를 가늠하기가 어렵기 때문이다.

A 과제로 시작해서 B로, 그다음엔 C로 이렇게 진화되어 Z까지 가는데 A 과제를 어렵게 어렵게 풀어서 B까지 가면 선생님은 이미 C에 가 계시고, 우리가 죽어라 하고 C에 가면 선생님은 이미 M, N에 가 계신다. 우리 머리나 재주로는 도저히 따라가기가 어려워 벌벌 기어가다가 엎드러지는 경우가 비일비재했다.

도저히 풀 수 없는 문제에 봉착해서 더 진행이 안 되거나 불가능한 경우에 선생님께 말씀을 드리면 "그러면 어떻게 하지…?" 하시고, 얼마 있다가 다시 불러서 A4 용지에 간단히 스케치한 도면을 놓고 대안을 설명하신다. 들을 땐 가능할 것 같은데 막상 현장에선 현실적으로 안 되는 경우가 있다. 그러면 다시 이실직고한다. 그러면

또 똑같은 말씀을 하신다. “그러면 어떻게 하지…?” 며칠 후 또 호출이 온다. 이번엔 팀 전원 집합 회의다. 대안을 설명하시면서 “이렇하면 어떨까?” 참석 전원에게 문답식 토론을 해서 결론을 내린다. 물론 가능하다는 결론이 날 때까지. 그런데도 안 되는 경우가 생긴다. 그러나 포기가 없으시다. 끝까지 대안에 대안을 연구해서 성사를 시키시는 끈질김이 있으셨다. 다만 한 가지 무작정 밀어붙이는 것이 아니라 합리적인 방법으로 불가능하다는 일들을 성사시켜나가셨다.

회의를 하다 보면 으레 반대를 위한 반대를 하는 사람이 있게 마련인데 선생님께서는 다른 사람이 제안하는 아이디어나 아이템이 당신의 생각과 다르다 하더라도 대의를 위한 것이라면 반대를 위한 반대는 안 하시고 반드시 좋은 방향으로 대안을 내놓으셨다.

선생님을 모시고 나는 많은 행사를 제작하고 진행하면서 선생님께 많은 가르침과 사랑을 받았고 은혜를 입었다. 제24회 서울 올림픽대회, 대전 세계과학엑스포, 경주 세계문화엑스포, 새천년준비위원회, 밀레니엄 광화문 2000, 디지로그 사물놀이, 한·중·일 비교문화연구소 등등.

50억의 별을 만드신 분, 이어령 선생님은 서울 올림픽의 개막식과 폐막식의 중심에 우뚝 서 계시면서 전 세계에 태극기와 애국가와 한국인이라는 감격과 긍지를 심어주고, 융·복합적인 한류를 전 세계를 향해 한 방에 쏘아 올린 일대 사건의 주인공이시고, 86개국의 160개 방송사가 TV로 생중계를 하여 세계 22억 인구가 실시간으로 시청을 하게 한 어마어마한 국가 홍보 효과를 창출케 한 장본인이셨다.

2000년 새 천년을 맞이하는 지구촌의 상항을 살펴보면,

아시아 일본에서는 'Global interactive Music and Art Festival'이, 베이징에선 2천 쌍의 신랑 신부가 합동결혼식을 올린다. 정부 고위 관리들이 주례를 서고 기념품, 선물, 사진과 함께 베이징 관광과 숙식을 실비로 제공받았다. 홍콩에서는 대형 용 퍼레이드가 벌어진다.

북미와 중미 미국 뉴욕 타임스퀘어에선 50만 명의 군중이 운집하여 자정에 1만 5천 개의 풍선을 공중으로 날리면서 1만 6천 킬로그램의 오색 종이를 뿌려 축제 분위기를 돋운다. 뉴멕시코주 타오스에서는 세계 평화의 기원을 북소리에 담아 펼치는 밀레니엄 전

야 드럼 페스티벌을 준비하고, 오하이오 강변의 밀레니엄 기념관에서는 높이 300미터, 무게 2만 5천 킬로그램짜리 세계 최대 규모의 '세계 평화의 종'이 세계의 시간대별로 자정에 타종식을 갖는다. 또한, 밀레니엄을 향한 인류의 희망과 다짐을 상징하여 전 대륙 대표 12명의 젊은이가 1999년 3월 15일 북극을 출발하여 6개 대륙을 종단, 2000년 1월 1일 0시 1분 남극까지 도착하는 행사를 진행하고 있다.

유럽연합 독일 뒤셀도르프 박람회장은 '세계에서 가장 긴 제야'로 기네스북에 오를 전망이며, 1일 정오에는 '빈 필하모닉의 신년음악회' 생중계로 이벤트는 절정을 이룬다. 베를린도 페스티벌을 비롯한 다양한 행사를 준비하고 있다.

핀란드 헬싱키에서는 3차원 도시 모델 창조를 위해 가상공간에서 도시 개발을 추진하는 '헬싱키 아레나' 2000 프로젝트를 추진하고 있고, 영국에서는 그리니치에 세계 최대의 돔을 설립 1999년 12월 31일 개관할 예정이다. 또 템스강 둑의 쥬빌레 가든에 세계에서 가장 큰 페리스 대회전 관람차를 세우고 있으며 높이 50미터의 거대한 인체 조각을 만들어 방문객들이 신체 내부의 소리를 생생하게 듣는 '인체 탐험'을 제공한다. 프랑스에서는 파리와 몬트리올의 예술가들이 주관하는 '밀레니엄 미드나이트 프로젝트'를 통해 1999년 12월 31일 하루 동안 인터넷 상에서 그들의 작품을 공유할 수 있도록 준비하고 있다. 이탈리아 로마에서는 1999년부터 2001년까지 '영원한 도시 로마'를 여행하는 '일생일대의 최고의 쥬빌레 2000' 문화관광 패키지를 마련하여 판매하고 있다.

오세아니아 새 천년의 햇빛을 맨 처음 맞이하는 뉴질랜드와 호주, 남반구에 위치한 호주에서는 축제와 행진을 통해 국가 정신을 꾀하자는 'Awakening 2000' 캠페인을 전개하고 있다. 또한, 새 천년 최초로 개최되는 제27회 시드니 올림픽에서는 171개국에서 온 1만 명이 넘는 선수들과 수백만 명의 관광객들이 함께 올림픽을 즐길 예정이다. 피지에서는 통가, 서사모아, 피지, 기스본 시를 포함한 날짜 변경선 인접 국가들과 연계하여 2000년 축전을 준비하고 있다. 또 뉴질랜드 기스본 시에서는 세계에서 가장 동쪽에 위치한 도시의 특징을 활용한 관광 행사를 기획하고 있다.

아프리카 남아프리카 케이프타운에서는 'South Africa 2000'이라는 록 콘서트를 준비 중이고, 이집트에선 프랑스 작곡가 장 미셸 자르에게 위촉한 새 오페라가 피라미드에서 초연된다.

1999년 2월경 선생님을 뵙고 새해 덕담을 나누는 자리에서 새 천년 맞이가 화제에 올랐다. 외국의 밀레니엄 이벤트에 관해 수집했던 자료를 참고로 해서 말씀을 드렸더니

"우리는 뭘 한다?"

"새 천년 준비 사업으로 문화관광부와 서울특별시가 각각 '기념 조형물'과 '평화의 탑'을 계획하고 있고, 더구나 전국 지자체마다 제각기 독자적으로 해맞이 행사와 더불어 기념 조형물 건립을 경쟁적으로 진행하고 있습니다."

"그러면 문화관광부와 서울특별시의 건립 내용물이 차별화되어 중복이 안 되고 예산의 낭비 요인이 없다고 누가 장담하고 보장할

수 있는가? 게다가 지자체까지 난리라니 이를 국가 차원에서 통합해서 추진해야 할 국가적인 사업이 되어야 하지 않을까?"

그날 이후 며칠 동안 X파일을 만들었다. 개요를 간추려본다.

〈밀레니엄 평화의 탑 건립 및 행사(안)〉이다.

배경

- 한국은 일제강점기를 지나, 30여 개국 젊은이들의 피와 뼈가 묻힌 6·25의 전쟁터이다.
- 뿐만 아니라, 한국은 아직도 동·서 냉전의 유물인 분단국으로 남아있는 유일한 지대로 북한의 핵과 미사일 개발 등 전쟁 의혹에 가장 많이 노출되어 있는 지역이다.
- 과거 천년이 '전쟁의 역사'였다면 향후 천년은 '평화의 천년'이 되어야 한다.
- 한민족은 유사 이래 외침을 하지 않은 민족이다. 이는 세계 유일 평화의 메시지를 발신할 수 있는 자격이 된다.
- 그러므로 새 천년을 맞이하여 한국만이 아니라, 세계인이 함께 만드는 밀레니엄 기념물을 서울에 만들고자 하는 것이다.

의의

1. 세계 유일 분단의 한국의 대지 위에 세계가 함께 만드는 평화 염원의 상징물
2. 전쟁 무기를 녹인 소재로 축조된 세계 유일의 평화적 상징물
3. 지나간 1000년을 마감하고 신 밀레니엄을 여는 세계사적 상징물
4. 세계가 공인한 평화의 상징 구역zone, 전쟁 억지력의 상징물
5. 2002년 월드컵을 기념하고 공존과 상생의 메시지를 전 세계에 전하는 상징물
6. 스토리가 있는 역사 체험 박물관으로서의 역할

개요

가칭 〈밀레니엄 평화 타워〉는 STATUE, TOWER, GARDEN으로 구성된다.

- **높이** 약 200미터(예: 자유의 여신상 46미터, 해면부터 92미터)
- **위치** 한강 상암동 월드컵경기장 인접 지역, 선유도, 중지도, 난지도, 여의도, 뚝섬, 잠실 올림픽공원 등 서울 관문, 강변 중 선택
- **기공 시기** 2000년 1월 1일 자정을 기해 기공
- **준공 시기** 2002년 월드컵 개막과 함께 준공
- **방식** 민간 차원의 기증 형식DONATION
- **기초 계획서 완성 시기** 1999년 2월 말

• **발의자** 이어령, 표재순

구성 참조 1) STATUE

• STATUE: 평화 염원 상징 조형물

1. 무기 일부 부품을 녹인 원료와 청동으로 만든 자유를 상징하는 미적, 예술적 조형물
2. 과거 1000년 동안의 전쟁 발발 역사적 장소에서 사용된 무기의 부품을 녹여 만든 청동상像
3. 프랑스에서 기증받는 형태(미정)

구성 참조 2) TOWER

• TOWER: 전국 13도에서 모은 돌로 기초를 다진 대臺를 이루는 메인 탑 형태의 축조물

1. 1096년 십자군 전투부터 13C 칭기즈칸의 대정벌, 15C 장미전쟁, 19C 트라팔가 해전, 미 남북전쟁, 20세기 제1·2차 세계대전과 한국전쟁에 이르는 천년 전쟁사 박물관
2. 천년간 발발했던 전쟁터의 철모, 깃발, 포탄, 군복, 총 칼, 화살촉 등을 전시
3. 100년 단위로 10개층 주 동선을 따라 천년 전쟁사를 전시관, 영상관 박물관 형태로 집대성

4. 역사적 전투 장면 미니어처로 제작, 전시
5. 로비 공간에는 세계 각국 시인들의 '평화 기도문'을 양각, 전시
6. Virtual Reality 시스템 등 첨단 디지털 테크놀로지 이용

구성 참조 3) GARDEN

• GARDEN: 각국 전쟁지 기념물로 만든 GLOBAL 평화 마당

1. 전 세계 전쟁 발발 지역에서 기증된 돌, 흙, 나무 등으로 조성된 공간
2. 전 세계가 함께 참여하는 글로벌 평화 마당
3. 디지털 '평화의 분수fountain'를 조성, 전쟁과 평화의 역사적 이미지를 연출
4. '평화가 꽃피는 가든'으로서의 소망을 형상화
5. '미완未完의 벽'을 남겨둠
   -구조물 한 벽면을 미완의 벽으로 남겨두고 한반도가 통일되는 날 완성
6. 각국 기증 요청서 발송→기증서 답지→실물 기증→제작 구성

• 행사 및 홍보 • 운영 및 조직 • 일정 • 기금 조성은 생략

〈새천년준비위원회〉의 발족 배경

새 천년을 맞아 국가 차원에서 밀레니엄 행사와 기념물 건립에 관해 통합 추진할 필요성이 대두되던 시기에 선생님께서 청와대에서 대통령님과 다담을 하셨다. 그리고 며칠 후인 1999년 4월 21일 '새천년준비위원회'(대통령령 제16,206호) 발족, 이어령 선생님을 위원장으로 19명의 위원을 위촉하고, 사업의 효율적인 추진을 위해 '재단법인 천년의 문'을 설립, 이사장에 신현웅(전 문화부 차관)이 임명되었다.

'밀레니엄 평화의 탑'이 '열두 대문'이 되고 그 '열두 대문'의 첫째 문이 '천년의 문'이 되었으며, 끝내 건립이 안 된 것에 무슨 사연이 있었는지는 모르겠으나 못내 안타까움을 감출 수가 없다.

'천년의 문'은 단순한 기념 조형물보다는 21세기의 지식 정보화 시대에 각종 역사 기록물을 디지털화하여 보존 관리할 수 있는 현대사 박물관 기능을 수행할 수 있는 다목적 복합 조형물이 효율적이라는 당위성이 팽배했고 역사적인 새 천년 준비 사업에 국민이 함께 참여하는 프로그램 차원에서 우리나라 수도인 세계적인 도시 서울의 상징 조형물을 건립하여 2002년 월드컵 주경기장과 함께 관광 명소로 개발한다는 목표로 정해졌다.

따라서 서울 상암지구 '평화의 공원' 내에 평화의 열두 대문을 건립하기로 결정하고 그 첫 번째 '천년의 문' 사업을 추진키로 했다.

- 열두 대문의 건립 의의는 백 살을 살지 못하는 인간으로 태어나 새 즈믄 해를 맞이하는 기회를 가진 우리 세대가 미래의 한

민족과의 의지와 결속을 가시화하는 데 있다.

- 그렇다면 열두 대문의 의미는 무엇일까?
  첫째, 한국의 전통적 이미지로 평화와 행복을 상징
  둘째, 12간지의 순회하는 이미지로 동양적 철학 기반 지님
  셋째, 개방성의 풍요와 번영의 부를 상징
  넷째, 세계 평화의 상징

- 천년의 문이란?
  1세기(100년) 동안의 시간을 두고 10년마다 1개씩 완성하려는 '열두 대문'의 첫 번째 문이 바로 '천년의 문'이다. 이 문은 민과 관, 현재와 미래의 한민족이 함께 만들어가는 '두 손 원리'가 녹아있는 다목적 건조물의 첫 번째가 될 것이다.
  –**두 손 원리** '세계화'를 단순한 공간 확대 개념으로 볼 때 나타나는 상극과 상쟁의 문제를 역사 속에서 지속되는 '천년화 millenniumization의 신개념을 도입, 모두가 함께하는 세상, 세계주의와 지역주의가 공존하는 세상으로의 융합, 발전을 표상한다.

- 천년의 문을 난지도에 건립하는 이유는?
  산업화와 도시화 속에서 황폐하고 쓸쓸하게 버려진 땅인 이곳을 생태공원화함으로써 20세기 오염된 공간을 21세기 후손에게 물려주지 않는다는 강력한 의지를 형상화하는 데 있다.
  첫째, 평화와 행복의 환경 조성

둘째, 중심적 위치
셋째, 국제적 관광 명소로의 기대
넷째, 새로운 기적 과시
다섯째, 민주주의를 구현하는 개척 정신
–난지도는 우리가 익히 알고 있듯이 2002년 월드컵이 개최되는 상암경기장이 인접하여 국제적 관광 명소로서의 성장 가능성이 높고 쓰레기 더미였던 이곳을 생태공원화하므로 환경 개선을 이룰 수 있으며 영종도 신공항과의 연계로 '세계적 관문'이 될 것이기 때문이다.

- 왜 문이어야 하는가?

대부분 상징 조형물이 타워의 형식을 띠게 되는데 이는 단독적 수직 상승을 의미하게 된다. 그러나 '천년의 문'은 새 천년 한민족의 의지와 화합을 가시화할 상징 조형물이 되어야 하므로 타워 형식보다는 시간을 통과, 횡단하는 통과성과 연결성의 의미가 강한 문Gate의 형태가 가장 잘 부합한다고 할 수 있다.
건립 부지인 난지도는 쓰레기 매립지로 지반이 약해, 탑처럼 높은 건물은 부적합하기에 계속 지반을 다져가면서(20~30년간) 여러 개의 독립된 건물로 세울 수 있는 문을 건립하기로 했다.

- 100년(1세기)에 걸쳐 짓는 이유는?

'열두 대문'은 과거와 현재, 미래의 한민족이 같이하는 조형물 사업이다. 과거에서 미래로의 '이어줌'의 비전을 모든 세대가 공유한다는 의미에서 100년에 걸쳐 10년마다 하나씩 만들어가기로 한 것이다.

- 10년에 하나씩 짓는데 왜 열두 대문이 되나요?
  2000년 월드컵 개최 전 첫 번째 문인 '천년의 문'이 세워지고, 2000년부터 2099년까지 10년마다 1개씩 10개 문이 건립되며, 남북통일의 해에 '통일의 문'이 지어지기 때문에 합해서 열두 대문이 된다.

- 외국에도 이러한 상징물이 있나요?
  뉴욕의 '자유의 여신상'·파리의 '에펠탑과 개선문'· 로마의 '개선문'은 파괴의 상징이고, 스페인 바르셀로나의 '사그라다 다 파밀리아 성당'은 단순히 100년에 걸쳐 짓는다는 의미만이 있다. 평화와 '이어줌'의 상징을 여는 우리의 열두 대문과는 그 의미가 다르다고 할 수 있다.

- 건립 개요
  건물명 천년의 문
  건립 위치 서울특별시 마포구 상암동 난지도 평화의 공원 내
  부지 면적 약 10만 평
  건립 규모(안) 연면적 1만 평방미터(높이 30미터 정도)
  건립 예산 300억 원(정부 100억 원, 국민 성금 100억 원, 후원 업체 100억 원)

- 주요 구성
  사이버 역사박물관

열두 대문 건립을 목표로 10년 단위의 우리 역사를 한눈에 관람할 수 있도록 하여 평화를 지켜가는 역사를 보존하게 된다. 전시 예상 사례로는 5천 년의 역사와 사회상을 디지털로 보존하여 정보를 제공하는 것 등이 있다.

- 역사의 계단

'천년의 문' 입구에 한 계단이 백 년을 상징하는 20개의 '역사의 계단'을 만들어 고조선부터 오늘까지 한민족 역사를 상징하게 된다.

- 서명 벽화 제작

고구려, 백제, 신라의 대표적인 벽화 등을 재현하고 기명자들의 서명이 벽화의 형성 요소로 이용된다.

- 평화의 기상대

전 세계의 평화를 지키기 위해 전쟁 기상도를 만드는 것이다. 예를 들면 전 세계 170여 개국의 평화 지수를 산출, 매년 1월 1일 지구의와 횃불봉의 형상을 통해 나타나게 되며 인터넷을 통해서도 매일 평화 지수를 발표, 우리의 평화 의지를 세계에 알리게 된다.

- 평화 공원

금세기 세계의 격전지 및 희생자가 발생한 12곳을 선정하여 그곳의 흙을 채집, 한국의 흙과 합토, 꽃밭을 조성하여 죽은 자의 영혼을 꽃으로 바꾸는 평화의 공원으로 조성하는 사업이다.

- '천년의 문'의 건립 비용은?

국민의 성금을 주체로 한다. 이렇게 함으로써 전 국민 하나하나가 이 문의 주인이라는 강한 공동체 의식을 고취할 수 있기 때문이다.

성금 모집 방식은 '천년의 문' 벽(일명 테마 벽)에 자신의 서명을 남길 수 있게 하고 그 등록 비용으로 2,000원씩을 모금하는 방식을 채택하였다. 이는 숫자적 상징성과 함께 국민의 관심과 참여를 많이 유도하기 위함이다.

- 추진 상황
- '천년의 문' 아이디어 공모

광고 매체 99 추석 홍보물 '한가위 가는 길, 새 천년 오는 길'

새천년준비위원회 홈페이지 (http://kmc.go.kr)

PC통신 천리안, 하이텔, 유니텔

공모 내용 연령, 성별, 전문성 구별 없이 누구나 응모(국민의 공감대 형성)할 수 있으며 아이디어 스케치나 그림 또는 글

공모 기간 99년 10월 1일~11월 15일

발표 99년 11월 30일

시상 우수작 7편을 선정, 각 30만 원

-채택된 아이디어는 설계 시 자료로 활용

- 기본 설계 지침서 작성 용역

계약일 99년 10월 14일
용역사 (재)한국박물관건축학회(회장 서상우)
연구 책임 서상우
용역 기간 계약일로부터 70일(99. 12. 23까지)

- '천년의 문' 설계 경기 공고
광고 매체 《대한매일신보》, 《대한건축사협회신문》, 《일간건설》 《입찰정보 》 등(99년 11월 12일)

- 설계 경기 내용 설명회 개최
일시 99년 11월 30일(화) 14:00~16:00
장소 국립민속박물관
참석 181개 응모 업체 중 164개 업체
특별 강연 이어령 새천년준비위원회 위원장

- 건립 일정
기본 설계 지침서 작성에서부터 공사 준공까지
1999. 10. 15.~2002. 9월 말 완공
{외장 및 외벽 공사는 2002년 5월 중(월드컵 개막전) 완공}

얽히고설킨 사연 때문에 착공조차 못 하고 좌초가 된 '천년의 문'은 아쉬움을 넘어 두고두고 천년의 한恨으로 남을 것이다.

'천년의 문' 건립에 관한 기획안을 여기에 공개한 뜻은 선생님의 그 높고 넓고 깊은 꿈을 이루지 못하시고 황망하게 길을 떠나시게 한 후학의 회한과 무거운 죄스러운 마음 가눌 길이 없는 까닭이요, 저희들이 선생님을 끝이 없는 현재 진행형 르네상스 큰 어른Endless ING Renaissance Big Man으로 모시고 싶기 때문입니다.

쓰고 쓰고, 말하고 또 말하고

한말숙 | 소설가

이어령 선생은 서울대학교 문리과 대학의 내 2년 후배다. 학창 시절 백철 교수의 특강을 들으러 갔을 때 한 번 보았다. 내 전공은 언어학이고, 이 선생은 국문학이었다. 문과생이 이공계를, 이과생이 인문계를 마음껏 청강할 수 있는 대학이 서울대 문리과 대학이었다. 이 선생은 교수의 조교였는지(과대표였음) 수업이 끝나자 학생들에게 이광수 씨의 소설 〈단종애사〉를 읽고 감상문을 다음 시간까지 써오도록 말하는데, 해맑은 얼굴에 중키, 씩씩하게 보였다. 1953년 서울 수복 후 였으니까 1954년일 거다. 1957년에 내 등단작 〈신화의 단애〉가 《현대문학》 지에 발표되자 바로 김동리 선생과 이 선생이 실존주의다, 아니다 하고 2주간이나 지상 토론을 하는 통에, 3년 만에 이 선생을 지상에서 만난 셈이다. 두 분이 다 핵심을 놓치고 있어서 재미있었다. 90년대 강원대학의 유인순 교수

는 30년대에 이상은 〈날개〉를 썼고, 50년대에 한말숙은 〈신화의 단애〉를 썼다고 했다. 대학을 갓 나온 애송이 평론가 이어령이 문단의 대가 김동리에 대항하면서 일약 유명세를 탔다고들 쑤군대기도 했다.

다음 해에 발표한 〈노파와 고양이〉를 이 선생이 평한 것을 보고 깜짝 놀랐다. 마지막 부분은 〈라 콤파르시타〉를 듣는 것 같다고 해서다. 소설을 읽으며 음악이 들린다니… 보통 감각의 소유자가 아니지 않은가. 그 후로 그가 어딘가에서 강의를 한다기에 가보았는데, 그 박식과 달변에 또 한 번 놀랐다. 두 시간을 줄기차게 떠드는데 음성도 변하지 않았다. 학생 때 인상에 남았던 씩씩함이 그대로였다.

이 선생은 지성·감성을 두루 갖춘 사람이고, 어느 때 어디서 보아도 씩씩했다. 나에게 이 선생의 '트레이드마크'는 씩씩함이다. 80대에 뇌 수술을 한 후 예술원에서 만났을 때 모발이 덜 자라서인지 캡을 쓰고 있었고 조금 수척해 보였다. 안쓰러워서 괜찮으냐고 물었더니 괜찮다고 역시 씩씩하게 대답했다. 사랑하고 자랑스러워하던 따님이 50대에 세상을 떠났을 때도, 꺾이지 않고 오히려 신앙에 몰입해서 세례받으려고 해외까지 힘차게 돌아다닌 것으로 알고 있다. 이 선생이 풀 죽거나 울적한 적이 있었을까? 힘들 때는 오히려 더 강해지고 적극적으로 더 큰 희망적인 것을 찾아낸 것 같다. 저서도 많고 말도 많이 했다. 다방면으로 박식한 까닭에 말이 술술 나오니까, 전문가의 입장으로는 틀린 데도 있다는 지적도 있었다. 모임에서는 혼자만 떠들고 남의 의견을 들으려 하지 않아서 '손절'하는 인사들도 있었다. 그 많은 말 중에 임종이 가까워올 무렵, "아픈 것을 느끼면 살아있다는 것을 알 수 있다."라는 말, 천금 같은 말이 아닌가. 이어령 선생, 고맙습니다.

그는 계절이었다

한수산 | 소설가

그는 하나의 계절이었다. 그가 봄이었고, 새롭게 찾아오는 계절이었다.

그가 《문학사상》을 시작하면서 한국 문예지에는 새로운 계절이 왔다. 그가 만들어낸 봄이었다. 그렇게 그는, 이제까지 없던 세상, 새로운 계절이었다. 《흙 속에 저 바람 속에》도 그랬다. 《바람이 불어오는 곳》도 그랬다. 그의 글은 한국 산문의 봄, 새로운 계절이었다. 문화부 장관 시절도 다르지 않았다. 자투리땅을 살려낸 앙증맞은 작은 공원이 곳곳에 들어서던 그때는 그가 만들어낸 새로운 계절, 서울의 봄이었다.

봄이 오듯 이 땅에 그가 왔다. 그리고 가을이 가듯 그는 떠났다. 생애의 끝 무렵에, 그가 자신이 남겨두고 떠나는 이곳을 '내가 없는 세상'이라고 말했듯이 우리는 이제 '그가 없는 세상'을 살고 있다.

봄이 가버린 세상을.

선생님과의 첫 만남을 어찌 잊겠는가. 1972년 내가 《동아일보》 신춘문예로 데뷔한 그해는 바로 이어령 선생님을 주간으로 하는 《문학사상》이 창간된 해이기도 했다.

연말이었다. 《문학사상》으로부터 첫 원고 청탁이 왔다. 그해 데뷔한 작가들의 제2작 소설을 특집으로 싣는 기획이었다. 단편소설이 든 서류 봉투를 가슴에 껴안고 《문학사상》 사 편집실을 찾아갔을 때였다. 원고를 받은 담당 기자가 주간님이 계시니 뵙고 가라면서 안내를 했다. 그것이 첫 만남이었다.

인사를 드리고 마주 앉았을 때였다. 선생님이 웃음 가득한 얼굴로 물었다.

"자네 그 이름은 본명인가?"

수산水山이라는 이 이름, 어디 한두 번 들은 말이던가. 네, 한자로 본명입니다. 할아버지가 지어주셨고 형제들이 산 자 돌림입니다, 어쩌고 하는 내 어눌한 말을 듣고 있던 선생님이 대뜸 말씀하셨다.

"자넨 그 이름부터 바꿔. 수산이가 뭔가. 목월 소월 그런 사람들 흉내나 낸 거같이. 이름이 시골구석 다방에서 시화전이나 열고 있는 문학 지망생 같잖아."

선생님의 말씀이 이어졌다.

"일남이나 호철이 뭐 그런 거로 바꾸게. 그래야 대가가 되지."

일남이… 호철이. 그 이름을 입속으로 되뇌면서도 첫 대면의 선생님 앞에서라 그게 누구의 이름인지조차 알지 못했다. 사무실을 나와 집으로 돌아오는 버스 안에서야 떠오른 말. 아하, 일남이는 소설가 최일남 선생이고… 호철이는 이호철 선생이구나.

선생님의 산문집《흙 속에 저 바람 속에》의 영화화가 추진될 때의 이야기이다.

어느 날 선생님으로부터 급히 만나자는 연락이 왔다. 무슨 일인지 궁금해하며 찾아뵈었을 때였다. 대뜸 하시는 말씀이,《흙 속에 저 바람 속에》가 영화화되는데 그 시나리오를 자네가 맡아서 써주면 좋겠다는 것이었다.

처음에는 최인호를 할까 생각했는데 그 사람은 서울 사람이라 시골을 모르지 않나. 가을이면 초가지붕에서 빨갛게 고추가 마르고, 실개천이 흐르고, 강아지 하나가 밤중에 구름 사이를 지나가는 달을 보며 컹컹 짖어대는 그런 한국의 정경을 그려내려면 아무래도 시골 출신인 자네가 적격일 거 같으니까… 나를 선택했다는 것이었다.

말씀을 듣자니, 내가 촌놈이어서 맡기겠다는 것이었지만, 예 알겠습니다. 제작을 맡을 영화사의 이야기는 들어보지도 않고 그 자리에서 약속을 했다. 즐거운 일이 될 것이라는 예감 속에 작업에 들어가면서, 나는 # 신 1, # 신 2…로 이어지는 기존 틀의 시나리오를 쓸 생각이 아니었다. 한 한국인의 탄생에서 죽음까지를 스토리로 하고, 첫 장면을 아이가 태어나는 첫 울음소리와 새끼에 고추와 숯이 매달린 금줄이 걸린 대문에서 시작하여 구슬픈 상엿소리가 흐르는 화면에 만장을 펄럭이며 상여가 강둑길을 따라 저 멀리 사라지는 마지막 장면까지… 시정 어린 이미지로 연결되는 산문으로 된 시나리오를 쓸 생각이었다.

좀 긴 시놉시스와 구체적으로 쓴 몇 장면의 시나리오 초록을 영화사에 건넸을 때, 영화사의 반응에 나는 아연실색할 수밖에 없었다. 자신들이 원하는 것은 〈팔도강산〉 같은 영화라는 것이었다.(노부부가 전국에 흩어져 있는 자식들을 찾아 8도를 도는 여행을 하면서 그 지역 홍보 영상을 담은 그런 영화가 대히트한 적이 있었다.) 기이한 영화 정책이 만들어낸 소위 문예영화를 만들어 영화상을 타고, 그렇게 해서 얻게 되는 당시로서는 땅 짚고 헤엄치기로 돈을 버는 외화수입권을 따내는 게 목표라는 것이었다. 내가 할 일도, 해낼 수 있는 일도 아니었다.

내 손을 떠나간 그 시나리오 작업이 그 후 어떻게 되었는지 모르겠다. 분명한 것 하나는 《흙 속에 저 바람 속에》는 결국 영화화되지 않았다는 것이다.

1980년대 초반 그 무렵 언제였다. 서울시청 앞 프라자호텔 커피숍에서 두 시간이 넘게 선생님과 마주 앉은 적이 있었다. 이야기의 주제는 워드프로세서였다. 선생님에게서 받은 단독 특강, 아니 족집게 과외였다.

워드프로세서는 글쓰기의 혁명이라는 대전제 아래 필요의 당위성 그리고 이미 그것을 사용하고 계시던 선생님의 체험담이 화려하게 펼쳐졌다. 선생님의 설명만으로는 워드프로세서 그놈은 그야말로 글쓰기의 신세계를 열어줄 미다스의 손이었다. 특히 내 마음을 흔든 것은, 써놓은 글을 마음대로 두드려 부수며 고칠 수 있다는, 그놈의 편집 기능이었다.

나를 완벽하게 포박해놓은 선생님이 마지막으로 말씀하셨다. 문인용 워드프로세서가 개발되어 그 보급을 아무개가 맡고 있으니 바로 연락해서 구입, 사용하도록 할 것!

설레는 마음은 선생님과 헤어지며 '그놈'을 주문할 때까지였다. 선생님에 대한 고마움과 기쁨도 거기까지였다. 며칠 후 받아 든 내 최초의 워드프로세서는 기대와는 달리 그 기능의 열악함이 최악의 수준 미달 그것이었다. 도대체 선생님은 이걸로도 글이 써진다는 것일까. 무슨 사기라도 당한 기분이었다.

우선 '그놈'의 모니터에는 가로 40자, 세로 두 줄밖에 글이 보이지 않는다. 두 줄짜리 워드프로세서라니. 앞에 써놓은 글을 보려면 손가락으로 글자들을 밀어 올려야만 보이는 이 두 줄짜리 워드프로세서를 지금의 세대는 어떻게 설명을 해도 이해할 수 없으리라. 이제까지의 글쓰기에서는 아무 도움이 안 되던 새끼손가락과 왼손도 쓸모가 있다는 것 이외에 '그놈'이 내게 건넨 것은 허망함 그것뿐이었다.

선구자란 이런 의미를 가지는 것이로구나 느낀 건 그 후였다. 오직 두 줄밖에 보이지 않는 그 기이한 워드프로세서와의 만남은 이 선생님이 내게 박아준 이정표였다. 새끼손가락도 왼손도 글쓰기의 도구가 된다는 깨달음(!)은 나를 타자기를 사용하도록 이끌었다. 볼타자기[ball typewriter]까지 기능이 좋은 것으로 세 가지를 바꿔가며 나의 글쓰기는 빠르게 타자기로 옮겨갔다.

그 후 우연한 만남이 찾아왔다. 데이콤에서 한국 최초로 이메일 '천리안'을 개발할 당시 사용자들이 겪게 되는 문제점을 찾기 위해 만들어졌던 '정보화 사회를 생각하는 사랑방 모임'의 멤버로 참여할 기회가 있었다. 데이콤이 선정한 각계 전문가들의 모임이었다. 그때의 멤버들에게는 데이콤으로부터 워드프로세서가 깔린 32비트 컴퓨터와 무제한 사용료를 제공하는 해외 정보 검색의 혜택이 주어졌다.

인터넷이라는 용어조차 아직 없던 때였다. 해외 정보는 국제전화로 미국의 데이터베이스에 접속하여 검색할 수 있었다. 국제전화로 미국 국회도서관을 연결하여 한국 자료는 무엇이 있나 살펴보다가 《바다로 간 목마》라는 청소년을 위한 내 소설이 있다는 것을 알고 놀라기도 하고, WHO'S WHO에 접속해 내가 좋아하던 신문기자 오리아나 팔라치가 살고 있는 뉴욕 주소를 알아내며 즐거워했었다. 나의 워드프로세서 시대는 그렇게 열렸다.

코알 대학 노트를 펼쳐놓고 오른쪽 면에 초고를 연필로 쓰고, 다시 왼쪽 면에 첨삭을 하며 추고를 한 후, 마지막으로 원고지에 옮겨 써서 편집부로 보내던 내 글쓰기의 석기시대도 끝이 났다. "문명의 이기를 도입해 글을 쓰라"시던 선생님의 두 시간짜리 특강은 열매를 맺으며 자라서 《동아일보》 사의 국제마라톤 참관기를 경주 공설운동장 스탠드에 앉아 노트북으로 써서 보내는 데까지 진화를 거듭했다.

선생님의 선구적 혜안은 나에게 이정표가 되어주었던 것이다.

딸아이가 백일을 넘지 않았을 때였다. 선생님이 전화를 해서 물으셨다.

"아니, 자네 아이가 무슨 뇌 수술을 했다면서?"

내가 늦게야 딸아이를 낳았다며 좋아하는 걸 알고 계시던 선생님이었다. 철딱서니 없는 우리 부부가 그저 따듯하면 좋을 것으로 알고 너무 덥게 재우는 바람에 아이가 베개에 땀을 흘리며 머리에 물집이 생겨버렸다. 그 때문에 병원엘 데려가 치료를 받고 아기의 뒤

통수에 소독 붕대를 붙이게 된 안쓰러운 마음을 누군가에게 했나 보았다. 그게 어찌어찌 사람들의 입방아를 오르내리다가 "한수산이 딸애가 뇌 수술을 받았다더라."라고 황당한 과대포장이 되어 이 선생님에게까지 전해졌던 모양이었다(우리나라 문인들의 뒷담화라니).

불쑥불쑥 와 닿고는 하던 선생님의 세심한 마음 씀씀이에 나는 늘 행복했다. 그런 자상함에 기대어 나는 소설 연재를 시작할 때면 선생님을 찾아가 이제부터 쓸 글의 내용과 제목에 관해 이야기를 나누곤 했다.

선생님과 마주 앉아 정한 소설 제목에는 《달이 뜨면 가리라》와 《안개 시정거리》가 있다. 어쩐 일인지, 이 소설들은 저마다 하나같이 기구한 수난을 겪어야 했고, 결국은 아쉬움 가득한 실패작으로 끝났다는 공통점을 가진다.

노동조합 자체가 불허되던 엄혹했던 시기, 노조를 결성하려는 여공들의 지난한 과정을 소재로 한 작품 '장미와 굴뚝'은 선생님을 만나며 제목이 《달이 뜨면 가리라》로 바뀐다. 먼 길을 떠나며, 지금은 너무 어두우니 달이라도 뜨면 가기로 하자는 비장하고 서글픈 의미였다.

그러나 이 작품은 출판을 앞두고 제출한 최종교정본이 문화공보부의 출판물 검열에서 무자비하게 59곳에 붉은 줄이 그어지고, 출판 불가라는 수정 지시를 받는다. 문공부의 직원이 내린 조치였다(무슨 전문가 집단이 아니다. 그야말로 일개 직원이다). 그렇게 해도 살아남을 소설이 있을까. 그런 시대가 있었고, 그런 시대에도 작가는 소설 쓰기를 멈추지 않았었다.

《문학사상》에 실렸던 《안개 시정거리》도 선생님을 만나 이야기를 나누며 제목이 바뀐 작품이다. 처음에는 다만 '안개'였다.

이 작품도 뜻하지 않은 수난을 겪어야 했다. 학생운동 수배자가 몸을 피해 초등학교 교사인 여자 친구가 있는 안개 가득한 도시로 숨어든다는 설정이 문제였다. 중편소설 특집으로 실리는 이 소설이 이대로는 게재가 불가능하다는 통보가 재교 과정에서 내려졌다.

전면 개작을 하기에는 시간이 없었다. 선생님과 상의 끝에 결국 학생운동 수배자로 도피 중인 주인공이 정신병원 탈출한 환자로 바뀐다. 병명도 불분명하게, 흰 가운을 입은 자들에게 잡혀가는 것으로 마지막 장면을 그려낼 수밖에 없었던 내 슬픈 뒷모습이, 그 작품을 생각할 때마다 저만큼 보인다.

《한국일보》와 일본 《요미우리 신문》이 공동 주관하는 한·일 문화포럼이 쓰시마對馬島에서 열렸을 때였다. 그해의 주관사가 일본 《요미우리》였다. 한국 측 패널은 이어령 선생님과 나. 일본을 대표하는 패널은 철학자 우메하라 다케시梅原猛였다.

떠나기 전 《한국일보》 관계자와 함께한 사전 만남이 있었지만, 선생님은 일본에서도 베스트셀러였던 《축소지향의 일본인》의 저자였고, 나도 4년의 일본 체류에서 돌아와 《이웃 사람 일본인(隣りの日本人)》이라는 일본어판을 내고 있었기에 특별히 의견을 조율할 사항은 없었다. 다만 2000년을 맞아 '새천년준비위원회' 위원장을 맡고 계시던 선생님은, 포럼이 끝나면 곧바로 서울로 돌아와 광화문에서 대통령과 함께 TV로 생중계되는 '새천년맞이 국민 대축제'를 주관해야 하는 몸이었다. 쓰시마에서 후쿠오카까지 특별 헬기로 거기서 다시 항공편으로 서울로 돌아오는 살인적인 일정 속에 떠나는 여행이었다.

약속한 대로 출발 20여 분 전에 김포공항 국제선 VIP실에서 선생님을 만난 후 수행비서에게 여권을 넘겨주고 나서였다.

잠시 후 나를 밖으로 불러낸 비서가 이렇게 말하는 것이 아닌가.

큰일 났네요. 여권이 기간 만료된 겁니다.

이럴 수가, 선생님과 함께 해외여행을 나가며 유효기간이 두 달이나 지난 여권을 들고 공항에 나온 사람이 나였던 것이다. 그것도 출발 20분 전에.

외무부 공항 담당자에게 임시사용권을 얻어내겠다며 수행하던 직원들이 발 빠르게 움직였지만… 담당 간부가 캐비닛을 잠근 채 퇴근해버려 결국은 방법이 없다는 것이다. 사태를 수습하려던 긴급처방도 무산, 잘 모시고 다녀오리라던 자신과의 약속도 허무하게 나는 공항 바닥에 남고 선생님 혼자 비행기에 올랐다.

다음 날 9시, 사진을 건넨 지 20분 만에 긴급 발급된 새 여권을 들고 나는 비행기에 오를 수 있었다. 후쿠오카를 거쳐 쓰시마에 내려 숙소로 찾아 들어간 나에게 선생님이 탄식하듯 말씀하셨다.

"글 쓰는 사람이니 그럴 수도 있겠다 해야지, 기간이 만료된 여권을 들고 공항으로 나온 자네를 어떻게 이해하겠나."

내 아들 녀석은 어린 시절 글을 쓰고 있는 내 등 뒤, 의자 등받이에 끼어서 잠을 자곤 했었다. 내 입장에서 보자면, 아이를 업고 의자에 앉아 글을 쓰는 꼴이었다. 이 아들놈은 내가 원고지에 써놓은 글을 보며 "바보 아빠. 여기도 써야지!" 하며 띄어쓰기를 한 원고지의 빈칸을 가리키기도 했던 녀석이다.

언제였는지, 어느 여성지였는지 이름조차 가물가물하다. 편집자의 요청으로 '이어령-강인숙 부부 이야기'를 쓴 적이 있었다. 부부에 관한 시리즈물의 하나였다.

강인숙 교수를 당시 재직 중이던 건국대로 찾아가 마주 앉아 뵙기도 하고, 《문학사상》 사에서 따로 선생님을 만나 이야기를 듣는 시간을 가지면서 할 수 있는 한 정성 들여 준비를 했었다. 개인적인 사연들을 써야 할 글이라 누를 끼쳐서는 안 되겠다는 생각에서였다. 그런데 어쩐 일일까. 두 분이 어떻게 만나, 어디서 신혼살림을 차렸으며, 어떻게 아이들을 길렀는지 그 많은 이야기를 들었을 텐데 지금 전연 기억나는 것이 없다.

다만 단 하나의 에피소드만이 지금도 잊히지 않고 어제의 일처럼 생생하게 살아서, 그 당시부터 지금까지 '이어령' 혹은 '강인숙' 하며 얼굴을 떠올릴 때마다 내 기억 속에 각인되어 있다. 강인숙 교수가 들려준 이야기였다.

남편 이어령 선생님이 밤새워 글을 쓸 때라고 했다. 한밤에 아이가 잠에서 깨어 울기라도 하면 남편이 글 쓰는 데 방해가 될까 봐 강 교수는 아이를 업고 나와 집 밖을 거닐곤 했다는 것이었다. 나는 잠자는 아이를 등에 업고 글을 쓴 적이 있는데, 아 이어령 선생님 댁에서는 사모님이 아이를 업고 집 밖을 걸으셨구나.

남편이 글을 쓰고 있는 한밤에 아이가 잠에서 깰까 노심초사하며 아이를 업고 나와 집 밖을 거닐었던 아내, 그걸 기억하며 아내의 고마움을 기억해주는 남편, 그것이 이어령 강인숙 부부였다.

훗날 따님 이민아 목사의 절절한 간증을 유튜브를 통해 찾아보면서 '아 저분이 아빠가 글을 쓰던 그 한밤, 집 밖을 거니는 엄마 등에서 잠을 자던 따님이구나.' 나는 흐르는 눈물 속에 고개를 숙이고 이 목사의 목소리를 들어야 했다.

나에게서도 세월은 흘렀다. "뇌 수술을 받았다며?" 하고 걱정해 주시던 그 딸이 자라서 《중앙일보》에 입사, 《중앙일보》 사 고문으로 '한중일 30인회의'와 '한중일 공용한자 808자' 제정을 주도하시던 선생님을 도와 행사의 실무 책임자로 일하게 되었다. 선생님을 모시고 일본 홋카이도의 토야洞爺에서 열리는 회의를 오가는 딸아이를 보며, 나는 기간 만료 여권과 쓰시마를 떠올리며 부끄러울 수밖에 없었다. 선생님을 만난 날이면 집에 돌아온 딸아이가 말하곤 했다.

"고문님이 아빠 요즘 어떻게 지내냐고 물으시면서 좀 들르라고 전하라고 하셨어요."

그리고 사진 한 장.

언젠가 어떤 인터뷰에서 선생님이 "나는 《문학사상》을 하면서, 문학사상파니 이어령 사단이니 하는 걸 만든 적이 없어요." 하며 웃으시는 걸 본 적이 있다. 어쩌면 이 사진은 그런 선생님의 면모를 잘 드러내고 있지 않나 싶다. 세칭 여러 파와 여러 사단의 작가들이 모여 있기에.

1985년 선생님이 《문학사상》 지의 편집권을 이양할 때였다. 그간의 노고에 감사의 뜻을 전하며 작은 모임이 있었다. 김승옥 선배가 연락책이 되어주셨다. 사진 왼쪽부터 조해일, 한수산, 이균영, 서영은, 김승옥, 송영, 유재용, 이현화, 조선작, 이청준, 김병총, 김

원일 여러 문인이 함께했다.

그날은 밤부터 폭우가 쏟아지고 있었다. 우리들 누구도 기념사진을 찍을 준비를 한 사람이 없었고 식당에도 카메라가 없었다. 그 길밖에 달리 방법이 없어 내가 빗속을 뚫고 집으로 달려가 카메라를 가지고 와서 찍은 사진이다.

모임이 끝난 후 이청준 선배를 모시고 집으로 가 빗소리를 들으며 다시 맥주 한잔을 함께했었다. 사진 속에는 선생님만이 아니라 어느새 세상을 떠난 선배 문인들의 모습도 보인다. 세월의 이끼는 그렇게 쌓여 있지만… 나에게는 여전히 빗발의 추억이 묻어 있는, 그 밤의 빗소리가 들리는 사진이다.

그는 '내가 없는 세상'을 향해 "잘 있어. 틀림없이 너희들은 잘 있을 거야."라는 말을 남기고 떠났다. 이 헤어짐까지도 하나의 계절이었다. 처음 맞는 봄이었다. 셀프캠으로 제작되어 인터넷을 통해 전해지던 그토록 각별한 마지막 인사를 우리는 그 누구에게서도 어디에서도 만난 적이 없다. 봄은 그렇게 왔다가 가지 않던가.

이제 나는 '그가 없는 세상'을 살아간다. 수많은 만남과 그 속에 담긴 저 많은 이야기들은 망각의 강물에 흘려보내기로 하자. 내게 남은 세상은 '그가 없는 세상'이니까. 기간이 만료된 여권을 들고 그의 뒤를 따라나서는 일도 없을 테고, 선생님! 하며 찾아가 소설 구성안을 들고 제목을 이야기할 일도 없을 테니까.

그를 떠나보내고 나서 보낸 지난 일 년, 끊임없이 떠오른 말들이 있다. 이어령은 어떻게 생각할까. 이어령은 무엇이라고 말할까.

'저질의 시대'라고까지 비하되는 '오늘'을 살면서 나는 묻고 또 물었다. 이 현상을 이 사태를 이 흉폭을 그는 어떻게 생각할까. 그는 무엇이라고 말할까. 한 시대를 변화시키던 계절, 봄을 열던 그의 목소리를 그리워하며 묻고 또 물었다. 우리들의 오늘을, 그는 어떻게 생각할까. 그는 무엇이라고 말할까.

시시포스의 반복

한정희 | 소설가

이어령 선생님은 지식인으로 살아간다는 것은 이야기를 남기는 일이라고 하셨다. 선생님께서 말씀하시는 '이야기'란 공자나 맹자의 담론을 뜻하신 것인데, 사람이 마음을 탄력 있게 유지하면서 선입견의 노예가 되지 않고 의견을 피력한다는 것이 어찌 쉬운 일이겠는가. 선생님께서는 이야기라고 쉽게 말씀하셨지만, 사람들이 나이 들었다고 다 현자가 되지 못하는 것과 같이 아무나 다 선생님처럼 바다 밑 진흙 속에서 진주를 찾아낼 수는 없으므로 어떤 개념을 남긴다는 것은 쉽지 않다.

이어령 선생님을 마지막으로 뵌 것은, 코로나19 바이러스가 온 세상을 가둔 2021년 11월 2일이었다. 선생님께서 집으로 오라고 연락하셨는데, 그날이 일 년에 두세 번 선생님을 모시자고 제자 몇 사

람이 33년째 마련해왔던 모임의 마지막 자리가 된 것이다. 그날 선생님은 너희들을 만나려고 깨끗이 씻고 옷을 갈아입고 침대가 아닌 소파에 앉아있으니 기분이 아주 좋다 하시면서, 너희들 주려고 준비한 거라며 젊었을 때부터 좋아하셨다는 카스텔라와 '미루꾸' 캐러멜, 초콜릿을 담은 쇼핑백을 가리키셨다. 6개월 전 스승의 날에 뵈었을 때보다 너무 많이 수척해진 선생님을 만난 우리의 마음은 무겁고 분위기는 자꾸 가라앉았지만, 일부러 목소리를 높여 감사 인사를 했다. 선생님께서는 아직 서점에 배포되지 않은《이어령의 마지막 수업》에 앙상하게 뼈만 남은 손으로 직접 서명해주시면서, 그 짧은 순간에도 가냘프지만 밝은 음색으로 우리 모두에게 일일이 맞춤 당부를 하셨다.

나에게는 "너는 대학 재학 시절 썼던 작품들이 너의 본질이다.

어떻게든 재조명이 될 수 있도록 하고, 현실과 내면 의식 세계가 부딪치며 내는 지독한 아이러니를 소설로 써봐. 네가 재학 중에 썼던 중편 〈너마저도〉 같은 소설은 정말 좋은 작품이야. 주인공이 마지막에 자신을 향하여 너마저도, 하고 탄식하는 장면이 얼마나 가슴을 울렸는지 알아? 좋은 작품 쓰려고 힘주지 말고 써. 대표작은 딱 한 편이다. 그러니 겁먹지 말고 덤벼."라고 하셨다.

선생님의 격려가 분명하게 느껴지는 순간이었다. 말씀을 마치시고는 다 함께 사진이나 찍자 하시며 무거운 분위기를 깨트리셨고, 선생님 병환 쪽으로 화제가 흐르자 카디건 앞자락을 앞으로 쭉 당기시며 "이거 봐. 이렇게 옷이 커졌잖니. 영락없이 《굶주림》(크누트 함순 소설)에 등장하는 인물 같잖아."

이처럼 가벼운 톤으로 말씀하셨지만 우리는 다른 아무 말도 못하고 "아, 그러셨군요…." 맥없이 낮게 대답할 수밖에 없었다.

"지금부터 내가 해야 할 일은 내게 일어나는 생각들을 마지막까지 기록하는 거야."라고 말씀하시는 그 모습은 여전히 날카롭고 냉철하신 선생님의 정신에 주어진 삶을 끝까지 받아들이는 자존적 태도로 보였다.

1989년도 신춘문예에 중편소설이 당선되어 축하해주실 때도 선생님은 "너에겐 〈불타는 폐선〉 같은 소설이 맞지 않아. 문학이란 인간이 지독하고 부조리한 상황에서 아이러니한 선택을 하면서 겪어내는 세세한 과정이야. 내면의 견고한 안정과 극도의 긴장감이 충돌하는 순간을 잡아내는 것이 소설이다."라고 말씀하셨다.

당시만 해도 민주화 운동이 극렬하던 시절이라, 선생님의 말씀은 추상적으로 느껴졌다. 그 시절 나는 문학을 통해서 사회의 그림자에 덮여 말살되는 정신의 승리를 쓰는 것이 의미 있다고 생각했다. 선생님께서는 문학이 어떤 이념을 표현하는 수단이 되어서는 절대 안 된다고 확신하셨다. 그 후로도 내가 작품집을 묶을 때마다 선생님은 잘하라고 격려하시면서, 심각하게 목소리 톤을 바꿔 "순수 문학이란 인간의 내면세계를 통찰하고 실존적 부조리를 서술하는 거"라고 거듭 말씀하셨다. 내가 좋은 소설을 쓰기 바라는 선생님의 마음이 진심으로 느껴져 내 가슴을 채웠다.

선생님과 주기적인 만남을 지속했던 '이화 모임' 일원은 선생님의 머릿속에서 현재의 삶과 미래가 끊임없이 솟아나 우리 앞에서 현란하게 펼쳐지는 현장을 직접 보는 호사를 누렸다. 사석에서 선생님의 고급 강의를 듣는 즐거움과 그 가치는 우리에게 주어지는 부차적 보상이었다. 그중에서도 특히 기억에 남는 일화는 선생님께서 친구 세 분과 명보극장에 가서 〈아마데우스〉를 관람하고 나오시던 추억담이다. 영화가 끝났는데 울어서 새빨개진 눈을 마주치지 않으려고 극장 문을 나서면서 서로를 쳐다보지 못하고 어금니를 꽉 문 채 말없이 그 쨍쨍한 대낮의 햇빛 아래를 한참 걸었다고 하셨다.

"그런 게 예술이야. 음악이건 문학작품이건 회화건 누구에게나 감동을 주는 그런 거"라고 단호하게 말씀하시던 선생님의 음성이 생생하게 들려온다. 감동에 젖어 입을 꾹 다문 채 걷고 있는 세 분의 모습이 영화를 본 것처럼 연상된다.

선생님은 문학, 음악, 미술, 언론에 걸쳐 사통팔달인 데다 통찰력이 예리하셔서 음악적 울림이라곤 전혀 없는 음악이나 감상으로 가득 찬 문학작품을 대하면 유치하기 그지없는 잉여물이라고 통렬하게 비판하셨지만, 혹여 어쩌다 엄청나게 감동한 작품에는 완벽한 찬사를 거침없이 보내셨다. 작품의 이미지를 소중하게 여기신 선생님은 작품의 본질에만 매달리는 기존 비평이 답답하다고 한탄하셨다.

선생님께서 우리를 떠나신 후 갓 100일이 넘었을 때, 선생님의 마지막 노트 《눈물 한 방울》을 서점에서 마주했다.

펜을 놓는 마지막 날 하루 전인 2022년 1월 22일에 기록하신 메모에는 "반복의 지루함을 아시지요, 하나님. 시시포스의 형벌. 하나님께서 만드신 응징의 법은 바로 반복이었습니다."라고 적으셨다.

선생님은 그 메모를 쓰는 순간에도 인간의 부조리와 아이러니의 의미를 응시하셨을 것 같다.

선생님의 눈물을 생각하며 꾹꾹 눌러쓴 원고지의 뒷장 같은 하얀 책 표지를 쓸어보는데, 문득 선생님께서 신호를 보내시는 것 같은 느낌이 든다.

죽음이 죽는 순간 알게 될 것으로 생각하신, 마지막 남은 말을 찾으셨노라고.

저 너머에서도 선생님께서는 지성의 이야기를 펼치고 계시겠지요. 선생님, 많이 그립습니다.

그립고 또 그립습니다

현승훈 | 화승 회장

까마득한 경기고등학교 시절, 부임하신 첫해 저희를 가르치신 1학년 국어 선생님이셨지요. 그때도 지금도 카랑카랑하신 목소리, 그리고 매 순간 놓치지 않으시는 혜안의 일갈, 그것은 우리를 더욱 꽉 차고 강인하게 만드셨습니다.

늘 마음속에 선생님을 품고 지내다 많은 세월이 흘러 늦게 선생님을 다시 찾아뵈었습니다. 기업을 경영하며, 평생을 조성한 부산의 정원에 선생님을 꼭 모시고 싶었기에. 그 무렵 정원 화승원의 화보집 발간을 준비 중이었고 선생님의 조언을 담은 서문을 부탁드렸습니다.

오랜 시간이 지나 뵈었어도 반갑게 맞아주시며 손을 잡아주셨던 순간을 평생 잊을 수가 없습니다. 당시 병세가 있으신 상황이라 직접 화승원에 오시지 못해 나무 한 그루 한 그루, 사진과 영상으로 확인하시며 서문을 써주셨습니다.

화보집 기획에 대한 조언을 아끼지 않으셨고 발간 마지막 순간까지 마음을 다해주셨습니다. 그게 벌써 5년 전의 일이 되었습니다. 책이 나오고 얼마 지나지 않아 선생님께서는 화승원에 꼭 한번 와보고 싶다고 하셨고 그렇게 선생님을 이곳 화승원에 모실 수 있게 되었습니다.

그해 4월 초파일이었지요. 따뜻한 봄에 선생님을 맞이할 수 있어 감사한 날이었습니다. 화승원을 함께 산책하며 화보집 서문에 대해, 나무에 대해, 그리고 한국인에 대해 그 짧은 순간에도 많은 이야기를 들려주셨습니다. 화승 임원들과 선생님의 소중한 이야기를 듣는 자리에서 화보집 증정식도, 선생님께서 써주신 서문에 있는 시를 새긴 바위의 제막식도 함께했었지요. 그날 저녁 선생님 내외분 회혼 축하연까지 함께하는 영광을 허락하셨지요.

화승원의 나무를 보시며 '생명 자본'의 소중함에 대해 열변을 아끼지 않으시던 선생님을 잊을 수 없습니다. 미래 시대의 자본이라는 생명자본의 숲인 화승원을 잘 이어갈 수 있도록 하라고 하셨지요. 나무는 우리에게 생명을 주신 어머니의 모습 그 자체인 것이라고 선생님은 말씀하셨습니다. 생명의 순환이 바로 이 수목 속에서 이루어진다는 말씀이셨지요. 황무지가 숲으로 변한 화승원을 보시며 나무는 단지 거기 서 있는 것만으로도 인간에게 많은 것을 가르쳐준다고 하셨습니다. 나무 한 그루 한 그루에 담긴 생명의 순환, 그 생명들을 이어 숲으로 수목의 자본을 이어가야 할 사명에 대해 분명히 일러주셨습니다. 이 나무들은 저에게 생명의 고귀함과 변함 없는 사랑, 그리고 우주 만물이 공존하는 법과 질서를 가르쳐주었습니다. 그 가르침의 중심에 선생님이 계셔주셔서 또한 너무나 고맙습니다.

선생님과 마음을 나누며 어느덧 5년의 시간이 흘렀습니다. 선생님께서 더 건강한 모습으로 함께해주시길 진심으로 바랐습니다. 선생님 건강이 악화되기 시작할 무렵 보내주신 선생님의 편지에 먹먹한 가슴, 이루 헤아릴 길이 없었습니다. 건강이 안 좋아져 더는 글을 쓸 수 없는 상황에 이르렀을 때 저와의 인연에 화승원 화보집의 서문을 쓰게 되었고, 화승원을 방문한 후 놓았던 글을 다시 쓸 힘을 얻으셨다는 선생님의 절절한 말씀에 깊은 회한의 눈물이 났습니다. 더 빨리 선생님을 찾아뵈었어야 했는데 늦은 저 자신이 한없이 죄송한 마음이었습니다.

그리고 몇 달간 선생님은 건강 악화로 힘든 나날이셨지만 끝까지 글을 놓지 않으셨습니다. 신간마다 사인을 해서 보내주셨고, 책을 받을 때마다 감사하고도 송구한 마음이었습니다. 가끔 보내드린 전복, 토종닭에 기력이 나아지셨다는 소식에 기쁘고 또 기뻤습니다.

그리고 얼마 후 보내드린 토종닭이 댁에 도착하던 날, 선생님은 소천하셨습니다.

깊은 슬픔에 잠긴 채로 5일의 시간을 보냈습니다. 상황이 여의치 않아 찾아뵙지 못해 현지호 부회장이 선생님을 찾아뵈었습니다. 더 큰 진심으로 선생님을 마지막까지 모시지 못해 송구하고 아쉬운 마

음, 금할 길이 없습니다. 오랜만에 찾은 제자에게 늘 그래왔듯이 손을 꽉 잡고 선생님의 세계로 이끌어주셔서 진심으로 고맙습니다. 선생님을 떠나보낸 지도 벌써 1년이라는 시간이 다가옵니다.

그때도 지금도 여전히 선생님이 보고 싶습니다. 불쑥 선생님께서 현 회장! 하며 전화를 걸어주지 않으시려나 선생님 생각이 더욱 간절해집니다. 그립고 그리운 선생님, 그곳에선 아픔 없이 글 쓰시며 꿈처럼 함께 걸었던 화승원의 추억을 다시 떠올려주셨으면 합니다.

사랑합니다, 선생님.

고맙습니다, 선생님.

2023년 1월

제자 현승훈 올림

이어령 선생님께서 보내주신 첫 번째 편지

현승훈 회장님께

선계仙界에서 하루를 지내고 온 느낌입니다. 3년 만의 여행이라 그것만으로도 충족할 일인데, 뜻하지 않은 회혼 축하연까지 받고 보니 그 기쁨 말로 다 이룰 수 없습니다. 한 가족 두 자부님까지 함께 정성껏 차린 식사를 하면서는 아직도 전통이 살아있는 집안이 있구나 하는 그리운 감동을 느꼈습니다. 또한, 사랑과 정성으로 가꾸어진 정원수를 보면서 사람이나 식물이나 현 회장의 손길이 닿은 것은 마치 마법의 성처럼 느껴졌습니다.

피곤하여 서툰 강연이었지만 열려 있는 공간, 천년 묵은 노목들 앞에서 자리행 이타행自利行 利他行의 이야기를 한 경험도 생전 처음 있는 일입니다. 모든 것이 상상을 초월한 것들이라 당장에는 감정이 무딜 수밖에 없었으나 돌아와서 생각하면 할수록 '부처님 오신 날'의 기적처럼 믿기지를 않습니다.

내 평생 글을 써온 사람이지만 장천루 마루에서 거암 기석과 연못의 선경을 바라보며 마셨던 다향은 누구에게 전할 수 있는 것이 아닙니다. 서서 보고, 앉아서 보고, 누워서 보는 화승원의 절경들을 직접 보지 않고 서술한 글이 부끄럽습니다. 《생명이 자본이다》의 속편은 전편의 '금붕어'에 이어 '나무'를 통해서 본 미래 문명의 전망입니다. 내 건강과 수명이 허락하는 한 꼭 화승원의 감동과 누구도 알지 못했던 나무의 이야기를 완성하려고 합니다.

보내주신 화승원 책자 역시 기대 이상의 것이었습니다. 특히 사진의 앵글과 인쇄 효과 등 앨범에서 보던 것과는 딴판으로 실물을 방불케 하듯 살아있고 더구나 지난겨울에 눈이 내린 덕분으로 염려했던 겨울 풍경도 완벽합니다.

다만 현 회장의 머리글이 책 중간에 파묻혀 눈에 띄지 않는 게 옥의 티라면 티라고 하겠습니다. 다음 중판 시에는 반드시 펴내는 말이 제일 앞에 나오도록 하십시오. 그래야 이 책만이 아니라 화승원의 의미가 부각되고 왜 이 책이 간행되었는지도 알 수 있게 될 것입니다. 단순히 명품 수목들을 소개한 책이 아니기 때문입니다.

발문 형식으로 쓴 〈화승원 밑줄 긋기〉의 글들은 너무나도 과분한 대접을 받고 할애된 것 같아 냉한삼곡이었고, 몇 군데 급히 쓰느라 오자, 오식 등이 있어 다음 간행 시에는 몇 군데 수정을 했으면 하는 생각입니다. 경전에도 완벽한 것이 없어 판본을 거듭하면서 완성해가는 것이니 이번 책은 프리 에디션Pre-Edition으로 생각하시고 누대에 걸쳐 보완, 수정해가면 좋을 것입니다. 혹여 중판을 할 때 앞으로 제 글이 부적절하게 생각될 경우, 시비詩碑 사진으로 대신해도 좋을 것 같다는 생각이 듭니다.

반세기 만에 참 소중한 분을 만났습니다. 이 인연과 현 회장의 공덕을 헛되이 하지 않도록 하렵니다. 힘없는 노약자에 지나지 않지만 현 회장의 동행자로서 기꺼이 도울 일이 있으면 언제고 연락 주시고 상경 시 틈이 생길 경우 두 내외분을 이번에는 우리가 대접하려고 하니 꼭 전언해주시기 바랍니다.

구술로 글을 써야 하는 몸이라 답답한 심정을 전하며, 이만 각필합니다. 현 회장님의 건강과 가족 모두의 홍복을 기원합니다.

2018년 05월 28일

이어령

이어령 선생님께서 보내주신 마지막 편지

현승훈 회장에게

최고의 고통 속에서 최고의 기쁨을 누리는 이 역설을 어찌 말로 표현할 수 있겠습니까. 축 생신이라고 쓴 화승 가족의 아름다운 꽃다발을 보면서 그 아픔 중에서도 아픔 이상의 기쁨과 위안을 받았지요. 세상에 부모 형제지간에도 할 수 없는, 그동안 보내주었던 그 정성과 성심이 고통의 투병 속에 큰 힘이 되었던 것은 여러 차례 이야기한 대로 오늘처럼 기뻤던 일은 없었어요. 왜냐하면 이제 병원 의료 침대 속에서 생활을 하게 될 때입니다. 내 서재가, 어제까지 글 쓰고 생각하고 친구와 담소하던 그곳이 순식간에 암울한 병실이 된 것이지요. 하지만 그럴수록 더 가까이 더 나직한 목소리로 다가오는 사람들이 있어요. 손가락으로 꼽을 정도지만 그중에서도 현 회장과 가족분이 보여줬던 그 이상의 것을 아마 이 땅에서는 찾아보기 힘들 겁니다. 몇 번이나 나는 이 세상은 지옥이 아니라 자비심과 끝없이 극락정토를 향한 희망의 과정임을 현 회장한테 배웠고, 부모 공경하고 이웃 사랑하고 고통받는 이에게 베푸는 그 자비로운 불심을 내가 크리스천인데도 몸으로 느낄 수가 있었던 거지요. 이제 나는 내일 떠날지, 모레 눈을 감을지 모르는 운명에 있지만, 결코 절망의 어둠 속에서 잠들지는 않을 것입니다. 그동안 너무 감사했고 나에게 죽음 앞에서도 힘의 원동력이 되어 수많은 책을 집필할 수 있게 만들어준 현 회장의 공과 그 성심을 영원히 잊지 않을 것입니다.

다행히 기적 같은 일이 벌어져 내가 다시 새해를 맞고, 그리고 재기할 수 있는 그런 일이 실현될 수 있다면 이제는 내가 현 회장을 위해서 무언가를 남겨주고 가야 한다고 다짐해봅니다. 아름다운 추억의 화승원 사계절이 담긴 캘린더를 보면서 새해를 맞이하는 희망을 꿈꿔봅니다. 현 회장을 비롯한 가족과 화승 전 그룹의 가족들에게 마음속으로 작별 인사를 합니다. 고맙습니다.

—이 편지는 구술로 작성된 것이라 거칠고 읽기 힘들 줄 아오니 양해 바랍니다.

2021년 12월 20일

이어령

이어령 선생님께 보낸 마지막 편지

선생님.

연초의 《동아일보》 인터뷰 사진을 보며 다행히 아직 건강하시구나 하는 마음이었는데 불과 보름이 지난 어제 《중앙일보》 인터뷰 사진을 보고 너무나 놀랐습니다.

서재의 의료용 침대에 계신다는 말씀만 들었는데 기사 내용을 통해 많이 힘드실 거라는 생각에 깊은 슬픔에 잠겼습니다.

고등학교 선생님의 인연으로 60년이라는 세월이 흘렀습니다.

경기고 동창들도, 저도 어느덧 팔순이 되었습니다.

더 빨리 선생님을 찾아뵙고 인사를 드렸어야 했는데 저의 화승원 책의 서문을 부탁하기 위해 찾아뵈었던 것에 죄송한 마음입니다. 더 진심 어린 마음으로 최선을 다해 선생님을 모시고 싶지만 지금 상황이 그렇지 못함에 통탄의 회한이 사무칩니다.

선생님께서 이루신 수많은 업적을 되돌아봅니다. 이 시대에 얼마나 큰 지성의 울림을 주셨는지 감히 셀 수도 없습니다.

선생님과 1분, 1초라도 더 함께하고 싶은 간절한 마음입니다. 가까이에서 선생님을 뵙고 모시지 못해 또한 죄송한 마음입니다. 1분, 1초라도 더 즐거운 마음이셨으면 하는 바람을 담아 꽃을 보내드립니다.

영원히 제 가슴속에 빛나실 선생님, 존경하고 사랑합니다.

2022년 1월 25일

현승훈 올림

이어령과 《창조의 아이콘, 이어령 평전》

호영송 | 소설가

이어령 선생님은 내가 평전 《창조의 아이콘, 이어령 평전》에서 밝힌 것처럼 창의성 넘치는 삶을 살았으며, 또한 나에게는 평생의 스승이다. 한데 그가 장관직에 있는 동안은 그 부처에 전혀 드나든 일이 없다. 그는 드높은 정신적 자산이었다. 그러나 나는 그분을 줄곧 따르지 못한 아쉬움이 있다.

내 회한을 달랠 겸, 이어령 선생 이름이 저자로 나온 《메멘토 모리》(죽음을 기억하라)를 사서 읽었다. 김태완 시인이 주인공 이 선생과의 문답을 바탕으로 집필했다. 이 책은 이 선생님의 본디의 체취를 잘 드러낸다. '하겠소?' 같은 말의 맛도 그렇다. 이어령은 박식하나 '박사'라는 호칭을 훌쩍 넘어선다. 그의 박식은 천하무적, 그야말로 동에 번쩍 서에 번쩍 하는 무예, 《삼국지》 조자룡의 창 솜씨를 보는 것 같다. 그의 박식은 으스대고 뽐내려는 목적은 아니다. 나는 그

책의 설득력에 감동하여, 후배 여러 사람에게 이동전화 문자 소식으로 그 책을 권하곤 했다. 나는 이어령의 박식보다도 진솔한 그의 인품과 그 사상을 알리고 싶기도 하다.

선생님을 처음 뵌 것은 내가 고3 때이던가? 그 시절 나는 엉뚱하게도 학교 공부 아닌 문학 공부에 열을 올렸다. 당연히 젊은 비평가 이어령은 다른 분들과 달리 나의 심금을 찌릿찌릿하게 했다. 그의 안목은 뛰어났고, 한국문학을 다루는 태도가 남달랐다.

그의 얼굴을 처음 본 감격은 60년이 지난 지금도 생생하다. 국문학계를 이끌던 교수들, 주로 40대 국문학자들 가운데 유독 20대의 발랄한 청년 이어령이 등장했다. 그의 등장 자체가 파격이었다. 나는 당대 언론 중의 백미, 《사상계》 지에서 그의 글을 가슴 두근거리며 읽었다. 그 건물은 본래 서울대 의과대학이 있던 종로구 함춘원含春園 강당이었다. 땅 이름 자체가 봄을 머금어선지 내 가슴도 설렜다.

며칠 뒤인가, 나는 벅찬 느낌으로 《서울신문》 논설위원인 그를 찾았다. 《서울신문》의 일방적인 친여 태도에 분격한 시민들의 방화로 사옥은 불타고, 새로운 사장(언론계의 존경받던 원로)이 이어령을 새로 영입하여 논설위원이 된 것이다. 지금도 내 기억 속에서는 패기에 찬 이어령, 그의 20대 후반의 날카로운 표정이 생생하다. 내 옷 가슴팍에 품고 간 200자 원고지의 (본디 악필을 벗어나지 못한) 내 단편소설을 읽고, 며칠 뒤 "단번에 세계적인 작가를 꿈꾸진 말고…" 하며 타이르던 그 말씀이 생각난다. 퇴근길의 그는 나를 승용차에 태워 종로2가에 내려주었다.

한동안 뜸했다가 월간 《문학사상》 지의 제3호부터 내가 참여했다. 편집부장(정철진)의 소개였다. 나는 편집국 평기자가 되어 편집주간인 이어령 선생을 다시 해후했다. 이로부터 내 한평생, 60여 년 이어진 나의 이어령 인물 탐구는 본격화되었다.

후에 내가 근무한 월간 《세대世代》 당시의 일은 첫 증언이리라. 〈세 번은 짧게, 세 번은 길게〉(이어령의 장막 창작극)을 게재할 수 있냐고 문의가 왔다. 웰컴! 허나, 문제가 있었다. 그 초교 교정지가 숨 쉴 틈 없을 만큼 답답하게 온통 '검정색'이었다. 검정 볼펜으로 초교지 교정을 손대서, 예전에 작가 이문구의 《冠村隨筆(관촌수필)》의 교정지가 너무 검어서 난처해하다가 상대방 인쇄소 전무를 만나 양해를 구했던 일이 떠올랐다. 나는 나 자신에게 말했다.

"아무리 뛰어난 천재라도 원고지로 쓰던 때보다 나중에 더 좋은 생각이 나서, 심하게 고치고 고치는 교정 과정이야 당연하겠지. 이해하자. 그래도 이어령 선생님이 나를 찾아내서 부탁한 걸 다행으로 여기자."

인쇄소에서 곤란했던 부분이 있었지만, 내가 도맡았다. 그래서 무난히 작품이 나왔다. 나는 오랫동안 편집 일을 하는 과정에, 복잡한 교정 하면 이어령 선생과 작가 이문구 형이 대뜸 생각난다.

내가 고인인 김수환 스테파노 추기경[나의 모교인 동성東星의 20년 대선배]의 전기 작업을 하려다 말고, 나를 자상히 챙겨주던 정철진[당시 이어령 선생이 이사장으로 있던 '한중일韓中日 문화연구소' 출판 책임자] 씨의 권유로 이어령 선생의 평전을 쓰게 되었다. 다만, 이어령 선생이 내게 "널리 알려진 작가 모 씨가 두 달 만에 집어치웠으니, 호영송 씨도 알아서 하라."며 속엣말을 하셨다. 전기건 평전이건 결코 쉬운 일은 아니었다.

2009년 착수하여 2013년 10월 발간이니, 집필에만 4년! 보통 장편소설 하나 쓰는 것보다 시간도 더 걸리고 마음고생도 많았다. 또한 '전기'가 아니라 '평전'으로 약속했던 게 천만다행. 이 선생과 몇 번 인터뷰는 있었으나, 집필 간섭은 일절 없었다.

그러나 이 책은 큰 '불상사'를 안고 있었다. 내가 '오케이 교정'을 한 번 더 보겠다고 한 것이 그나마 화를 미리 막게 됐다. 담당 출판사는 외부에 알려진 사장과 후계자인 아들의 '이원 체제'여서 좀 불편하기도 했는데 이런 일이 원인이 된 듯했다. 아무튼 원고 200~300매의 요긴한 부분이 뭉텅이로 누락된 채 책이 나올 판인 것을 '아차!' 막판에 알아차려서 바로잡은 것이다. 그러나 나는 지금까지도 그 회사의 아버지(사장)나 아들(전무)에게 문제 제기를 않고 지내왔다. 참으로 감사할 일이 기독교인이 된 이어령 선생의 덕(이 선생님께 이 사실을 고하지 않았음)이기도 하고, 기독교인으로 살아온 나를 하나님이 도우신 은혜로 여긴다.

책이 배부되기 전 이어령 선생님이 한 페이지 한 페이지, 처음부터 끝까지 책의 내용과 교정을 다 보셨다는 점. 이것은 역설적으로 나의 영예가 되는 일이었다. 내가 평생, 칭찬은 몇 번 못 들었으나, 다음 말씀은 결코 안 잊을 것이다. 그 어조도 힘이 있었다.

“이 책은 앞으로 한 문장도 고쳐 쓰지 마! 사실과 다른 고유명사 같은 것 빼고서는.”

그때 그분의 상기된 표정을 잊을 수 없다. 아마 허물없이 지내던 작가 최인호라면 상대방에게 달려들어 포옹했을 것이다.

비평가 이어령은 차갑다는 세평이 있었다. 누구하고든 얽히고설킨 관계를 싫어하신 분이라, 한국 문학사의 수작으로 평가되는 염상섭廉想涉의 단편소설 〈표본실의 청개구리〉를 혹평하기도 한 것이다.

“돈 많이 벌었으면서 쓴 술 한잔하자는 이야기도 없어!”

이런 이야기는 이어령 평가의 기준이 되어 지금까지도 더러 전해진다. 이어령 선생은 평생 누구에게 잘 보이려고 술 살 사람이 아니었다. 그런 분이 내 큰딸이 병원에 입원해 있을 때는 큰돈을 주어 치료비에 보태게 해주었다. 그의 비서 윤재환 씨가 귀띔했던 때문이다. 참으로 유감은, 그 박학한 이 선생님에게 기독교를 스무드하게 전도한 딸 이민아 목사가 아버지보다 더 건강하게 오래 살아서 ‘뒷정리’하는 일을 했더라면 하는 아쉬움이 있다.

무엇보다도 중요한 사실이 있다. 이어령 선생의 진짜 이어령다운 면모가 알게 모르게 드러났다. 고통스러운 대장암인데 치료도 거부하고, 암과 홀연히 맞섰다는 것이다. 이것이 범인이 흉내 낼 수 없는 이어령의 참모습이다. 그가 기독교인이 되었을 때 많은 기독교 목사들이 반겼다. 신문마다 또렷한 박스 기사로 이어령의 기독교 입교 사실을 눈에 띄게 보도했고, 어떤 목사들은 그 설교에서 감격한 모습을 노출했다. 이어령 그가 진짜배기 기독교인이 된 것이다.

이어령 선생이 득의의 표정으로 밝힌 사실이 있는데,《메멘토 모리》 152쪽에 실려 보인다. 자, 한 문장만은 그대로 인용하자. 컴퓨터를 일곱 대나 사용하는 그분의 모습을 상상하면서.

> 웹 검색을 해보면 단번에 'IQ, EQ 넘어 지금은 SQ 시대'라는 표제어들이 있다. 지능 지수와 감성 지수emotional quotient의 대립과 모순을 융합하여 새로운 단계로 올라간 것이 SQ 곧 영성 지수spiritual quotient다.

이어령 선생은 암 환자라고는 믿기 어렵게, 확신을 가지고 말했다. 이제는 영성 지수의 시대가 됐음을 주장하는 것은 이제 우리들 몫이다. 그는 스피리추얼한 삶에 대한 큰 믿음을 강조하고 우리 곁을 떠났다. 내가 아홉 살이었던 '한국전쟁' 때 파편에 맞아 검게 썩어가는 내 오른손을 내 왼손으로 헤치고 뼈 두 마디를 끄집어낸 것도 '이어령 화법'으로 강조한《메멘토 모리》의 정신과 통한다고 말하고 싶다.

하회에서 받은 편지

홍기삼 | 문학평론가, 유한대학교 이사장

번민투성이 젊은 날들 중에서 그래도 아직까지 반짝이며 기억되는 일들이 몇 가지 있다.

그중 하나가 안동 하회에서 보낸 몇 달간의 자취 생활이다. 서애 선생 종가댁의 허락을 받아 내가 머물렀던 곳은 하회 마을을 끼고 도는 강 건너 절벽 위의 옥연서당玉淵書堂이었는데 서당의 우측 단칸방이 서애 유성룡 선생께서 《징비록懲毖錄》을 집필하신 세심재洗心齋다.

과분하게도 나는 세심재에 머무는 행운을 얻었다. 종가댁 종부께서는 내게 놀러 온 게 아니라니 있고 싶을 때까지 있으라고 했다.

이런 행운을 만들어준 사람은 전적으로 내 소중한 벗 김주영 형이었다. 그때 그는 아직 한국을 대표하는 작가가 아니라 앞날이 기대되는 신진 작가였고, 나는 별 볼 일 없는 비평의 신인이었다. 직장도 그만두고, 신혼 초였지만 아내를 홀로 남겨둔 채 서울을 떠나온 내게 주영 형은 온갖 힘을 기울여 내가 그곳에 머물 수 있도록 분에 넘치는 마음을 써주었다. 친구로부터 그런 사랑을 받다니! 그 고마움은 지금도 무어라 섣불리 말하기 어려운 그런 것이다.

하회 마을을 한동안 지나서 나룻배를 타고 강을 건너 절벽 위에 있는 옥연서당을 오르내리기란 쉬운 일이 아니었다. 옥연서당 주변에는 마을도 집도 없고 멀리 떨어진 곳에 농막 한 채가 있었다. 새벽이 되면 온갖 새들이 지저귀는 소리에 잠을 깨곤 했다. 지독한 소음 수준이었다. 밤에는 특히 고요하기 짝이 없어서 이상한 소리에 깜짝깜짝 놀라는 일이 많았다. 고도에 갇힌 상태였다.

시간이 지나 새소리에도 적응이 되어 늦잠도 자고 무시무시한 한밤중의 온갖 괴이한 소리에도 익숙해져서 세심재의 생활이 안정되어갈 무렵, 편지 한 통을 받았다. 이어령 선생의 편지였다.

여학생 글씨같이 작고 둥글둥글한 글씨들이 서너 장 편지지에 빈틈없이 채워져 있는 장문의 편지였다. 요컨대 동서양을 통틀어 세상에 둘도 없는 월간 문학지를 창간한다는 내용이었다. 선생의 계획은 조금도 허술하게 보이지 않았다. 이미 모든 계획은 놀랍게도 완벽하게 짜여 있는 듯이 보였고 문학지에 대한 선생의 구상은 실로 화려하기 짝이 없어서 적어도 문학에 뜻을 둔 사람이라면 선생의 그런 생각에 감탄하지 않을 수 없었을 것이다. 선생은 편지 말미에 논조를 바꾸어 다소 단호한 어투로 공부는 그렇게 유폐된 곳에서 홀로 하는 것이 아니다, 나를 보아라, 글을 쓰는 것도 책을 읽는 것도, 일을 하면서 하지 않느냐. 그런 곳에 숨어서 책 읽겠답시고 있어봐야 성과를 기대하기란 힘들 것이다. 그러니 보따리 챙겨서 서울로 와라. 와서 함께 문학지를 창간하자. 기다린다.

대략 그런 내용으로 편지는 끝을 맺고 있었다. 반갑기도 했지만 몇 가지 걱정이 앞섰다. 선생의 계획이 3분의 1만 이루어진다고 해도 문학지는 성공할 수 있을 것 같았다. 당시 서울에서 가장 영업을 잘하는 대형 출판사가 자금을 대고 직접 영업을 맡는다고 하니 단명한 문학지로 끝나지 않을 것은 분명해 보였다.

그러나 계획했던 공부를 중도반단中途半斷으로 끝내야 하는 것이 못내 아쉬웠다. 내 생애에 이런 호젓한 기회는 두 번 다시 찾아오지 않을 것이라는 생각이 들기도 했다. 가장 걱정되는 것이 또 있었다. 선생과 내가 과연 한 사무실에서 함께 생활하는 것이 가능할까. 내 젊은 날은 성질머리가 사나워 고분고분 처신하는 것과는 거리가 멀었기 때문이었다. 하지만 생각해보면 선생과 나는 그때까지 아무런 인연도 없었다. 고향이 같거나 학교가 같은 것도 아니고 술을 마시면서 친분이 깊어진 사이도 아니었다. 선생과 차 한 잔 마신 인연조차 없었다. 그런데 왜 나를 지목했는지 그 이유를 알 수 없었으나 함께하자는 제의만으로 우선 감사한 생각이 앞섰다. 오래 생각한 끝에 상경을 결심하고 선생께도 뜻을 알렸다.

창간호 준비가 시작되었다. 모든 편집 계획은 선생 머릿속에 있었다. 편집회의를 해도 기가 질린 부장이나 기자들은 별 역할이 없었다. 선생이 묻고 선생이 대답하는 회의였다. 선생을 제외한 그 누구도 선생의 계획을 실행하는 심부름꾼에 불과했다. 이들은 모두 선생의 그 놀라운 연상의 속도와 해박한 지식과 낡은 감각을 분쇄하는 예측 불허의 비판적 태도에 찬탄과 감동을 제공하는 것으로 임무를 다하는 듯했다. 감동하고 찬탄하기 위해 고용된 월급쟁이

지 창의적이고 자기주장이 뚜렷한 문학지의 기자로는 보이지 않았다. 문학지가 창간되자 문인들의 방문도 줄을 이었다. 선생은 아무리 다급한 일이 있어도 방문객에게 문학 강의를 생략하는 법은 없었다. 상대는 선생보다 연장자인 원로도 있고 갓 이름을 알린 신인도 있었지만 그건 고려 대상이 아닌 듯했다. 문사 간의 대화라면 대체로 5:5 정도로 얘기를 주고받을 텐데 내가 옆에서 지켜본 바로는 8:2 정도가 그중 양호한 비율이다. 대개는 9:1 또는 9.5:0.5 정도로 일방적인 수강생이 된다. 예외가 있었는데 선생의 말귀를 못 알아듣는 젊은 작가나 시인의 경우 엉뚱한 얘기를 하고 선생이 잘 모르는 세상의 괴담 같은 것으로 역습을 하면 그땐 선생이 당황해서 얘기가 흐트러지는 경우가 아주 드물게 더러 있었다. 제일 모범적인 수강생은 평론가들이었다. 평론가들은 선생이 자신들에게도 익숙한 문학 이론으로 강의를 이어가니까 비교적 잘 이해하고 생각이 다른 것을 얘기하면 반론을 펼 작정으로 경청하지만 다 소용없었다. 반론을 펼 대목에서 선생은 이미 몇 단계를 지나 다른 얘기를 하고 있기 때문이다.

한번은 내 장인께서 《문학사상》 편집실에 들르신 적이 있는데 선생이 주간실로 모시고 들어가더니 한 시간 가까이 음악과 문학에 대해 강의한 적도 있다. 내 장인은 젊어서 피아니스트로 활동하신 분이었는데 다 듣고 난 뒤 내게 어떻게 그리도 많이 음악을 아느냐고 놀라워하신 적도 있다.

나는 밖으로 돌아다니는 일을 주로 맡았다. 자료 발굴, 인터뷰, 문학사의 현장 취재 같은 것이다. 부산으로 사진기자와 동행해서 만해 미발표 유작 한시(부산의 김정한 선생과 이주홍 선생의 도움으로 서예가 청남 오제봉 선생이 보관하고 있던 작품을 입수한 것이다.)를 찾아와 미당 선생의 번역으로 발표한다든지, 황순원 선생과 같은 대작가를 인터뷰한다든지, 〈메밀꽃 필 무렵〉의 현장을 찾아가 물레방아 터를 찾아보고 충주댁의 술집이 동네 슈퍼마켓이 되어 있는 현장을 사진에 담는다든지, 다산에게 미발표 한문 소설이 있다는 사기꾼에게 걸려 선생이나 내가 그것을 확인하고 얻기 위해 헛고생한 일 같은 것들이 기억에 남아있다.

50여 년 전 일이라 세세한 기억은 없지만 창간한 지 1년도 안 되었을 때 선생은 프랑스로 떠났다. 수개월 걸리는 장기 체류였다. 통신 사정이 극히 불편했던 그때 선생은 파리에서 매호 권두언을 직접 쓰고 특집과 필자를 정하는 등 편집 일체를 그곳에서 보내오며 지휘했다. 열성은 실로 대단했다. 나는 선생이 귀국할 때쯤 사직하기로 마음을 먹었다. 평생 선생과의 인연을 바꾸지 않으려면 나쁘게 헤어져서는 안 된다고 생각했다.

선생이 귀국하기 직전 나는 《문학사상》을 떠나서 내 은사께서 새로 책임을 맡으신 문예진흥원의 창립 실무책임자로 일하게 되었다. 선생과의 관계는 그렇게 정리되었다. 예상한 대로 선생과의 관계는 내가 《문학사상》을 그만두고 나서 더 두터워졌다. 선생은 아나운서 임택근, 고려대 철학과 교수 신인철, 세 분이 이따금 술자리를 갖곤 했는데 그 자리에 나를 불러서 동석할 때도 많았다. 문단의 행사나 무슨 심사 같은 일에서 선생을 만날 때도 많았고 내가 대학의 책임을 맡아 일할 때는 작은 일이든 큰 일이든 나를 돕기 위해 성심으로 도와주셨다. 내가 팔십이 넘어 작은 사립대학의 책임자로 일하게 되자 선생은 당신 일처럼 기뻐하셨다. 처음 뵙는 모습이었다.

2021년 늦가을 문병차 선생을 찾아뵈었다. 무척 걱정했지만 선생의 모습은 많이 야위었을 뿐 건강해 보였다. 소문과는 달랐다. 목소리도 여전히 카랑카랑했고, 동행한 젊은 비평가 김춘식 교수에게 쉼 없이 비평적 과제에 대해 말씀을 이어가셔서 선생을 제지해야 했다.

다소 지친 듯 잠시 쉬시던 선생께서 김 교수에게 다시 낮은 소리로 "문학사상을 창간할 때 나나 홍 총장은 말이야, 문단의 아웃사이더였어. 우린 그 지독한 문단의 파벌과 계보 속에서 말이지… 무척 외롭고 힘들었어." 무어라 더 말씀을 이어갔지만, 선생의 눈에 눈물이 어리는 것을 보고 나는 안 되겠다 싶어 얼른 일어나 선생을 끌어안고 말했다. 김 교수, 사진 좀 잘 찍어줘. 웃으면서 선생을 안고 사진을 찍었으나 나 역시 가슴에 말 못 할 슬픔이 무겁게 서려왔다. 그게 이승에서 선생과의 마지막이 되었다.

이어령 선생님과 보낸 시간들

홍석현 | 중앙홀딩스 회장

중학교 때인 1963년 즈음, 《흙 속에 저 바람 속에》를 읽고 이어령 선생님을 처음 알게 되었습니다. 구습과 고정관념을 깨는 책이어서 당시 굉장한 반향을 일으켰습니다. “왜 길을 넓혀 수레를 탈 생각을 안 하고, 좁은 길에 순응해 지게를 지느냐”는 일갈. ‘아, 이렇게도 생각할 수 있는 거구나’ 하고 깊은 감동을 받았던 게 생각납니다. 그런 독창적 시각을 가진 지식인이 귀한 시절이었습니다. 선친(유민 홍진기)과는 1965년 《중앙일보》 창간 때부터 논설위원으로 합류해 교유하셨습니다. 나도 자연스럽게 선생님이 《중앙일보》에 쓴 〈분수대 칼럼〉을 애독했습니다.

늘 존경하는 마음을 갖고 있다가 직접 모실 수 있는 계기가 운명처럼 찾아왔습니다. 1999~2000년 개인적으로 고초를 겪고 나서

《중앙일보》에 어른이 계셨으면 좋겠다고 생각했습니다. 회사 내에서 내가 어려워하고, 자문도 받고, 신문 제작에도 도움이 될 수 있는 분을 찾았습니다. 그렇게 해서 모셔온 분이 이어령 선생님과 이홍구 전 총리님이었습니다. 큰 영광이자 행운이었습니다.

가슴에 담고 있는 말 가운데 하나가 "사치 중에서 가장 훌륭한 사치가 사람 사치"라는 것입니다. 이 시대 최고의 지성인을 모셔서 큰 사치를 누린 셈입니다. 《중앙일보》에서 선생님을 2001년부터 2015년까지 15년 모셨습니다. 개인적으로 이런저런 도움을 받고 많이 배운 건 물론이고, 《중앙일보》를 통해 사회 전반을 바꾸는 데도 큰 역할을 하셨습니다.

《중앙일보》가 주최한 '한·중·일 30인회'도 선생님의 제안으로

2006년 시작했습니다. 내가 스기다 료키 일본 《닛케이 신문》 사장을 설득하고, 중국 《신화사》도 참여하기로 하자 당시 어린아이처럼 기뻐하시던 선생님의 모습이 지금도 생생합니다. '한·중·일 30인회'는 3국 간의 갈등으로 고비도 있었지만, 2006년부터 2016년까지 11회를 이어갔습니다. 3국의 지도자들이 민간 협력과 공동 번영의 틀을 만드는 데 크게 기여했습니다. 특히 내 기조연설의 틀을 선생님이 잡아주신 덕분에 3국 참가자들로부터 찬사를 받은 기억이 있습니다.

이어령 선생님은 2010년 선친의 유지를 기리기 위해 제정한 '홍진기 창조인상'을 작명하기도 했습니다. 당시에는 창조인이라는 말이 생경하게 들릴 때였습니다. 그래서 처음엔 좀 망설였지만, 선생님의 '지성의 힘'을 믿고 상 이름을 '창조인상'으로 정했습니다. 지금 와서 보니 정말 멀리 내다본 혜안이었습니다. 우리가 문화가 강한 나라로 세계에 알려지고, 국가 경쟁력도 높아지면서 어느덧 창조인은 시대가 원하는 인재상으로 자리 잡았습니다. 일찍이 한국예술종합학교를 설립한 혜안을 다시 한번 느꼈습니다.

여담이지만, 선생님을 뵐 때는 입은 필요 없고, 귀만 있으면 됐습니다. 뒷 일정을 미리 취소하고 뵙곤 했습니다. 조금 힘들 때도 있었으나 돌이켜 생각하면 정말 많이 배웠습니다. 말씀을 듣는 것만으로도 지적인 사치를 누리는 셈이었습니다. 《중앙일보》 기자들도 한번 붙잡히면 최소 두 시간은 선생님의 동서고금을 넘나드는 강연(?)을 들어야 했습니다. 불려가는 것을 겁내기도 했습니다. 하지만 한번 선생님 방에 들어갔다 오면 다들 머릿속이 풍족해지고 마음이 넉넉해지는 것을 느끼곤 했습니다.《중앙일보》기자들의 교양을 넓히고, 품격을 높이는 데도 크게 기여하신 셈입니다.

지금도 감동적인 것은 선생님께서 돌아가시기 직전까지도 매일 하루 다섯 시간씩 배우는 데 할애하셨다는 점입니다. 책이든 인터넷이든 끊임없이 지식과 정보를 머릿속에 채워 넣으셨습니다. 항상 배우는 자세로 일생을 사셨습니다. 누구도 흉내 낼 수 없는 일입니다. 지금껏 살면서 만난 분 가운데 선생님만큼 하나라도 더 가르쳐 주고 싶어 하시는 분이 또 한 분 계셨는데, 바로 청담 스님입니다. 그 바쁜 조계종 총무원장과 종정 때도 어린 학생을 붙들고 한마디라도 더 알려주고 싶어서 몇 시간을 할애하셨습니다. 이어령 선생님과 청담 스님, 내 인생의 참스승들이십니다. 선생님이 지금이라도 '내 방에 오라'고 부르실 것만 같습니다. 그러면 뒷 일정을 모두 취소하고 한걸음에 내달려 가서 뵐 텐데…. 이어령 선생님이 그립습니다.

팔십이 넘으면 모두 용서가 된다는 말

홍신자 | 무용가

사람들은 제게 묻습니다. 춤이란 무엇일까요. 제게는 스승이기도 한 명상가 오쇼 라즈니쉬는 《마음으로 가는 길》에서 다음과 같이 밝힙니다.

"춤이란 생동하는 것으로 존재에 훨씬 가깝고, 숲에서 노래하는 새와 소나무들을 스치며 지나가는 바람에 훨씬 가까우며, 내리는 구름이나 자라나는 풀에 훨씬 가깝다."

이어령 선생님은 〈너와 나의 거리〉라는 글에서 다음과 같이 말합니다.

"춤은 세대의 율동을 상징하는 것이며, 세대의 감정을 그대로 고백하는 육체의 언어다."

춤은 의미하는 바가 많습니다. 라즈니쉬의 말씀처럼 춤은 존재·바람·구름·풀이기도 하고, 이어령 선생님의 말씀처럼 춤은 율동이

기도 하거니와 육체의 언어이기도 합니다.

사람들은 제게 묻습니다. 왜 늦은 나이에 춤을 시작했냐고. 저는 대학에서 영문학을 전공하고, 1966년 미국 뉴욕으로 가서 호텔 경영을 공부했습니다. 그러나 비즈니스는 저한테 맞지 않았어요. 저는 인생의 해답을 찾고 싶었고 제가 정말 하고 싶은 게 무엇인가 고민하기 시작했습니다. 공연 예술을 찾아보기도 하고 여기저기를 헤매고 다녔죠. 그러다가 운명적으로 춤 공연을 만나게 되었는데 알윈 니콜라이Alwin Nikolais 무용단의 공연을 보고 말았어요. 그 공연은 '한없이 자유로운 춤'이었습니다. 저는 그 공연을 보면서 '아 나도 춤을 추고 싶다, 춤을 춰야겠다'는 강렬한 욕구를 느꼈습니다. 그때부터 춤에 대해서 연구하기 시작했어요. 어디서부터 시작해야 하는지, 어떤 춤을 출 수 있는지에 대해서 말이죠. 저에게 보장된 건 하나도 없었지만 과감하게 열정 하나로 시작했습니다.

사람들은 제게 나이를 물었습니다. 처음 무용학원을 찾아갔는데 제 나이를 물어보고는 사람들이 고개를 저었어요. 그때 제 나이는 만으로 27세였습니다. 이미 몸이 굳을 대로 굳은 나이라고 본 거죠. 그러나 포기하지 않고 그 사람들을 설득한 끝에 겨우 허락을 받았어요. 그러고는 무용가가 아닌 운동선수처럼 연습했어요. 연습의 강도가 너무 강해 밤만 되면 늘 녹초가 되어 걷지도 못할 정도였죠.

그렇게 2~3년 지난 뒤에 '아, 내가 춤에 정말 소질이 있는 사람이었구나'라는 것을 알게 되었습니다. 돌이켜 생각해보면 저는 나면서부터 춤에 소질과 끼가 있었던 것 같아요. 춤을 추는 시간이 저에게는 살아있는 순간이었고, 춤이 바로 저 자신을 사랑하는 것이었어요. 춤은 솔직하거든요. 글이나 말, 영화로는 얼마든지 거짓말을 할 수 있지만 몸으로는 거짓말을 못 해요. 또 춤은 표현하지 못해서 생기는 몸과 마음의 찌꺼기를 개운하게 비워주었어요. 타인과 소통하고 그들로부터 인정받는 길이기도 했습니다.

사람들은 제게 묻습니다. 이어령 선생님과는 어떤 인연이 있느냐고. 이어령 선생님과의 역사적인 사건이 저에게는 세 번 있었습니다. 기대가 크면 실망이 큰 법일까요? 첫 번째 인연은 실망과 자책감으로 점철되었습니다. 이어령 선생님께서 초대 문화부 장관이 되셨을 때였습니다. 1980년대에 이어령 선생님은 두 번의 장관 제의를 받으셨다고 들었습니다. 첫 번째 제의는 문화공보부 장관 자리였는데, 문화라면 몰라도 공보 행정에 관해선 아는 게 없어서 거절했다고 들었습니다. 이후 선생님은 문화부와 공보처가 분리되면서 신설된 문화부의 초대 장관 자리를 다시 제의받자 이를 수락하셨다고 합니다.

정확한 명칭은 기억이 나지 않는데, 국제적으로 명성이 높은 열 명의 예술가를 초대하여 예술가들과 기업문화를 매치시켜 융합을 시도하는 프로그램이 있었는데, 이어령 장관님의 프로젝트였습니다. 저는 네 번째로 초대를 받았습니다. 저는 관계자들과 만나 회의를 하고 논의한 끝에 당시 신생 모 항공사를 제가 추천하여 연계가 되었습니다. 그때 저는 무용단을 이끌고 세계 각국을 돌며 공연을 했었고, 그 경험이 축적된 상태였으니 항공사에 대한 기대감이 컸습니다. 이어령 장관님은 항공사의 사장님과 관계자들이 모인 자리에서 문화의 중요성과 무용의 의미 등을 설명하시면서 저에 대해 과분할 정도로 소개를 잘 해주셔서 깊은 감명을 받았습니다.

그러나 결과는 실망과 자책감이었습니다. 관계자들과 만나고 소통하는 과정에서 항공사는 다른 일정과 계획이 있었고, 중복된 지원은 무리라는 판단을 내렸던 것입니다. 더 큰 문제는 그동안 소중히 모아두었던 저에 관한 자료나 사진 등을 빠짐없이 제공했는데 돌려받을 길이 없었습니다. 평생 모은 자료가 모두 사라졌는데, 누구 하나 책임지는 사람이 없었습니다. 그 상황에서 업체를 바꾸어 다시 진행하는 것도 민망한 일이었죠. 회사의 사정과 업무 처리 미숙이 실망스러웠지만 소개하고 지원했던 장관님께 실망을 안겼다는 점 때문에 저의 자책감은 무척 심했습니다.

그러나 두 번째 인연은 매우 행복했습니다. 1992년 중국과의 정식 수교를 앞두고 여러 가지 교류 행사가 예정되어 있었는데, 이어령 장관님은 제가 공연의 안무를 맡을 수 있도록 적극적으로 추천하셨던 것입니다. 여러 가지 사정이 있었으나 행사 측에서는 장관님의 추천을 무시할 수 없는 분위기였습니다. 저는 1989년에 현대무용 최초로 중국에 초대되어 주요 도시의 투어 공연을 펼쳐 화제가 된 적이 있었습니다. 한·중 수교와 더불어 공연은 최대의 화제로 떠올랐습니다. 온갖 매스컴에서 공연의 사진과 작품의 내용이 소개되었고, 전 세계의 주목을 받았습니다. 사람들의 관심이 함께 고생한 공연단의 노고를 저에게만 집중하는 것 같아서 부담스러울 정도였습니다. 다행스러웠던 것은 저를 추천하고 지원해주셨던 장관님께 조금이나마 면이 섰다는 점이었습니다.

그렇게 세월은 갔고, 저는 어느 날 이어령 선생님께서 대중을 상대로 강연을 하신다는 말을 듣고 강연장을 찾아갔습니다. 세 번째 인연인 셈이었습니다. 선생님은 무척 반겨주셨고, 따뜻하게 손을 잡아주셨습니다. 선생님은 늘 동안이라 여겼는데, 세월의 흔적이 역력하게 남아있어 마음이 아팠습니다. 선생님의 강연은 여전히 위력이 대단했습니다. 여러 가지 좋은 말씀을 해주셨지만, 이어령이라는 지성의 숲에서 들려온 핵심의 말은 이것이었습니다. "나이 80세가 넘으면 무슨 일을 해도 다 용서가 된다."라는 말.

80세를 넘어 황혼의 길을 걷고 계신 선생님의 말씀은 저의 가슴을 쳤습니다. 선생님께서도 80세를 훌쩍 넘으셨고, 저 또한 나이 80세를 넘었던 것입니다. 선생님께서는 80세가 넘으면 자유라는 말씀도 하셨습니다. 선생님의 말씀은 80세가 넘으면 하고 싶은 것은 무엇이든 자유롭게 하라는 말씀으로 들려왔습니다. 깊은 깨달음이었습니다.

사람들은 제게 묻습니다. 춤과 이어령 선생님의 공통점은 무엇이냐고. 춤과 이어령 선생님은 시대와 세대를 가늠하는 존재이자, 시대와 세대의 감정을 고백하는 육체적 언어라는 점에서 같습니다. 우리의 기억 속에서 영원히 살아남을 지성의 숲이라는 점에서도 같습니다. 그래서 이어령 선생님을 잃은 우리의 슬픔은 시간이 지날수록 점점 커질 것입니다. 선생님의 영면을 기원합니다.

시인, 이어령 선생님을 추억하며

황주리 | 화가

작년 이맘때, 나는 노들섬을 혼자 걷고 있었다. 백년다리에 선생님의 글귀가 새겨져 있었다.

"살아있는 것만으로도 가진 것이 많고, 혼자라도 외롭지 않은 것이 내가 지닌 생명이다. 걱정 마라, 주먹을 쥐면 힘이! 손을 펴면 사랑이! 세상은 내 손안에 있다."

너무 반가운 마음에 스마트폰을 켜고 선생님의 번호를 찾았다. 오랜만에 어느 자리에서 만나 번호를 갖고 있어 다행이라 생각하며 문자를 보냈다. "노들섬에서 선생님을 만나 너무 좋았습니다." 그냥 보낸 문자인데 뜻밖에도 답 메시지가 도착했다. 고통스러운 와중에도 내 삶을 격려해주시는 문자였다. 지금 찾아보니 2021년 11월 7일 일요일 저녁 9시 10분이었다.

석 달쯤 뒤에 선생님이 세상을 떠나셨다. 갑자기 파노라마처럼

선생님의 모습이 차례로 떠올랐다. 선생님을 처음 뵌 건 1977년 이화여자대학교 미술대학 2학년 때였다. 억울하게 흘러간 누구나의 청춘처럼 흘러간 시간들이 시시한 꿈처럼 남아있다. 학교 밖에서는 데모들을 하느라 최루탄 연기에 늘 익숙하던 날들, 그 시절 자유로운 영혼이던 나는 미술대학이 미술과 가장 거리가 먼 곳이라는 걸 알았다. 끝없이 비예술적인 지루한 말들과, 영혼이 아닌 손으로 예술을 가르치는 실망스러운 미술대학 교수님들에 식상한 나는 수업에는 안 들어가고 주로 학교 앞 카페에서 책을 읽으며 시간을 보내곤 했다. 출석 상태가 좋지 않아 1977년 나의 성적표는 겨우 한 학년을 올라갈 수 있을 만큼 화려했다. 유일하게 A 플러스를 받은 과목이 있었는데 그게 이어령 교수님의 '현대소설의 이해'였다. 미술대 학생이던 내가 행복한 마음으로 들었던 유일한 강의이기도 하다. 나는 그때 '사르트르의 말'에 관한 주제로 리포트를 제출했던 기억이 난다. 그 시절 나는 선생님의 글들을 대부분 독파했던 것 같기도 하다. 그리고 오래된 노트에 적어둔 이런 구절들을 기억하고 있다.

"그러나 언젠가는 나를 시인이라고 불러다오. 일 년 열두 달 한숨밖에는 쉰 적이 없지만 언젠가는 꼭 불러다오." "우리가 욕심내는 그 시인의 모습은 밀실과 광장을 동시에 살고 있는 시인이며 글을 쓰며 동시에 말하는 사람이며 앉아 있는 것과 서 있는 것을 한꺼번에 할 수 있는 그런 시인이다."

그의 빛나는 말들은 적절한 곳에 박혀서 빛을 발하는 보석 같은 것이었다. 그중에 "창문은 언제나 닫아두어야 하는 벽이 아니다."라는 구절이 떠오른다.

선생님은 창문이 많은 사람, 그리고 그 창문을 활짝 열 줄 아는 분이었다. 자유자재로 그 창문을 열어 신선한 공기를 공급하고 그 창을 통해 보이는 이 세상을 아름답게 바꾸려고 노력하는 분이었다. 늘 닫아두는 벽의 기능을 하는 창문을 지닌 사람들이 지난 시대뿐 아니라 오늘날까지도 수두룩하지 않은가?

이어령 선생님의 추억 중 또 하나는 대학원 시절 《문학사상》에서 누군가 유명한 분이 펑크를 내는 바람에 내가 대신 에세이를 썼던 일이다. 어느 날 주간으로 계시던 선생님이 모르는 나에게 전화를 주셨다. 졸업 이후 그때 다시 처음 뵈었다. 글이 너무 좋으니 계속 글을 쓰라고 하셨다. 그림 그리기와 글쓰기가 동전의 양면과도 같은 것인 내게 그 말은 틈틈이 글을 쓰는 데 늘 격려가 되었다. 엄격해 보이는 안경 너머 권위주의와는 거리가 먼 선생님의 친근감이 떠오른다. 그로부터 10여 년 뒤 나는 뉴욕 맨해튼의 길가에서 우연히 그를 만났다. 아마도 뉴욕대학의 도서관 앞이었을 것이다. 그는 마치 지식욕에 불타는 젊은이처럼 그렇게 서 있었다. 선생님과 점심을 같이했던가? 그건 확실히 기억나지 않는다. 차를 마신 것 같기는 하다. 이화여대 넓은 대강의실에 울려 퍼지던 그의 목소리를 떠올렸던 기억이 함께하니까.

그 뒤에 선생님을 뵌 건 어떤 개회사 자리에서였다. 일반적인 개회사의 지루함이라는 기대를 뒤엎고 똑떨어지는 몇 마디의 말로 그 개회사는 끝났다. 그때 나는 엉뚱하게도 누군가의 결혼식에서 축사를 하는 선생의 모습을 상상했던 것 같다. 형식적이고 지루한 축사를 그처럼 명쾌하고 짧은 축복의 언어로 바꾸는 사람은 아마 없을 것이다. 시간은 쉼 없이 흘러갔고 나는 지금 선생을 추억하는 이 글을 쓰고 있다. 정말 우물쭈물하다가 드디어 이런 시간이 오고 말았다.

장관이 되었을 때 스크린에 비치는 그의 모습은 외로워 보였다. 나만의 생각인지도 모른다. 언제나 닫아두는 벽의 기능만을 가진 창문의 소유자인 정치인들 사이에서 문화가 있는 아름다운 나라를 만들기 위해 노심초사하던 그의 발언은 돈키호테의 말처럼 들렸을지도 모른다. 꿈의 투구를 만드는 돈키호테의 시학을 아마도 그들은 이해하지 못했을 테니까. 하지만 그 속에서도 그는 참 생산적인 많은 일을 해냈다.

"우리가 원하는 시인의 상은 중세나 르네상스처럼 한 자세로 상징되는 조각이 아니라 스크린이나 텔레비전 화면으로 보는 그것처럼 움직이며 꿈틀대는 다양한 동작 속에 있는 것이다."

마치 디지털 시대를 예언하듯 그는 이렇게 쓰고 있다. 시가 죽어 가는 시대에 그는 거리 곳곳마다 아니 삼천리 방방곡곡마다 시가 존재하는 나라를 꿈꾼 것은 아닐까? 1991년 알록달록한 스티커를 붙인 채 이 땅 곳곳으로 예술가들을 태우고 달린 문화열차를 기억하는가?

멈추는 역마다 우리 춤과 음악으로 가득했던 1991년 가을, 문화열차라는 괴상한 열차는 대학 시절 이화여대 다리 밑으로 지나가던 열차하고도 달랐고 지금의 KTX하고도 달랐다. 우리가 오랫동안 잊고 살던 마음의 풍요로움, 싸움과 질시가 아닌 대화와 축제의 모습을 지닌 문화의 풍요로움을 담고 달리는 열차였다. 그 열차가 다시는 운행되지 못했다 해도 그가 꿈꾼 문화열차는 바로 꿈의 투구를 현실의 무대로 옮겨 놓는 소중한 시도였을지 모른다. 그리고 그의 시작으로 우리 문화가 세계에 빛을 발하는 그 꿈이 드디어 이루어졌다 해도 과언이 아닐 것이다.

"누구의 잔치에도 초대받지 않으리라. 높이 세운 칼라에 풀을 빳빳하게 먹이지는 않을 것이며 흑색 턱시도를 입지 않을 것이다. (…) 초대받은 손님으로 가지는 않을 것이다. 잔치가 끝나고 다들 떠나가고 난 뒤, 비를 들고 청소부 차림으로 나타나리라."

선생님의 말씀 중 이런 구절 또한 생생하다.

"진짜 성공은 영원히 성공할 수 없는 목표를 향해 끝없이 가는 것이다. 끝없이 그 길을 가는 사람이 성공자이며 최고로 행복한 사람이다."

날이 갈수록 안개 낀 장충단공원처럼 앞이 보이지 않는 외롭고 먼 예술의 길, 삶의 길에 선생의 이 말씀이 우리가 길을 잃지 않도록 인도해주시는 것 같다.

문득 딱 내 마음 같은 이런 시의 구절을 떠올린다.

"…저 무지한 사람들의 가슴속을 풍금처럼 울리게 하는
아름다운 시 한 줄을 쓸 수 있도록 허락해주시겠습니까?
하나님."

—《어느 무신론자의 기도》에서

세 번의 만남

황희 | 국회의원, 전 문화체육관광부 장관

우리 동네에는 성지식당이라는 작은 백반집이 있다. 내가 성지식당의 단골이 된 지는 꽤 오래되었다. 그 집의 대표 메뉴가 무엇이냐고 누가 물으면 딱히 떠오르는 메뉴는 없다. 여느 가정의 식탁에도 흔히 오르는 백반이기 때문이다. 그런데도 좀처럼 잊히지 않는 맛이다. 누구나 쉽사리 상상할 수 있는 맛이지만, 한 번이라도 성지식당을 찾은 사람들은 반드시 단골이 된다.

김이 모락모락 나는 뜨거운 쌀밥, 잘 익은 김치에 달걀 프라이 그리고 구수한 토장국이 항상 빠지지 않는다. 살짝 구운 김에 밥을 싸서 간장에 찍어 먹으면 그 맛 또한 일품이다. 갓 구운 생선과 어묵볶음만으로도 이미 진수성찬이다. 내가 즐겨 주문하는 오징어볶음까지 곁들이면 더할 나위가 없다. 명실공히 우리 동네 대표 맛집이다. 미슐랭이 부럽지 않다.

나는 주로 지인과 조찬 모임이 있을 때 성지식당을 가곤 하는데, 성지식당의 소박하지만 깊은 맛에 감탄하는 사람들을 볼 때마다 이어령 선생님을 떠올리곤 한다. 왠지 선생님도 성지식당의 소박한 상차림을 좋아했을 것 같다.

선생님은 우리 문화의 발굴자라고 해도 될 만큼 전통문화의 우수성을 널리 알리신 분이다. 덕분에 일제강점기와 한국전쟁 그리고 산업화라는 급변의 시대를 거치면서 잃어버렸던 우리의 소중한 문화들을 되찾을 수 있었다. 예컨대 고기를 먹을 때 쓰는 식食가위 문화를 되살리고, 보자기나 벽지·문살에 쓰이는 전통 문양들의 가치를 재확인하고, '갓길' 같은 순수한 우리말로 이루어진 어휘들을 공공어로 삼음으로써 대한민국 고유의 문화를 살려냈다.

무엇보다 선생님은 화려한 양반의 문화보다는 일상에서 쉽게 접할 수 있는 서민의 생활 문화를 더 귀하게 여기셨다. 돌이켜 보면 선생님이야말로 우리 문화 정수의 현현이라 해도 과언은 아닌 듯하다. 내가 본 선생님은, 근사하게 차려입고 찾아가는 고급 식당의 품격, 내 집처럼 편한 마음으로 찾아가는 동네 백반집의 소박하지만 깊은 풍미, 서로 다른 두 면면이 동시에 공존하고 있었다. 달리 비유하자면 고려청자의 화려한 색조, 이조 백자의 담백한 선형이 어우러질 때 더욱 빛나는 우리 문화의 정수처럼, 선생님의 생애도 그러했다.

내가 청년이던 시절, 이어령 선생님은 대한민국의 '슈퍼스타'였다. 이어령 선생님, 그 이름을 내 기억 속에 더욱 또렷하게 새기게 된 계기는 성당 성가대 선배의 말 때문이었다. 지금은 대학에서 학생들을 가르치고 있는 그 선배는 이어령 선생님이 자신의 롤 모델이란 이야기를 자주 했다. 젊은 내게 선배의 그 말은 굉장한 포부처럼 들렸다. 왜냐하면 선생님은 당시에도 범접하기 어려운 '슈퍼스타'였기 때문이다.

비단 나뿐만이 아니었을 것이다. 1980년대, 민주화 열기가 뜨거웠던 독재 치하에서 대학가는 치열한 싸움터였다. 그 불안한 소요 속에서 강단을 지키고, 다양한 저서와 매체를 통해 우리 시대의 철학과 가치관을 제시하고, 지성인으로서 우리 사회가 나아가야 할 길을 제시하고 실천하기란 그리 녹록지 않은 삶이었을 것이다.

1987년 이후 우리 사회는 서서히 안정을 되찾아갔지만, 문화적으로는 불모의 지대나 마찬가지였다. 이어령 선생님이 초대 문화부 장관으로 취임한 때가 그즈음이었다. 그 생각을 하면 지금도 가슴 한쪽이 뻐근해진다. 선생님과 나의 첫 만남은 그로부터 근 30여 년이 지나 내가 그 자리를 이어받은 직후였기 때문이다. 덧붙여 내가 그날을 선명하게 기억하는 여러 이유 중 하나는 선생님의 생각과 나의 생각이 크게 다르지 않음을 확인하는 시간이기도 했기 때문이다.

2021년 2월이었다. 문화체육관광부 장관 임명장을 받은 직후, 나는 선생님을 뵈러 평창동 자택을 찾아갔다. 내 청춘의 슈퍼스타를 만난다는 설렘, 까마득한 선배를 만난다는 긴장, 한마디로는 표현하기 어려운 벅참이 밀려들었다. 다행히 반갑게 맞아준 사모님 덕분에 떨리던 마음이 한결 편해졌다.

이어령 선생님과의 첫 번째 만남은 짧았다. 건강이 좋지 않으셨던 탓에 많이 여위시고 걸음도 다소 힘들어 보였다. 하지만 카랑카랑한 목소리만은 오래전 그대로셨다. 사람을 꿰뚫어 보는 듯한 시선도 베일 듯 날카로웠다. 정직한 언변과 다정한 말투도 변함없었다. 오래전 젊은 내가 우러러보던 우리 시대 최고의 지성이자 나의 슈퍼스타의 모습 그대로였다.

선생님께서 노태우 정부의 초대 문화부 장관으로서 일군 공로에 대해선 익히 들어 잘 알고 있었다. 오늘날 문화·예술의 산실이자 세계적 경쟁력을 자랑하는 한국예술종합학교를 설립하고, 당시 교육부 소관이었던 우리말 교육 업무를 문화부로 이관시켜 지금의 국립국어원 설립을 주도했다. 작금의 문화 정책의 기틀을 세우고 문화의 중요성을 널리 알림으로써 문화 정책의 획기적인 패러다임을 제시했다. 당시 선생님께서 만드신 문화 정책의 기조는 여전히 유효하다.

선생님은 일찍이 "제 것을 모른 채 살아간다면 새로운 삶과 지식이 열리지 않는다."고 말씀하셨다. 갓, 거문고, 보자기 같은 한국 고유의 생활용품부터 윷놀이 같은 무형 문화를 비롯한 자연에 이르기까지 한국인의 삶의 흔적이 남아있는 유·무형의 전통 유산에 깃든 민족의 정체성을 재해석하고 널리 퍼뜨리셨다. 그런 선생님에게 문화 정책이란 이른바 '갓길'과도 같은 행보였다.

'갓길'은 이어령 선생님이 만든 순수 우리말이다. 이전까지만 해도 우리 사회는 갓길을 노견路肩 같은 한자어나 로드숄더 같은 외래어로 지칭했다. 초대 문화부 장관으로서 선생님 스스로 가장 자랑스러워하는 일도 행정 용어를 순수 우리말로 바꾼 것이라고 들었다.

문화는 소수만이 누리는 유희나 특권이 아니다. 문화 정책 또한 그래야 할 것이다. 넓은 의미의 문화는 고급문화뿐 아니라 우리 일상생활 속에 자연스럽게 스며드는 서브컬처(Sub Culture, 생활 문화)까지 포함해야 한다. 선생님의 말씀처럼 문화는 어려서부터 자연스럽게 경험하고 훈련되는 과정에서 축적된다. 때문에 문화 정책은 인종·계급·성별 같은 사회적 규정을 초월한, 개개인의 일상에서 축적되는 생활을 기반으로 한 정책이어야 한다.

선생님은 내게 신신당부하셨다. 문화체육관광부는 타 부처와의 협업이 많아야 하며, 정부는 문화계를 절대 간섭해선 안 된다는 요지였다. 아울러 문화·예술에 대한 정부의 역할은, 글라이더가 하늘로 뜰 때 이끌어주기만 하고, 글라이더가 일단 뜨고 나면 고리를 풀어 마음껏 활공할 수 있게 해야 하는 것이 최선임을 강조하셨다.

일례로 외교부가 해외에서 우리 문화를 제대로 알리려면 신라의 금관보다는 고려의 《직지심체요절》이나 《팔만대장경》 같은 활자 문화를 전시해야 옳다고도 하셨다. 나 역시 대한민국을 대표하는 유산을 꼽으라면 오랫동안 활자 문화여야 한다고 믿어왔다. 외국인들의 눈에는 한·중·일 삼국의 문화가 엇비슷해 보인다고 한다. 그런 말을 들을 때면 내심 속상했다.

우리의 전통 유산은 중국의 자금성, 병마용갱, 만리장성처럼 어마어마한 규모를 자랑하지 않는다. 일본의 사무라이, 오사카성이 가지고 있는 군주 중심의 유산과도 뚜렷한 차이가 있다. 《직지심체요절》이나 《팔만대장경》 같은 활자 유산이 그 증거다. 《직지심체요절》은 유네스코 기록유산에 등재된 세계 최초의 금속 활자본이며, 《팔만대장경》은 전쟁의 종식을 바라는 백성의 염원이 담겨 있다.

백성 스스로 나라를 구하겠다는 주체 의식이 팔만 장에 달하는 경판에 선명하게 아로새겨져 있다. 민주주의의 씨앗이 왕조의 시대에도 발아하고 있었음을 증명하는 위대하고 숭고한 유산이다. 화려한 왕조의 유물에 비할 바가 아니다.

선생님께서 88 서울 올림픽 개막식에 굴렁쇠 소년을 등장시킨 연유 또한 같은 맥락이 아니었을까 한다. 그때까지만 해도 우리나라는 중국을 연상케 하는 용 문양이나 일본 문화를 연상케 하는 부채 등을 세계적 행사에 주로 써왔다. 선생님께서는 한·중·일 삼국의 문화적 그늘에 가려지지 않은 우리만의 고유한 정체성을 알리고 싶었을 것이고, 그 고충의 산물이 다름 아닌 굴렁쇠 소년이었을 것이다.

선생님의 고민은 곧 나의 고민이기도 했다. 애석하게도 문화에 대한 우리의 태도는 아직도 개선해야 할 부분이 많다. 우리 5만 원권 지폐를 보면, 풍죽도와 월매도가 하나의 그림인 양 겹쳐 인쇄되어 있다. 게다가 월매도의 달의 위치가 지폐 보안을 위한 공간 확보를 이유로 원작보다 훨씬 아래쪽에 위치해 있다. 심각한 수준의 원작 훼손이다. 세계적 문화 강국이라 불리는 프랑스 화폐에 모네와 세잔의 그림을 하나로 뒤섞어 디자인하고, 그림 중 일부분을 원작과 다르게 편집한다는 걸 상상조차 할 수 있겠는가. 장담컨대 세상이 뒤집힐 만한 사건이 되었을 것이다.

오늘날 우리나라는 프랑스 못지않은 문화 강국이라는 호평을 듣는 나라이다. 실로 매우 창피한 일이 아닐 수 없다. 만약 이어령 선생님 말씀처럼 문화체육관광부와 타 부처 간의 협업이 긴밀하게 이루어졌더라면 어떠했을까. 화폐 디자인을 담당하는 조폐공사가 의

사 결정 프로세스에 문화체육관광부의 의견을 묻는 과정을 담았더라면 오늘날 우리 스스로 우리 문화를 훼손하는 일은 없지 않았을까, 새삼 아쉬움이 든다.

이어령 선생님과 첫 번째 만남에서 나눈 대화는 내 장관 시절 업무 전체를 관통하는 표준 지침서가 되었다. 하지만 그해는 코로나19로 전 세계가 2년째 몸살을 앓던 시기였다. 특히 문화·예술계가 입은 피해가 컸다. 많은 예술가가 생활고를 겪어야만 했으며, 사회적 거리 두기 지침으로 사실상 모든 공연과 행사들이 중단되었다. 체육계와 관광업계도 유례없는 침체기를 겪고 있었다. 그야말로 첩첩산중이었다. 그런 내게 선생님께서는 "K-방역이 육체라면 K-컬처는 영혼"이라는 말을 전했다. 또한 코로나19와 같은 국가 위기 상황일수록 문화적 재능이 더욱 중요함을 강조하셨다.

또한, 코로나19로 입은 국민적 상처를 문화·예술인들의 작품을 통해 기록하고 극복해야 하며, 이동의 자유가 극도로 제한된 비정상적 상황에서 무無에서 유有를 만들어내는 문화·예술인들의 창조적 역량이 코로나 극복의 동력과 자산으로 치환될 수 있음을 내게 누차 강조하셨다.

옳은 말씀이었다. 카뮈의 《페스트》는 흑사병을 다룬 소설이며, 보카치오의 《데카메론》 또한 흑사병을 피해 피신한 10여 명의 남녀가 열흘 동안 나눈 100편의 이야기이다. 얼마 전 개봉한 영화 〈자산어보〉도 정약전이 귀향 시절에 쓴 저서를 바탕으로 만든 이야기다. 극한의 조건에서 더욱 빛나는 성과를 끌어내는 것, 그야말로 누구도 부정할 수 없는 우리의 힘이었다.

선생님의 조언은 내게도 큰 힘이 되었다. 장관 재직 동안 나는, 문화체육관광부 산하에 있는 한국문화예술위원회를 통해 우리 국민이 코로나19로 겪은 고통과 좌절의 시간을 문학가, 음악가, 화가, 사진작가, 연극인 등의 시선으로 담아내며 기록하고, 이를 통한 희망을 만들어가는 프로그램을 기획하고 추진했다. 세계가 대한민국을 방역 모범 국가로 인정하고 칭송했지만, 나는 바이러스로부터 국민을 지켜내는 방역 못지않게 절망과 우울로부터 국민을 지켜내는 방역 또한 중대한 국가의 의무라고 믿었다.

정부가 나서서 절망에 빠진 국민을 위로하고, 우리 국민 스스로 코로나19 상황을 극복해가며 작은 희망을 만들어내는 모습을 문화·예술인들의 시선으로 기록하고 담아낸다면, 그야말로 21세기형 팔만대장경이지 않겠는가?

코로나19라는 거대한 벽 앞에서 제 몸조차 가누기 힘든 대한민국 국민에게 실컷 울 시간을 마련해주고 싶었다. 후회 없이 울고 나면 속이나마 후련해지지 않을까, 믿었다. 나만 울고 있는 게 아니라는 사실을 깨닫고 서로가 서로에게 위로의 말을 전할 수 있다면, 그 연대의 힘으로 내일을 준비해나갈 수도 있을 거라 기대했다.

대한민국의 역사는 항상 절망을 딛고 일어섰다. 한국전쟁 3년 동안 폐허가 된 한반도를 다시 옥토로 바꾸어낸 국민이다. 외환위기 때에는 장롱 속에 숨겨둔 금붙이를 남김없이 들고나와 국가가 진 빚을 대신 갚아주었으며, 서해 바다에 기름이 유출되었을 때는 일일이 돌멩이에 묻은 기름을 닦아낸 국민이다.

거슬러 올라가면 1960년 4·19혁명 때도, 1987년 6월에도, 5년 전 촛불광장에서도 위기의 최전선에 선 이들은 다름 아닌 우리 국민이었다. 우리 국민 스스로 위기를 극복하고 폐허 위에 집을 짓고 허허벌판에 씨를 뿌렸다. 나는 그것이 우리의 문화라고 믿었다. 이어령 선생님이 말씀하신 문화의 힘은 곧 우리 국민의 힘이라고 믿었다. 그래서 문화는 생활이어야 한다고 말씀하신 거라 믿었다. 옥구슬이 달린 신라의 화려한 왕관 대신 백성이 손수 한 글자 한 글자 새긴 목판활자가 왜 더 널리 알려져야 하는지, 그 이유 또한 문화는 곧 국민이라는 확고한 믿음 때문 아니겠는가.

선생님을 처음 뵌 날로부터 9개월이 지나서야 나는 선생님을 두 번째로 뵙게 되었다. 그날은 이어령 선생님께서 금관문화훈장을 받는 자리였다. 단상에 오르신 선생님은 처음 뵈었을 때보다 많이 쇠약해진 듯 보였다. 너무 뒤늦게 드리는 상이어서 죄송한 마음이 컸다. 늦게나마 국가가 선생님의 공적을 인정하고 감사의 뜻을 전하게 되어 기쁜 마음도 컸다. 하지만 그 기쁨은 오래가지 못했다.

선생님을 처음 뵌 지 꼬박 일 년이 되던 날, 비보가 전해졌다. 나의 영원한 '슈퍼스타' 이어령 선생님은 홀연히 세상을 떠나셨다. 일 년 전 새카만 후배에게 남겨주신 가르침이 이제 선생님께서 우리 사회에 남기는 유언으로 기억되길 바라는 마음뿐이다.

아쉽게도 나는 이어령 선생님을 세 번밖에 뵙지 못했다. 선배와 후배로 만난 첫 만남에는 크나큰 가르침을 받았고, 수상자와 수여자로 만난 두 번째 만남에서는 내 손으로 직접 국가 최고 훈장을 달아드렸다. 그리고 세 번째 만남에서는 선생님을 떠나보냈다. 세 번의 만남이 누군가에겐 긴 생에서 잠시 스쳐 가는 인연일지도 모르겠다. 하지만 나는 문화체육관광부 장관으로서의 시작과 끝을 이어령 선생님과 함께한 것만으로도 깊은 필연으로 받아들이고 있다.

아직도 선생님의 마지막 당부가 귀에 쟁쟁하도록 큰 울림으로 남아있다. 선생님이 살아계신다면 나누고 싶은 이야기들이 많다. 선생님의 자리를 이어받은 후배로서 그동안 내가 한 일들을 전하고 싶은 마음도 든다. 장관 재직 시절 나는 한국문화예술위원회와의 MOU를 통해 '정부가 문화·예술을 지원하되 일절 간섭하지 않겠다'는 서약을 명문화했으며, '예술인권리보장법'을 통과시켜 예술인들의 자유로운 창작 활동을 보장하는 데 미력하나마 최선을 다했다고, 선생님께 보고드리고 싶다.

이제 나는 문화체육관광부 장관직을 떠나 국회의원의 자리로 돌아왔지만, 선생님께서 하신 말씀은 여전히 내게 유의미한 가르침으로 남아있다.

"문화 정책은 전체 집단이 아닌 한 마리 한 마리의 양으로 봐야 한다. 어려운 시기이지만 문화계를 보듬어 끌고 가면 잘될 것이다.

재임 중에 업적을 너무 홍보하려고 하지도 말고 너무 보여주려고도 하지 말아라. '나중에 보니 그랬다더라'가 되도록 해야 한다."

그래서 적는다. 선생님께서 하신 일들이 훗날 얼마나 큰 빛이 되었는지 말로 전할 수가 없어 글로 적어둔다. 선생님께서 돌아가시고 얼마 지나지 않아 한국예술종합학교에는 '이어령예술극장'이 만들어졌다. 우리는 더는 선생님을 만날 수 없지만, 선생님이 우리 사회에 남기신 한 걸음 한 걸음은 우리의 역사가 되었고, 우리의 문화가 되었다. 선생님께서 일구어 놓으신 그 역사와 문화 속에서 학생들은 언제나 '이어령'의 철학과 정신을 배우고 공감하게 될 것이다.

선생님의 가르침이 내게 문화체육관광부 장관의 역할과 책무에 대한 소중한 지침이 되었듯, 예술과 문화를 사랑하는 젊은이들에게도 선생님께서 남기신 저서들이 우리만의 문화를 지키고 부흥하는 데 뜻깊은 토양이 되어줄 거라 믿는다.

나는 오늘 다시 한번 선생님이 그토록 강조하시고 사랑하셨던 문화에 대해 생각한다. 문화란 무엇인가? 문화를 즐기고 사랑하는 국민의 한 사람으로서, 문화 정책을 이끌었던 행정부의 수장으로서, 내가 겪고 느낀 바로는 '문화는 시대와 역사를 함께한 공동체가 일구어낸 가치관의 총합'이다.

틀림없는 사실은 우리 스스로 문화 강국 대한민국을 만들었다는 것이다. 다른 나라를 침략하지 않고도 세계 곳곳에 가장 큰 울림을 전하고 있는, 세계사적으로 유일한 국가가 바로 대한민국이다. 오로지 문화의 힘으로 말이다. 이어령 선생님이 그토록 사랑했던 우리 문화는 이제 세계인을 향하고 있다. 저 멀리 지구 반대편에 있는 어느 한 사람의 마음을 웃고 울리며, 그렇게 누군가의 삶에서 또 다른 누군가의 삶으로 전해지는 타전이 되었다.

지금 이 순간에도 대한민국의 노래가 어느 바람결에 실려 누군가의 마음속을 맴돌고 있을지도 모른다. 이어령 선생님이 바라던 세상이며, 그 전에 백범 김구 선생님이 그토록 꿈꾸던 세상이다.

이어령 선생님을 추모하며

가미가이토 겐이치[上垣外憲一] | 전 국제일본문화센터 교수 ‖ 최박광 번역

한국의 석학 이어령 선생님을 처음 뵌 것은 1981년 가을이었다. 지금은 고인이 되었지만, 대학원 동기이면서 친우인 오오사와 요시히로(大澤義博, 동경대학교 교수·비교문학대학원 학과장) 씨의 댁에서였다. 우연히 옆자리에 앉게 되어 대화를 나누게 되었는데, 지금 이 같은 책을 집필 중이라는 이야기였다. 다음 해 일본에서 출판되어 베스트셀러가 된 《축소지향의 일본인》 내용이었다.

그런데 이어령 선생님은 프랑스 사상에 더욱 정통하셨다. 구조주의 방법을 원용해 일본 문화를 분석하는 것이라고 문득 생각되어 잠깐 그 점에 대해 비판하고 말았다. 이에 이어령 선생님은 대단히 날카롭게 비판하셨다. 온 방 안에 크게 울려 퍼질 정도의 목소리로 나를 책하셨다. '이것은 어떻게 된 것이냐! 말해봐!!'라고 할 정도의 기세였다. 그것도 모국어인 한국어가 아닌 외국어인 일본어로 그렇

게 말씀하셨기 때문에 대단했다. 아무튼 무서운 기세였다.

보통 일본인이면 놀라서 가만히 있었겠지만 나도 도쿄대학에서 엘리트 과정이라고 하는 교양학과 독일어과에서, 당시 최신 사상인 아도르노랑 하버마스를 독일어로 어렵게 읽은 경험이 있었기 때문에 겁 없이 반론을 폈다. 독일 사상을 읽은 경험이 있어 구조주의든지 기호론이든지 간에 당시 유행하던 프랑스 사상은 일반적으로 말해서 경박하다고 하는 생각이 있어 그렇게 간단히 승복하지는 않았다. 이어령 선생님은 나의 반론을 물론 인정하지는 않았겠지만, 의논에 약한 일본인으로서는 뼈대가 있다고 생각하셨던지, 그 후 친숙하게 교제하게 되었다.

당시 일본인은 이어령 선생님을 한국에서 유명한 평론가로만 알고 있었다. 나도 그랬었다. 다만 대화가 특출하다고 생각했다. 한국의 선생으로서는. 이어령 선생님은 한국 비교문학회 창설자의 일인으로, 이 분야에서는 선구자셨다. 당시는 일본의 경제가 최성기에서 버블로 접어들고 있어서, 일본이라는 나라가 세계 속에서 주목되던 시기였다. 따라서 내가 소속했던 대학원인 도쿄대학 비교문학 비교문화 연구실에는, 세계로부터 일본을 연구하고자 하는 학생이랑 학자가 모이고 있었다. 예를 들면, 지금은 유명한 교수가 된 옥스퍼드대학의 필립 해리스Philip Harries 씨도 당시는 스탠퍼드대학의 준교수로서 도쿄대학 비교문학 대학원에 연구원으로 와 있었다. 이 분하고도 나는 지금까지도 교류를 계속하고 있다.

도쿄대학 비교문학 대학원에 와 있었던 젊은 연구자들은 그 후 모국에 돌아가서 그 나라를 대표하는 일본 연구자가 된 사람이 많다. 하지만 이어령 선생님은 그와 같은 전통적인 일본 연구의 학자들과는 한 가지도 두 가지도 달랐다. 일본에서는 《축소지향의 일본인》을 처음으로 하는 《일본론》의 저자로서 알려진 이어령 선생님이시지만, 선생님의 방대한 저작군 중에서 《일본론》은 그중 일부분에 지나지 않는다. 하지만 일본인 입장에서 보면 자신들이 미처 생각지 못했던 일본 문화의 특질을, 풍부한 독서와 여행 그리고 일본의 다양한 계층의 사람들과의 교유를 통해서 얻은 치밀하고 방대한 지식을 구사하여, 그것에 문화 이론을 적용해 매우 특출하게 분석하여 저술한 일본론인 것이다.

최근 중앙신서의 《외국인에 의한 일본론의 명저共著》를 영어로 번역해 출판하는 사업에 나도 저자로 참가하고 있다. 그중에 루스 베네딕트의 《국화와 칼》 등 유명한 일본론을 나열하는 중에 이어령 선생님의 《축소지향의 일본인》이 들어 있었는데, 외국인이 쓴 일본

론 중에서도 새삼 굴지의 명작이라는 것을 깨달았다. 외국인이 쓴 저술로는 희유의 일이다. 도널드 킨 선생(컬럼비아대학 교수, 고인)은 방대한 《일본 문학사》도 있고 강연도 일본어로 하지만, 저작에 관해서는 영어를 구사하는 전문 번역자에게 맡기고 있었다.

한국인으로서는, 과거의 일본을 비판하는 말을, 이어령 선생님은 하시지 않았다. 하지만 그처럼 일본 문화 속에 깊이 파고들어 그 일부 일부를 영리하게 분석하면서도 어딘가 따뜻한 정이 드러나고 있다고 생각한다.

방대한 이론, 예리한 문화론, 지의 거인인 이어령 선생님이시지만 진정으로 가족을 사랑하고, 우인友人에게는 우정을 쏟고, 만나는 사람들에게는 따뜻한 감정으로 대하셨다. 따님이 타계했던 때의 문장을 나에게 '번역해보지 않겠는가'라고 권한 분이 계셔서 번역해본 적이 있지만, 정말 따뜻한 감정이 무르녹아 있는 문장에 감동했다. 그때는 일본어로 번역 출판까지는 이어지지 못했으나 꼭 출판을 실현하고 싶다.

최만년最晩年의 이어령 선생님은 한·일 관계가 나빠지는 것을 우려하셨다. 내가 일본에 가서 일본인들에게 직접 말한다면 무엇인가 해결되지 않을까 하고 거듭 말씀하시곤 했다. 그것이 제반 사정으로 실현되지 않은 것은 정말 아쉬운 일이다.

이어령 선생은 언어를 잘 구사하는 문장의 대가이시지만, 그 말의 내면에는 진정으로 따뜻함이 있어 모든 사람에 대한 사랑이 스며 있다고 생각한다. 한국에서는 여러 면에서 미움을 받는 일본인의 한 사람인 나도 한국에 올 때마다 뵈었지만 언제나 따뜻하게 맞이해주셨다.

이어령 선생님은 모든 '사람'에게 애정을 쏟으셨다. 살아있는, 살아가고자 하는 모든 생명체에 대해서 애정을 기울이셨다. 새로운 사물을 접하면 진정으로 어린아이처럼 신선한 호기심으로 그것을 관찰하셨다. 더욱이 그 호기심과 발견을 훌륭하게 언어화하는 능력을 지니고 계셨다.

그 희유의 분, 선생님을 잃은 슬픔도 크지만, 선생님에 대한 추억을 가슴에 담으며 나도 '사람을 사랑하는' 것을 실천해 이어가고 싶다고 생각한다.

이어령 선생님, 진정으로 감사드립니다.

이어령 선생님의 말씀

오구라 기조[小倉 紀蔵] | 교토대학 교수

이어령 선생님이 돌아가시기 전에, 일본의 연구자 네 명이 선생님이 걸어오신 인생과 그 사상에 관해 말씀을 청해 듣는 프로젝트를 진행하였습니다.

멤버는 고하리 스스무(시즈오카현립대학 교수)를 프로젝트 반장으로 하여, 가미가이토 겐이치(전 오오츠마여자대학 교수), 하마다 요(테이쿄대학 교수), 그리고 저까지 해서 네 명이었습니다.

시기는 2019년 8월에 시작하여 동년 12월에 이르기까지 총 8번에 걸쳐 이어령 선생님의 오럴 히스토리를 청해 들었습니다.

서울에 있는 선생님의 자택을 방문하여, 매번 몇 시간씩이나 실로 흥미진진한 이야기를 마음껏 들을 수 있었던 경험은 지금까지 저의 모든 연구 생활 중에서도 특별히 빛나는, 마치 꿈속에 있는 것만 같은 시간이었다고 할 수 있습니다.

선생님이 이야기를 시작하기 전에 강조하셨던 것은 자기의 인생은 팩트 자체가 중요한 것이 아니라는 것이었습니다. 정치가의 인생인 경우라면 팩트가 중요하겠지요. 그러나 기호학자이자 문화학자이신 선생님의 인생은 몇 월 며칠에 누구와 만나 무엇을 결정했는가 등의 것이 중요한 것이 아니라, 넓은 의미에서의 '의미'가 중요하다는 것이 선생님의 생각이었습니다. 왜 그 시기에 자기가 '축소 지향'이라는 착상을 했는지, 왜 그 시기에 '정보화', '디지로그' 등등의 사고를 했는지, 시대 속에서 살았던 자신의 삶의 의미가 어떻게 독해되어야 하는지. 이러한 것들이 중요하다고 선생님은 말씀하셨던 것입니다.

말하자면, 문화와 시대를 독해해온 선생님의 삶이 다시 독해의 대상이 되어야 했던 것입니다. 그렇게 함으로써 해방 후의 한국이라고 하는 사회가 독창적인 관점으로 독해될 수 있음은 말할 것도 없겠지요.

병합식민지 시대에 관해서도 이와 같이 말할 수 있습니다. 선생님은 일본이 통치하고 있었던 소년 시대에 관해서도 많은 것을 말씀해주셨습니다. 그 에피소드들은 모두 '자기의 개인적 체험에 관해 말하는 것이 그대로 병합식민지에 관해 말하는 것이다'라고 하는 의미 부여의 기능을 강하게 갖는 보석과 같은 이야기들이었습니다.

예를 들면 선생님이 학교에 들어갈 나이가 되었을 무렵, 소학교는 '국민학교'라고 하는 명칭으로 바뀌었습니다. 독일의 '폴크스슐레Volksschule'를 흉내 낸 것이지요. 거기에서 가장 놀라웠던 것은 신체검사라고 하는 것이었다고 선생님께서는 말씀하셨습니다. 부모

로부터 받은 이 소중한 몸을 학교가 '검사'를 한다는 것이 도대체 무슨 짓일까 하는 생각이 들었다고 합니다. 일본의 학교 권력이 조선의 소년 소녀의 신체를 규율화, 획일화, 건전화한다는 목표를 가지고 개입해 들어오는 것에 대한 놀라움을 이어령 소년은 그 예민한 감수성과 함께 전신으로 느끼고 있었던 것입니다. 말하자면 푸코적인 의미에서 생권력으로서의 병합식민지 통치를 소년은 피부감각으로 체험하고 있었다고 할 수 있습니다.

당시의 일본은 신체검사를 할 때도 '손톱을 깨끗하게 할 것'이라고 지도하는 등 '무엇이든지 깨끗이' 하는 이미지였다고 합니다. 조선에서는 '지나치게 깨끗하게 하면 복이 달아난다'라는 관념이 있었기 때문에 일본인이 청소를 하여 무엇이든지 항상 반짝반짝하게 해놓는 것에는 위화감이 들었다고 합니다. 그러한 위화감을 결코 잊어버리지 않고 그 의미를 독해하고자 하는 강한 의지가, 선생님의 인생을 관통하고 있었습니다.

어렸을 때 접했던 일본의 설화나 그림책으로부터도 선생님은 강렬한 인상을 받으셨습니다. 일촌법사一寸法師와 같은 '작은 것'에 초인적인 힘이 숨겨져 있다고 하는 일본적인 세계관에 대한 놀라움과 위화감이 나중에 '축소' 지향이라고 하는 개념으로 일본 문화를 분석하여 루스 베네딕트의 《국화와 칼》 이래 가장 걸출한 일본 문화론을 산출해내기 위한 토대가 되었던 것입니다.

이러한 실로 흥미진진한 오럴 히스토리는 현재 편집 작업이 진행 중에 있습니다. 거의 완성된 버전을 선생님 생전에 보여드릴 수 있었던 것은 다행이었다고 생각합니다. 2023년 1월까지 완성판을 강인숙 선생님께 건네드릴 것을 목표로 하고 있습니다.

만약 서적으로 출판이 된다면 한국 및 한·일의 근현대사에 관해 지금까지 알려지지 않았던 이야기가 가득 담긴 매우 귀중한 기록이 될 것이라고 확신합니다.

모든 살아있는 것에 대한 이어령의 연서

하마다 요[濱田陽] | 테이쿄대학 교수 ‖ 이향숙 번역

선생님의 목소리와 글의 울림,
몸짓과 시선의 번뜩임,
모든 것이 휴먼을 향한 연서 같은
풋풋함과 한결같은 마음,
유머와 진지함,
희망이 넘쳐나는 것으로 느꼈습니다.
사람이라는 존재 자체를 사랑하신 분
그 사랑 속에서 자연이나 생명,
우주의 목소리를 함께 들을 수 있는 분
이성을 사랑하는 사람,
몇 사람을 사랑하는 사람,
마음이 변하여 사랑하는 사람은 있습니다.

그런데
모든 살아있는 것과 사람을 사랑하는 사람은
그리고 그 마음을 이토록 정감과 진정한 논리와 통찰을 담아
쉼 없이 전해주신 분은 없습니다.
그 울림은 닿을 길 없이
사랑할 줄 아는 사람의 고독은 쌓여 갑니다.
그래도 그 목소리와 글은
선생님의 존재는
우주의 비밀과 공명하여
정말 고독한 이름도 없는 사람들 곁에도
명사들의 지친 서재에도
독특한 격려의 말로 다독여주실 것입니다.
수많은 유성이 쏟아져 내리듯
선생님의 마음과 몸에
비밀스러운 이미지가, 관념이, 도래합니다.
그것은 맑게 흐르는 물처럼 사람들의 의심과 불안을
풀어가기에
아집을 부리거나 유식한 척하는 멋쩍음은 내려놓고
자부심을 가질 수 있는 지적인, 열려 있는,
이처럼 멋진 사랑이 있다는 것을
머지않아 알아차릴 것입니다.

선생님이 존재의 비밀을 파악하고 표현하신
모든 것들이

선생님을 그리워하는 것이 느껴집니다.

선생님도 세상의 멀리 떨어져 있는 사랑스러운 사람들도
몸과 마음의
아픔과 번거로움이 조금이나마 누그러지기를.

선생님의 연서는 항상 하늘에 빛나고 있어요.

2021년 11월 18일 목요일 20시 49분

이어령 선생님께서 국제일본문화연구센터 객원교수로 교토에 체류하신 2003년 4월부터 2004년 3월까지 문명연구 프로젝트 담당이었던 나와 아내(이향숙)는 한 해 동안 선생님과 함께하는 행운을 누렸다. 그로부터 20년 가까이 우리 부부는 선생님께서 창립하신

'한·중·일 비교문화연구소' 객원연구원으로 문명에 관한 국제 심포지엄과 십이지문화상징 프로젝트에 참여하였다. 일본에 오셨을 때는 대부분의 행사에 참석하여 선생님이 전개하시는 유일무이한 인문학적 세계에 접해왔다.

코로나19로 인한 출입국 제한이 이어지던 2021년에는 봄부터 겨울에 걸쳐 서울 방문이 가능해지길 바라며 카카오톡으로 메시지와 대화를 이어갔다.

이어령 선생님 그리고 강인숙 선생님과 함께할 수 있었던 시간들도 소중한 마음의 재산이다.

이어령 선생님은 병상에서 한층 더 풍부한 영감을 얻으시어 영상통화에서도 AI와 향후 인류의 미래에 대한 선명하고 강렬한 이야기를 해주셨다. 이미 한국에서 중요한 인터뷰 기록이 간행되어 뛰어난 인터뷰를 웹 상에서도 읽을 수 있다. 일본문부과학성의 과학연구비 조성 프로젝트인 이어령 선생님의 오럴 히스토리 보고서(채록자: 小針進、上垣外憲一、小倉紀蔵、濱田陽)도 2023년 초에 완성될 예정이다.

일본인과 한국인 연구자인 우리에게 말씀하신 뉘앙스와 내용은 이어령이라는 전 인류적 스케일을 지닌 인문학자의 다양한 얼굴을 보여주는 또 다른 기록일지도 모른다. 이어령 선생님은 일본의 차세대 연구자와 경력이나 입지를 초월한 자유로운 발상으로《대화편》같은 '二国物語'를 엮어보자는 착상을 하시고 그 상대로 영광스럽게도 나를 선택하셨다. 세대를 초월한 대화가 이어져 음성 데이터와 원고가 축적되어갔다.

그 과정에서 나는 특히 병세가 진행되는 동안 선생님께서 놀라울 정도로 다양한 이미지를 온갖 지성과 감성의 기관器官을 통해 캐치하시고 글이 되기 이전의 영역에서 성찰하시는 모습을 접하고 깊은 감명을 받았다. 선생님의 체력은 쇠약해지는데 떠오르는 착상은 오히려 풍부해졌다. 그것은 바로 천공에 무수한 유성이 쏟아지는 심상 풍경이며, 내가 알고 지내는 한 일본의 지식인이나 구미 사상가의 말년 인터뷰 기록(이반 일리치, 클로드 레비스트로스 등)에서는 얻을 수 없는 무언가였다. 에커먼이 이 자리에 있다 해도《괴테와의 대화》처럼 '이어령과의 대화'를 엮지는 못했을 것이다.

나는 그 실감을 간신히 시의 형태로 적어 보내드릴 수 있었다. 그날은 이어령 선생님이 통증이 심해 11월을 넘기기 어려울 것 같다는 메시지를 주신 날이다. 그리고 헌정시에 대해 "나에게는 너무나 큰 위로와 희망의 언어입니다. (…) 암세포보다 더 강한 힘으로 내 마음에 박혀 있습니다."라는 따뜻한 메시지를 주신 열흘 뒤, 11월 28일에 다음 메시지를 선생님께 보냈다.

이어령 선생님께

오럴 히스토리의 모든 내용을 마주하며 지내고 있습니다만 처음에 생각했던 것보다 다섯 배 훌륭한 내용에 감명받았습니다.

문자가 되어 읽어야만 느껴지는 다층적이고 융합적인 선생님의 독특한 보이스voice가 있다는 것을 다시 한번 깨닫게 되었습니다.

역사에 빛나는 내용입니다.

괴테, 타고르, 가가와 도요히코 등 인류의 미래를 생각하며 자신에게만 보이는 무언가를 진지하게 전해주듯이 수만 년 전 채집·수렵 시대부터 오늘날 미래에까지 울림이 있는 오감과 지성과 육감의 목소리입니다.

꼼꼼하게 살펴서 열 배 더 훌륭한, 선생님께서 원하시던 오랄 히스토리가 될 것입니다.

무엇보다도 선생님께서 이만큼의 내용을 열정을 가지고 임해주셨기 때문에 그 어디에도 없는 의의가 있는 것입니다. 안심하셔도 좋습니다.

–하마다 요濱田陽 드림

선생님으로부터 7분 후에 영어 메시지가 왔다.

Thanks a lot!!

I respect you

I like you

I believe you

나에게 이 'you'는 모든 사람, 살아있는 것, 자연, 만들어진 것, 그리고 인지仁知를 넘어서는 것을 의미하시는 것처럼 느껴져 황송하다는 마음이 들지는 않았다.

이어령 선생님의 말씀은 여운과 울림이 지속된다. 쏟아져 내리는 유성군은 허공으로 사라진 것처럼 보여도 그것은 표면상의 일일 뿐이다. 끊임없는 그 언어와, 언어를 넘어서는 말의 의미에 나의 시선을 맞추고 귀 기울이며 가족과 벗, 경애하는 분들과 이야기를 나누며 새로운 세계를 알아가고 싶다, 느끼며 살고 싶다.